Lumière froide

Du même auteur
dans la même collection

Cœurs solitaires (n° 144)
Les Étrangers dans la maison (n° 201)
Scalpel (n° 228)
Off Minor (n° 261)
Les Années perdues (n° 299)

John Harvey

Lumière froide

Traduit de l'anglais par
Jean-Paul Gratias

*Collection dirigée par
François Guérif*

Rivages/noir

Titre original : *Cold Light*

© 1994, John Harvey
© 1999, Éditions Payot & Rivages
pour la traduction française
106, boulevard Saint-Germain – 75006 Paris

ISBN : 2-7436-0543-X
ISSN : 0764-7786

Bien que l'action de ce roman ait pour décor une ville véritable, il s'agit d'une œuvre de fiction, dont les péripéties et les personnages n'existent que dans ses pages et dans l'imagination de l'auteur.

1

Se dégageant de sous le corps endormi de Gary, elle se glissa en douceur jusqu'au bord du lit. Chaque nuit, invariablement, Gary se collait contre Michelle, l'immobilisait de son bras et de toute la masse de sa cuisse, reposant lourdement sur elle. Depuis qu'ils avaient emménagé dans cette maison, c'était encore pire. Il ne pouvait pas dormir sans elle. Retenant son souffle, Michelle attendit que cesse le grincement ténu du sommier. Le lino craquelé était froid sous ses pieds. Gary soupira, et quand Michelle se retourna, elle vit son visage, si jeune dans la lumière pauvre, sa bouche ouverte. Elle remarqua la façon dont l'une de ses mains agrippait le drap, les plis tourmentés de son front au-dessus des yeux, et elle fut bien aise de ne rien savoir de ses rêves.

Enfilant une paire de chaussettes de Gary et l'un de ses sweaters par-dessus son propre T-shirt, elle quitta la chambre.

Les enfants avaient une chambre à eux près du palier étroit, mais depuis quelques semaines, il y faisait trop froid. Leur haleine se figeait dans la pièce en petits nuages blancs, et plusieurs couches de givre s'étaient formées à l'intérieur des vitres. Installez donc un poêle à mazout dans la pièce, avaient conseillé les voisins, laissez-le marcher au ralenti. Mais Michelle savait que deux maisons des environs, à moins d'un kilomètre de chez eux, avaient pris feu depuis le début de l'hiver ; les échelles des pompiers, hissées trop tard et trop loin des fenêtres, n'avaient pas permis de sauver les gosses piégés au premier, asphyxiés par la fumée.

À présent, ils bourraient de poussier la cheminée du salon, s'assurant que la grille pare-feu empruntée aux parents de Michelle tenait bien en place. Dès que la télé était éteinte, ils apportaient le lit de Natalie au milieu de la pièce ; quant à Karl, il dormait sur le canapé, lové sous un nid de couvertures et de manteaux, en suçant son pouce, et rien ne pouvait le réveiller.

Au rez-de-chaussée, Michelle sourit en regardant le bébé. Cette nuit encore, Natalie avait fait un demi-tour sur elle-même pendant la nuit. La tête coincée contre le pied du lit, elle dormait, une jambe sortie entre deux barreaux. Portant ses deux mains à sa bouche, Michelle souffla dessus pour les réchauffer avant de toucher les petits pieds de sa fille et de les rentrer, délicatement, à l'abri du froid. Au réveil, les deux enfants auraient besoin d'être changés. Cela rappela à Michelle que c'était sa vessie qui l'avait réveillée, et elle s'arma de courage pour se rendre aux toilettes, une ancienne souillarde qu'on avait transformée – très mal – et dans laquelle les carreaux posés à même le sol en terre battue se soulevaient sous l'effet du gel.

Elle frotta en cercle l'intérieur de la vitre, perçant un hublot dans le voile de condensation. Il faisait encore nuit noire. Deux ou trois lumières indistinctes, tout au plus, luisaient faiblement dans la rue. Avec un peu de chance, elle pourrait peut-être s'asseoir un moment devant un pot de thé et le journal de la veille, voler un peu de temps avant que les enfants ne se réveillent en pleurant et que les pas de Gary ne résonnent dans l'escalier.

Resnick était réveillé depuis quatre heures du matin. Il avait tellement l'habitude d'être arraché au sommeil qu'il clignait déjà les paupières, tendant la main vers le téléphone, avant même, lui semblait-il, que n'eût retenti la première sonnerie. La voix de Kevin Naylor était indistincte, étrangement lointaine ; Resnick, irrité, dut lui demander de tout répéter deux fois.

– Désolé, patron, c'est ce téléphone portable...

Resnick n'entendait rien d'autre que des fragments de mots, qui s'évanouissaient comme des moineaux dans l'air du petit matin.

– Raccrochez, dit Resnick. Et rappelez-moi.

– Excusez-moi, patron. Je ne vous entends pas.

Poussant un juron, Resnick interrompit lui-même la communication. Quand Naylor le rappela, il l'entendit parfaitement. Un chauffeur de taxi avait chargé deux jeunes au centre-ville pour les conduire à West Bridgford. Alors qu'ils approchaient de Lady Bay Bridge, l'un d'eux avait frappé à la vitre et demandé au chauffeur de s'arrêter, parce que son copain était malade et qu'il avait envie de vomir. Tandis que le premier passager descendait du taxi du côté du trottoir, l'autre contournait la voiture et, brandissant une barre de fer, menaçait le chauffeur. Avant que celui-ci puisse redémarrer, le pare-brise lui explosait au visage. Les deux jeunes l'avaient ensuite extirpé du véhicule et roué de coups, le frappant au visage et sur tout le corps. Il se traînait à plat ventre au milieu de la chaussée quand un camion de lait s'était engagé sur le pont, stoppant net. Les deux jeunes s'étaient enfuis, emportant la recette du chauffeur.

– L'arme ? demanda Resnick.

– Ils ont essayé de la jeter dans la rivière, patron, mais elle est tombée dans la boue.

– Et le chauffeur ?

– À l'hôpital. Aux urgences.

– Qui est avec lui ?

– Un agent en uniforme devrait déjà être sur place. Chez nous, il n'y a personne...

– Graham Millington...

– En congé, patron. Sa femme et lui devaient partir. Ils ont de la famille à voir, je crois...

Resnick soupira. Il aurait dû s'en souvenir.

– Divine, alors. Mais je veux qu'il y ait quelqu'un là-bas en permanence. Près du chauffeur de taxi. Nous risquons de ne pas avoir beaucoup d'occasions de l'interroger.

– Je pourrais...

– Restez où vous êtes. (Resnick plissa les yeux pour distinguer le réveil de la table de nuit.) Dans vingt minutes, je serai sur place. Et veillez à ce que personne ne pose ses mains poisseuses partout sur ce taxi.

Machinalement, il souleva un chat qui s'était lové dans son giron et le reposa sur le lit. L'un des trois autres se trouvait près de la porte de la chambre ; il se grattait la tête contre le chambranle. La dernière fois qu'un incident semblable s'était produit, l'arme utilisée avait été une batte

12

de base-ball, et le chauffeur était mort. Sans perdre de temps, Resnick prit une douche, s'habilla et descendit, préparant un café qu'il ne boirait qu'à moitié avant de sortir dans la lumière froide d'un jour nouveau.

– Nom de Dieu ! fit Gary. Quelle heure il est, bordel ?

– Il est tard.

– Il est quoi ?

– Sept heures et quelque.

– Et tu trouves que c'est tard, toi ?

Michelle courba le dos et fit passer le poids du bébé sur son bras. Il lui semblait que Natalie ne prenait plus de lait, à présent, mais qu'elle continuait de téter parce que c'était agréable.

– Tout dépend depuis combien de temps tu es debout, répondit-elle.

Appuyé contre le chambranle de la porte, la tête penchée, Gary portait encore la chemise de football et le caleçon dans lesquels il avait dormi.

– Je me suis levée avant six heures..., ajouta Michelle, bien que Gary ne lui eût rien demandé.

Gary se gratta et passa devant le bout de table où Michelle était assise.

– Je suppose que c'est de ma faute, ça aussi..., dit-il d'une voix trop basse pour que Michelle fût certaine de bien avoir compris.

– Quoi ?

– Tu m'as bien entendu.

– Si je t'avais entendu, pourquoi est-ce que je... ?

– Tu t'es levée avant six heures, ça doit encore être de ma faute, non ?

13

– Ne sois pas idiot.

– Comment ça, idiot ? Arrête de me traiter d'idiot. Tout le reste est de ma faute, pourquoi pas ça aussi ?

– Gary...

– Quoi ?

Le petit Karl, deux ans, s'assit entre eux deux, la bouche trop pleine d'une bouillie de céréales et de lait tiède. Son regard allait sans cesse de sa mère à son père.

– Gary, personne ne dit que c'est de ta faute. Rien n'est de ta faute.

– Non ?

– Non.

Gary rejeta la tête en arrière et regarda au loin.

– C'est pas ce que tu disais l'autre jour.

– Gary, j'étais en colère. Je me suis énervée, d'accord ? Ça t'arrive jamais de t'énerver ?

Aussitôt, Michelle se rendit compte que ce n'était pas une chose à dire. Elle vit les doigts de Gary se crisper sur le dossier de la chaise de cuisine.

– Gary...

Avec précaution, Michelle se leva, le bébé tétant toujours, et s'approcha de Gary. Il se détourna, et elle appuya doucement sa joue contre le dos de Gary, lui effleurant la nuque d'une mèche de ses cheveux en bataille. La petite se tortilla un peu entre eux, et Michelle la calma d'un baiser déposé sur le duvet soyeux de sa tête.

Le dernier emploi que Gary avait eu – six mois plus tôt, comme manœuvre sur un chantier de construction, payé en liquide à la fin de semaine, sans poser de questions – s'était terminé avec la faillite de l'entreprise. Un matin, en venant travailler, Gary avait trouvé l'accès au chantier interdit, tous les engins de travaux publics saisis par les huissiers. Avant celui-là, il avait trouvé une place dans l'équipe de nuit d'une usine qui fabriquait des interrupteurs en plastique pour des lampes de table. Et puis, il y avait eu le travail à la pièce, à scotcher des disquettes gratuites sur les couvertures d'un magazine d'informatique qui n'avait connu qu'une brève existence. Trois boulots en trois ans. Plus que la plupart des gens qu'ils connaissaient.

– Gary ?

– Mmm ?

Mais il le savait. De sa main libre, Michelle le caressait à travers le coton à rayures de sa chemise, glissant le long de ses côtes, sur son ventre plat, à ras de la ceinture de son caleçon. Elle tendit le cou pour l'embrasser, et la bouche de Gary avait le petit goût aigre que laisse une nuit de sommeil. Derrière eux, Karl fit tourner trop vite sa cuillère dans son bol, et elle atterrit sur le carrelage. En se retournant, Michelle arracha Natalie de son sein, et aussitôt le bébé fit la grimace et se mit à pleurer.

Des rouleaux de brume se détachaient de la surface du fleuve. Le taxi, coincé contre le trottoir, les portières grandes ouvertes du côté de la chaussée, était protégé des badauds par les rubans jaunes mis en place par la police. Dans le faisceau des phares de Resnick, les éclats du pare-brise brillaient sur le bitume comme une plaque de verglas. Juste derrière le véhicule, la route se rétrécissait en une seule voie pour traverser le pont, et Resnick comprit que dans moins d'une heure les pires embouteillages allaient congestionner la ville ; le vingt-quatre décembre, pour beaucoup de gens, c'était le dernier jour de travail de l'année.

À présent, l'équipe de l'Identité judiciaire relevait les empreintes à l'extérieur du taxi. Plus tard, une fois le véhicule déplacé, l'intérieur pourrait être examiné dans de meilleures conditions, minutieusement. En contrebas, des agents en uniforme passaient au peigne fin la boue gelée et l'herbe rare de la berge, tandis que d'autres scrutaient la côte descendant du pont vers la ville. C'était dans cette direction que le chauffeur du camion de lait avait vu deux hommes s'enfuir, dévalant la pente vers la station-service ouverte jour et nuit et la route qui aurait pu les mener... Jusqu'où ? En continuant tout droit, vers Colwick, le parc et le champ de courses ; en tournant à gauche, vers Sneinton. Pourtant, d'après le message que le chauffeur avait transmis au central de la compagnie et l'indication inscrite dans son propre journal de bord, sa course devait le mener de l'autre côté du fleuve. S'agissait-il d'une ruse des agresseurs ? Ou bien, pris de panique, avaient-ils simplement pris la fuite sans réfléchir ?

– Patron ?

Naylor s'approcha de lui, sa voix trahissant, comme à son habitude, un soupçon de déférence et d'humilité. Au début, Resnick avait trouvé cette attitude irritante. Il avait attendu qu'elle change à l'usage, au fil des mois. Aujourd'hui, il se contentait de l'accepter. Kevin était ainsi fait. À l'opposé, sans doute, de Mark Divine et de son empressement stupide. Comment Lynn Kellogg avait-elle décrit Divine ? Une braguette surmontée d'une grande gueule ? La bouche de Resnick s'élargit, s'autorisant un sourire.

– Le chauffeur... On l'a transféré aux soins intensifs.

Le sourire de Resnick s'effaça. L'enchaînement logique des événements, déjà constaté cent fois, se mettait en place.

– Mark veut savoir... Il faut qu'il reste là-bas, ou il peut revenir ?

– Il reste. Tant qu'il a une chance, même minime, d'obtenir des réponses, il ne bouge pas d'un pouce.

– D'accord, patron, dit Naylor d'un ton hésitant. Seulement...

– Oui ?

– Je sais bien que ce n'est pas... Enfin, il n'a pas l'air très content à l'idée de rester coincé à l'hôpital toute la journée. Les magasins, vous comprenez, il y en a qui ferment de bonne heure, et...

– Et il veut qu'on le remplace pour faire quelques achats de Noël à la dernière minute ?

– C'est pour sa mère, expliqua Naylor qui n'en croyait pas un mot.

– Faites-lui savoir qu'il sera relevé selon la procédure habituelle, dès que possible.

– Bon, je vais lui dire que vous pensez à lui, alors.

Naylor sourit.

– Si vous voulez, fit Resnick.

Un homme de l'Identité se dirigeait vers lui ; l'équipe s'apprêtait probablement à treuiller le taxi sur le camion plate-forme prêt à l'emporter. Quant à savoir quel genre de cadeaux de Noël Divine pouvait avoir envie d'offrir, c'était bien la dernière de ses préoccupations.

2

Il y avait plusieurs mois, maintenant, qu'elle achetait des cadeaux pour les gosses. Oh, pas grand-chose, des bricoles, rien de coûteux. Simplement, vous savez, des babioles qui lui plaisaient – un T-shirt de Bart Simpson pour Karl, jaune vif sur fond noir, un chien en peluche pour le bébé, jaune, avec un nez et des pattes cousus de fil bleu, mou et pas trop gros, un jouet pour faire un câlin en s'endormant. Michelle s'était inscrite au club de Noël à la boutique du coin de la rue, en face de l'ancienne coopérative. Chaque semaine, sans le dire à Gary, filant au magasin quand elle était seule, elle déposait une livre sur son compte.

Le principal, c'était d'avoir quelque chose à offrir aux enfants à Noël, de quoi leur donner l'impression que ce n'était pas un jour comme les autres. Même s'ils ne savaient pas vraiment, ni l'un ni l'autre, de quoi il retournait. Pas encore. Ils étaient trop petits pour comprendre. Elle les avait emmenés à la fête, malgré tout, sur la vieille place du marché ; ils avaient fait le tour du sapin de Noël dressé dans un bac rouge devant l'hôtel de ville, levant la tête pour voir les ampoules de couleur et l'étoile accrochée au sommet. Un cadeau offert par la Suède ou la Norvège, un pays comme ça, mais personne ne semblait savoir en quel honneur.

Gary leur avait acheté un hot-dog géant, qui dégoulinait de sauce tomate, couvert d'oignons tellement frits que certains étaient tout noirs et s'effritaient. Ils s'étaient assis sur le mur, derrière la fontaine, pour le partager, Michelle soufflant sur un bout de saucisse et le mâchant un peu avant de le mettre dans la bouche du bébé. Tout autour d'eux, il y avait d'autres enfants avec leurs parents, des gosses livrés à eux-mêmes qui se déplaçaient en bandes. Des poussettes et des landaus. Des manches, des manteaux sur lesquels on tire pour quémander quelque chose. « Papa, tu me payes ça ? Je peux faire un tour de manège ? Je peux ? Dis, je peux ? Pourquoi je peux pas ? Dis, Maman ! Papa ! »

Michelle s'attendait à ce que leur petit Karl réclame de la même façon quand il découvrit le carrousel, avec tous ses chevaux de bois aux couleurs vives qui montaient et descendaient. Mais elle fit le travail à sa place, prenant Gary par la main pour lui dire gentiment :

– Regarde donc ses yeux, tu vois à quel point il a envie de faire un tour ?

– C'est d'accord, fit Gary. Rien qu'un.

Reculant de quelques pas, ils lui avaient fait signe, Michelle agitant aussi la main du bébé. Et Karl, malgré tous ses sourires, ne s'était jamais senti suffisamment rassuré pour lâcher la selle et leur faire signe à son tour.

– Bonhomme de neige, dit Gary, un peu plus tard, en désignant la silhouette plantée devant les autos tamponneuses, avec son chapeau jaune et ses gants. Tu vois le bonhomme de neige, Karl ?

– Boneige ! avait répété Karl tout excité.

Il avait déjà vu un bonhomme de neige, à la télévision, dans son émission de dessins animés.

– Un bonhomme de neige, s'esclaffa Gary. Pas un boneige, espèce de petit couillon ! Un bonhomme de neige.

– Gary, dit Michelle qui commençait à rire aussi, ne l'appelle pas comme ça.

– Boneige ! chantonnait Karl en sautant sur place. Boneige ! Boneige ! Boneige !

Il perdit l'équilibre et s'étala de tout son long, ce qui lui valut un bleu au visage et des égratignures sur les doigts d'une main, car, quelques instants plus tôt, il avait perdu l'un de ses gants. Peu de temps après, ils avaient tous repris le bus pour rentrer.

Michelle leva les yeux et tendit l'oreille. Dehors, un bruit de pas – ceux de Gary, peut-être. Comme le passant poursuivait son chemin, elle replongea les mains dans l'eau savonneuse de l'évier où elle lavait quelques vêtements. Une demi-heure plus tôt, elle avait recouché Natalie, et, par bonheur, la petite avait bien voulu rester dans son lit. Quant à Karl, la dernière fois qu'elle s'était inquiétée de lui, il était à plat ventre devant le téléviseur, fasciné par un documentaire sur les lions ; au moins, il se tenait tranquille.

Sortant les vêtements de l'eau, Michelle vida l'évier pour pouvoir les rincer. Elle espérait seulement que Gary serait content du cadeau qu'elle avait acheté pour lui, un maillot de goal – pas un vrai, mais une copie, vingt-huit livres, cela lui avait coûté ; ils l'avaient commandé spécialement pour elle, à la boutique du club de foot, vingt-huit livres moins un penny.

Ma foi, on ne fêtait Noël qu'une fois par an, après tout.

La porte se coinça alors qu'elle emportait le linge dans la cour pour l'étendre, et quand elle la poussa d'un coup de hanche, la partie inférieure du panneau s'arracha du chambranle.

– Michelle ! Michelle ! T'es là ?

– Je suis dans la cour.

– T'aurais pu refermer la porte derrière toi. On se croirait dans un frigo, ici.

Gary s'arrêta net, les yeux fixés sur le gond tordu.

– Je suis désolée, dit Michelle. Ce n'est pas ma faute.

Gary pivota sur ses talons. L'instant d'après, Michelle entendit la porte d'entrée s'ouvrir et se refermer violemment. Au premier, le bébé se réveilla et se mit à pleurer.

– Ion ! dit Karl sur le pas de la porte. Ion !

Et il courut vers sa mère, mal assuré sur ses jambes, les mains tendues devant lui toutes griffes dehors, en grondant comme un fauve.

Mark Divine était à deux doigts de se mettre en rogne. D'abord, on lui avait dit, nous sommes navrés, mais il va falloir attendre dans le couloir, vous ne pouvez pas entrer aux soins intensifs, on vous préviendra dès que M. Raju reprendra connaissance. Il était donc resté assis sur place, sa grande carcasse mal à l'aise sur la chaise basse, les jambes pliées dans tous les sens, à regarder entrer et sortir divers autres Raju qui se laissaient conduire en marmonnant ou en gémissant. La seule fois où il s'éloigna, bien décidé à trouver la cantine du Secours populaire et une tasse de thé correcte, l'une des infirmières partit à sa recherche.

— Il est conscient, alors ? lui demanda Divine quand elle finit par mettre la main sur lui.

En même temps que sa tasse en plastique pleine de thé brûlant, qui menaçait de lui transpercer la peau des doigts, il essayait de tenir en équilibre deux gâteaux au chocolat et un chou au citron.

— Vous surveillez votre diabète ? demanda l'infirmière, braquant sur son numéro de jonglage à une main un œil surmonté d'un sourcil en accent circonflexe.

— Non, pas que je sache, répondit Divine d'un air suffisant.

— Eh bien, vous devriez peut-être y songer.

L'un des petits gâteaux tomba sur le carrelage et roula sous la chaise la plus proche.

— Ne vous inquiétez pas, ajouta-t-elle, l'équipe de nettoyage le retrouvera. Pourquoi ne posez-vous pas tout le reste sur la table, là-bas, avant de me suivre ?

— De vous suivre ? Maintenant ? Tout de suite ?

— Vous voulez le voir, oui ou non ?

— Oui, mais...

— Lui poser des questions ?

— Oui.

— Alors, il vaut mieux le faire avant qu'on l'emmène en salle d'opération.

Divine avala une grosse bouchée de son chou au citron, prit le risque de se brûler la langue avec une gorgée de thé, et franchit le sas à deux portes sur les talons de l'infirmière. Elle a un beau cul, se dit-il. Je me demande s'ils ont accroché des guirlandes de houx dans le service des soins intensifs.

Après une petite demi-heure d'entretien avec le commissaire principal, Resnick regagna son bureau pour y trouver un colis volumineux enfoncé dans sa corbeille à papier. Un paquet enveloppé dans du papier brun et de la ficelle, protégé par deux sacs en plastique successifs. Une dizaine de livres, estima-t-il en le soupesant. L'un des sacs en plastique contenait une petite mare de sang. Il ne s'était pas rendu compte que Lynn Kellogg devait reprendre son travail si tôt.

Les fiches détaillant les événements de la nuit, les messages, les notes, les entrées et sorties de prisonniers enregistrées au bloc cellulaire, tous ces documents étaient encore sur son bureau, pratiquement à la même place. Une demi-douzaine d'hommes et une femme interpellés pour tapage et ivresse sur la voie publique ; Resnick reconnut la plupart des noms. À cette heure, ils avaient déjà, probablement, été libérés sous caution et remis sur le trottoir. Vers midi, ils seraient de nouveau ivres, pour la plupart, et, de plus en plus excités, ils continueraient de boire jusqu'au soir. Après tout, c'était Noël, non ? Pas la peine de fêter Noël si on ne peut pas boire un coup, pas vrai ?

Dans le bureau principal deux téléphones se mirent à sonner presque au même moment, et Resnick les chassa de son esprit.

Étant donné les circonstances – tant de maisons laissées vides, tous ces cadeaux coûteux déjà emballés – l'augmentation du nombre des cambriolages restait inférieure à ce qu'on aurait pu redouter. Malgré tout, un nombre respectable de salariés, après le traditionnel repas de Noël préconditionné offert par leur entreprise, les rituelles histoires salaces et allusions osées, avaient dû découvrir en rentrant chez eux que la poule aux œufs d'or s'était envolée. Tous ces témoignages d'admiration, tous ces honneurs rendus à leur rang et acquis au prix fort, libérés en moins de quinze minutes par des mains avides utilisant, en guise de gants, une paire de chaussettes du propriétaire.

Les téléphones sonnaient toujours. D'une poussée de la main, Resnick ouvrit la porte de son propre bureau, prêt à lancer un ordre, et se rendit compte qu'il n'y avait personne dans la salle voisine. Un classeur métallique dont le tiroir n'était pas complètement refermé, des tasses à thé qui se teintaient d'un orange de plus en plus foncé, des machines à écrire et des écrans d'ordinateur pareillement abandonnés. Resnick décrocha l'appareil le plus proche, s'annonça, et demanda à son interlocuteur de patienter pendant qu'il prenait l'autre appel. Un postier qui se rendait à bicyclette à son travail, au bureau de tri situé près d'Incinerator Road, avait vu tourner un taxi devant lui, en direction du pont ; il avait eu le temps de voir les deux jeunes assis à l'arrière. Une femme, qui revenait de la supérette de la station-service avec un paquet de cigarettes et un carton de lait, avait failli être renversée par deux types qui couraient en sens contraire. Resnick nota leurs noms et leurs adresses. Il parlait encore au postier, prenant des dispositions pour que ce dernier vienne au commissariat, quand Lynn Kellogg entra dans la salle à reculons.

Quand elle se retourna vers Resnick, il vit qu'elle apportait deux sandwiches et deux cafés filtres, dont un sans lait. Taille moyenne, cheveux châtains, teint vermeil, robuste, l'inspectrice adjointe Lynn Kellogg rentrait de chez ses parents, éleveurs de volailles dans le Norfolk. Mais elle avait fait un petit crochet chez le traiteur, de l'autre côté de la rue.

– Mozzarella-tomates, annonça Lynn en tendant à Resnick un sac en papier brun qui s'auréolait déjà d'une tache de vinaigrette. J'ai pensé que vous n'auriez peut-être pas mangé.

– Merci. (Il souleva le couvercle en plastique fermant le gobelet et but une gorgée de café.) Je croyais que vous ne deviez pas revenir avant cet après-midi ?

Lynn écarquilla les yeux et s'approcha de son bureau.

– Ça ne va pas très bien, chez vous ? demanda Resnick.

Lynn haussa les épaules.

– Ça ne va pas trop mal.

Elle secoua son sac en papier pour en faire tomber des feuilles de laitue éparses et les fourra de nouveau dans son sandwich.

– J'ai trouvé la dinde, dit Resnick, indiquant d'un signe de tête la porte de son bureau.

– Bien, fit Lynn. (Puis, souriant tout à coup :) C'est un canard.

– J'étais en train de me demander..., fit Divine.

Son interrogatoire terminé, il ressortait du service des soins intensifs. Il avait calculé son coup à la perfection, pour tomber pile sur l'infirmière Bruton qui se dirigeait d'un pas décidé vers le chariot à médicaments. Lesley Bruton – grande, sa haute taille accentuée par la masse de cheveux bruns qui s'échappait, impétueuse, de son bonnet blanc. Son nom, bien lisible, était gravé sur son badge, à la portée de tous les regards.

– Comme je vous le disais, Lesley, j'étais en train de me demander...

– Oui ?

– À quelle heure vous finissez ? Enfin, à quelle heure vous quittez votre service ?

– J'avais compris.

– Alors ?

Elle lui lança un regard qui aurait réduit en cendres un homme plus sensible que Divine, et elle souleva un écritoire à pinces suspendu au chariot.

– Écoutez, il ne faut pas croire que j'essaie de vous draguer, vous savez. Absolument pas.

Une lueur amusée passa brièvement dans le regard de Lesley.

– C'est parce que je pourrais vous aider dans votre enquête, c'est ça ? Quelque chose dans ce goût-là ?

Quoi ? pensa Divine. Si seulement ça pouvait être vrai !

– Non, répondit-il. Rien d'officiel...

– C'est bien ce que je me disais.

– Voilà, ce qu'il y a, c'est que, moi, il faut que je reste ici jusqu'à ce qu'on le remmène dans la salle. Raju. Ça risque de prendre... Combien de temps ? Des heures.

– C'est bien possible.

– Le problème, c'est ce cadeau que je dois acheter. Pour demain, vous comprenez.

– Quelque chose de spécial, c'est ça ?

Divine hocha la tête, l'air sincère.

– Pour votre copine ?

– En quelque sorte.

– Des sous-vêtements, alors ?

Divine la gratifia de sous sourire en coin ; il commençait à transpirer de façon notable.

– Noirs, plutôt coquins ?

– Peut-être bien. Pourquoi pas ?

Lesley le regarda, sans rien dire. Elle attendait.

– Il y a une boutique, reprit Divine. Dans ce passage, derrière l'hôtel de ville. Vraiment très chic.

– Je la connais, dit Lesley. Mon petit ami m'offre tout le temps des cadeaux qu'il achète chez eux.

Ça alors ! pensa Divine. De haut en bas, son regard suivit les courbes de l'infirmière. Il se demanda ce qu'elle portait, en ce moment même, sous son uniforme.

Lesley fit glisser ses mains le long de la barre du chariot.

– Et vous voudriez que je fasse un saut là-bas après mon service ? demanda-t-elle. Que je trouve quelque chose pour vous. Pour votre copine. Un soutien-gorge et une culotte assortis. Peut-être un caraco. Ou une guêpière.

– Oui, fit Divine. Ce genre de chose.

Il se demanda si une guêpière était bien ce qu'il espérait que cela soit, une sorte de gaine en dentelle, avec un balconnet et un petit volant au-dessus du porte-jarretelles.

– Et pourquoi est-ce que je ne l'essaierais pas pour vous, pendant que j'y suis ?

– Pourquoi pas ? fit Divine, qui n'arrivait pas tout à fait à croire que la chance pouvait lui sourire à ce point.

– Pourquoi pas ? répéta Lesley. Pour vous ?

– Ma foi, je...

Pendant un instant, baissant la voix, elle se pencha vers lui.

– Vous pouvez toujours rêver, dit-elle.

Et, sans regarder derrière elle, Lesley s'éloigna.

Cela faisait bien deux heures que Gary s'escrimait à réparer la porte, et même plus que ça, si on comptait le temps qu'il lui avait fallu pour aller au bout de la rue chez son copain Brian et lui emprunter un tournevis correct et une râpe à bois. Michelle avait fini une seconde lessive, nourri Natalie, donné à Karl des bâtonnets de poisson pané et des haricots, et fait griller quelques tartines pour elle-même. Gary avait dit qu'il n'avait pas faim. La mère de Michelle avait demandé qu'on lui amène les gosses dans l'après-midi pour qu'elle puisse leur donner leurs cadeaux, et même si cela l'obligeait à hisser la poussette à bord de deux autobus différents et à en redescendre, Michelle était prête à faire un effort. Le lendemain matin à la première heure, ses parents allaient prendre l'autoroute A1 jusqu'à Darlington, pour fêter Noël chez leur fille Marie, la sœur aînée de Michelle. Marie et sa petite famille habitaient une maison jumelée avec trois chambres, qu'ils avaient payée une bouchée de pain juste après que le logement eut été saisi par les huissiers.

– Michelle !

C'était Gary qui l'appelait depuis la porte de derrière.

– Oui ?

– Donne-moi un coup de main, tu veux bien ?

28

– J'arrive dans une minute.

– Non, tout de suite.

La bouilloire était sur le point de siffler, Natalie commençait à entonner une vraie sérénade, Karl lui demandait quelque chose depuis le salon mais elle ne comprenait pas ce qu'il disait ; elle s'était dit que, pendant que le thé infuserait, elle vérifierait s'il lui restait suffisamment de garniture aux pommes et aux fruits secs pour préparer des tartelettes de Noël. Les dernières qu'elle avait faites étaient presque aussi bonnes que celles qu'on achetait dans les boutiques.

– Michelle ! Tu viens, ou quoi ?

Michelle soupira, écarta la théière. Dans l'encadrement de la porte du salon, elle vit Karl grimper laborieusement sur le canapé pour se laisser ensuite retomber par terre en roulant sur lui-même.

– Fais bien attention ! lui lança-t-elle en passant. Tu vas finir par te faire mal.

– Voilà, dit Gary en lui désignant quelque chose. Maintiens ça bien en place pour moi.

– Où ça ?

– Bon sang, Michelle ! Mais là !

Avec deux doigts, Michelle immobilisa le haut du gond, son pouce bloquant la partie inférieure.

– Bon, maintenant, pousse-toi un peu pour que je puisse approcher mon tournevis.

La chemise de Gary se soulevait au rythme de sa respiration, sifflante, un peu oppressée. Michelle savait à quel point il détestait ce genre de bricolage.

– Bon. Quoi que tu fasses, ne lâche pas prise. Tiens bon. Pousse de toutes tes forces.

Il y eut un cri, brusque et aigu, à l'intérieur de la maison, et Michelle comprit que Karl était tombé et qu'il s'était fait mal.

Gary la sentit prête à s'élancer ; il l'arrêta aussitôt.

– J'en ai pour une minute. Reste là.

– C'est Karl. Il...

– Je t'ai dit de rester là, bordel !

Gary imprima une dernière rotation au manche. La vis partit en biais dans le bois du chambranle et lui fit sauter l'outil des mains. Le gond glissa sous les doigts de Michelle, et la porte toute entière bascula brusquement vers l'extérieur, arrachant le gond inférieur de son support.

– Merde ! hurla Gary. Saloperie de bordel de merde !

– Gary ! s'écria Michelle. Arrête !

Surgi de nulle part, un filet de sang semblait couler entre les doigts de Michelle, s'amassant au creux de sa main.

Karl était planté sur le pas de la porte, les poings enfoncés sur les yeux, la bouche grande ouverte pour laisser sortir une cascade de cris.

– Merde ! jura Gary de nouveau. Et toi..., fit-il, agrippant Karl par les deux bras pour le soulever du sol, si t'as envie de chialer, tu vas chialer pour quelque chose, crois-moi !

Gary lâcha son fils, et avant que le gamin atteigne le sol, il lui assena, de toutes ses forces, un revers de la main en plein visage.

3

— Elle ne demandait que ça, je te jure.

C'était l'heure du déjeuner. À la cantine, Divine, relevé de sa surveillance à l'hôpital, racontait à Kevin Naylor sa rencontre avec l'infirmière Lesley Bruton autour du chariot à médicaments. Un ou deux ans plus tôt, Naylor aurait été impressionné. Aujourd'hui, son expression était, pour le moins, légèrement sceptique.

— Non, c'est vrai. Sans blague.

— Elle te l'a dit ? demanda Naylor. Elle t'a annoncé ça comme ça, froidement ?

Divine plongea une frite dans la mare de sauce brune qui recouvrait son assiette.

— Ces trucs-là, les femmes n'ont pas besoin de les *dire*, tu comprends ? Avec un peu d'expérience, tu devines tout de suite ce qui se passe. (Il pointa sa fourchette vers Naylor, aspergeant la table de gouttelettes de sauce.) Votre gros problème, à Debbie et à toi...

— Debbie et moi, nous n'avons *pas* de problème.

— Pour l'instant, peut-être pas.

— Nous n'avons pas de problème ! répéta Naylor d'une voix plus forte, attirant l'attention des gens assis aux autres tables.

– Tout ce que je dis, poursuivit imperturbablement Divine en éperonnant une nouvelle frite, et ce n'est pas les preuves qui manquent, c'est que tu ne connais foutrement rien aux bonnes femmes.

– Tandis que toi, intervint Lynn Kellogg en se penchant vers eux depuis la table voisine, tu es devenu un expert, maintenant, n'est-ce pas, Mark ?

Espèce de salope, garde tes sarcasmes pour toi, pensa Divine.

– Je ne te demande pas de me croire sur parole, dit-il. Viens plutôt me voir à l'œuvre, à la petite fête de ce soir. Viens voir l'homme qui a fait de la drague une forme d'art.

– J'ai hâte d'y être !

– Vraiment ? (Divine harponna un morceau de pâté en croûte.) Eh bien, dommage pour toi, mais il va te falloir être patiente. Je veux dire, j'aimerais bien te rendre service... Seulement, il y a un sacré paquet de nanas qui attendent leur tour et qui passeront avant toi.

Repoussant son assiette, Lynn se leva de table.

– Parfait, ne change rien pour moi. Qu'est-ce que je dois faire pour ça ? Porter un crucifix autour du cou ? Manger de l'ail ?

Divine l'examina d'un rapide coup d'œil.

– Pas la peine. Continue seulement à avoir la même gueule.

Divine se cala contre le dossier de sa chaise et lança un clin d'œil à Naylor, tandis que Lynn s'éloignait, les ricanements étouffés des autres officiers lui faisant monter le rouge aux joues.

– Tu n'étais pas obligé de lui dire ça, commenta Naylor à voix basse.

– Personne ne lui a demandé de se mêler à la conversation. De toute façon, c'était la stricte vérité. Je veux dire, tu aurais envie de la sauter, toi ? Franchement ?

Naylor baissa le nez dans son assiette et ne répondit pas.

« Ce connard, se disait Lynn en remontant l'escalier, en sait autant sur les femmes qu'un môme de cinq ans. » Elle repensa au jour où Divine, passant devant elle, avait pris sur son bureau le magazine qu'elle venait d'acheter, l'œil attiré par une chevelure blonde, des lèvres rouge vif, et le titre : *Shere Hite et la Tendance clitoridienne*. Il avait cru qu'il s'agissait d'un nouveau groupe pop.

Cela faisait près de deux heures que Gary James patientait, et il y avait encore cinq personnes avant lui, dont deux Pakistanais. Ceux-là, il suffisait qu'on leur trouve un logement, et toutes les pièces étaient bientôt noires de monde, remplies d'oncles, de tantes, de sœurs et de cousins, du plancher au plafond, comme des cafards. Gary avait vu ça plus d'une fois. À côté des Pakis, un garçon et une fille, vautrés l'un sur l'autre, chacun passant la moitié de son temps à explorer l'oreille de son partenaire avec la langue. Apparemment, ils avaient l'âge d'être encore à l'école plutôt que dans cette saloperie d'Office du logement. Leurs épaules, leurs cous étaient couverts de tatouages. La fille avait tellement d'anneaux dans le nez qu'elle aurait pu ouvrir une quincaillerie ; quant au type, même s'il était aussi blanc que Gary, il avait les cheveux tressés comme un Rasta. Au bout de la rangée, derrière Gary, il y avait une Antillaise, de la taille d'un putain d'immeuble à elle toute seule, avec trois moutards accrochés à elle, et un quatrième en route.

Bon sang ! Gary n'avait pas de montre, et la pendule de la salle d'attente marquait déjà sept heures vingt-cinq les trois dernières fois où il était venu.

– Hé, mon pote ! fit-il en tapotant l'épaule du Pakistanais le plus proche, puis en montrant son propre poignet au cas où le type ne comprendrait pas. Quelle heure tu as ?

– Il est près de quatre heures moins le quart, répondit poliment l'homme en souriant.

Remballe ton sourire, espèce de sale lèche-bottes, pensa Gary en se rasseyant, garde-le pour plus tard, quand on te fera entrer dans le bureau. Puis il se dit : Bon Dieu, ça fait pas deux heures que j'attends, mais presque trois.

– Hé ! cria-t-il. Hé, vous, là-bas ! (S'emparant d'une des chaises métalliques alignées dans la salle d'attente, il la poussa avec force contre le mur.) Vous croyez que je vais poireauter ici toute la sainte journée ? Je veux voir quelqu'un, et tout de suite, nom de Dieu !

– Monsieur, répondit la réceptionniste. Monsieur, si vous voulez bien regagner votre place, on va vous recevoir dès que possible.

Tout en parlant, elle cherchait à tâtons le bouton d'alarme sous le comptoir.

Resnick était allé en personne interroger Mavis Alderney. Trop contente, Mavis saisit l'occasion pour griller une cigarette derrière la laverie de Trent Boulevard où elle travaillait.

C'était Mavis qui avait failli être renversée par les deux jeunes en fuite le matin même. « Cul par-dessus tête », pour reprendre ses propres termes. « Il faudrait qu'on leur mette le grappin dessus et qu'on leur flanque une bonne raclée, vous ne croyez pas ? Il y a même longtemps qu'on aurait dû le faire. Alors, peut-être qu'ils ne seraient pas devenus ce qu'ils sont aujourd'hui. »

Resnick avait grommelé une vague réponse avant de lui demander d'être plus précise dans ses descriptions. « Deux de ces casse-cous, vous savez, avec des jeans et des bottes, qui n'ont de respect pour personne, même pas pour eux-mêmes » – voilà un signalement qui n'allait pas servir à grand-chose.

À présent, il se trouvait dans le marché couvert, au premier étage du centre commercial Victoria. Autour du comptoir de la brûlerie italienne, tous les tabourets étaient pris. Il dut boire son express debout, en écoutant une discussion animée sur les raisons pour lesquelles les deux équipes de football de la ville languissaient dans les profondeurs du classement de leurs divisions respectives.

– Si tu veux mon avis, dit quelqu'un, ce qui pourrait arriver de mieux, ce serait que ces enfoirés d'entraîneurs traversent le fleuve l'un et l'autre et qu'ils échangent leurs boulots.

– Arrête, tu dis n'importe quoi, mon pote.

– Ma foi, ils ne pourraient pas faire tellement pire.

– Non, intervint un troisième, moi, je vais vous dire. Le meilleur cadeau qu'on pourrait leur faire, aux deux clubs. Le matin du 25 décembre, les présidents leur téléphonent, à Cloughie et à Warnock, leur souhaitent un joyeux Noël, et leur annoncent qu'ils sont virés tous les deux.

– Quoi ? Ils peuvent pas virer Cloughie, ils oseraient jamais. Sinon, ils se retrouveraient avec une

35

vraie émeute sur les bras, quelque chose de saignant !

– Ouais, peut-être bien. Mais ça sera pire s'ils redescendent en deuxième division.

Resnick sourit et passa le bras entre les deux hommes pour reposer sa tasse et sa soucoupe sur le comptoir. En ressortant du marché, il allait acheter une petite saucisse polonaise pour accompagner son canard, un morceau de gruyère, du stilton bleu, et, à la place du traditionnel pudding de Noël, une bonne part de strudel aux pommes avec de la crème aigre.

Au rez-de-chaussée, des masses de chalands fendaient la cohue pour se rendre d'un magasin à l'autre ; le vol à l'étalage de dernière minute battait son plein. Autour de l'horloge Emmett, il y avait encore plus de badauds que d'habitude, tenant à bout de bras des petits enfants qui regardaient la ronde des fabuleux animaux métalliques, et qui riaient aux éclats, émerveillés, en voyant les gerbes d'eau asperger les pétales dorés lorsque ceux-ci s'ouvraient. Encore. Et encore. Et encore.

Suspendu à la haute voûte du plafond, un Père Noël assis sur un traîneau rouge vif poursuivait des rennes en polypropylène dans l'atmosphère viciée.

Resnick était de nouveau dans la rue quand il entendit la première sirène.

Curieuse de savoir qui faisait tout ce bruit, Nancy Phelan était sortie de son bureau aux premiers éclats de voix. D'ailleurs, elle avait besoin d'une pause en plein milieu de son pensum : elle expliquait à de jeunes parents, qui avaient à leur charge un enfant de dix-huit mois, qu'en quittant la chambre humide en sous-sol pour laquelle la mère de la jeune femme leur demandait un loyer exorbitant, ils étaient devenus « S.D.F. par choix personnel ».

– S.D.F. par choix personnel, mon cul, répétait l'homme. Qu'est-ce que c'est que ces conneries ?

Il n'élevait pas la voix, il n'était même pas en colère ; il jurait, simplement, par habitude.

Ce que c'est ? s'était dit Nancy, et pas pour la première fois : rien d'autre qu'une expression dénuée de sens, pondue par un administrateur quelconque pour que l'Office du logement soit déchargé de toute responsabilité.

Ce n'était pas ce qu'elle avait répondu à ses clients ; elle s'était contentée de dire :

– Monsieur, je vous ai déjà expliqué plusieurs fois...

Plusieurs ? Une bonne cinquantaine.

Quelle que fût la cause de cet esclandre, dans le couloir, c'était forcément plus intéressant que ce qu'elle était en train de faire. Une petite pause pour se détendre un peu.

Eh bien non.

Gary James – Nancy crut le reconnaître, se dit qu'il s'agissait peut-être d'un client à elle, bien qu'elle eût été incapable de mettre un nom sur son visage – Gary James était planté pratiquement au milieu du couloir, brandissant à deux mains une chaise au-dessus de sa tête. Une chaise à armature métallique, le modèle avec l'assise et le dossier en tissu. La réceptionniste, Penny, était recroquevillée contre le mur, penchée en avant, se protégeant le visage de ses bras repliés. Soit Gary l'avait frappée avec la chaise, soit il s'apprêtait à le faire.

Howard, l'agent de sécurité, se trouvait à l'autre bout du couloir ; plissant les yeux, il regardait, à tout hasard, dans leur direction. Nancy savait pertinemment que sans lunettes, il voyait à peine sa propre main devant son visage.

– Vous ! lança Gary par-dessus son épaule.

– Moi ?

– C'est vous que je veux voir.

Oh mon Dieu, pensa Nancy, c'est bien ma chance. Pour la deuxième fois, on venait de rejeter sa candidature à un stage de formation – elle rêvait d'enseigner l'anglais langue étrangère à des hommes d'affaires polis et bien habillés à Hong Kong ou au Japon. Ce matin, elle avait eu l'impression – encore que ce soit difficile d'en être sûre – que l'un de ses phasmes était mort. Et comme si cela ne suffisait pas, elle avait trois jours de retard.

Et maintenant, ça.

– C'est vous qu'on a vu la dernière fois, ma femme et moi ? Quand on vous a demandé de nous sortir de ce trou à rats où vous nous avez fourrés.

– Je vous ai dit que j'allais essayer, mais...

– Écoutez ! Je vous préviens. Vous avez intérêt à faire un peu plus qu'essayer, bordel ! Et vous, restez où vous êtes, bon Dieu, ou j'arrache la tête de l'autre pétasse.

Penny tressaillit, étouffa un cri, et Howard battit en retraite, reculant davantage qu'il ne s'était avancé.

– Vous avez un rendez-vous ? demanda Nancy, s'efforçant de parler d'une voix aussi normale que possible.

Gary lui lança un nouveau regard.

– À votre avis ?

– Bon. Si vous voulez attendre que j'en aie terminé avec mes clients, ce qui ne devrait pas prendre trop longtemps, je serai heureuse de réexaminer votre situation.

Alors même qu'elle prononçait ces mots, Nancy se disait qu'à force d'entendre le jargon administratif, c'était un peu comme si elle utilisait elle-même une langue étrangère.

Gary fit décrire un demi-cercle à la chaise métallique et, sans la lâcher, la plaqua violemment contre le mur, assez près de la tête de Penny pour que les cheveux de la jeune femme se dressent sur son crâne.

– Très bien, dit Nancy. Et si nous parlions tout de suite ?

– Ouais ? fit Gary, le souffle un peu court. Et qu'est-ce qu'on fait de votre Clint Eastwood, là-bas ?

– Howard, dit Nancy. Il n'y a pas de problème. Je vais recevoir Monsieur...

Elle regarda Gary avec optimisme.

– James.

– Je vais recevoir M. James dans mon bureau. Il n'y a pas lieu de s'inquiéter. Mais vous pourriez peut-être vous occuper de Penny, voir si elle n'a rien.

Gary, indécis, regardait Nancy. Cette femme à peine plus âgée que lui, et encore, qui prenait la situation en main, qui faisait face. Elle ne semblait pas avoir peur du tout. Grande, pensa Gary, un mètre soixante-douze ou soixante-quinze. Plutôt mignonne, en plus, avec sa veste bleue très chic et sa jupe plissée, attendant calmement qu'il se décide.

Comme Gary ne réagissait pas, Nancy se tourna vers le couple avec lequel elle s'entretenait et qui, dans l'excitation du moment, était sorti dans le couloir. Elle leur expliqua qu'il s'agissait, en quelque sorte, d'une urgence, et que s'ils voulaient bien patienter, elle leur reparlerait plus tard pour essayer de trouver une solution à leur problème. Sortant quelques pièces de son porte-monnaie, elle leur suggéra d'aller se choisir des boissons au distributeur automatique, à l'étage supérieur.

— Je vous en prie, dit-elle à Gary. Après vous.

Avec un soupçon de réticence, Gary reposa la chaise par terre et entra dans le bureau. L'espace d'un bref instant, Nancy hésita ; jusqu'à présent, elle avait réagi à l'instinct, avec son expérience, pour désamorcer la situation sans se préoccuper de son propre sort. C'était maintenant, seulement, qu'elle comprenait à quel point la situation dans laquelle elle se mettait pouvait être dangereuse. Se tournant vers l'extrémité du couloir, elle eut une brève mimique qui voulait dire : « Faites quelque chose », puis elle suivit promptement Gary et referma la porte derrière elle.

4

– Fermez cette porte à clé, dit Gary.

– Comment ?

– Fermez cette porte à clé.

Nancy, qui transpirait un peu, à présent, se demanda dans quel guêpier elle s'était fourrée.

– C'est contraire au règlement, commença-t-elle.

Mais elle comprit que Gary, de plus en plus nerveux, balayait la pièce du regard à la recherche d'un objet à briser. À briser sur sa tête à elle, Nancy. Sans bruit, elle fit coulisser le tiroir plat, du côté droit de son bureau, et en sortit la clé.

À peine s'était-elle assise après avoir donné un tour de clé que le téléphone sonna, une fois, deux fois, trois fois ; elle consulta Gary des yeux, attendant son signal pour décrocher.

– Allô ! dit-elle. Nancy Phelan à l'appareil.

Un silence, puis :

– Non, tout va bien. (Regardant Gary, toujours debout de l'autre côté du bureau, elle ajouta :) Il n'y a aucun problème. Oui, j'en suis sûre. Non. Au revoir.

D'un geste délibéré, elle reposa le combiné, et au même moment, Gary se pencha pour arracher la fiche de sa prise murale, au-dessus de la plinthe.

– Eh bien, dit Nancy, pourquoi ne vous asseyez-vous pas ?

Mais Gary examinait la pièce, absorbant chaque détail du décor. Les cartes postales de vacances à l'étranger que Nancy avait collées sur le classeur métallique ; près de la fenêtre, le lierre qui avait besoin d'être rempoté ; la corbeille à courrier qui débordait ; une photo en couleur des jumeaux de sa cousine. Dans une boîte en plastique transparent fermée par un couvercle, des feuilles vertes et des brindilles. Gary s'en empara et se mit à la secouer.

– Ne faites pas ça ! s'écria Nancy, affolée. (Puis, d'un ton plus calme :) J'aimerais mieux que vous reposiez cette boîte. Il y a quelque chose dedans... Des phasmes. Il y en a deux. Je crois.

Gary approcha l'objet de son visage et la secoua une dernière fois, pour voir.

– C'est un cadeau, ajouta Nancy, sans trop savoir pourquoi elle éprouvait le besoin de s'expliquer. Un cadeau d'un client.

– J'ai l'impression qu'ils sont morts, dit Gary.

Nancy pensa qu'il avait peut-être raison.

La première voiture de police était arrivée à l'Office du logement quelques instants seulement avant que Resnick n'en franchisse la porte, tenant dans la main gauche un sac en plastique contenant son strudel, son fromage et sa saucisse. Dans le hall, un jeune policier en tenue parlait à l'agent de sécurité ; un second, plus âgé, semblait avoir quelques difficultés à se servir de son émetteur-récepteur pour faire son rapport. Ne reconnaissant ni l'un ni l'autre, Resnick exhiba sa carte de police.

— Agent Bailey, se présenta l'officier muni d'une radio. Mon collègue, là-bas, c'est Hennessey.

À ne pas confondre, supposa Resnick, avec le Hennessey qui faisait si efficacement régner l'ordre en milieu de terrain dans l'équipe de Nottingham Forest. Il écouta Bailey lui faire un bref compte rendu de la situation et se dirigea vers l'escalier.

— Vous ne pensez pas qu'on devrait attendre des renforts, Patron ? demanda Bailey.

— Voyons ce que nous pouvons faire par nous-mêmes, répondit Resnick. La personne qu'il séquestre nous serait peut-être reconnaissante de ne pas trop tergiverser.

La plupart des visiteurs qui attendaient d'être reçus, et un nombre de plus en plus important de gens venus des autres étages se massaient à présent devant la porte verrouillée.

— Faites-les refluer, ordonna Resnick à Hennessey. Que tout le monde retourne dans la salle d'attente, et fermez la porte.

— J'ai parlé à Nancy au téléphone, expliqua la réceptionniste, juste après qu'ils se sont enfermés. Elle m'a dit que tout allait bien.

Resnick opina du chef.

— Je peux lui parler ?

Penny secoua la tête.

— La ligne est coupée.

— Cet homme, demanda Resnick, on connaît son nom ?

— James. Gary James.

— Avez-vous vu s'il portait une arme ? Un objet quelconque qui le rendrait dangereux ?

– Il a essayé de me frapper avec une chaise.

En y repensant, Penny eut un frisson irrépressible qui lui secoua les épaules.

– Gary James, dit Resnick à Bailey qui notait déjà le nom dans son carnet. Renseignez-vous sur lui, voyez s'il est connu de nos services.

– Et les renforts, Patron ?

Resnick eut un demi-sourire.

– S'il y a des hommes disponibles. (Se tournant de nouveau vers la réceptionniste, il lui demanda :) Avez-vous entendu des cris, à l'intérieur ? Des bruits inquiétants ?

– Je me suis approchée de la porte, autant que j'ai pu..., répondit Penny, un peu haletante. Il n'arrêtait pas de déblatérer, encore et toujours, sur l'état de la maison où il vit. C'est tout ce que j'ai entendu. Il y fait tellement froid, et c'est tellement humide qu'il faudrait un miracle pour que ses enfants passent l'hiver sans attraper une pneumonie. C'était il y a un petit moment, cela dit. Depuis, plus le moindre souffle.

– Quelqu'un doit avoir une autre clé de ce bureau ?

– Oh, oui. Le gardien de l'immeuble. Pour le personnel de nettoyage, vous savez.

– Vous avez essayé de le joindre ?

– Non, je suis navrée. Avec tout ce remue-ménage, je n'y ai pas pensé. Je peux essayer de le trouver tout de suite, bien que, pour être franche, je ne sois pas sûre de savoir où il peut bien être à ce moment de la journée. Quelque part dans la chaufferie, peut-être. (D'un signe de tête, elle désigna l'agent de sécurité, qui clignait les yeux derrière ses lunettes.) Howard saura peut-être.

– Très bien. Demandez à Howard de ma part s'il peut mettre la main sur le gardien. (Resnick tendit à Penny son sac à provisions.) Et rendez-moi un petit service, vous voulez bien ? Gardez-moi ça.

Prenant le sac, Penny jeta un coup d'œil à l'intérieur.

– Vous voulez que j'aille le mettre au frais ? On a un frigo.

Resnick secoua la tête.

– Votre collègue, Nancy. Quel est son nom de famille ?

– Phelan. Nancy Phelan.

Resnick la remercia et se dirigea vers la porte.

– Vous savez..., commença Gary.

Cela faisait plusieurs minutes qu'il n'avait pas ouvert la bouche – tout comme Nancy, d'ailleurs.

– Qu'est-ce qu'il y a ? demanda Nancy.

– Je vous connais.

– Oui, vous me l'avez dit. Quand vous et votre femme...

– C'est pas ma femme.

– Enfin, peu importe.

– Moi et Michelle, on est pas mariés.

– Quand vous et Michelle êtes venus la première fois ; vous m'avez dit que c'est à ce moment-là que vous m'avez vue.

– Mais c'est pas ce que je veux dire. Ça n'a rien à voir avec le jour où on est venus. Je vous parle pas d'ici. Ce que je veux dire, c'est que je vous *connais*. D'avant.

Nancy aurait parié le contraire.

– Du temps où on allait encore à l'école. On était dans la même. Vous vous rappelez pas ?

– Non.

– À Top Valley. Vous étiez deux classes au-dessus de moi. Ouais. Vous sortiez avec... Comment il s'appelait, déjà ? Brookie. Lui et mon frère, ils étaient potes.

Malcolm Brooks. Brookie. Au pub, le soir, en sirotant un rhum-coca, elle le regardait jouer au billard, en attendant qu'il la raccompagne chez elle. Il garait l'Escort de son père derrière chez Tesco jusqu'à ce que Nancy lui dise qu'elle allait encore se faire étriller si elle rentrait trop tard. Cela faisait des années qu'elle n'avait pas pensé à Brookie.

– Nancy ? dit la voix de Resnick à travers la porte. Nancy ? Tout va bien ?

Plongeant vers elle si vite qu'elle ne vit rien venir, Gary la saisit par les cheveux.

– Répondez-lui ! fit-il, hargneux. Dites-lui qu'il n'y a pas de problème.

– Nancy, c'est la police. Inspecteur principal Resnick, de la brigade criminelle.

– Dites-lui..., ajouta Gary, tordant les cheveux de Nancy qu'il tenait serrés. Dites-lui qu'il ferait mieux de foutre le camp et de nous laisser tranquilles.

– Inspecteur ? (Assourdie, la voix de Nancy ne révélait pas grand-chose.) Écoutez, vous n'avez vraiment aucune raison de vous inquiéter pour moi. Je vous assure.

Les yeux de Nancy se braquèrent sur Gary ; elle voulait qu'il la regarde. La façon dont il lui agrippait les cheveux, en tirant dessus à ras des racines, était si douloureuse qu'elle avait toutes les peines du monde à ne pas pleurer.

– Vous êtes sûre ? demanda Resnick, le visage pratiquement collé à la peinture crème de la porte.

46

(Le panneau n'avait pas l'air bien solide, deux ou trois coups d'épaule en viendraient à bout.) Vous êtes sûre que tout va bien ? (Resnick avait beau tendre l'oreille, il n'entendait que sa propre respiration.) Nancy ?

Elle regardait Gary droit dans les yeux, toute sa volonté tendue pour lui faire lâcher prise.

– Nancy ?

Resnick frappa le centre de la porte, sans y mettre beaucoup de force, mais malgré cela le panneau bougea un peu contre le chambranle.

Avec un soupir, adressant un regard à Nancy, Gary se recula et desserra le poing, relâchant la tension qu'il exerçait sur son cuir chevelu. Nancy déchiffra ce regard : Gary venait de comprendre qu'il les avait plongés dans une situation qui n'avait pas d'issue facile.

– Nous parlons..., dit Nancy, élevant la voix, sans quitter Gary des yeux un seul instant. Nous parlons d'un problème concernant le logement de Gary. Il y a eu un simple malentendu, c'est tout.

– Gary ! fit Resnick. J'aimerais bien entendre le son de votre voix, d'accord ? Dites bonjour. N'importe quoi.

Gary ne réagit pas.

Bailey fit signe à Resnick de revenir au bout du couloir.

Ce James, patron. Il a un casier déjà bien garni. Quelques broutilles quand il était mineur. Mis sous ordonnance de surveillance. En ce moment, il est en liberté conditionnelle. Coups et blessures. Voies de fait constatées. Les renforts arrivent.

– À ce qu'il me semble, Gary, dit Nancy, plus tôt cette histoire sera finie, et mieux cela vaudra pour vous.

47

– Ah, ouais ? dit Gary, sa lèvre supérieure se retroussant. Je vous vois très bien vous faire du souci pour moi – pour ce qui risque de m'arriver.

– Gary, insista Nancy, je vous jure que c'est vrai. Je m'inquiète pour vous.

– Nancy, dit Resnick depuis le couloir, du moment que vous n'avez rien à craindre, ne pensez-vous pas que vous pourriez ouvrir cette porte ?

Nancy observait Gary ; des gouttes de sueur bourgeonnaient sur son visage comme des boutons d'acné, et il refusait de soutenir le regard de la jeune femme. Nancy avait préféré ne pas laisser la clé dans la serrure ; elle était posée au bout de la table, entre eux, à cinquante centimètres du bout de ses doigts. Et de ceux de Gary. Comme un crabe, sa main s'avança vers la clé, puis s'immobilisa brusquement, Nancy lisant clairement les intentions de Gary.

– Non, répondit Nancy, d'une voix plus forte mais qui ne tremblait pas. Je ne crois pas que cela va être possible. Pas pour le moment.

Bailey signala que les renforts étaient arrivés devant l'immeuble. Bientôt, Resnick allait entendre le bruit de leurs pas quand ils monteraient l'escalier au pas de charge.

– Gary, dit-il, ceci est votre seule et unique chance. Sortez de votre plein gré avant que nous soyons obligés de venir vous chercher.

– Vous voyez bien, dit Nancy, se penchant vers lui et le suppliant du regard.

– Je sais pas, répondit Gary, chassant d'un coup de langue la sueur collée aux poils de sa moustache clairsemée. Je sais foutrement pas quoi faire.

Sa voix tremblait. En le regardant, Nancy revit l'air traqué de son petit frère, à neuf ans, quand leur mère l'avait surpris en train de voler de l'argent dans son porte-monnaie. Lentement, très lentement, pour qu'il voie bien ce qu'elle faisait, Nancy prit la clé entre le pouce et l'index, se leva, et franchit les quatre pas qui la séparaient de la porte.

– Je peux, Gary ? demanda-t-elle, regardant derrière elle.

Dès qu'elle eut tourné la clé et ouvert la porte en grand, ils entrèrent en trombe : Bailey, Hennessey et deux autres policiers, s'emparant de Gary qui tentait de bouger, le plaquant contre le mur, lui écartant les jambes à coups de pied, les bras bloqués derrière le dos pour lui passer les menottes qui lui mordirent les poignets.

– Vous n'avez rien ? demanda Resnick, effleurant l'épaule de Nancy.

– C'est ce que je vous ai dit depuis le début, non ? Tout va bien.

Elle s'écarta, les bras croisés sur la poitrine, tentant de maîtriser sa respiration soudain chaotique. Quand ils traînèrent Gary dans le couloir, elle détourna la tête. Elle ne voulait plus le regarder en face, elle n'avait pas envie de voir son expression au moment où la police l'embarquait.

5

« Ça ne va pas très bien, chez vous ? » – c'était bien ce qu'avait demandé Resnick ? Lynn eut un sourire amer, rétrograda, et mit son clignotant pour annoncer qu'elle prenait la première à gauche. « Pas très bien », c'était facile à deviner à la façon dont sa mère, la bouche pincée, au bord des larmes, préparait encore ses derniers puddings de Noël quelques jours à peine avant les fêtes. Les autres années, elle en avait déjà au moins trois, bien calés dans leur graisse au fond de leurs jattes blanches, qui attendaient dans le placard depuis la fin octobre.

– C'est ton père, Lynnie.

Elle n'avait rien dit de plus.

Lynn l'avait trouvé, traînant entre ses poulaillers. À ses lèvres pendait une cigarette qu'il n'avait pas encore allumée, et son regard était habité par la peur.

– Papa, qu'est-ce qui se passe ?

L'équipement électrique utilisé pour assommer les volailles avant qu'on les tue était tombé en panne, au plus fort de la pleine saison. Le temps d'effectuer la réparation, il avait perdu quarante-huit heures et plusieurs milliers de livres. Pire encore, aux yeux de son père, avant que l'incident soit découvert, une centaine de capons gras avaient été ébouillantés, égorgés et plumés vifs – chaque nuit, sans raison, il se réveillait à quatre heures du matin, le cri des volatiles encore dans l'oreille.

– Voyons, papa, lui avait dit Lynn, tu ne peux plus rien y faire, à présent.

Elle aurait dû se douter qu'il y avait autre chose. Le matin de son départ, elle le trouva dans la cuisine aux premières lueurs du jour, les mains autour d'une tasse de thé bien noir.

– C'est le docteur, Lynnie. Il dit qu'il faut que j'aille à l'hôpital, voir un spécialiste. C'est quelque chose que j'ai là, dans les boyaux.

Il avait longuement regardé sa fille, plantée devant lui à l'autre bout de la table, et Lynn s'était hâtée de ressortir avant qu'il ne la voie pleurer.

Il était un peu plus de quatre heures de l'après-midi et la nuit commençait à tomber. Malgré l'obscurité grandissante, on lisait encore très bien, peint en lettres de soixante centimètres sur le mur du boutiquier pakistanais, le graffiti qui disait : *On veut que Noël reste blanc – Rentrez chez vous, foutez le camp.* Lynn consulta son plan de la ville et se prépara à effectuer un nouveau demi-tour en trois manœuvres.

Il n'y avait pas longtemps que Michelle était rentrée. Elle avait dû prendre des bus bondés, envahis par des gens qui rentraient des magasins, les bras chargés de courses, et par les salariés dont la journée de travail s'était terminée au pub à l'heure du déjeuner. À l'étage supérieur retentissaient, sporadiquement, des bribes de chants de Noël, presque toujours sous la forme de parodies obscènes. Un homme aux cheveux roux, encore vêtu de son uniforme de postier, s'était installé, les jambes en travers du couloir central, pour faire des tours de prestidigitation avec un jeu de cartes. Au bout de Gregory Boulevard, alors que le bus abordait le rond-point, un employé en costume gris à rayures, coiffé d'un chapeau de Noël rouge et blanc, s'était penché franchement hors du véhicule, accroché à la barre de la plate-forme, pour rendre son déjeuner sous les roues des voitures qui venaient en sens inverse.

Natalie s'était endormie, bercée par les mouvements du bus, et Karl était resté tout près de sa mère, agrippé à la manche de Michelle, tout étonné de ce qui se passait autour de lui. Quand le postier, se penchant en avant, fit surgir une pièce de dix pence toute brillante de derrière l'oreille gauche de Karl, le petit garçon, ravi, avait poussé un cri de joie.

– Qu'est-ce qui a bien pu lui arriver, à ce pauvre trésor ? avait demandé la mère de Michelle, désignant la boursouflure qui déformait le visage de Karl.

– Il est tombé, s'était empressée de répondre Michelle. Il court toujours sans regarder où il va. Tu sais comment il est.

– Oui, il est un peu tête brûlée, comme son père.

En remontant la rue à pied pour rentrer chez eux, ils virent des guirlandes de Noël briller derrière quelques fenêtres ; de petites ampoules rouges et bleues clignotaient dans des sapins en plastique. Un voisin les salua au passage, et Michelle sentit une chaleur soudaine l'envahir. Ce n'était peut-être pas un si mauvais endroit, après tout. Si seulement ils parvenaient à passer l'hiver, cela pourrait vraiment être un nouveau départ pour eux.

En ouvrant la porte, elle avait appelé Gary, espérant qu'il serait déjà rentré ; l'attente, à l'Office du logement, avait dû être encore plus longue qu'il ne l'avait craint. Sans perdre de temps, elle avait changé les enfants, expédié Karl devant la télévision avec une tartine de confiture pendant qu'elle enfournait des cuillerées de riz aux pommes dans la bouche du bébé. Dès que Natalie aurait mangé, Michelle la descendrait de sa chaise pour s'occuper du feu, faire une bonne flambée avant le retour de Gary, et s'installer devant *Neighbours* avec un bon thé fraîchement infusé.

Les coups donnés contre la porte étaient secs et sonores, et même si sa première pensée fut que Gary avait égaré ses clés, cette façon de frapper ne lui ressemblait pas du tout.

– Michelle Paley ?

– Oui ?

– Inspectrice adjointe Lynn Kellogg. J'aimerais vous parler une minute, si c'est possible.

Le regard de Michelle enregistra la carte de police, les cheveux bruns impeccablement coiffés, l'assurance tranquille de la jeune femme, ses joues qui luisaient, rouges, dans la lumière déversée par la porte ouverte de la maison.

Lynn jeta un coup d'œil à la pièce, derrière Michelle, et vit un embryon de feu, un Dracula en dessin animé à la télévision, au volume réglé bas. À plat ventre sur un tapis qui avait connu des jours meilleurs, un petit gamin à l'air craintif, les jambes en l'air derrière lui, tourna la tête en clignant des yeux.

— Vous laissez entrer le froid, dit Lynn.

Michelle hocha la tête et s'écarta, refermant la porte derrière Lynn quand celle-ci fut entrée, puis elle repoussa contre le bas du panneau le carré de moquette plié en deux qui bloquait les courants d'air.

Lynn déboutonna son manteau, mais elle ne semblait pas vouloir l'enlever.

— Qu'est-ce qui est arrivé ? demanda Michelle, l'estomac retourné, craignant le pire. C'est Gary, hein ? C'est Gary ? Il va bien ? Dites-moi qu'il ne lui est rien arrivé.

— Pourquoi ne nous asseyons-nous pas ? suggéra Lynn.

Michelle vacilla un peu ; ses jambes commençaient à la trahir.

— Il ne lui est rien arrivé, affirma Lynn. Ne vous inquiétez pas. Il ne s'agit pas de ça.

Obéissante, Michelle s'assit, maladroitement, sur le canapé, prenant appui sur l'accoudoir.

— Alors, c'est qu'il a des ennuis, dit-elle.

— Il est au poste, confirma Lynn. Au commissariat de Canning Circus. Il a été arrêté au début de l'après-midi.

— Oh, mon Dieu ! Pourquoi ?

Lynn prit conscience que le petit garçon, adossé à la table du téléviseur, les écoutait attentivement.

— Il y a eu un esclandre, à l'Office du logement...

— Un esclandre ? Quel genre de...

54

– Il semble que Gary ait menacé le personnel, physiquement. À un certain moment, il s'est enfermé dans un bureau avec une employée et a refusé de la laisser sortir.

Le visage de Michelle, exsangue, avait perdu le peu de couleurs qu'il avait pu avoir.

– Je ne sais pas encore, ajouta Lynn, si on va le garder cette nuit. C'est possible. Nous avons pensé qu'il fallait vous avertir.

À l'étage, le bébé se mit à pleurer et, tout aussi brusquement, s'arrêta.

– Il a frappé quelqu'un ? demanda Michelle.

– Apparemment, non. Pas cette fois.

– Qu'est-ce que vous voulez dire ?

– Il l'a déjà fait, non ? Il est en liberté conditionnelle.

– C'était il y a longtemps, cette histoire-là.

– L'année dernière.

– Mais il a changé. Gary, il a changé.

– Vraiment ?

Karl se balançait d'avant en arrière tandis que sur l'écran, au-dessus de lui, s'effaçait l'image d'un président de club de football vantant les mérites du Gaz britannique.

– C'est votre petit garçon ?

– Karl. Oui.

– Qu'est-ce qui lui est arrivé au visage ?

Divine remercia la religieuse des soins intensifs et reposa le téléphone ; M. Raju était revenu de la salle de réanimation, il dormait, sous sédatifs, et son état était jugé critique, mais stable. Il était peu probable que M. Raju récupère suffisamment de forces pour parler à qui que ce soit avant le lendemain matin.

– Tu n'as pas changé d'avis, alors ? demanda-t-il alors que Naylor traversait la pièce derrière lui.

– À quel sujet ?

– De la fête de ce soir. Tu ne veux toujours pas venir sans Debbie ?

Naylor laissa tomber deux chemises sur son bureau : les transcriptions des interrogatoires concernant l'agression du chauffeur de taxi. Plusieurs milliers de mots, et toujours pas de signalement précis. Deux jeunes portant des jeans et des bottes, comme beaucoup d'autres.

– Pourquoi est-ce que je changerais d'avis ?

Le sourire de Divine était aussi visqueux qu'une histoire salace, et à peu près aussi subtil.

– C'est ta dernière chance de te faire une poulette avant la dinde farcie.

– Laisse tomber, Mark, tu veux bien ?

Naylor ouvrit la première chemise et commença à lire. Il lui avait fallu se montrer des plus persuasifs pour que Debbie accepte de l'accompagner.

– Tu n'as pas besoin de moi, avait-elle dit, je te gênerais plutôt qu'autre chose. Tu t'amuseras beaucoup mieux si je ne viens pas.

Il n'y avait pas si longtemps, quand leur mariage battait de l'aile, Naylor aurait été le premier à lui donner raison. Il aurait sauté sur l'occasion, pour avoir une soirée à lui tout seul, avec les copains. Aujourd'hui, c'était différent, il le sentait bien.

– Bon, avait-il dit à Debbie. Si tu ne veux pas venir, je resterai à la maison.

Ce dernier argument avait fait pencher la balance.

Naylor regarda sa montre, la somme de travail empilée sur son bureau ; autant donner tout de suite un petit coup de fil à Debbie.

Assise dans le bureau de Resnick, Lynn lui rendait compte de sa visite. Auparavant, Resnick avait interrogé Gary James, puis Nancy Phelan. Les deux conversations s'étaient déroulées dans une pièce feutrée, sans fenêtres, le compteur numérique du magnétophone égrenant les secondes tout le long de l'après-midi.

Gary s'était montré tour à tour penaud et coléreux, ramenant constamment le problème à ses histoires de portes déglinguées, de boiseries pourries, et d'humidité qui suintait à l'intérieur des murs.

– Vous vous rendez compte, lui avait dit Resnick, que votre façon de vous comporter ne va pas arranger vos affaires ?

– Ah bon ? s'était étonné Gary. Alors, qu'est-ce qui pourrait les arranger ?

Incapable de répondre à cela, Resnick l'avait confié au responsable du bloc. À présent, Gary boudait au fond de sa cellule.

Nancy Phelan avait été catégorique : à aucun moment, Gary n'avait réellement exercé contre elle des violences physiques ; elle ne s'était jamais vraiment sentie en danger. Il s'agissait simplement d'une situation qui était devenue incontrôlable.

– Donc, il ne vous a pas frappée ?

– Non.

– Il n'a même pas posé la main sur vous ?

Il y eut un silence, puis, se massant le cuir chevelu du bout des doigts, Nancy ajouta :

– Je crois qu'il m'a tiré les cheveux.

– Et vous n'avez pas eu peur ?

– Non. C'est lui qui avait peur.

Resnick repensait à ces déclarations en écoutant Lynn décrire les marques sur le visage du petit garçon, la boursouflure qui fermait presque son œil, l'ecchymose clairement visible, jaune et violette et s'assombrissant de plus en plus.

– Sa mère a dit qu'il était tombé ? avança Resnick.

Lynn hocha la tête.

– Alors qu'il sortait, en courant, par l'arrière de la maison. La porte était démontée, je ne sais pas pourquoi, Gary et elle étaient en train de la remettre en place quand le môme a déboulé. Il s'est flanqué dedans de plein fouet.

– C'est plausible, certainement ?

– Oui.

– Mais vous ne la croyez pas ?

Lynn croisa et recroisa les jambes.

– Dans d'autres circonstances, peut-être. Mais avec ce Gary James, ses antécédents...

– Rien n'y laisse supposer des violences envers des enfants.

– Quelque chose a dû le mettre hors de lui avant qu'il n'arrive à l'Office du logement. Son attente forcée n'explique pas tout.

– Bon... (Resnick se leva, contourna son bureau. À travers la vitre, il vit Divine au téléphone, Naylor qui prenait laborieusement des notes, tenant son stylo avec une apparente maladresse, comme si c'était un instrument qu'il n'avait pas encore appris à maîtriser...) Vous feriez mieux d'en toucher un mot aux services sociaux. (Il consulta sa montre.) S'ils ont déjà fini leur journée, vous pouvez essayer de joindre l'équipe de garde aux urgences.

Qui ne sera plus là longtemps, pensa-t-il. La rumeur disait qu'aux prochaines restrictions budgétaires, leur service allait sauter. Ce qui voudrait dire, pour des mômes comme le petit Karl, qu'ils devraient attendre le lendemain du jour de l'an pour qu'on s'occupe de leur cas.

Sur le pas de la porte, Lynn marqua une pause.

– Et James, patron, on le garde ?

Resnick fit la grimace.

– Noël... J'aimerais mieux qu'on le relâche, si c'est possible.

– Mais si le gamin est en danger ?

– Oui, je sais. Envoyez quelqu'un sur place, qui l'emmènera chez un médecin. Je veux qu'il soit examiné convenablement. En attendant, laissez mariner le jeune Gary James.

– Très bien.

En franchissant le seuil, Lynn pénétra dans un autre univers sonore : le rire tonitruant de Divine et la sirène d'une ambulance qui passait dans la rue. Encore une victime des festivités en route pour l'hôpital. Près de sa table de travail, elle s'arrêta un instant et se retourna vers la porte, restée ouverte, du bureau de Resnick.

– Je ne pense pas que ça serve à quelque chose de contacter son contrôleur judiciaire ? À moins que ça nous éclaire un peu, d'une façon ou d'une autre, sur le personnage ?

– Vous pouvez toujours essayer, dit Resnick.

Son expression laissait entendre qu'elle perdait probablement son temps. Les relations avec le service du contrôle judiciaire n'étaient pas marquées du sceau d'une confiance réciproque absolue ; et cette période de l'année n'était pas non plus des plus propices.

– Je vais me renseigner quand même, dit Lynn par-dessus son épaule. Pour savoir de qui il dépend.

– De Pam Van Allen.

Lynn le regarda d'un air surpris.

– J'ai passé un coup de fil à Neil Park, ajouta Resnick. Il y a un petit moment.

– Mais vous ne lui avez pas parlé personnellement, patron ? À Pam Van Allen ?

Resnick secoua la tête.

– Ça ne vous ennuie pas si je...

– Non, allez-y.

De nouveau assis à son bureau, Resnick ferma les yeux un instant ; il revit Pam Van Allen prendre congé et s'éloigner, après une rencontre qui avait mal tourné, ses cheveux luisant d'un éclat gris argent dans la lumière du bar. « La pression, Charlie, lui avait expliqué plus tard le supérieur de Pam, Neil Parker. Se retrouver face à un homme, d'un grade élevé, habitué à commander et à être obéi... Elle n'a pas apprécié. » Resnick pensait ne rien devoir attendre de Pam Van Allen. Si Lynn pouvait lui parler, tant mieux. Malgré tout, il se surprit à fixer le téléphone, presque tenté d'appeler lui-même.

– Patron... (Lynn frappa à sa porte et la poussa juste assez pour y glisser la tête.) Elle est rentrée chez elle pour la journée. Pour les congés.

– Bon, fit Resnick. On va tenter notre chance avec les services sociaux, voir ce qu'ils ont à nous proposer. Et puis, Lynn...

– Oui ?

– Ces ennuis que vous avez chez vous – quels qu'ils soient – si vous avez besoin d'en parler...

Pour la première fois depuis longtemps, elle trouva la force d'esquisser quelque chose qui ressemblait à un sourire.

– Merci.

À l'autre bout du local de la PJ, son téléphone sonnait de nouveau. Quelqu'un fredonnait *Douce nuit*. Divine avait déniché quelque part un chapeau en papier, rouge et vert, et il s'en était coiffé pour déchiffrer des données sur l'écran de son ordinateur. Optimiste, un brin de gui dépassait de sa poche de poitrine.

6

– Alors, il était comment ? demanda Dana, la colocataire de Nancy, dont la voix lui parvenait brouillée sous les cataractes et les éclaboussures de la douche.

– De qui tu parles ?

– De ton ravisseur, bien sûr.

Nancy sortit la tête de sous le jet. À travers l'épais rideau de plastique à fleurs, elle voyait la silhouette opaque de Dana assise presque nue sur les toilettes, en train d'uriner. Six mois plus tôt, lorsqu'elles avaient commencé à partager l'appartement, Nancy en aurait été, ma foi, non pas choquée, mais certainement gênée. Elle ne se serait pas non plus sentie assez à son aise pour écarter le rideau, comme maintenant, et sortir de la cabine afin de se sécher.

– Alors, insista Dana, il était sexy ou pas ?

Nancy eut un sourire ironique.

– Pas spécialement. (De Gary, elle se rappelait ses cheveux pauvres, ses poils clairsemés autour de la bouche, la façon dont il transpirait, la nervosité, la brusquerie de ses mouvements, ses orbites creuses.) Et puis, dans ce genre de situation, le sexe n'a pas sa place.

– Vraiment ? fit Dana. (Arrachant du rouleau un morceau de papier toilette, elle le replia plusieurs fois sur lui-même pour s'essuyer entre les jambes.) J'aurais cru le contraire, malgré tout.

Nancy se frottait vigoureusement les cheveux à l'aide d'une serviette.

– C'est parce que, pour toi, le sexe est partout.

Dana s'esclaffa et tira la chasse.

– Alors, il était comment ? dit-elle.

– Un gamin. Un môme.

– Et alors ?

Facétieuse, Dana haussa un sourcil et rit de plus belle.

Le jour où Nancy, rentrant plus tôt que prévu, avait trouvé Dana aux prises avec un gosse de dix-sept ans sur le tapis du salon avait été, à plus d'un titre, une révélation. « Il est en avance pour son âge, avait expliqué Dana. Il a déjà son bac, et il fait tout ce qu'il peut pour entrer à Cambridge. »

« J'ai remarqué », avait répondu Nancy. Ce qu'elle avait remarqué, c'étaient les marques sur le dos du garçon au moment où il passait sa tête dans son T-shirt des *Simple Minds*.

– Je ne t'ai pas dit..., reprit Nancy. Ce fameux Gary, on a été à l'école ensemble.

– Non ? C'est vrai ?

– Oui. Il était deux classes au-dessous de la mienne.

– C'est comme ça qu'il s'appelle ? Gary ?

– Oui, oui.

– Et tu te souvenais de lui ?

Dana, en extension sur la pointe des pieds, examinait ses seins dans le miroir.

– Pas du tout.

– Donc, c'est lui qui se souvenait de toi.

Nancy s'entoura la tête avec la première serviette et tendit le bras pour en saisir une autre.

– Je sortais avec un garçon, c'était un copain du grand frère de Gary.

– Tu vois, ça tient debout. Ton Gary, il t'adorait de loin, et toi, tu ne le regardais même pas. Il n'en faut pas plus pour meubler les rêves érotiques d'un adolescent boutonneux.

Nancy grimaça et fit semblant de vomir dans les toilettes.

– Tu ne crois pas que c'est une grosseur, que j'ai là ? Regarde. Qu'est-ce que tu en penses ?

Avec sérieux, Nancy inspecta le sein gauche de son amie.

– Je ne sais pas. Je ne vois pas de...

– Touche.

Nancy tendit la main et Dana la lui prit pour la guider vers l'endroit exact.

– Alors ?

Pressant légèrement la chair du bout des doigts, Nancy la fit rouler d'avant en arrière ; il y avait bien quelque chose, à cet endroit, un tout petit nœud dans un muscle, peut-être, mais pas une grosseur.

– Non, dit-elle. Je crois que tu n'as rien. Aucune raison de t'inquiéter.

– Bien sûr, fit Dana avec un sourire.

Une autre de ses amies, trente-cinq ans à peine, devait entrer à l'hôpital pour une mammectomie juste après les fêtes.

– Je peux t'emprunter ton sèche-cheveux ? demanda Nancy. Le mien est en panne. (Puis, à la porte de la salle de bains :) Pour cette fête, ce soir, on n'a pas besoin de se mettre sur son trente et un, quand même ?

Cette fois, le sourire de Dana fut sincère.

– Trente et demi, ça suffira.

Ce qui m'aurait bien rendu service, pensa Nancy en se dirigeant vers sa chambre, si j'avais vraiment eu la frousse cet après-midi, cela aurait pu me débloquer, déclencher enfin mes foutues règles.

Martin Wrigglesworth ne qualifiait plus ses journées de travail de bonnes ou de mauvaises ; simplement, il avait établi une classification cantonnée à cette dernière catégorie : mauvaises, moins mauvaises, pires, exécrables. Son éducation classique n'avait pas été complètement inutile. Certains jours, quand sa Renault Cinq en fin de carrière calait au feu rouge de Noel Street, il se disait que c'était le quartier de Forest Fields tout entier qu'il aurait fallu placer. Pourquoi s'arrêter en si bon chemin, d'ailleurs ? Hyson Green. Radford. Le grand jeu. Tous les plus de soixante ans en maisons de retraite ; les mômes de moins de onze ans, expédiés dans des familles d'accueil ; les douze/dix-sept ans, dans les centres pour jeunes délinquants. Après ça, tous ceux qui traîneraient encore seraient enrôlés de force dans un vaste programme de réhabilitation par le travail, obligés de transpirer un peu pour mériter leurs allocations ; on les occuperait à des travaux d'intérêt général, comme de tailler les brins d'herbe de la forêt avec des ciseaux à ongles jusqu'à la tombée de la nuit. Telles étaient les pensées qui hantaient Martin pendant ses moins mauvais jours.

Le week-end, quand il était chez lui à Nuthall, à repeindre la salle de bains, en attendant l'heure d'aller chercher ses fils à la piscine, ou qu'il aidait sa femme à plier le linge, il essayait de se rappeler le moment exact, le sentiment précis qui l'avaient décidé à devenir travailleur social, une belle et honorable profession.

Et, se demanda Martin, s'engageant dans une rue étroite perdue dans un dédale d'autres rues étroites, que pouvait-il faire ? Quelle ligne de conduite aurait-il pu décemment adopter ? Brutus, homme d'honneur, se serait volontiers jeté sur son épée, mais jusqu'à maintenant, les échéances du prêt immobilier, son plan d'épargne-retraite et son rêve tenace de rénover une ferme délabrée dans le sud de la France avaient empêché une telle pensée de sortir de son fourreau.

« Martin, lui suggérait sa femme d'une voix lasse en corrigeant ses copies, si ce métier te déprime à ce point, pourquoi ne laisses-tu pas tomber ? Démissionne. Tu trouveras autre chose. » Avec plus de trois millions de personnes au chômage, il ne savait que trop ce qu'il trouverait. Les contrats de travail se faisaient rares. De peur de ne pouvoir en signer un nouveau, il s'était résigné.

Numéro 37, se dit-il, vérifiant la fiche hâtivement gribouillée posée près de lui sur le siège. Une rangée de maisons à un étage, à façades planes, le salon donnant sur la rue. Verrouillant sa portière, il traversa le trottoir étroit, inégal, en direction de la porte d'entrée à la peinture écaillée. Une requête tardive émise par un officier de police inquiet pour la santé d'un enfant ; Dieu savait ce qu'il allait trouver à l'intérieur. Il n'y avait pas si longtemps, ici, dans cette même ville, une jeune mère de famille avait plongé le pénis de son fils de deux ans dans un bol de thé bouillant, puis elle avait fait tourner le gamin sur lui-même dans une essoreuse.

– Bonsoir, dit-il quand Michelle ouvrit la porte.
Madame Paley ? Martin Wrigglesworth, services
sociaux... (Il lui montra sa carte.) Je viens vous
voir au sujet de votre fils, euh, Karl. Pourrions-
nous parler à l'intérieur ?

– Comment tu me trouves ?
Nancy se tenait à l'entrée de la chambre de
Dana ; jupe noire, courte, haut argenté au crochet,
collants gris argent avec un motif de petits points
argentés en relief, bottines en cuir à talon moyen.
Quand Dana lui avait demandé, vers la mi-
novembre, si elle voulait bien l'accompagner au
dîner dansant de Noël organisé par sa boîte, cela
lui avait semblé une bonne idée.
– Superbe ! s'enthousiasma Dana. Tu as une
allure folle !
– Il me semble que je mesure trois mètres de
haut.
– Ça vaut mieux que d'avoir l'impression,
comme moi, de faire un mètre cinquante de large.
On aurait dit que Dana avait plongé dans sa
garde-robe la tête la première pour en ressortir
drapée de couleurs vives – des jaunes criards, du
violet, du vert. Nancy pensa à un perroquet qui
aurait un décolleté.
– Non, franchement, je me sens ridicule.
– Tu es magnifique. Dans la salle de bal, tous
les hommes n'auront besoin que d'un seul regard...
– C'est bien ce qui m'inquiète.
– ... pour avoir envie de t'inviter à danser.
Nancy se regardait dans le miroir en pied de
Dana.
– On dirait que je vais passer une audition pour
le rôle principal dans *Aladdin*.

– Bon, parfait. Tu seras engagée.

Nancy retraversa la chambre, s'efforçant de marcher sans ostentation. Elle avait déjà rencontré deux ou trois des collègues de Dana, architectes et autres, ils lui avaient semblé plutôt intéressants. Davantage, en tout cas, que les gens avec qui elle travaillait elle-même.

– Ce n'est peut-être pas une bonne idée, dit Nancy. Je ferais sans doute mieux de ne pas y aller du tout. Ce sont tes amis à toi, des gens que tu vois tous les jours. Moi, je ne connaîtrai pratiquement personne.

– Toi aussi, tu fais partie de mes amis. Et puis, je leur ai tellement parlé de toi... (Nancy mit une main devant ses yeux.) Pour couronner le tout, le billet d'entrée n'est pas remboursable.

– Très bien, dit Nancy. Tu m'as convaincue. Je viens.

Dana prit sa montre sur la coiffeuse et l'approcha de son visage.

– Le taxi sera là dans vingt minutes.

– Je croyais qu'on n'avait pas besoin d'y être avant huit heures ?

– On se retrouve d'abord pour boire un verre au Sarah Brown.

– Mais il y aura un monde fou !

– Tant mieux. On pourra se frotter à des gens riches et célèbres.

– Malgré tout, expliquait Martin Wrigglesworth à Michelle, il me semble, par acquit de conscience, que ce serait une bonne chose de l'emmener chez un médecin. Pour qu'il soit examiné correctement. (De quelques profondeurs insoupçonnées, il parvint à exhumer un sourire.) Deux précautions valent mieux qu'une.

– Pas maintenant, quand même ? demanda Michelle. Vous voulez l'emmener chez le docteur maintenant ?

– Oui, confirma Martin en rangeant son stylo à bille dans sa poche de poitrine. Tout de suite.

Le taxi arriva presque un quart d'heure en avance, et le chauffeur voulait faire tourner son compteur sans attendre, mais Dana l'en dissuada bien vite. Nancy avait troqué sa jupe pour un pantalon noir ample, avant de remettre finalement sa jupe. Elle avait emprunté à Dana l'un de ses manteaux de laine, rouge vif, un vrai délice pour taureau dans l'arène.

– Tu as ton billet ?

Nancy tapota le sac à main à paillettes qu'elle tenait sur ses genoux.

– Des préservatifs ? ajouta-t-elle en riant.

Nancy lui tira la langue.

– Non, ce n'est pas le genre de soirée où je risque d'en avoir besoin.

Dana, le sourire aux lèvres, se carra dans l'angle du taxi.

– On ne sait jamais.

Si, Nancy savait très bien : dans son sac – l'espoir fait vivre – elle avait mis trois Tampax.

Le taxi s'engouffra dans le flot de la circulation qui déboulait sur Derby Road. Ils approchaient de Canning Circus quand Nancy se pencha soudain en avant, pour demander au chauffeur de s'arrêter.

– Qu'est-ce qu'il y a ? demanda Dana. Tu as oublié quelque chose ?

– Non, rien. (Nancy ouvrit la portière.) Il faut que je fasse un saut au commissariat de police, c'est tout.

– Pour quoi faire ?

– Rien d'important. Continue sans moi. Je te rejoins à l'hôtel. J'irai directement là-bas. À tout à l'heure.

Nancy referma la porte du taxi et resta un moment sur le trottoir, regardant le véhicule s'éloigner. Le visage de Dana, perplexe, la fixait à travers la lunette arrière.

L'agent de permanence avait appelé le bureau de Resnick pour l'informer, d'un ton goguenard qu'il n'avait pas réussi à masquer, qu'une dame demandait à le voir. Resnick ne comprit son ironie qu'en voyant entrer Nancy Phelan dans le local désert de la PJ.

– Inspecteur...

– Oui ?

– Je suis déjà venue, tout à l'heure...

– Je m'en souviens. (Resnick sourit.) Vous n'étiez pas habillée de cette façon.

Nancy lui adressa un demi-sourire en retour. En montant l'escalier, elle avait défait le manteau rouge prêté par Dana et le portait, à présent, simplement posé sur ses épaules.

– La veille de Noël, vous savez comment c'est, tout le monde s'habille pour sortir.

Pendant que Kevin Naylor assurait la permanence, Resnick avait fait un saut jusque chez lui, le temps de nourrir les chats, brosser son plus beau costume, repasser une chemise blanche, donner un coup de brosse à ses chaussures et gratter quelques taches de sauce au pesto qui ornaient sa cravate. C'était le seul soir de l'année où il essayait de faire bonne impression.

– Moi aussi, je me suis changé, dit-il sur le ton de la plaisanterie.

– Excusez-moi, fit Nancy. Je n'avais pas remarqué.

– Bon, enfin... À quel sujet, au juste, voulez-vous... ?

– De cet après-midi.

– Oui ?

– Comme je vous l'ai dit, il ne s'est rien passé, en fait. Je veux dire, à moi, personnellement, il ne m'est rien arrivé. Je n'ai pas subi, vous savez, de traumatisme grave ou quoi que ce soit.

– Mais vous y pensez sans cesse malgré tout.

– Vous croyez ?

Resnick haussa les épaules.

– Vous êtes venue jusqu'ici.

– Oui, mais pas pour vous parler de moi. Plutôt de lui.

– Lui ?

– James. Gary James.

– Alors ?

Nancy, mal à l'aise, piétinait sur place.

– Je ne sais comment dire. Je suppose... Enfin, je me suis dit tout d'un coup, en passant – littéralement, en passant devant le commissariat – que je supportais mal de savoir qu'il allait rester bouclé ici, dans une cellule, pendant le réveillon de Noël, et tout ça à cause de moi.

Le travailleur social avait appelé Lynn Kellogg après que le médecin eut terminé son examen : les lésions du petit Karl n'étaient pas incompatibles avec les explications données par sa mère – il

71

s'était précipité la tête la première contre une lourde porte en bois. Les services sociaux allaient rester vigilants, et s'ils avaient d'autres inquiétudes... Quant à Gary James, on l'avait relâché une demi-heure plus tôt, après une mise en garde concernant ses futurs débordements, et en lui faisant comprendre qu'il n'était pas à l'abri d'éventuelles poursuites en justice.

— Vous n'avez aucun souci à vous faire, dit Resnick. Nous l'avons laissé repartir.

Le sourire de Nancy était une merveille à contempler.

— Et l'affaire en restera là ?

— Pas nécessairement.

— Mais...

— Il n'y a pas que cette histoire, d'autres problèmes sont en jeu.

Resnick se dirigea vers la porte et Nancy le suivit, la moquette usée amortissant le cliquetis de ses talons.

— Vous n'aurez plus besoin de moi ? Pour témoigner au tribunal ou autre ?

— Je ne pense pas. C'est peu probable.

D'une certaine façon, alors qu'elle était tout près de lui dans l'encadrement de la porte, son visage à quelques centimètres de celui du policier, Nancy paraissait plus grande.

— Eh bien, joyeux Noël, je suppose, dit Nancy.

L'espace d'un absurde instant, Resnick crut que la jeune femme allait abolir d'un baiser cet espace qui les séparait.

— Joyeux Noël, répéta Resnick tandis qu'elle s'éloignait dans le couloir. Et amusez-vous bien, ce soir.

Aux abords de l'escalier, Nancy leva le bras et lui adressa un signe.

– Vous aussi, dit-elle.

Regagnant son bureau, Resnick commença à éteindre toutes les lumières.

7

Le système fonctionnait de la manière suivante : les collectivités qui réservaient pour un nombre important de convives avaient droit à une salle de banquet pour leur seul usage, les groupes plus modestes étant invités à en partager une. De toute façon, la disposition était la même : de longues rangées de tables de part et d'autre de la piste de danse, un animateur en costume crème prêt à glisser le *Blue Christmas* d'Elvis entre Abba et Rolf Harris faisant subir les derniers outrages à *Stairway to Heaven*. Les plats, grâce à un relais efficace, déferlaient sans mollir : soupe, œufs mayonnaise, de la dinde pour les tickets bleus, du saumon pour les tickets roses. La salade de fruits était servie avec ou sans crème. Deux bouteilles de vin par groupe de huit, une de rouge, une de blanc ; pour toute autre boisson, on était prié d'aller se servir au comptoir. Si ce dernier était pris d'assaut, il était toujours possible de traverser la cour jusqu'au corps principal de l'hôtel, et de passer entre la réception et les vastes fauteuils clubs pour atteindre le bar du foyer.

– Allons-y, c'est parti ! glapit l'animateur dans son micro, pour couvrir les derniers raclements d'assiettes et le flux montant des conversations. Qui seront les premiers danseurs sur la piste ?

– Qu'est-ce que tu dirais, Charlie, aboya Reg Cossall à l'oreille de Resnick, de sortir d'ici pour aller boire un verre digne de ce nom ?

– Plus tard, peut-être, Reg. Plus tard.

Cossall fit grincer sa chaise en la repoussant, puis se hissa sur ses pieds.

– Je vais passer un moment de l'autre côté de la cour, si tu changes d'avis. Ensuite, je pousserai sans doute jusqu'au Bell.

Dans des temps lointains, Resnick avait fait la fermeture de tant de bars avec Reg Cossall qu'il ne pouvait plus oublier les lendemains qui déchantent. Il allait rester là une demi-heure de plus, environ, pour faire preuve de bonne volonté, avant de s'éclipser et de laisser ses collègues faire la fête sans lui. Il voyait déjà Divine en plein échauffement ; debout sur la piste, quelques tables plus loin, il incitait une jeune auxiliaire à le rejoindre, proposant ses services pour l'aider à ouvrir sa papillote de Noël.

– Venez vibrer avec la musique ! lança l'animateur, montant le volume du disque de Slade pour que les décibels se répercutent contre le plafond.

Jack Skelton portait un smoking, un nœud papillon bleu nuit ; debout près du mur, il était absorbé par sa conversation avec Helen Siddons, récemment promue au grade d'inspectrice chef, et qui se servait de son poste dans cette ville comme d'un échelon intermédiaire dans sa rapide ascension vers le sommet de la hiérarchie.

Dans sa robe longue vert pâle, elle formait avec Skelton un couple élégant.

Depuis sa place, Resnick balaya la salle du regard, inquiet à l'idée que l'épouse de Skelton pût se trouver seule. Il découvrit Kevin Naylor et sa femme Debbie, souriant aux anges, les yeux dans les yeux et se tenant la main. Une seconde lune de miel, pensa Resnick ; il était temps. Comme beaucoup de mariages de policiers, celui de Naylor avait semblé voler en éclats sous ses yeux. Ce n'était pas seulement un signe des temps ; même à une époque où les familles semblaient plus stables et les relations n'étaient pas marquées d'une date de péremption, le nombre des divorces était déjà élevé dans la police. Combien de fois Reg Cossall avait-il offert des cigares à ses collègues de la PJ et apposé sa signature sur le registre de l'état civil ? Deux ? Trois ? Et la rumeur disait qu'il allait faire une nouvelle tentative. Resnick se rassit. Soit vous étiez comme Reg, soit vous tentiez l'expérience une fois et quand celle-ci était terminée, vous fermiez la porte et vous jetiez la clé.

Et toi, Charlie, à quelle catégorie appartiens-tu ?

Il venait de repérer la femme de Skelton, Alice, trois rangées plus loin. La tête rejetée en arrière, elle finit son vin, puis tendit la main vers la bouteille, se resservit, tapota le paquet de cigarettes posé devant elle pour en faire sortir une, l'alluma à l'aide du petit briquet en or sorti de son sac, et pencha de nouveau la tête pour exhaler un ruban de fumée grise qui monta vers le plafond en frôlant ses yeux.

– Alice ?

Il se tenait près d'elle, attendant qu'elle tourne la tête.

– Charlie... Ravie de vous voir. C'est une visite de courtoisie ?

Resnick haussa les épaules, soudain mal à l'aise.

– Je vous ai vue...

– Toute seule ? Une damoiselle en détresse. Une âme errante, esseulée, livide...

Une clameur monta de la piste de danse, pour saluer une imitation de Michael Jackson qui avait mal tourné, bras et jambes partant dans tous les sens.

– Pour l'amour du Ciel, asseyez-vous, Charlie ! Ne restez pas planté là comme un premier communiant dans un bordel.

Resnick prit la chaise voisine, supputant le nombre de verres qu'elle avait, probablement, déjà bus, quelle avance elle avait prise chez elle avant de partir. Jamais, à l'occasion de leurs diverses rencontres en ville – peu fréquentes, mais qui s'étalaient sur une dizaine d'années –, jamais Resnick n'avait entendu Alice élever la voix ou proférer une grossièreté.

– C'est lui qui vous envoie, n'est-ce pas, Charlie ?

Resnick secoua la tête.

– Pour garder un œil sur moi. Me faire parler. Rendez-moi service, Charlie, occupez-vous d'elle. Invitez-la à danser, un petit tour de piste.

– Alice, je ne sais pas pourquoi vous...

La main d'Alice, celle qui ne tenait pas le verre de vin, était posée sur le genou de Resnick.

– Allons, Charlie, ne jouez pas les naïfs. On sait comment ça se passe, quand vous êtes entre vous. Adolescents ou hommes mûrs, ça ne change rien. Tu me couvres, je te couvre. (Elle but, puis posa son verre pour prendre sa cigarette.) Voilà à quoi tout se résume, Charlie. Finalement. À un échange de couvertures.

La fumée dériva lentement devant le visage de Resnick. Au bord de son champ de vision, il voyait Jack Skelton nonchalamment appuyé contre le mur du fond, Helen Siddons tournée vers lui, leurs têtes penchées l'une vers l'autre pour mieux converser. Tandis que Resnick les observait, Skelton porta la main à sa poche, frôlant au passage, comme par inadvertance, le bras nu de sa collègue.

– Vous ne buvez pas, Charlie ?

Alice Skelton lui tendait la bouteille.

D'un mouvement de tête, Resnick désigna la place où il avait dîné.

– J'ai un verre, là-bas.

– Et sobre, en plus. Sobre et loyal. Pas étonnant que Jack fasse tout ce qu'il peut pour vous garder là où vous êtes.

Elle vida dans son verre ce qui restait dans la bouteille, guère plus qu'un fond.

– Je vais vous en chercher une autre...

Alice Skelton avait ôté la main de sa cuisse, mais elle l'y posa de nouveau quand il fit mine de se lever. Resnick commençait à transpirer un petit peu ; tout comme il avait lui-même repéré Skelton et Siddons, combien de collègues remarquaient en ce moment même qu'il était en compagnie de la femme de Skelton, additionnant mentalement les combinaisons pour voir si le total tenait debout ?

– Alice...

– Ce que vous devez comprendre, Charlie, ce n'est pas seulement qu'elle baise avec lui, c'est qu'elle vous baise, vous aussi.

– Alice, je suis désolé...

Il s'était levé, mais elle n'avait pas lâché prise, ses doigts le serraient avec force derrière le genou. Se frayant un chemin de l'autre côté de la table, traînant à son bras une opératrice de saisie hilare, Divine croisa le regard de Resnick et lui lança un clin d'œil.

– Qu'avez-vous besoin de savoir, Charlie ? (À cause du vacarme, il dut se pencher vers elle pour comprendre ce qu'elle disait ; il n'avait pas envie qu'elle élève encore la voix, qu'elle se mette à crier à la cantonade.) Je sais, on n'accuse pas sans preuves. Mais qu'est-ce que vous voulez de plus, comme preuves ? Les prendre sur le fait, dans votre propre lit ?

– Je suis navré, Alice. Il faut que je parte.

Il se libéra de son emprise et força le passage entre les dos et les chaises, parmi tous les rires, les promesses sans lendemain et les infidélités spontanées que la nuit allait favoriser.

Lynn Kellogg portait une robe bleu roi sans bretelles, et elle avait fait à ses cheveux quelque chose que Resnick n'avait jamais remarqué auparavant. L'inconnu en tenue de soirée qui se trouvait entre eux au bar était manifestement sous le charme.

– Permettez-moi de régler vos consommations.

Le sourire aux lèvres, un billet de vingt livres à la main.

– Non, merci. Ce n'est pas la peine, répondit Lynn en se détournant.

– Plus tard, alors ?

– Quoi ?

– Laissez-moi vous offrir un verre, plus tard.

Elle secoua la tête et s'enfonça dans la foule.

Resnick la regarda rejoindre l'endroit où l'attendait Maureen Madden, Maureen vêtue d'une redingote sombre et d'un jean, ressemblant davantage à une chanteuse de country en goguette qu'à une inspectrice chargée de superviser toutes les affaires de viol. Au bout du bar, Reg Cossall hélait Resnick en agitant sa chope vide.

– Resservez-lui une pinte de ce qu'il boit, dit Resnick au barman en veste blanche, et un whisky double par-dessus le marché. Pour moi, une bouteille de Budweiser tchèque, si vous en avez.

Il en avait. Resnick joua des coudes pour aller écouter Cossall exposer, péremptoire, ses vues sur le taux de chômage, les délinquants juvéniles, le prix prohibitif des bières étrangères, le président de Nottingham Forest, et les avantages de la castration pour l'ensemble de la société. Une demi-douzaine de jeunes officiers faisaient cercle autour de lui, levant le coude sans faiblir, tout en s'abreuvant de sa sagesse. Resnick se rappela le temps où Cossall et lui étaient comme eux, singeant avec ferveur leurs aînés et supérieurs ; c'était à l'époque où il fallait mesurer plus d'un mètre quatre-vingt-trois pour entrer dans la police, quand on ne buvait que de la Bass ou de la Worthington à la pression, sinon, ce n'était pas la peine d'aller refaire le plein au comptoir. Vingt ans plus tôt.

Quand il en eut entendu assez, Resnick s'éloigna du groupe et trouva Lynn Kellogg et Maureen Madden, assises à présent sur les marches près de l'entrée du salon.

– Vous aviez un véritable admirateur, là-bas, dit Resnick en désignant le bar d'un mouvement de tête.

– Oh, lui. Il avait bu. Vous savez comment c'est.

– Arrête de faire ça, fit Maureen.

– De faire quoi ?

– De te déprécier systématiquement. D'imaginer que tu ne peux plaire qu'à un homme à moitié ivre.

– En général, c'est ce qui se passe.

– Vous ne trouvez pas qu'elle est superbe ? demanda Maureen à Resnick, tendant le cou pour le regarder.

– Ravissante, confirma Resnick.

Lynn sentit qu'elle rougissait.

– Vous êtes déjà allé sur la piste de danse ? demanda-t-elle pour masquer son embarras.

Resnick secoua la tête.

– Il t'attendait, taquina Maureen.

– J'attendais plutôt qu'ils baissent le volume, dit Resnick. Qu'ils jouent une valse.

– Ça, ce n'est pas vrai, protesta Lynn. La première année où je suis entrée dans la police, je me souviens d'un réveillon où vous avez dansé comme un fou, plus longtemps que tout le monde. Sur *Be-bop-a-hula*, ce genre de truc.

Malgré lui, Resnick sourit. Il y avait quelque chose de comique à imaginer Gene Vincent avec un pagne par-dessus son costume en cuir noir, grattant une guitare hawaïenne.

– Bon, moi, je suis partante, annonça Maureen, posant son verre vide sur le plancher.

81

Qu'est-ce que tu en dis, Lynn ? Tu te sens d'attaque ? Avant que ton admirateur ne vienne t'inviter.

L'homme en smoking, un verre à la main, était installé dans l'un des fauteuils du salon, et ne se gênait pas pour regarder ouvertement dans leur direction.

– Allons-y, fit Lynn en se levant. Sortons d'ici. (Maureen avait pris les devants.) Vous venez avec nous ?

– Ne m'attendez pas, répondit Resnick.

Après un dernier regard en arrière, Lynn suivit Maureen qui se dirigeait vers la porte.

– Tu aimes bien les regarder quitter le nid, Charlie ? dit Reg Cossall, surgissant au côté de Resnick.

– Qu'est-ce que tu veux dire ?

– Tu sais, les petites mignonnes, les jeunes oiselles...

– C'est encore une gamine, Reg.

– Quelle importance ?

– Je suis assez vieux pour être...

La main de Cossall pressa énergiquement l'épaule de Resnick.

– Ce que tu peux être casse-couilles, par moments, Charlie. Surtout quand ça t'arrange. (Cossall gratifia Resnick de son regard éclairé de vieux philosophe.) Une famille. Des gosses. Il n'y a pas qu'une seule façon d'en avoir. Si la légitime ne marche pas, il faut essayer les autres. Et tant pis pour la morale.

Il alluma un cigarillo qu'il abrita au creux de sa main.

– Ça ne te dit rien, je suppose, d'aller boire un dernier verre en ville ?

– Non, je ne crois pas.

– Fais comme tu voudras, alors. Comme d'habitude.

Resnick se tourna de nouveau vers le bar et se prépara à attendre que la chance lui soit donnée de commander une dernière bière.

Dans le salon Frère Tuck, l'ambiance, déchaînée, semblait tendre vers une sorte de paroxysme. Whitney Houston, Rod Stewart, Chris De Burgh, les Drifters... Des mains agrippaient des paires de fesses moulées de satin qui ne leur appartenaient pas. Divine, cravate envolée, chemise déboutonnée jusqu'au nombril, dansait le *limbo* sur *Twist and Shout*, glissant ses genoux sous une ligne formée de plusieurs soutiens-gorge noués ensemble. Au fond de la salle, Skelton et Helen Siddons ne semblaient guère avoir bougé, ils poursuivaient la même conversation intense, la tête penchée ; l'une des bretelles de la robe d'Helen avait glissé sur son épaule. Lynn et Maureen Madden dansaient avec un groupe d'autres femmes, riant, tapant des mains au-dessus de leurs têtes. Sans se soucier du rythme, Kevin Naylor et Debbie dansaient joue contre joue, leurs corps bougeant à peine. Alice Skelton ne se trouvait nulle part en vue, et Resnick en fut soulagé.

– Dans cinq minutes, c'est Noël ! annonça l'animateur. Formez un grand cercle, je veux tous vous voir vous donner la main.

Resnick franchit discrètement la porte.

– Inspecteur ?

Levant les yeux, il découvrit de longues jambes, un sac à main argenté orné de paillettes, un sourire.

– Je ne savais pas que nous faisions la fête au même endroit, dit Nancy Phelan.

Resnick eut un demi-sourire.

– C'est pourtant ce qu'il me semble.

– C'était bien? demanda Nancy. (Resnick enregistra la présence d'une voiture, garée à la périphérie de la cour, et qui semblait attendre quelqu'un.) Vous avez passé une bonne soirée?

– Pas mauvaise, je suppose.

– Eh bien... (Le sourire aux lèvres, elle eut un geste ample, mains ouvertes.) Joyeux Noël, une fois de plus. Et bonne année.

– Bonne année, répéta Resnick alors que Nancy sortait de son champ de vision.

Les mains dans les poches, il tourna à gauche et traversa la cour pavée pour regagner la rue.

8

Pour Noël, Resnick s'était acheté l'intégrale de Billie Holiday chez Verve, une nouvelle édition de l'autobiographie de Dizzy Gillespie, et le guide Penguin du jazz en CD, albums et cassettes. Ce qu'il lui restait à acquérir, c'était un lecteur de disques compacts.

Mais peu de temps auparavant, par une belle journée d'hiver ensoleillée au ciel bleu limpide, alors qu'il flânait en ville, venant de Canning Circus, il avait jeté un coup d'œil dans la vitrine des disques Arcade, et il avait vu le coffret. Au milieu des Éric Clapton et des Elton John, une boîte noire avec un portrait fantomatique de Billie sur la couverture ; dix CD et un livret de cent vingt pages, sept cents minutes de musique, en édition numérotée et limitée, seize mille exemplaires seulement pressés pour le monde entier.

Pour le monde entier, s'était dit Resnick ; seize mille exemplaires seulement pour le monde entier. Cela ne lui paraissait pas énorme. Et l'un de ces coffrets était là, sous son nez, et assorti d'une offre spéciale, en plus. Il avait son chéquier sur lui, mais pas sa carte d'identité bancaire. « Ça ne fait rien, avait dit le disquaire, je crois qu'on peut vous faire confiance. » Et il lui avait fait une ristourne supplémentaire de cinq livres.

Entre les diverses tâches ménagères – préparer le canard pour le mettre au four, éplucher les pommes de terre, nettoyer la salle de bains – il avait passé une bonne partie de la matinée à regarder son coffret. À le tenir entre ses mains. *Billie Holiday on Verve*. Il y a une photo d'elle dans le livret, prise à New York en 1956 : une femme bientôt d'âge mûr et qui ne cherche pas à séduire, une main sur la hanche, qui attend sans trop de patience, une femme en plein travail, bon, allons-y, qu'on en termine. Fermant les yeux, il l'imagine en train de chanter *Cheek to Cheek*, accompagnée par Ben Webster – ce n'était pas en 56, justement ? *Do Nothing Till You Hear From Me. We'll Be Together Again*. Le numéro inscrit au dos du coffret de Resnick est 10961.

C'est tellement plus facile de regarder encore et encore le livret, de sortir les disques de leurs pochettes en carton marron, d'admirer les reproductions des pochettes originales dans leur enveloppe spéciale, tellement plus facile de faire tout cela que d'aller jusqu'à la cheminée où l'attend une carte dans son enveloppe encore intacte. Un tampon postal, dont l'encre a bavé, et qui pourrait indiquer qu'elle vient du Devon ; et l'écriture heurtée, reconnaissable entre toutes, de son ex-femme.

Le canard était délicieux, très savoureux, moelleux sans être trop gras. C'était aussi, sans aucun doute, l'avis de Dizzy, qui avait bondi sur la table avant que Resnick ne le remarque, et s'était régalé avec sa part – un peu de blanc, un morceau de cuisse – avant d'être finalement chassé, en direction du jardin, tout content d'emporter une aile bien serrée entre ses mâchoires.

À l'endroit où le chat noir avait entamé la bête, Resnick trancha la viande et la partagea entre les autres : Miles, en extension sur ses pattes postérieures, Bud qui poussait de la tête les jambes de Resnick, et Pepper qui attendait patiemment près de son bol.

En plus de celles qu'il avait fait rôtir autour de la volaille, Resnick avait fait cuire des pommes de terre séparément, les avait écrasées en les mélangeant avec du rutabaga, avant de les saupoudrer de paprika et de les couvrir de crème aigre. Les choux de Bruxelles, il les avait fait blanchir dans l'eau bouillante avant de les finir à la poêle avec des tranches de salami, coupées fines. La saucisse polonaise avait mijoté dans la bière jusqu'à ce qu'elle ait gonflé, cuite à point.

Il n'avait pas fini depuis bien longtemps de racler le plat pour se resservir quand Marian Witczak lui téléphona.

– Charles, comment vas-tu ? Depuis ce matin, j'ai dans l'idée de t'appeler pour te souhaiter un bon Noël, mais, je ne sais pourquoi, je n'ai pas eu une minute à moi.

Resnick l'imagina, seule dans l'extravagance victorienne de sa maison à l'autre bout de la ville, portant des toasts à des héros polonais depuis longtemps disparus, un sherry pâle dans de frêles verres en cristal ; s'asseyant, peut-être, à son piano, pour jouer un peu de Chopin avant de prendre sur l'étagère les mémoires d'un général ou un album de vieilles photographies.

– Alors, Charles, il faut que tu me dises... Mes cadeaux, qu'en penses-tu ?

Ils se trouvaient encore sur le coffre du vestibule, bien enveloppés dans leur papier immaculé, entourés de ruban rouge et blanc aux nœuds artistiques.

– Marian, je suis confus. Je te remercie. Merci beaucoup.

– Ils t'ont vraiment plu ?

– Bien sûr.

– Si seulement tu savais combien de temps il m'a fallu pour me décider, je crois que tu serais surpris. Mais les couleurs, le motif... Je n'avais pas le droit de me tromper.

Des chaussettes ? se demanda Resnick. Une cravate ?

– Malgré tout, j'ai gardé le reçu. Si jamais tu voulais la rapporter pour faire un échange...

– Non, Marian, elle est parfaite.

Une cravate.

– Et l'autre cadeau, Charles, qu'est-ce que tu en as pensé ?

L'autre cadeau ? Il se représenta le second paquet, plat et carré, il l'avait pris pour une carte de vœux. Mais non, la carte de Marian était dans le salon, une nuit étoilée sur la place Wenceslas.

– Ce n'était pas trop présomptueux, j'espère ?

– Nous sommes des amis de longue date, Marian...

– Exactement. C'est bien ce que je me suis dit.

– Tu me connais suffisamment bien...

– Alors, tu viendras ?

Venir ? Resnick ravala la presque-totalité d'un soupir. Venir où ?

– Nous porterons tous les deux, Charles, comment dit-on ? Nos souliers de bal.

La conversation terminée, Resnick se rendit dans le vestibule. Confronté à la vaste surface du couvercle du coffre, Bud avait choisi les cadeaux de Marian pour se coucher en boule. La cravate était en soie, un tourbillon de couleurs pastel, bleu sur bleu. Dans le second paquet, il y avait une invitation pour le dîner dansant du Nouvel An du Club polonais. Que signifiait ce désir soudain, de toutes parts, de le pousser sur une piste de danse ?

À la télévision, toujours les mêmes films, aussi immuables que le discours de Noël de la Reine. Ce qu'il voulait, c'était une bonne rencontre de première division à l'ancienne, Southend contre Grimsby, quelque chose de ce genre. Où les balles longues renvoyées par la défense étaient perçues comme un exemple de jeu créatif, et les tacles si violents que le téléviseur semblait vibrer sous l'impact. Ce qu'on lui proposait, en revanche, c'étaient d'audacieux prisonniers de guerre, des hommes de paille, et des collines sur lesquelles, si seulement les acteurs voulaient bien cesser de chanter, on entendrait pousser les edelweiss. Était-ce le nom d'Exeter que le tampon postal baveux avait maculé jusqu'à le rendre méconnaissable ? Exmoor ? Exmouth ? Resnick prit l'enveloppe, la tint devant une lampe. À travers le papier, il discerna la silhouette, un peu voilée, de ce qui aurait pu être une voiture tirée par des chevaux, ou un traîneau attelé à des cerfs. *Laisse-moi leur parler des lettres, Charlie. Toutes les lettres que je t'ai envoyées, celles auxquelles tu n'as jamais répondu. De toutes les fois où je t'ai appelé parce que je souffrais, et où tu as raccroché sans un mot. Avec pré-*

caution, il reposa l'enveloppe sur la cheminée. *Raconte-leur tout ça, Charlie. Dis-leur comment tu m'as aidée à chaque fois que j'ai dû traverser des épreuves.*

Après le divorce, il n'avait pas entendu parler d'Elaine pendant des années. Puis elles avaient commencé à arriver – des enveloppes sur lesquelles même son adresse à lui était parfois difficile à déchiffrer. Redoutant leur contenu, il les avait déchirées, réduites en cendres, enfouies au fond du tiroir de la cuisine. Il n'avait pas voulu savoir, et il avait fallu qu'Elaine s'explique en personne, face à face, d'une voix stridente et tendue, criblant l'apparente indifférence de Resnick de ses accusations et de ses peines. Ensuite, dans cette maison, dans cette même pièce, et avec un calme inquiétant, elle avait retracé son parcours : sa fausse couche, la trahison de son amant, l'hôpital, les traitements, le fauteuil de l'analyste.

Resnick avait éprouvé de la compassion pour elle, à ce moment-là, et même de l'amour ; un amour différent. Il aurait presque pu traverser la pièce et la prendre dans ses bras. Mais son sentiment de culpabilité – et aussi le besoin de se préserver – l'avaient pétrifié.

Elle était ressortie de chez lui, et il n'avait plus entendu parler d'elle.

Jusqu'à aujourd'hui.

Derrière la fenêtre du premier étage, il contempla à regret le lent déclin du jour.

Après avoir finement moulu les grains, il se prépara un café fort, qu'il but accompagné d'un verre de whisky. Sortant un album de Duke Ellington de sa pochette, il le posa sur la platine. Il avait emporté les notes sur l'incident à l'Office du logement et l'interrogatoire de Gary James, et il les passa en revue, se demandant de nouveau s'il avait eu raison de relâcher James, de le laisser rentrer chez lui. Les blessures du petit garçon s'expliquaient comment ? Il avait heurté une porte de plein fouet ? Une porte, ou le poing de son père ? L'un des chats sauta sur les genoux de Resnick, poussa ses doigts du bout du nez, tourna deux fois sur lui-même, s'installa, mit une patte devant ses yeux et s'endormit. La contrebasse de Jimmy Blanton faisait swinguer tout l'orchestre. Exmouth ou Exeter ? Une diligence ou un traîneau ? Miles leva la tête, lançant un regard lourd de reproches à Resnick quand celui-ci le reposa par terre. C'était si simple, de glisser l'index sous le rabat de l'enveloppe, de la déchirer, d'en sortir la carte. C'était une diligence, des bouquets de houx accrochés aux fenêtres, des flocons de neige volant autour des roues ; sur le siège du cocher, un personnage à la Pickwick, souriant jusqu'aux oreilles, levait son chapeau. *Tu me pardonnes, Charlie ?* disait le texte ; et puis, au-dessus, tout près du bord : *Joyeux Noël, Elaine.*

Pas de baisers, pas de sentiments.

Tu me pardonnes ?

Il entendit de nouveau les chuchotements hargneux d'Alice Skelton. *Mais qu'est-ce que vous voulez de plus, comme preuves ? Les prendre sur le fait, dans votre propre lit ?*

Cela avait été dans le lit de quelqu'un d'autre, dans une maison inhabitée, la couette soigneusement remise en place, les oreillers se chevauchant un peu, sans plus. Quand il avait soulevé la couette, approché son visage du milieu du drap, il n'avait pu nier l'évidence : cette chaleur encore présente, cette odeur aigre-douce étaient celles d'un rapport sexuel récent, hâtif. Le sourire sur le visage d'Elaine quand il l'avait vue sortir quelques minutes plus tôt. Ce sourire. Quand Resnick approchait sa main de son visage, comme il le faisait en ce moment, et qu'il fermait les yeux, il retrouvait le goût, enfoui entre ses phalanges, de ce souvenir, salé comme l'eau de la mer.

9

Dana n'avait pas accordé beaucoup d'attention aux compliments qu'on lui avait faits à leur soirée de Noël. Pas tout de suite, en tout cas. Les remarques habituelles sur ce qu'elle portait, sur ses cheveux, ses courbes naturelles, les comparaisons avec Madonna. « Pour Noël, je parie que tu as eu son bouquin, *Du sexe.* » – « Enfin, Jeremy, tu vois bien qu'elle n'a pas besoin de sexe, elle en a autant qu'elle en veut. » Pour certains d'entre eux, quelques-uns des hommes avec lesquels elle travaillait, ce genre de remarque leur venait naturellement, comme le fait de respirer. Particulièrement les hommes mariés – toutes ces choses qu'ils ne disaient plus à leurs femmes. Dana n'y voyait même pas du harcèlement sexuel. Elle ne se sentait pas menacée, rarement gênée. C'était un phénomène permanent, qui restait généralement dans des limites acceptables, et même si cela devenait à la longue un peu pénible, ma foi, cela valait mieux que de passer son temps avec une bande de loulous qui se mettaient à brailler : « Fais-nous voir tes nibards ! » à la première occasion.

D'autre part, Dana aimait bien être remarquée. Et par les hommes. Non pas qu'elle se donnât en spectacle devant eux, mais cela lui faisait plaisir qu'ils remarquent sa présence. Comme elle le disait à Nancy, si tu n'es jamais l'objet de la moindre allusion sexuelle, si la fleur n'attire pas l'abeille... Comment pourrait-il se passer quoi que ce soit ? Et elle avait cette conviction intime : trop de répression ne pouvait que nuire. Tourne autour des collègues sur la pointe des pieds, comme si tu portais des œillères, sans la moindre parole déplacée, le moindre regard inconvenant, et tout à coup un type, incapable de se contrôler plus longtemps, te bascule derrière la photocopieuse pour épancher sur la moquette sa passion non partagée. « Mouais... avait dit Nancy, perplexe. Il y a peut-être une solution intermédiaire. »

Ma foi, s'était dit Dana quand Andrew Clarke, lui touchant à peine le coude, l'avait conduite jusqu'à la piste de danse, Nancy doit avoir raison.

Andrew était l'un des associés de l'entreprise ; maison victorienne dans le parc, linteaux d'origine, et diverses choses de ce genre. La voiture familiale était une BMW, mais Dana avait remarqué récemment, dans le parking, une petite Toyota MR2 garée sur l'emplacement d'Andrew. Rouge, une petite bombe qu'il pouvait se permettre, maintenant que les frais de scolarité de ses enfants touchaient à leur fin. La remarque la plus désobligeante qu'il eût jamais faite à Dana concernait le fonctionnement de la climatisation. Non, il était correct, voire délicat. Jamais elle ne l'avait surpris les yeux fixés sur elle, admirant son postérieur, tandis qu'elle s'éloignait.

– Je ne suis pas très doué pour ce genre de sport, vous savez. Même si mes filles essaient de me donner des leçons pendant les fêtes de famille.

Les efforts d'Andrew Clarke pour danser le boogie ressemblaient aux derniers soubresauts d'un homme pris dans les sables mouvants, mais il y avait une telle foule massée sur le minuscule cercle de parquet ciré que cela n'avait pas d'importance. En fait, il y mettait une telle application que Dana trouvait presque cela touchant.

Aussi, lorsque la musique céda la place à une vieille chanson de Stevie Wonder et qu'Andrew l'entraîna dans une sorte de valse langoureuse, Dana se laissa faire. Elle fut malgré tout surprise, au bout d'un moment, de sentir quelque chose qui ressemblait fort à une érection se plaquer contre sa cuisse.

Dana se trouvait en haut des marches, devant le vestiaire, quand elle le vit de nouveau. Il avait remis son pardessus, un peu froissé au col, et tenait ses clés de voiture.

– Vous rentrez seule ?

C'était probable ; Nancy, malgré ses déclarations de principe du début de soirée, semblait avoir rencontré quelqu'un de compagnie agréable.

– Vous habitez toujours cet appartement de Newcastle Drive, n'est-ce pas ? C'est sur mon chemin. Et si je vous déposais ?

L'intérieur de la voiture sentait le cuir et l'eau de toilette. Dana ne fut pas prise au dépourvu quand vint l'invitation à prendre un café ; elle était bien décidée à refuser, et elle avait répété dans sa tête l'intonation exacte qui ne risquerait pas de froisser Andrew.

– Oui, dit-elle. Juste une tasse, en vitesse. D'accord.

La famille, bien sûr, était partie le matin même pour le Nord, de bonne heure.

– Une petite maison, près de la côte du Northumberland. Nous l'avons depuis des années. Rien d'exceptionnel.

Dana remarqua une photo d'Andrew et de ses fils devant ce qui ressemblait à un petit château. Andrew et son fils aîné tenaient chacun un fusil, et ils souriaient en montrant les oiseaux qu'ils avaient tués.

– Cela dit... ajouta Andrew en lui fourrant entre les mains un grand verre de cognac, le fait qu'ils ne soient pas là nous permet d'avoir un peu d'intimité. L'occasion de mieux faire connaissance.

Quand Dana ressortit en boitant quarante minutes plus tard, sa bretelle de soutien-gorge, défaite, lui entourait le cou, son collant était déchiré, elle avait perdu le talon de l'une de ses chaussures. L'humeur d'Andrew, tout d'abord amoureuse, puis colérique, était redevenue câline ; et quand, pour finir, Dana l'avait giflé violemment, le repoussant loin d'elle en lui conseillant de grandir un jour, elle avait été stupéfaite de le voir fondre en larmes.

Quand Dana rentra enfin chez elle, le jour de Noël était déjà commencé depuis deux heures, et il n'y avait aucun signe de Nancy. Dana espérait seulement que son amie passait un meilleur moment qu'elle. Très vite, elle se déshabilla, prit une douche et se prépara une infusion de camomille. Assise en tailleur devant la télévision, elle leva sa tasse en regardant son reflet dans l'écran vide. « Joyeux Noël à toi, aussi. »

À un moment ou un autre, le froid avait dû la réveiller, et elle avait trouvé le chemin de son lit, mais quand elle émergea de sous la couette à fleurs avec le sentiment qu'il était six heures trente, elle n'en avait aucun souvenir. Le réveil numérique, sur le plancher, annonçait 11 h 07. Le téléphone sonnait. Dana partit en titubant vers la salle de bains, frottant quelques vestiges de maquillage autour de ses yeux. Au passage, elle décrocha le combiné et le posa, sans répondre, à côté de l'appareil. Dans le miroir, elle avait l'air d'avoir cinquante ans.

Trente minutes dans la salle de bains lui firent gagner cinq bonnes années. Génial ! se dit Dana. Maintenant, je ressemble à ma mère quand elle rentre d'une cure de quinze jours dans un centre de remise en forme. Elle enfila un T-shirt, un pull et un vieux jean. Dans le frigo, il y avait deux yaourts à la mandarine, et elle les mangea tous les deux, en les faisant glisser avec un peu d'Evian éventée. Midi. Nancy n'était toujours pas là. Eh bien, elle ne devait pas s'ennuyer.

Quand Dana se rappela avoir laissé le téléphone en plan, une voix de femme, enregistrée, lui demandait de replacer le combiné et de recomposer son numéro. Elle avait à peine raccroché que la sonnerie retentit de nouveau.

– Allô ?

C'était la mère de Nancy. Elle appelait du Merseyside pour souhaiter un joyeux Noël à sa fille. À en juger d'après les bruits de fond, le reste de la famille attendait son tour pour faire la même chose.

– Je suis désolée, madame Phelan, Nancy n'est pas là.

– Mais je croyais qu'elle passait Noël avec vous ? Elle m'a dit...

– C'est vrai, c'est vrai. Seulement... (Seulement, elle a passé la nuit avec un homme et elle n'est pas encore rentrée.) Elle est sortie. Pour faire un tour, vous comprenez ? Pour se rafraîchir les idées.

– Elle n'est pas malade ?

– Oh, non. Non. Simplement, hier soir, nous sommes allées à ce dîner dansant...

Il y eut un silence, puis, lointain, l'écho de la voix de Mme Phelan qui transmettait l'information au reste de la famille.

– Ne manquez pas de dire à Nancy que j'ai téléphoné, ajouta-t-elle quand elle reprit l'appareil. Je rappellerai dans un petit moment.

Ce qu'elle fit plusieurs fois au cours des heures suivantes. Et à chaque fois, ses questions trahissaient une anxiété grandissante, et les réponses de Dana se faisaient de plus en plus vagues. Quand elle fut à court de mauvaises excuses, M. Phelan lui-même intervint.

– Arrêtez de tourner autour du pot, vous voulez bien ? Je veux savoir ce qui se passe.

Du mieux qu'elle put, Dana lui fit un compte rendu.

– Et pourquoi diable ne nous avez-vous pas dit ça plus tôt ?

– Je ne voulais pas que sa mère s'inquiète.

– À la seconde même où elle rentre au bercail, dites-lui bien qu'elle doit nous appeler, d'accord ?

D'accord. À l'autre bout de la ligne, il y eut une sorte de grognement exaspéré, puis la communication fut coupée.

Dana regarda la dinde qui occupait la majeure partie du réfrigérateur, et le bac à légumes en plastique noir, surchargé, qui contenait des provisions pour plusieurs semaines. Elle sortit du congélateur un plat de lasagnes aux brocolis, périmé depuis deux jours seulement, et le mit dans le four à micro-ondes. Quand il fut réchauffé, elle avait eu le temps de regarder sa montre et l'horloge du coin-cuisine une demi-douzaine de fois. Au moment où le père de Nancy rappela, Dana, l'annuaire ouvert sur les genoux, cherchait le numéro du service des urgences de l'hôpital.

– Est-ce que ça lui ressemble ? demanda M. Phelan, sans chercher à dissimuler son angoisse. De ne pas vous tenir au courant quand elle va quelque part ?

– Je n'en sais rien.

– Vous habitez pourtant avec elle, ma petite.

– Oui, mais, je veux dire... Enfin, ce n'est pas comme si les occasions avaient été si nombreuses...

– Ce qui signifie que de vivre à Nottingham n'en a pas fait une traînée, sa mère sera ravie de l'apprendre. Et maintenant, est-ce que je dois prendre ma voiture pour venir sur place, ou quoi ? Parce qu'il me semble que vous ne prenez pas cette affaire aussi sérieusement que vous devriez le faire.

– Je ne crois vraiment pas qu'il y ait des raisons de s'inquiéter. Je suis sûre qu'elle va bien.

– Oui ? C'est ce que vous voudriez que pense notre Nancy si c'était vous qui n'étiez pas rentrée ?

Un silence.

– J'étais sur le point de téléphoner à l'hôpital quand vous avez appelé, ajouta Dana.

– Bien. Et prévenez aussi la police, pendant que vous y êtes.

10

Matin de Noël ou pas, Jack Skelton était allé courir ses six kilomètres et demi quotidiens, quittant la maison alors que sa femme, apparemment, dormait encore. Quand il était revenu, couvert de sueur, il avait surpris le regard accusateur d'Alice qui le fixait dans le miroir du dressing-room.

– Vous vous êtes bien amusés hier soir, tous les deux ? demanda, désarmante, leur fille Kate au petit déjeuner.

Skelton enfonça le dos de sa cuillère dans ses céréales, brisant l'instrument en deux contre le fond du bol ; avec mille précautions, Alice remplit sa tasse de thé.

– J'aurais bien voulu voir ça, poursuivit Kate dans le silence pesant. Vous deux, en train de tortiller des cannes. Je parie qu'on aurait dit Roy Rogers et Fred Astaire.

– C'est *Ginger* Rogers..., dit Alice, laissant entendre son exaspération.

– Elle le sait très bien, commenta calmement Skelton.

– Alors, pourquoi est-ce qu'elle ne... ?

– Tu ne vois pas qu'elle te faisait marcher ? C'était une plaisanterie.

– Drôle de plaisanterie !

– Les plaisanteries ne sont pas censées être drôles ? demanda Kate, sans dissimuler la lueur malicieuse de son regard.

– Katie, ça suffit, dit Skelton.

– Le problème avec toi, ma petite, fit Alice, c'est que tu fais trop la fine mouche ; ça te jouera des tours.

– Voilà le résultat, quand on a des parents aussi intelligents, répliqua Kate.

Se soulevant de son fauteuil, Alice se pencha brusquement en avant, prête à effacer le sourire de sa fille d'un revers de la main. Kate soutint son regard, la mettant au défi de faire précisément cela. Prenant sa soucoupe et sa tasse, Alice quitta la pièce.

Secouant lentement la tête, Skelton soupira.

– Tu as passé une bonne soirée, hier ? demanda Kate, d'un ton qui pouvait laisser croire, cette fois, que la réponse l'intéressait.

– C'était plutôt réussi, il me semble.

– Mais pas génial ?

Skelton sourit presque.

– Non, pas génial.

– La mienne non plus.

– Ta soirée ?

– Tellement ennuyeuse, tellement prévisible. Des gens qui se soûlent le plus vite possible, et qui vomissent sur la moquette parce qu'ils ne sont pas chez eux.

– Tom était là ?

Tom était son dernier copain en date – étudiant à l'université, dans le genre grosse tête. Aux yeux de Skelton, il incarnait un changement appréciable, après le dernier amour de Kate, un barbare au chômage vêtu de noir de la tête aux pieds qui prétendait être en assez bons termes avec le diable.

– Il a passé un moment avec nous.

– Vous ne vous êtes pas disputés ?

Kate secoua la tête.

– Il déteste ce genre de soirée. Il dit qu'on n'y rencontre que des branleurs immatures.

Skelton parvint à ne pas réagir aux termes que Kate avait employés ; de plus, Tom semblait avoir fort bien résumé la situation.

– Pourquoi donc es-tu restée, en ce cas ? Pourquoi n'es-tu pas partie en même temps que Tom ?

– Parce qu'il ne me l'a pas demandé. Et puis, ce sont mes amis.

Ces mêmes amis, pensait Skelton, avec lesquels tu prenais de l'Ecstasy dans des raves qui duraient toute la nuit.

– J'espère, ajouta Kate, que tu ne comptes pas me voir traîner à la maison toute la journée, sous prétexte que c'est Noël.

La journée s'écoula péniblement dans la même atmosphère. La dinde était trop cuite, sèche à l'extérieur, mais rose près de l'os. Alice passa du xérès au champagne puis au cherry sans perdre la cadence. Kate passa une heure dans la baignoire, une autre au téléphone, puis annonça qu'elle sortait, qu'il était inutile de l'attendre. Alors que la nuit commençait à tomber, Skelton apparut à la porte du salon en survêtement bleu marine, une paire de chaussures Asics toutes neuves aux pieds.

– Tu prépares quelque chose, Jack ? demanda Alice, levant les yeux. Tu t'entraînes pour le jour où tu t'enfuiras en courant ?

102

Avant que la porte d'entrée ne se referme, Alice replongeait déjà le nez dans son roman policier, le dernier Barbara Vine – alias Ruth Rendell.

Quand Skelton revint, presque une heure plus tard, Alice était assise, toutes lumières éteintes, les jambes sur le canapé qu'elle avait approché du feu. Elle fumait une cigarette, un verre de liqueur à portée de la main sur le plancher.

– Pourquoi restes-tu dans le noir ? demanda Skelton.

– Il y a eu un appel pour toi, annonça Alice. Du commissariat. (Puis, comme Skelton traversait la pièce :) Pas la peine de te presser. Ce n'est pas elle qui t'a demandé.

Devant le commissariat, le trottoir était jonché d'éclats de verre. Des flots de papier crépon et de guirlandes de Noël pendaient tristement aux balustrades voisines. Dans la salle d'attente, une jeune femme au crâne à moitié rasé, le reste de sa chevelure carotte noué en tresses fines, cajolait un chien bâtard de couleur noire qui saignait, l'oreille entaillée par une vilaine coupure.

– Vous ne l'envoyez pas à la SPA ? demanda Skelton à l'officier de permanence.

– Ils sont ouverts tous les jours, monsieur le commissaire, mais pas le 25 décembre.

Quand Skelton passa près de lui, l'animal se mit à gronder et montra les dents.

À l'étage, dans son bureau – la porte donnant sur le local de la PJ était ouverte –, Resnick parlait à une femme aux formes harmonieuses dont Skelton estima qu'elle avait une trentaine d'années. L'amie de la jeune femme portée disparue, supposa-t-il. Un physique plutôt agréable, dans le genre sanguin. Chacun à un bout de la salle, Kevin Naylor et Lynn Kellogg étaient au téléphone.

– Quand vous aurez une minute, Charlie, lança Skelton depuis la porte. D'accord ?

Il versait du décaféiné moulu dans le filtre à l'or de sa nouvelle cafetière quand Resnick frappa et entra.

– Eh bien, Charlie, où en sommes-nous ? N'a-t-on pas tiré le signal d'alarme prématurément ?

Resnick attendit que le commissaire principal eût ajouté de l'eau et actionné l'interrupteur. Nouvelle machine ou pas, pensait-il, son café ne sera pas assez fort. Quand Skelton fut de nouveau derrière son bureau, Resnick s'assit et rendit compte des inquiétudes de Dana Matthieson sur le sort de sa colocataire, Nancy Phelan.

– N'est-ce pas cette même jeune femme victime de l'incident d'hier ? Phelan ?

– À l'Office du logement, oui.

– Elle a été menacée, n'est-ce pas ?

– D'une certaine façon.

– Et le responsable...

– Gary James, monsieur le commissaire.

– Nous l'avons relâché.

– Hier soir, oui.

– Rien ne laisse croire qu'il puisse être impliqué dans cette disparition ?

Resnick secoua la tête.

– Non, pas que nous sachions.

– Et ce qui s'est passé à l'Office... James avait des comptes personnels à régler avec cette jeune femme ?

– Pas que nous sachions.

– Nous ne savons rien du tout.

104

– Très peu de choses, jusqu'à maintenant.

Skelton traversa la pièce ; son café avait presque fini de passer.

– Sans lait, Charlie ?

– Merci.

Quand le commissaire principal souleva la verseuse, Resnick craignit le pire : on voyait à travers.

– Malgré tout, vous avez envoyé quelqu'un dire deux mots à ce James ?

– Pas encore, monsieur le commissaire.

Skelton se rassit.

– Un amant ?

– Personne en particulier, pas en ce moment. À en croire sa colocataire. Elle nous a donné quelques noms, cependant. Nous avons commencé nos vérifications.

– La famille ?

– Nous avons pris contact.

Skelton serra les accoudoirs de son fauteuil. Il n'avait jamais remarqué, jusqu'à maintenant, la façon dont Alice, dans ce portrait posé sur son bureau, le suivait constamment des yeux. Méticuleusement, de l'index et du pouce, il fit pivoter le cadre pour qu'Alice ne puisse rien voir d'autre que la brique noircie des immeubles de la ville, à travers la fenêtre.

– Combien de temps depuis qu'on l'a vue pour la dernière fois ?

– Dix-neuf heures, à peu de choses près.

– Autour de minuit, alors.

– Il me semble, monsieur le commissaire, dit Resnick en tendant le bras pour poser son café par terre, que la dernière personne qui l'ait vue, pour autant que l'on sache, c'est probablement moi.

Le commissaire principal était suspendu à ses lèvres, à présent. Il lui parla de la visite impromptue de Nancy Phelan au commissariat, de leur rencontre fortuite dans la cour de l'hôtel, du moteur qui tournait au ralenti juste au-delà de son champ de vision, de la voiture.

– Marque ? Immatriculation ?

Resnick secoua la tête.

– Une berline, probablement quatre portes. Taille et forme standard. Une Astra, ou quelque chose d'approchant.

– Couleur ?

– Noire, peut-être. Foncée, certainement. Bleu nuit. Marron.

– Bon sang, Charlie, ça fait une sacrée différence.

– Il n'y avait pas beaucoup de lumière.

– Je sais. Et vous n'aviez aucune raison de lui prêter spécialement attention.

Ce qui ne m'empêche pas de penser, se dit Resnick, que j'aurais dû le faire.

– Rien ne nous permet d'affirmer, je présume, que cette voiture l'attendait ?

– Non.

– Vous n'avez pas vu la jeune femme monter dans le véhicule ?

– Non.

– Donc, elle aurait pu rentrer dans l'hôtel ?

– C'est possible, mais d'après ce qu'elle m'a dit... Il me semble qu'elle était sur le point de partir.

Skelton se carra dans son fauteuil, noua ses deux mains derrière la tête.

– Si la voiture, n'importe quelle voiture, était passée devant moi, dit Resnick, entre l'hôtel et le château, je pense que je l'aurais remarquée. Mais il n'avait qu'à tourner à droite plutôt qu'à gauche, et je ne l'aurais pas vu.

– « Il » ? répéta Skelton.

Les coudes en appui sur les genoux, Resnick se passa une main sur le front, et ferma les yeux.

11

Dana Matthieson était assise sur le bord d'un fauteuil dans le bureau de Resnick. Elle tentait de se concentrer tandis que le policier vérifiait et revérifiait les noms des personnes présentes à la soirée, les liens qui existaient entre elles, s'assurant que tout avait bien été noté. La porte de communication avec la salle voisine était entrebâillée de quelques centimètres, juste assez pour laisser filtrer les conversations enchevêtrées, les éclats de rire ou les coups de colère occasionnels. Pour Dana, il était difficile de ne pas penser sans cesse à Nancy, de ne pas se demander où elle pouvait être.

– Ce nom, là, dit Resnick. Yvonne Warden...

– L'assistante d'Andrew. Elle doit avoir la liste des invitations. Tout passe par elle.

– Et Andrew, qui est-ce ?

– Andrew Clarke. L'associé principal.

– Il était présent ?

Dana revit l'expression de Clarke quand il lui avait demandé s'il pouvait la déposer chez elle, si elle voulait monter prendre une tasse de café. La façon dont il avait plissé ses petits yeux porcins. Comment avait-elle pu être aussi naïve ?

Resnick inscrivit quelque chose sur sa feuille de papier.

– Nous devrions l'interroger, certainement.

– Oui, insista Dana. Je crois que ce serait une bonne idée.

Elle se demandait s'il y avait d'autres filles, dans la boîte, avec qui Clarke avait tenté de passer aux actes. Sans doute, se dit-elle. Clarke, ou d'autres bonshommes dans son genre. Des hommes mûrs en position de force. Elle regardait Resnick, assis de l'autre côté du bureau, sa cravate entortillée sur elle-même sous le col de chemise, les rides profondes que les soucis avaient creusées sur son visage. Au début de l'entretien, quand elle avait été au bord des larmes, ne se pardonnant pas d'avoir convaincu Nancy de l'accompagner, le policier s'était montré compatissant, lui parlant simplement, et il avait fait de son mieux pour lui assurer que son amie allait reparaître saine et sauve.

– Alors, pourquoi est-ce que nous faisons tout cela ? avait demandé Dana. Pourquoi se donner tant de mal ?

Resnick avait eu un regard rassurant.

– Simple précaution. À tout hasard.

À présent, il se levait de son siège, l'informant qu'il n'avait plus besoin d'elle.

– À l'instant même où vous aurez de ses nouvelles, prévenez-nous.

Dana lui promit qu'elle n'y manquerait pas.

Au cours de l'heure écoulée, Resnick avait parlé plusieurs fois aux parents de Nancy ; la mère tour à tour larmoyante et détachée, le père constamment à deux doigts de l'explosion, frustré qu'il n'y ait encore personne contre qui diriger sa colère. Resnick leur décrivit par le détail toutes les procédures en cours, souhaitant qu'ils se sentent impliqués, que l'agressivité du père ne se focalise pas sur lui. S'il s'avérait, finalement, que la disparition de Nancy n'était pas volontaire, il ne serait pas inutile que les parents soient de leur côté.

– Vous n'allez pas avoir besoin d'une photo ? Sa mère aura sûrement quelque chose de récent...

Resnick lui expliqua que Dana leur en fournirait une, prise à peine quelques semaines plus tôt. Un signalement détaillé avait déjà été transmis à tous les postes de police de la ville, à tous les officiers en service.

– Et vous allez la passer, comment dire, à la télé ? Aux actualités ?

Resnick avait débattu de cette éventualité avec Skelton, Skelton avec le commissaire divisionnaire. Ils avaient décidé de ne pas divulguer les faits tout de suite, d'attendre douze heures supplémentaires.

– Je croyais que vous traitiez l'affaire en urgence ? Il s'agit de ma fille, bon sang !

– Monsieur Phelan, nous pensons encore que l'explication la plus probable est que Nancy a décidé à la dernière minute de passer Noël avec un ami.

– Sans avertir personne ?

– C'est possible.

– Oui, et mon oncle s'appellerait ma tante !

– Monsieur Phelan, ce que nous devons faire...

– Ce que vous devez faire, c'est bouger votre cul et trouver ma fille, nom de Dieu !

– Monsieur...

– Écoutez, vos théories à dormir debout, ça ne m'intéresse pas. Notre Nancy, je ne sais pas ce qui lui est passé par la tête, mais quoi qu'elle ait décidé de faire, elle n'aurait jamais oublié de téléphoner à sa mère le jour de Noël. Et son amie, alors, celle avec qui elle vit, elle l'aurait appelée, quand même ? Pour lui dire ce qu'elle manigançait ? Ça ne fait pas de doute ! Je veux dire, ça prend combien de temps, de passer un coup de fil, après tout ?

– L'hypothèse la plus probable, celle sur laquelle nous travaillons, c'est qu'elle aurait rencontré un homme le 24 décembre...

– Quel homme ?

– Nous ne connaissons pas encore la réponse à cette question. Nous en sommes encore...

– Quel homme, bon sang ? Quelqu'un qu'elle connaissait, ou quoi ?

– Pas nécessairement.

– Vous êtes en train de me dire que ma fille est une pute ?

À cent soixante kilomètres de là, ou plus, en direction du nord-ouest, un téléphone mural fut raccroché rageusement. Mieux vaut une pute en vie, pensa Resnick, qu'une morte vertueuse.

Naylor et Divine passaient en revue les listes compilées par Lynn : des hommes avec qui Nancy était sortie, ceux avec qui elle avait dansé ou bavardé un bon moment pendant le réveillon. En aucune façon Dana n'aurait pu jurer que l'une ou l'autre de ces deux listes était complète.

Il devait exister des choses plus faciles à faire, des moments moins pénibles.

Le combiné coincé entre le menton et l'épaule, Divine sortit en tâtonnant une pastille de menthe extra-forte de son paquet ; la communication terminée, il raya un nouveau nom de la liste.

— Oui, monsieur, disait Naylor à l'autre bout de la salle, Phelan. P-H-E-L-A-N. Nancy. Oui, c'est ça.

Un sourd, pensa Divine. Ou un abruti. Dans le coma. Tous ces types qui devaient s'arracher au canapé où ils s'étaient écroulés après une orgie de dinde et de tartelettes. Divine lui-même n'avait pas refait surface avant la moitié de l'après-midi, émergeant de vapeurs alcooliques au rhum et à la bière avec une tête comme un pneu arrière qui aurait besoin d'être rechapé.

— Bonjour, mademoiselle. Oui. Puis-je parler à M. McAllister, s'il vous plaît ?

Divine était à son bureau, contre le mur du fond, celui où était accroché son calendrier de filles à poil avant que Lynn ne pique sa crise et ne le déchire en petits morceaux. Ça l'avait foutu en rogne, cette histoire. Kellogg qui faisait son numéro de féministe pure et dure à chaque fois que rappliquaient ses crampes prémenstruelles. Malgré tout, celui qu'il avait acheté pour l'année prochaine, *Beautés dénudées*, il l'avait déjà fixé chez lui, dans la salle de bains. Ça lui remontait le moral à chaque fois qu'il sortait de la douche.

— Allô, monsieur McAllister ? Ici l'inspecteur adjoint Divine, de la PJ.

Quand sa femme lui annonça qu'un inspecteur de police le demandait au téléphone, Andrew Clarke venait de rentrer d'une longue promenade avec ses fils le long d'une plage pratiquement déserte. Les mouettes volaient bas au-dessus des vagues ; la mer commençait à remonter. Dans le ciel, la lune était nimbée de brume, et il ne restait du jour que quelques vestiges. Ils avaient marché d'un pas vif, aussi vite qu'il est possible de le faire sur du sable, bien emmitouflés pour se protéger du froid. Bientôt, ce serait l'heure du vin chaud et des sandwiches, du billard et des cartes.

– Tu es sûre que c'est pour moi ? demanda Clarke en dénouant son écharpe, alors que les premiers symptômes de la panique lui chatouillaient les tripes.

Son épouse, haussant un sourcil, était retournée à la table de la cuisine.

– Allô ? dit Clarke en décrochant le poste du couloir. Ici Andrew Clarke.

À l'autre bout d'une ligne imparfaite, Resnick s'identifia et lui annonça qu'il avait quelques questions à lui poser concernant le dîner dansant du réveillon.

Bon sang, pensa Clarke, j'avais raison. Il a fallu que cette petite dinde aille porter plainte à la police.

– Que puis-je faire pour vous, monsieur l'inspecteur principal ? demanda-t-il.

– Il y avait une jeune femme, commença Resnick, l'une des invitées...

Oh, mon Dieu, se dit Clarke, c'est donc ça. Dans sa tête, il inventait des excuses, des explications, j'avais trop bu, je subis un tel stress dans mon travail, c'est elle qui m'a provoqué.

– ... d'après les éléments dont nous disposons, elle est partie vers minuit, elle a peut-être accepté qu'on la raccompagne en voiture, et on ne l'a pas revue depuis.

– Dana, fit Clarke.

– Pardon ?

– La jeune femme dont vous parlez, Dana Matthieson.

– Non, pas Dana. Son amie.

– Son amie ?

– Oui. Nancy Phelan.

Resnick perçut un net changement de rythme dans la respiration d'Andrew Clarke.

– Vous la connaissez, alors ?

– Je crains bien que non. Dana, bien sûr, il y a un bon moment qu'elle travaille chez nous. Une employée de qualité. Excellente. Digne de confiance, qui fait preuve d'initiative...

– Nancy Phelan, l'interrompit Resnick.

– Non, pas du tout. C'est-à-dire, il se peut qu'on nous ait présentés. J'ai peur de ne pas en avoir un souvenir précis.

– Vous ne vous rappelez pas avoir dansé avec elle, par exemple ?

Andrew Clarke eut un rire nerveux, une sorte d'aboiement.

– Je suis un piètre danseur, inspecteur. Ce n'est guère mon style.

– Malgré tout, un réveillon de Noël... Ce n'est pas une soirée comme les autres. J'aurais cru, ne serait-ce que pour faire preuve de bonne volonté...

– Si, j'ai dansé, effectivement. Une fois ou deux.

– Avec Mme Clarke, je présume ?

– Ma femme n'était pas présente, elle...

– Avec quelqu'un d'autre, en ce cas ?

– Bien sûr. Vous ne pensez quand même pas que j'irais me couvrir de ridicule...

– Et cette personne avec qui vous avez dansé, n'aurait-il pas pu s'agir de Nancy ?

– Non.

– Vous en êtes sûr ?

– Ne vous ai-je pas dit...

– Si vous n'êtes pas certain de savoir qui était Nancy, n'y a-t-il pas une possibilité qu'elle ait pu être, justement...

– Inspecteur, je connais la personne avec qui j'ai dansé.

– Et vous ne voyez pas d'inconvénient, pour mettre les choses au clair, à me dire...

– C'était Dana Matthieson, en fait.

– Dana.

– Oui.

– Et à la fin de la soirée ?

– Que voulez-vous dire ?

– Comme je vous l'ai expliqué, d'après les informations que nous possédons, quelqu'un a proposé à Nancy de la raccompagner chez elle en voiture.

– Ce n'est pas moi, inspecteur.

– Vous en êtes sûr ?

– Absolument.

Resnick le laissa respirer un instant ; pas trop longtemps.

– Des soirées comme celles-là, un réveillon de Noël, c'est si facile d'oublier...

– Je vous affirme...

– Écoutez, vous avez commencé par me dire que vous n'aviez pas dansé. Et puis, en y réfléchissant, vous vous êtes souvenu du contraire.

– Monsieur l'inspecteur principal...

– Monsieur Clarke, il est important pour nous de reconstituer aussi précisément que possible les événements de la soirée d'hier. Vous avez conscience, j'en suis sûr, de la gravité de la situation.

Clarke changea de position pour tourner le dos à la porte de la cuisine.

– À vrai dire, il se trouve que j'ai effectivement raccompagné quelqu'un dans ma voiture...

– Je vois.

– Dana, en fait.

– Dana Matthieson.

– Oui. Elle habite pas très loin de chez moi.

– Tout comme Nancy, en ce cas.

– C'est possible. Mais je n'en sais vraiment rien.

– Et vous ne l'avez pas vue quand vous avez raccompagné Dana ?

– Non.

– Que s'est-il passé, exactement ? Je veux dire, l'avez-vous simplement déposée devant sa porte ? Vous a-t-elle invité à entrer un moment, pour boire un café, peut-être ? Ou quoi ?

La pause fut trop longue.

– Devant sa porte, dit Clarke. Je l'ai laissée devant chez elle.

– Et elle le confirmera, au besoin ?

– Nous n'y sommes pas allés directement, ajouta Clarke en baissant le ton. Nous nous sommes arrêtés chez moi, en cours de route.

– Pour prendre un café, dit Resnick.

– Un dernier verre, oui.

– Puis vous l'avez emmenée chez elle ?

– Pas exactement, non.

– Pas exactement ?

– Elle a préféré rentrer à pied.

– N'était-ce pas une décision, ma foi, un peu bizarre ? Étant donné, je veux dire, qu'elle avait accepté de monter dans votre voiture pour commencer.

– Elle avait peut-être envie de s'éclaircir les idées.

116

– C'est ce qu'elle vous a dit ?

– Je ne m'en souviens pas.

– Vous ne vous rappelez pas quelle raison elle vous a donnée de vouloir rentrer chez elle à pied après avoir accepté de se faire raccompagner en voiture ?

– Non.

– Si bien que vous ne saviez absolument pas, en fait, si elle était rentrée chez elle sans problème ?

– J'ai supposé...

– Bien sûr. En général, les gens rentrent chez eux. Mais apparemment, son amie Nancy Phelan n'est pas rentrée, elle.

– Je vous le répète, inspecteur, je ne sais rien de cette jeune femme. Absolument rien. Il se peut que je l'aie remarquée une ou deux fois au cours de la soirée, alors qu'elle bavardait avec Dana. Du moins, je suppose que c'était elle. Mais ensuite, non, je regrette. J'aimerais pouvoir vous aider davantage.

– Quand pensez-vous être de retour ici ? En ville ?

– Nous avions prévu de rester jusqu'après le nouvel an.

– Il y a plusieurs personnes dont nous n'avons pas pu trouver l'adresse, dit Resnick. Vous ne voyez pas d'inconvénient à ce que nous demandions à votre collaboratrice de nous aider ?

– Yvonne ? Non, bien sûr. La société fera tout son possible.

– Et en ce qui vous concerne, monsieur Clarke ? Êtes-vous prêt à nous aider ? Personnellement ?

– Évidemment, mais je ne vois vraiment pas...

– Merci, monsieur Clarke. Merci de m'avoir consacré un peu de votre temps.

Quand Andrew Clarke retraversa la cuisine dallée, à la recherche d'un pur malt de quinze ans d'âge, sa femme nota que, pour elle ne savait quelle raison, il semblait être en sueur. Elle espéra qu'il n'était pas en train de couver quelque chose, une grippe par exemple.

Divine avait mal au dos d'être resté assis trop longtemps dans la même position, à poser les mêmes questions. Naylor, parti à la recherche de plats chauds à emporter, était rentré bredouille. Tout était bouclé, aussi hermétiquement que la culotte d'une vieille fille. Même son paquet de pastilles de menthe était vide.

– Ah oui, cette fille en jupe noire, avec des jambes sublimes, disait une voix à l'autre bout de la ligne. Vous plaisantez ? Bien sûr que je m'en souviens. Qu'est-ce qui lui est arrivé ?

Quand Dana regagna l'appartement, il y eut un moment où elle eut la certitude que Nancy l'y attendait. Cela dura seulement le temps de refermer la porte derrière elle, de pousser le verrou, et de sentir la solitude lui tomber sur les épaules, comme un linceul.

12

– Une autre tasse de thé ?
– Quoi ?
– Une autre tasse de thé ?
Tendant le bras, Gary baissa le son de la télé ; le vacarme des rires préenregistrés l'empêchait d'entendre Michelle.
– Thé ?
Cette fois, Michelle était à la porte du salon, en pull et pantalon de ski, et même si son pull était ample, il voyait bien qu'elle retrouvait vite la ligne après la naissance de Natalie. Il le voyait, et il le savait. Quelques mèches pendaient devant son visage. Gary avait envie de lui jeter son regard complice en direction de l'escalier, mais il savait ce que Michelle répondrait : Karl vient à peine de s'endormir, et de toute façon le bébé va bientôt se réveiller.
– Gary ?
Bon, après tout, pourquoi pas au rez-de-chaussée ? Au moins, devant ce qu'il restait du feu, ils auraient chaud.
– Viens ici, dit-il.
– Pour quoi faire ?

Mais elle connaissait ce sourire, ce qu'il était censé éveiller en elle.

– Je viens de mettre l'eau à chauffer, dit Michelle.

– Eh bien, retire-la.

– Oh, Gary, je ne sais pas...

– Moi, je sais. Viens. (Avec un clin d'œil.) Pendant que c'est chaud.

Écartant ses mèches de devant ses yeux, Michelle retourna dans la cuisine pour éteindre la bouilloire électrique. Elle avait été si heureuse, tellement soulagée, quand Gary était rentré, tard, le soir du réveillon. Elle n'aurait pas demandé mieux que de faire l'amour là, tout de suite, mais lui n'avait eu qu'une idée en tête : déverser sa bile sur ces salauds de flics, ces saloperies de lois, ces salauds de l'Office du logement, par la faute de qui toute cette histoire était arrivée, pour commencer. Il n'avait même pas eu envie de voir les gosses. Il ne s'était pas inquiété de savoir comment allait Karl. Ni voulu voir à quoi ressemblait sa joue.

Elle n'avait rien dit à Gary sur ce sujet. Pas un mot. Ni sur le travailleur social, ni sur la visite chez le médecin. Cela n'aurait rien arrangé. Il n'avait jamais pu supporter ça, Gary, jamais, que n'importe quel pékin des services sociaux se permette d'entrer chez eux comme dans un moulin, pour leur dire comment élever leurs gosses.

– Trouvez-nous un logement correct, leur avait-il dit la dernière fois. Trouvez-nous un logement correct, et alors on pourra les élever correctement, vous verrez.

Michelle aurait voulu demander : Mais si vous ne nous trouvez rien ? Si nous sommes obligés de rester ici, qu'est-ce qui va se passer ?

– Michelle ? Tu viens, ou quoi ?

Quand elle revint dans la pièce, Gary avait éteint la télévision et la lumière, et poussé le canapé pour le rapprocher du feu. Les jambes étendues devant lui, légèrement écartées, il était calé contre le dossier à l'une des deux extrémités. Avec ce jean qu'il portait, Michelle ne pouvait que remarquer à quel point il était excité.

– Alors ?

Se forçant à sourire, elle s'avança vers lui ; si seulement elle avait pu chasser de sa mémoire l'image de Gary frappant Karl, elle n'aurait peut-être pas eu autant de réticences.

Gary l'embrassait, sa langue poussant contre les dents de Michelle, une main glissée sous son pull, quand Lynn Kellogg frappa sèchement à la porte.

Quelques heures plus tôt, au commissariat, Lynn avait parlé à Dana en buvant du thé, tentant de ne pas trop tenir rigueur à la jeune femme de lui souffler au visage la fumée de sa cigarette, qui lui irritait les yeux. Quel âge a-t-elle ? se demanda Lynn. Six ans de plus que moi ? Sept ? Les visages ronds comme celui-là, pas tellement différent du sien, dans des circonstances favorables ils semblaient pleins de vie ; avec des yeux noirs où brûlait une vraie flamme, une énergie. Mais là, assise devant Lynn à ressasser les mêmes détails, les mêmes faits, les mêmes soupçons au sujet de Nancy, Dana avait offert un visage épuisé, flasque et blême, aux traits épais.

– N'avez-vous pas une amie chez qui vous pourriez aller ? avait demandé Lynn. Juste pour cette nuit ? Plutôt que de rester seule ?

Mais Dana avait insisté ; il fallait qu'elle soit sur place, près du téléphone, quand Nancy appellerait. Qu'elle soit derrière la porte quand Nancy reviendrait.

– Vous pensez qu'elle va bien ? avait soudain demandé Dana en serrant le bras de Lynn. Dites-moi qu'il ne lui est rien arrivé.

Il ne s'était pas écoulé vingt-quatre heures depuis la disparition, Nancy pouvait encore reparaître, indemne, à l'improviste. Se manifester grâce à une carte postale. Un coup de téléphone. J'avais besoin de changer d'air. Je vous demande pardon si vous vous êtes inquiétés. Une occasion s'est présentée, et j'ai sauté dessus. Cela arrivait sans cesse. Des gens qui quittaient tout sur un coup de tête, une lubie soudaine. Qui se rendaient à Paris, à Londres, à Rome. Ce n'était pas le genre d'incidents dont Lynn devait s'occuper ; pas de près ; pas souvent. Les vingt-quatre heures allaient se prolonger jusqu'à quarante-huit, et s'il n'y avait toujours pas de nouvelles de Nancy à ce moment-là, pas le moindre signe... Enfin, il restait encore du temps.

Bien que toutes les lumières paraissent éteintes, Lynn entendait des voix à l'intérieur ; retournant sa main gantée, elle frappa de nouveau à la porte.

– Ouais ?

Ce fut Gary qui, finalement, vint ouvrir, en finissant de rentrer l'un de ses pans de chemise dans son jean. Derrière lui, Michelle avait allumé la lumière.

Lynn montra à Gary sa carte de police et lui demanda si elle pouvait entrer.

– C'est pour quoi ?

– Ce serait peut-être plus facile d'en discuter à l'intérieur.

– Plus facile pour qui ?

– Gary... commença Michelle.

– Toi, te mêle pas de ça !

Michelle, au centre de la pièce, frémit instinctivement, une peur fugitive traversant son regard.

Lynn posa un pied sur le plancher éraflé, à l'intérieur de la porte.

– Qui vous a permis de...

– Gary...

– Je croyais vous avoir dit...

– Il vaut mieux parler ici, fit Lynn, que de retourner au commissariat. Vous ne croyez pas ? (Gary baissa la tête en reculant.) Il ne faut pas laisser entrer le froid, ajouta Lynn. Par une nuit pareille.

Elle referma la porte derrière elle.

– J'allais faire du thé, dit Michelle.

– Elle restera pas assez longtemps pour ça, fit Gary. On va pas y passer la nuit.

– Une tasse de thé, ça me ferait plaisir, dit Lynn. Merci.

Elle sourit et Michelle partit vers la cuisine, bien contente d'avoir un prétexte pour quitter la pièce et les laisser seuls tous les deux.

À part le canapé qu'on avait déplacé, rien ne semblait avoir changé depuis la première visite de Lynn, la veille. Les mêmes bouts de tapis usés, les mêmes meubles de bric et de broc qui venaient des entrepôts de l'aide aux familles. Deux ou trois guirlandes de Noël, accrochées avec des épingles. Quelques cartes de Noël. Des moisissures dans les coins, des taches d'humidité sur les murs. En dépit de ce qu'il restait du feu, il faisait suffisamment froid pour que Lynn y réfléchisse à deux fois avant d'ôter ses gants.

– Alors ?

Gary alluma une cigarette, puis laissa tomber l'allumette carbonisée sur le plancher.

– Où étiez-vous hier soir ? demanda Lynn.

– Vous le savez foutrement bien, où j'étais hier soir.

– Après qu'on vous a relâché.

– Et où vous croyez que j'étais, bordel ?

– C'est ce que je vous demande.

– Ici, bien sûr. Qu'est-ce que je serais allé foutre ailleurs, d'après vous ?

Sur le pas de la porte, Michelle se mordit les lèvres ; si seulement Gary ne prenait pas la mouche à tout moment.

– Vous êtes donc resté ici toute la soirée ?

– Oui.

– À partir de quelle heure ?

– Écoutez, je veux savoir pourquoi vous me posez toutes ces questions.

– À quelle heure êtes-vous rentré ici ?

– Dès que vous m'avez laissé sortir, bande d'enfoirés !

– Ce qui devait faire environ quelle heure ? Huit heures ? Huit heures et demie ?

– Il était neuf heures moins vingt, précisa Michelle. Presque exactement. Je me rappelle.

Gary donna l'impression de vouloir la rabrouer, mais il se contenta de lui lancer un regard furieux.

– Et vous n'êtes pas ressorti ?

– C'est pas ce que je viens de dire ?

– Pas tout à fait.

– Eh bien... (il s'approchait de Lynn, à présent, contournant le canapé, pour se planter devant

124

elle)... c'est ce que je suis en train de vous dire maintenant. Je suis rentré et je suis pas ressorti. Pas avant ce matin. D'accord ?

Lynn sentait, sur son visage, l'haleine tiède de Gary. Ses relents de tabac. De nourriture. De bière.

– Et Nancy Phelan ?

– Qui ?

Mais elle lut dans son regard qu'il connaissait ce nom.

– Nancy Phelan.

– Comment ça, Nancy Phelan ?

– Vous savez bien de qui je parle, alors ?

– Bien sûr que je le sais.

– Et vous l'avez vue ?

– Quand ?

– Hier ?

– Vous savez foutrement bien...

– Pas à l'Office du logement. Après.

– Quand ?

– Peu importe l'heure.

– Non.

– Vous n'avez pas revu Nancy Phelan à un autre moment ?

– Non.

– Vous ne l'avez pas revue par la suite ? Plus tard dans la soirée ? Hier, le soir du réveillon ?

– Je vous l'ai dit, non ? Je suis pas ressorti.

Michelle hésitait à l'entrée de la pièce.

– Vous le voulez comment, votre thé ? demanda-t-elle.

– Comment tu crois qu'elle le veut ? Dans une tasse, bordel !

– Je veux dire, vous voulez du sucre ?

– Un seul, merci.

Gary se détourna, l'air dégoûté. C'est un gosse, pensa Lynn. Il est plus jeune que moi. Coincé dans cette baraque avec une femme et deux mômes. Sauf que ce n'est pas sa femme. Et il a quel âge ? Dix-neuf ans ? Vingt ? Vingt et un ? Cela n'a rien d'étonnant qu'il ait besoin de hurler. Et de s'en prendre à moi. Si Divine était venu à ma place, ou Kevin Naylor, il ne ferait pas autant de scandale. Du moins, pas en leur présence. Sa colère, il la ravalerait pour la laisser éclater plus tard.

Lynn revit Michelle tressaillir, le visage douloureux ; elle se rappela l'ecchymose sur la joue de Karl.

Une blessure que pouvait justifier l'explication de sa mère – le gamin était rentré de plein fouet dans une porte.

– Je vais vous aider à servir le thé, proposa Lynn.

– Pas la peine, dit Gary.

Mais il ne fit rien pour empêcher Lynn d'entrer dans la cuisine.

Michelle versa le lait en premier, du lait longue conservation acheté en carton, puis le thé. Un seul sachet, devina Lynn, pour une grande théière.

– Comment vont les enfants ? demanda Lynn.

– Ils dorment, Dieu merci. Ils étaient tellement excités, tout à l'heure, avec les cadeaux et tout.

– Et Karl ?

Michelle, qui s'apprêtait à sucrer les thés, s'arrêta net, la petite cuillère penchée dans le vide.

– Comment va Karl ?

– Le docteur a dit...

– Je sais ce que le docteur a dit.

– Eh bien, alors, il n'y a rien à ajouter, non ? Il va bien.

– Il est blessé.

– C'était un accident. Il...

Michelle, réagissant à un bruit soudain, lança un regard vers la porte ; le téléviseur venait d'être rallumé.

– Le sucre, dit Lynn.

– Quoi ?

– Le sucre tombe à côté de la tasse.

Lynn lui prit la cuillère des mains et commença à remuer l'une des tasses de thé trop pâle.

– Je ne lui ai rien dit, glissa Michelle dans un chuchotement oppressé. Je ne lui en ai pas parlé du tout.

– Tu m'as pas parlé de quoi ? demanda Gary en entrant dans la cuisine.

– Tenez, fit Lynn en lui tendant une tasse. Votre thé.

– Tu m'as pas parlé de quoi ? répéta Gary, fixant Michelle, sans prêter attention à Lynn.

Michelle porta la main à sa gorge.

– Quand je suis venue hier..., commença Lynn.

– Je savais pas que vous étiez venue hier.

– C'est ce que Michelle voulait dire, fit Lynn. Gary ne l'écoutait même plus ; il traquait Michelle.

– Pourquoi tu me l'as pas dit ?

– Je ne sais pas. Quand tu es rentré, j'étais si contente, je crois que j'ai oublié.

– Comment tu peux oublier un truc pareil ? Ces putains de flics...

– Ce n'était pas important, intervint Lynn. Je suis juste venue, en passant, dire à Michelle où vous étiez.

Gary, qui avait posé sa tasse, la saisit brusquement, s'éclaboussant la main de thé chaud. Une seule gorgée lui suffit ; il vida le contenu dans l'évier.

– Qu'est-ce que c'est que cette saloperie ? On dirait de l'eau de vaisselle !

– Je vais en faire un autre, proposa Michelle, tendant le bras pour prendre la bouilloire.

– Perds pas ton temps !

Entre son coup de gueule hargneux et le tintamarre de la télévision, un gémissement leur parvint du premier étage.

– C'est le bébé, dit Michelle en reposant la bouilloire.

– Comme d'habitude, grogna Gary.

– Gary, c'est pas gentil de dire ça.

Mais Gary s'en moquait ; il retournait déjà au salon, laissant Natalie pleurer au premier. Indécise, Michelle regarda Lynn.

– Allez-y, dit Lynn. Je m'occupe du thé.

Quand Lynn entra dans le salon, trois tasses de thé bouillant en équilibre sur une planche à découper qu'elle utilisait comme plateau, Michelle était assise dans un fauteuil en bois aux accoudoirs arrondis ; elle donnait le sein au bébé, qui ne tenait pas en place. Sur le canapé, Gary boudait dans son coin, en faisant semblant de regarder la télévision.

Lynn but son thé, bavardant avec Michelle. Elle lui parla du bébé, en gardant à la conversation un ton aussi anodin que possible. Elle aurait aimé monter à l'étage, jeter un coup d'œil à Karl, mais elle sentait que si elle demandait à le faire, Gary s'y opposerait. Il valait mieux reprendre contact avec le service social, les laisser prendre en charge les problèmes qu'ils étaient habitués à traiter.

Quand elle se leva pour prendre congé, Michelle l'accompagna jusqu'à la porte. Gary, toujours avachi sur le canapé, grogna quelque chose qui aurait pu être « au revoir ».

Au moment de sortir, comme elle passait devant Michelle, Lynn dit à voix basse :

– Si vous avez besoin de parler à quelqu'un, pensez à moi. Passez-moi un coup de téléphone. D'accord ?

Michelle se hâta de rentrer dans la maison, de refermer la porte pour ne pas laisser pénétrer le froid.

Plus tard, dans son lit, alors qu'elle était repliée sur elle-même à l'écart de Gary et qu'elle écoutait les bruits de succion et les gémissements de sa respiration, Michelle chercha en vain le sommeil parce qu'elle y repensait sans cesse. Non pas à ce que Gary lui avait dit quelques minutes à peine après le départ de Lynn, lui reprochant de lui cacher des choses ; non pas à la douleur dans ses côtes là où Gary l'avait frappée, au bas du torse pour que ça ne se voie pas. Elle ne pensait à rien de tout cela, mais à ce que Gary avait répondu quand l'inspectrice lui avait demandé s'il était ressorti le soir du réveillon. Elle se demandait pourquoi Gary avait menti.

13

– Kevin ?
– Chut !
– Quelle heure est-il ?
– Il est tôt. Dors.
– La petite...
– Je lui ai donné un biberon, et elle s'est ren-
dormie.
Debbie roula sur le flanc, le visage enfoui dans
l'oreiller. Il faisait noir dans la chambre. Même
l'espace entre les rideaux, près de la tringle, où ils
refusaient de se rejoindre, n'offrait aucune lumière.
– Tu commences de bonne heure.
– Oui.
Kevin, qui n'avait plus que sa veste à mettre
avant de partir, s'assit au bord du lit, près du bras
nu de Debbie.
– Excuse-moi, j'avais oublié.
Lui caressant doucement l'épaule, Kevin sourit.
– Ça n'a pas d'importance.
– Avant, tu détestais ça.
– Quoi ?
Quand Debbie leva lentement la tête, un mince
filet de salive s'étira entre le coin de sa bouche et
l'oreiller et finit par céder.

130

– Quand j'oubliais ton tableau de service, l'heure à laquelle tu commençais à travailler.

– Je détestais beaucoup de choses. (La bouche de Debbie était moite, son haleine chaude de sommeil, un peu aigre.) Je t'aime, dit-il.

– Je sais, répondit Debbie.

Elle passa son bras libre autour de lui, le creux de son coude lui enserrant le cou. L'un de ses seins sortit du T-shirt de Snoopy qu'elle portait pour dormir.

– Je vais être en retard.

– Je sais, fit Debbie.

Elle l'embrassa avec force avant de le laisser partir.

Tandis qu'il refermait la porte et sortait dans la rue, Naylor sentit de nouveau la même sensation, à présent familière, lui étreindre l'estomac comme une main glacée : il s'en était fallu de peu qu'il perde tout ça, qu'il laisse tout ce bonheur lui échapper.

Resnick s'était réveillé peu avant quatre heures, pour finalement se lever à cinq. Quand il avait ouvert à Dizzy la porte du jardin, le chat noir était entré d'un pas élastique, la queue dressée, comme s'il n'y avait rien de nouveau à cela. Dehors, il gelait. La fourrure de Dizzy était lisse et parsemée de givre.

Resnick lui fit chauffer du lait dans la casserole, contrôlant la température du bout des doigts avant de le verser dans l'écuelle. Les ronronnements du chat emplirent la cuisine pendant qu'il se restaurait et que Resnick buvait son café noir bien chaud : c'était un secret entre eux, personne d'autre n'était réveillé.

La première annonce de la disparition de Nancy Phelan allait être diffusée aux actualités régionales de dix-huit heures ; elle serait peut-être citée sur le réseau national une heure plus tard. Jack Skelton avait convoqué une réunion pour neuf heures. Les quelques éléments dont on disposait allaient être rassemblés, évalués, démontés ; on allait y distribuer quelques tâches à exécuter, après avoir choisi les interrogatoires qui méritaient qu'on y revienne, les manques qu'il fallait combler. La douleur, la colère du père de Nancy au téléphone. Nous faisons tout notre possible. Resnick se rappela l'apparition de Nancy dans le local de la PJ par ailleurs désert, son manteau rouge défait qui pendait sur ses épaules. Plus tard, ce même soir, la voix qui avait semblé surgir de nulle part, l'éclat d'argent de son sourire, ce souffle suspendu entre eux dans le vide.

– Mesdames, messieurs, venez-en à l'ordre du jour, si vous le voulez bien.

Le nouvel inspecteur chef s'abritait derrière le vernis transparent de son éducation universitaire ; une suffisance hautaine que désavouaient ses voyelles natives du bassin minier. Récemment promu en brûlant la politesse à Resnick et à Reg Cossall, Malcolm Grafton avait dix ans de moins qu'eux – comme Reg ne manquait jamais de le faire remarquer.

– Bon sang, Charlie ! J'espère qu'il ne portait pas ces chaussettes-là pour son entretien de promotion.

Après avoir regagné son siège sur l'estrade, Grafton avait croisé les jambes, révélant une chaussette qui semblait, pour reprendre la description de Reg Cossall, avoir été trempée dans un plat de sauce au curry, puis mise à sécher telle quelle sur la corde à linge.

Resnick grogna et garda ses réflexions pour lui. Il n'y avait pas si longtemps, il avait remarqué qu'il portait lui-même des chaussettes dépareillées, l'une marron et l'autre bleu nuit. Pas étonnant qu'il ait été incapable de préciser la couleur de la voiture qui attendait Nancy Phelan.

– Pour le moment, nous envisageons trois sortes de ravisseurs potentiels... (Jack Skelton s'était levé à son tour et il faisait de grands gestes en direction des trois tableaux disposés à sa droite.) D'abord, les amants, les amis de sexe masculin, appelez-les comme vous voudrez. Ensuite, les clients de l'hôtel présents le soir du 24 décembre – pour commencer, il s'agit des gens qui participaient comme elle au réveillon des architectes, mais en fin de compte, de tous les visiteurs qui ont fréquenté cet endroit pendant la soirée. (À ces mots, un murmure de découragement parcourut le groupe des officiers de police.) Enfin, et pour le moment il ne s'agit que d'une éventualité peu probable, cet homme, Gary James.

Les regards pivotèrent vers l'écran que désignait à présent Skelton et se retrouvèrent confrontés au visage chafouin de Gary, photographié de face, entouré par ses deux profils, droit et gauche.

– Comme le savent déjà la plupart d'entre vous, poursuivit Skelton, il y a eu un incident à l'Office du logement l'après-midi du même jour. James est devenu violent, a proféré des menaces à l'encontre de divers membres du personnel, dont la jeune femme qui a disparu, Nancy Phelan, qu'il a séquestrée dans son bureau pendant un moment. La rancœur qu'il nourrit contre elle semble provenir d'un désaccord concernant le logement attribué à James, sa concubine et leurs deux enfants. James a-t-il décidé, à cause de ce qui s'est passé hier, de ne pas en rester là ? Nous n'en savons rien.

Skelton recula d'un pas, cherchant Lynn Kellogg du regard à travers le nuage naissant de fumée de cigarettes.

– Lynn, vous l'avez vu hier, il me semble.

Un peu gênée, boutonnant puis défaisant le devant de sa veste, Lynn se leva de sa chaise.

– J'ai parlé à James hier, monsieur le commissaire. Il prétend qu'il a passé la fin de la soirée chez lui. Sa compagne, Michelle Paley, confirme ses dires.

– Vous pensez qu'il dit la vérité ?

– Je n'ai aucune raison de croire le contraire.

– Mais vous n'êtes pas convaincue ?

Un silence.

– Non, monsieur le commissaire.

– Cette femme, Michelle, elle mentirait pour lui fournir un alibi ?

Sans hésitation, Lynn répondit :

– Elle aurait trop peur pour refuser de le faire.

– Il la frappe, sans doute ?

– Nous n'avons pas de preuve manifeste, monsieur le commissaire. Il n'y a pas de signes extérieurs. Mais il se met facilement en colère ; il s'emporte pour un rien. Et il y a les blessures du petit garçon.

– Je croyais que nous avions éclairci cette question ? (Skelton regardait Resnick, à présent.) Que James avait été mis hors de cause.

– Selon le médecin, répondit Resnick en se levant à moitié de sa chaise, l'ecchymose et la boursouflure de la joue concordent avec l'histoire que nous a racontée la mère. Blessure accidentelle.

– Mais vous pensez qu'il pourrait s'agir d'autre chose ?

Resnick haussa les épaules.

– C'est possible.

– Quelqu'un assure le suivi de cette affaire ?

– Les services sociaux, oui.

Skelton hocha gravement la tête, pressant fortement les extrémités de ses doigts les unes contre les autres. Resnick se rassit.

Lynn était toujours debout.

– Oui ? fit Skelton.

– Je me demandais, monsieur le commissaire, si cela suffisait. La situation qui règne dans ce foyer, comment dire ? C'est comme si une explosion allait se produire d'un moment à l'autre.

– Nous savons déjà que les services sociaux gardent un œil...

– Malgré tout, surchargés comme ils le sont...

– Et nous ne le sommes pas ?

Il y avait plus qu'un soupçon de colère dans la voix de Skelton.

– Mais si James est un suspect de premier plan...

– Ah, oui ? C'est ce que nous avons dit ? C'est vraiment un suspect valable dans cette affaire ?

Lynn ne répondit pas ; elle jeta un regard à Resnick, quêtant son soutien. Au fond de la salle, l'air gêné pour elle, Kevin Naylor remua sur sa chaise.

– Vous voulez dire qu'il est possible, intervint Malcolm Grafton, que James ait été le conducteur de cette voiture dans laquelle Nancy Phelan a été enlevée ?

– Rien ne permet d'affirmer, dit Resnick, qu'elle ait disparu de cette façon.

– C'est l'explication la plus plausible, Charlie. Et c'est la vôtre. (Grafton se cala contre son dossier de chaise et recroisa les jambes, aérant de nouveau ses chaussettes.) La solution se trouve sûrement là où nous la cherchons, n'est-ce pas ? Rien à voir avec ce pauvre type. Frapper sa femme et ses gosses, jeter des chaises à la tête d'une employée, ça, c'est dans ses cordes.

– Ça ne veut pas dire..., commença Lynn dont les joues s'empourprèrent brusquement.

– Lynn...

Resnick s'était levé de sa chaise, plus rapidement cette fois.

– Est-ce que vous insinuez, dit Lynn en serrant très fort le dossier de la chaise placée devant elle, que la violence domestique...

– Je crois que l'inspecteur chef veut dire...

– Merci, Charlie, mais je n'ai pas besoin d'un interprète, dit Grafton.

– Seulement d'une paire de chaussettes correctes, murmura Reg Cossall.

– Notre priorité, poursuivit Grafton, c'est de découvrir Nancy Phelan, ce qui lui est arrivé. Tout le reste n'est que perte de temps.

Lentement, Lynn se rassit.

– C'est pas trop tôt ! fit Divine sans s'adresser à qui que ce soit en particulier. Maintenant, on va pouvoir bosser.

L'espace d'un bref instant, Grafton se permit un sourire satisfait.

– Malgré tout, insista Resnick, un homme déjà condamné pour violences, actuellement en liberté conditionnelle, et qui a déjà agressé la jeune femme que nous recherchons, nous ne pouvons pas l'écarter complètement de notre enquête. N'est-ce pas ?

Du haut de l'estrade, Grafton le fixa à travers ses paupières plissées.

– Une mission de surveillance, Charlie. Pour votre équipe. (Skelton s'était levé de nouveau, intervenant sans attendre.) Ce n'est pas le plus urgent, cependant ; la priorité, ce sont les petits amis de Nancy Phelan, dont vous allez vous occuper aussi. Reg...

– Nous y voilà ! fit Reg Cossall en aparté.

– ... les clients de l'hôtel, si vous le voulez bien. Malcolm fait le nécessaire pour vous adjoindre de nouveaux hommes.

– Il s'est débarrassé des anciens, c'est ça ?

– Pardon ?

– Rien, monsieur le commissaire. Continuez.

Tandis que Skelton poursuivait, Cossall se pencha vers Resnick, lui parlant derrière le dos de sa main.

– Tu ne t'es jamais dit, Charlie, que si l'un de nous, en rentrant chez lui le soir, s'amusait à découper des cadavres et les fourrer dans des sacs-poubelle, il y aurait des chances pour que ce soit notre Malcolm ?

Il y avait eu cinquante-sept invités au réveillon. L'assistante d'Andrew Clarke avait fourni leurs noms, presque toutes les adresses. Il allait falloir déterminer, et si possible confirmer, l'heure à laquelle chacun d'eux était parti ; découvrir par quel moyen de transport ils étaient rentrés chez eux ; dans quelle voiture, de quelle marque, quel modèle. À quel moment, au cours de la soirée, se rappelaient-ils avoir vu Nancy Phelan pour la dernière fois ? À quel endroit ? En compagnie de qui ?

Quand tout cela serait terminé, les réponses comparées et classées, les pistes vérifiées, il faudrait passer au reste : les listes, encore incomplètes et qui s'allongeaient lentement, des autres clients de l'hôtel. Entre trois et quatre cents au total – sans compter les consommateurs occasionnels venus boire un verre au bar.

Reg Cossall, nouveaux hommes ou pas, avait du pain sur la planche.

Resnick était dans son bureau avec Lynn Kellogg, Naylor et Divine. Ils examinaient les noms, fournis par Dana Matthiesson, des quatre hommes que Nancy avait fréquentés récemment. Patrick McAllister. Eric Capaldi. James Guillery. Robin Hidden. Divine avait déjà parlé à McAllister au téléphone, et il devait lui rendre visite dans l'après-midi. Naylor avait pris contact avec les parents de Guillery, qui l'avaient informé que leur fils était en vacances ; il faisait du ski en Italie et ne devait rentrer qu'après le Nouvel An. Le répondeur d'Eric Capaldi proposait quelques mesures de piano mal enregistrées et pas grandchose d'autre. Quant à Robin Hidden, pour ne pas faire mentir son patronyme, il était resté jusqu'à présent bel et bien caché.

– Il n'est pas possible, demanda Kevin Naylor, qu'il y en ait d'autres ? Je veux dire, que sa colocataire ne connaîtrait pas ?

– Pour autant que je sache, avait dit Dana, voilà les quatre avec qui elle sortait. Les seuls dont elle parlait, en tout cas.

– Vous pensez qu'il pourrait y avoir quelqu'un d'autre, alors ? Quelqu'un dont elle ne vous a jamais rien dit.

– C'est toujours possible.

– C'était une personne plutôt secrète ? Réservée ?

– Pas particulièrement. Mais, vous savez..., il y a toujours quelqu'un, n'est-ce pas ? Quelle que soit la raison, quelqu'un dont vous ne parlerez jamais, même à votre meilleure amie.

Vraiment ? s'était demandé Resnick.

Puis la réponse lui était apparue – mais oui, bien sûr.

À présent, réagissant à la question de Naylor, il pensait à Andrew Clarke. Était-ce à ce genre de relation que Dana faisait allusion ? Un homme plus âgé, marié, quelqu'un qui travaillait au même endroit qu'elle ?

– La réceptionniste de l'Office du logement, dit Resnick.

– Penny Landridge, ajouta Lynn, consultant ses notes.

– Touchez-lui-en deux mots, voyez s'il n'y avait pas quelque chose entre Nancy Phelan et l'un de ses collègues, une liaison qu'elle aurait pu ne pas vouloir ébruiter.

– Une petite tringlette vite fait, debout contre le mur, au fond de la salle des dactylos, ricana Divine. Ce genre de truc ?

Lynn lui décocha un regard furieux. À tout autre moment, pensa Resnick, elle y aurait ajouté une remarque acerbe. Mais à présent, une partie de son esprit était accaparée par d'autres préoccupations.

Au moment même où Resnick se retrouva seul dans son bureau, le téléphone sonna : c'était Graham Millington qui l'appelait de chez ses beaux-parents, à Taunton. Il venait d'apprendre, aux actualités, la disparition de cette jeune femme, et il se demandait si on avait besoin de lui au commissariat.

14

Graham Millington avait rencontré sa femme dans les toilettes pour dames de l'école primaire de Creek Road, peu après onze heures du matin, à cause d'une envie pressante survenue au milieu d'une conférence faite à quarante-sept gamins de dix ans. Une envie pressante qui avait saisi Millington, pas sa femme.

S'il y avait une chose qu'il détestait par-dessus tout, qu'il trouvait pire encore que de plonger dans la mêlée d'une bagarre de bar un vendredi soir parmi les verres qui volaient bas, que de foncer sur le terrain de foot un samedi après-midi pour cravater le salopard sournois qui venait d'envoyer au tapis le gardien de but de l'équipe adverse, en le frappant à la tête avec une pièce de cinquante pence affûtée à la meule coincée entre les phalanges, c'était bien de faire des conférences aux écoliers sur les dangers de l'abus de solvants et de l'absorption d'alcool en âge scolaire. Et de voir les sourires roublards et méprisants s'afficher sur leurs frimousses bien proprettes.

Ce matin-là, tandis qu'il répondait adroitement aux questions habituelles et sporadiques sur les colles cellulosiques pour les maquettes d'avion, et les marques qui faisaient de l'effet le plus vite, il fut assailli par une douleur aiguë et soudaine derrière le scrotum – un message urgent signifiant qu'il avait besoin d'uriner.

– Je me demande..., balbutia Millington à la directrice adjointe assise dans un coin, et qui remplissait un formulaire ressemblant furieusement à une demande d'emploi. Est-ce que vous pourriez...

La nature de son embarras était facile à deviner.

– Première à droite au bout du couloir, puis deuxième à gauche.

Ayant mal retenu les indications, Millington se trompa, prit la première à droite puis la première à gauche. Il venait de glisser la main dans sa braguette, cherchant frénétiquement l'endroit idoine, lorsque, dans un allègre écho de cataracte, Madeleine Johnstone sortit des toilettes, en robe Laura Ashley vert bouteille, collants vert pâle et chaussures fonctionnelles.

– Excusez-moi, je...

– Tenez, fit Madeleine en poussant la porte des toilettes, vous feriez mieux d'entrer ici. (Puis, comme il plongeait dans l'ouverture, claquait la porte derrière lui et fermait le verrou à tâtons :) Je vais monter la garde à l'extérieur.

Ce n'est pas normal..., se dit-elle une fois dans le couloir, entourée de tous les travaux d'élèves sur le thème de la faim dans le tiers-monde. Un homme de son âge qui a des problèmes de prostate.

Il l'avait revue au centre commercial Victoria. Madeleine sortait à reculons d'un magasin de jouets éducatifs, croulant sous les sacs plastique remplis de cadeaux pour les jumeaux de sa sœur ; Millington se dirigeait en sifflotant vers la confiserie, bien décidé à acheter un quart de livre de bonbons à la crème et au peppermint, et peut-être une bouchée viennoise.

– Excusez-moi ! fit-il lorsqu'il percuta Madeleine, répandant autour d'eux un monceau de cadeaux soigneusement conçus et approuvés par les instances éducatives.

Il sut qu'elle l'avait reconnu à la façon dont le regard de Madeleine se braqua aussitôt sur sa braguette, vérifiant qu'il ne s'exhibait pas sous l'éclairage qui s'efforçait de remplacer la lumière du jour.

Millington ramassa un paquet de balles de couleurs vives (âge : de 18 mois à 3 ans) et le lui mit dans la main. Madeleine proposa d'aller boire un thé et l'emmena à la cafétéria de Next où il se hissa maladroitement sur un tabouret en cuir noir et mangea un petit pain qui avait étrangement un goût de citron.

– C'est parce qu'ils utilisent le même plan de travail, expliqua Madeleine, pour préparer la salade et beurrer les petits pains.

La jeune fille noire qui les servit avait un air hautain, et ses cheveux étaient torsadés comme du verre filé.

– Elle est ravissante, n'est-ce pas ? dit Madeleine en suivant le regard éperdu de Millington.

Même Millington, sans doute pas le plus sensible des hommes, comprit que cela voulait dire : et moi, alors ? Vous ne me regardez pas ?

Madeleine était large d'épaules, étroite de hanches, avec des mollets solides qui laissaient à penser qu'à l'école elle avait dû beaucoup pratiquer le hockey, ou le basket-ball, ou peut-être les deux. Elle avait des cheveux bruns, presque châtains, un duvet de bon aloi sur la lèvre supérieure, et des yeux d'un bleu déconcertant. Avec un teint pareil, se dit Millington, je parierais une semaine de salaire qu'elle vient du sud, du Kent ou du Sussex ou d'un endroit encore plus éloigné du côté du sud-ouest, où les vents étaient cléments et où l'on mettait de la crème fraîche dans son thé.

Quel fin limier je fais ! pensa-t-il. Je viens seulement de penser à regarder l'annulaire de sa main gauche.

– Ce n'est pas pour moi, si c'est à ça que vous pensez. (Madeleine jeta un regard aux paquets entassés à ses pieds.) C'est pour ma sœur. Elle a des jumeaux. C'est de famille.

Quelque chose frissonna en Millington.

– C'est démodé, de nos jours, n'est-ce pas ? demanda Madeleine. De porter une alliance. Pour un homme.

Ils n'avaient pas pu avoir d'enfants. Jusqu'à maintenant. Ce n'était pas faute d'essayer. Les gènes de la famille Johnstone, la fécondité presque insouciante de ses nombreuses sœurs, Madeleine n'en avait pas hérité. Ils avaient suivi des traitements, subi des tests, ils avaient tout essayé à part l'acupuncture, dont la seule évocation avait fait monter les larmes aux yeux de Millington. « Graham, ce n'est pas à cet endroit-*là* qu'ils plantent les aiguilles. » Cela n'avait rien changé ; l'acupuncture était hors de question.

Pour obtenir une promotion, Madeleine demanda à bénéficier d'une formation complémentaire. Sa candidature fut retenue, et elle se trouva embarquée dans une interminable série de stages qui couvrait tous les sujets, depuis la cuisine chinoise jusqu'à l'art visionnaire britannique en passant par les langues européennes et au-delà. Sur le mur de la cuisine, elle tenait à jour un tableau, assorti de codes de couleurs, sur lequel elle notait les âges et les anniversaires de tous ses neveux et nièces afin de ne laisser passer aucune date sans fêter l'événement.

La fête de Noël, dans la grande maison de ses parents à Taunton, avait été un maelström de voix d'enfants de la classe moyenne bien décidés à réclamer, sans aucune retenue, toute l'attention que leur semblaient mériter leurs besoins les plus immédiats. Madeleine et ses sœurs, assises autour d'une table en chêne qui avait autrefois trôné dans le réfectoire d'une abbaye voisine, avaient ri en se remémorant de vieilles plaisanteries, en regardant des photos anciennes. Et tout autour d'elles, les enfants ne cessaient de courir, de sauter, d'entrer, de sortir, leur présence ne suscitant, de temps à autre, qu'une réflexion telle que : « Oh, Jeremy ! », « Oh, Tabetha ! Regarde ce que tu as fait là ! »

Millington avait écouté son beau-père exposer ses vues sur la loi et le maintien de l'ordre, l'éclatement de la cellule familiale, la perte de respect envers l'autorité et la faillite de la religion, et les fléaux apparemment équivalents que représentaient les familles monoparentales et l'admission de femmes prêtres au sein de l'église. Même le jour de Noël, il accompagna la prière d'avant-repas d'une remarque acerbe sur la clémence excessive dont jouissent les délinquants juvéniles, avant de planter le couteau dans la dinde.

– Ça va ? lui demandait Madeleine de temps en temps, quand par hasard elle passait près de lui.

– Moi ? Oui, bien sûr. Ça va très bien.

Puis il fallait qu'elle reparte, sollicitée par un petit bout de chou de trois ans aux cheveux en bataille qui la tirait par la manche.

– Oh, oui, Miranda, c'est très joli ! On va aller montrer ça à Mamie, tu veux bien ?

C'est dans la salle de bains, où il avait cherché refuge, que Millington entendit la nouvelle. Il se taillait la moustache, faute d'avoir mieux à faire. Le petit poste de radio posé sur l'étagère, couvert de talc, fonctionnait à faible volume. Captant le nom de la ville, il avait monté le son. Une jeune femme qui avait disparu le soir du 24 ; l'inquiétude des parents ; la police qui avait commencé une enquête.

Millington s'était servi du téléphone du salon.

– Graham, Patron. Je me demandais si je pourrais me rendre utile ?

– Dans combien de temps pouvez-vous être ici ?

Millington souriait jusqu'aux oreilles en se frayant un chemin entre les bambins, ouvrant des portes, cherchant sa femme pour lui dire qu'il était désolé, mais qu'il n'avait pas le choix, il devait partir.

15

– Je me suis rendue ridicule, n'est-ce pas ?

Lynn partageait avec Resnick un banc du cimetière, l'un des rares endroits proches du commissariat où il était possible de trouver refuge. Devant eux, le sol se dérobait en une pente escarpée, les sentiers serpentant entre les pierres tombales victoriennes élevées à la mémoire d'Herbert, Edith ou Mary-Helen, âgés de deux ans et trois mois, partis pour un monde meilleur. Plus loin, au-delà de Waverley Street, la masse verte de l'Arboretum reflétait sourdement le soleil d'hiver.

Resnick finit de mâcher une bouchée de sandwich poulet-salade.

– Vous avez dit ce qui devait être dit.

Ce n'était pas le moment, fit Lynn. Et tenir tête à Grafton comme ça, c'était idiot.

– Ce qu'il a dit n'était pas spécialement brillant.

– Mais tactiquement... (Lynn secoua la tête.) Si je me mettais à contester chaque déclaration d'un officier supérieur coupable de sexisme ou d'indifférence, combien de temps croyez-vous que je durerais à la PJ ? Je ne parle même pas de promotion.

Resnick planta les dents dans un concombre, penchant la tête en avant pour tenter, sans succès, d'éviter un jet de vinaigre sur sa chemise.

– Ce qui m'inquiéterait vraiment, poursuivit Lynn, ce serait qu'on ne prenne pas au sérieux la menace que représente Gary James. Vous savez, « c'est encore Lynn qui enfourche un de ses dadas ».

Resnick eut un sourire désabusé.

– C'est ce qu'on dit de moi depuis des années.

Lynn se tourna vers lui. Elle ne lui demanda pas : « Et où cela vous a-t-il mené ? », parce que c'était inutile. Ils savaient tous les deux qu'un homme plus jeune, moins expérimenté, avait été promu à sa place.

– Vous croyez vraiment que c'est James le responsable ? Pour la disparition de Nancy Phelan ?

– S'il n'est pas coupable dans cette histoire, alors il l'est pour autre chose.

– Pour le gamin.

– Peut-être.

L'estomac de Resnick manifesta son inconfort.

– Vous avez recontacté les services sociaux ?

– Martin Wrigglesworth, oui. Enfin, j'ai essayé. J'ai laissé des messages, mais jusqu'à maintenant, il ne m'a pas rappelée. Il est en congé, sûrement.

Se levant, Resnick chiffonna en boule le sac en papier qui avait contenu son déjeuner, chassa de la main les miettes tombées sur son manteau.

– Espérons que nous n'aurons pas besoin d'attendre jusqu'à début janvier.

Tandis qu'ils franchissaient la grille du cimetière pour rejoindre l'ample courbe de la rue, Lynn le sonda au sujet du contrôleur judiciaire de Gary James.

– Pam Van Allen, je suis persuadée qu'elle accepterait plus facilement de vous parler, à vous, plutôt qu'à moi. On ne sait jamais, elle nous permettrait peut-être d'y voir un peu plus clair.

Sans grand enthousiasme, Resnick hocha la tête.

– Je reçois les parents de Nancy Phelan dans une demi-heure. Après ça, je verrai ce que je peux faire.

La circulation, ralentie en cette période de congés, était suffisamment clairsemée pour leur permettre de traverser les quatre voies sans changer de rythme. Une Ford Perfect poussiéreuse, avec une portière peinte d'une autre couleur que le reste de la voiture, pénétrait justement dans le parking voisin du commissariat : M. et Mme Phelan étaient en avance.

Le père et le grand-père de Harry Phelan avaient travaillé sur les docks avant que ceux-ci ne soient transformés pour accueillir des boutiques de luxe et une galerie d'art. Enfant, Harry avait eu l'intention de suivre leur exemple, mais quand il eut l'âge de quitter l'école, les docks étaient déjà condamnés. Il était entré comme apprenti à l'usine de cycles Raleigh, puis délocalisé dans les East Midlands. À présent, cette activité, à son tour, était moribonde, et la famille était retournée à ses racines.

Harry était un grand et solide gaillard, aux cheveux blond-roux clairsemés, avec une moustache pâle et des mains larges parsemées de poils roux entre les phalanges. Sa cravate était nouée trop serrée, et il tirait constamment dessus, une fois à droite, une fois à gauche. Sa femme, Clarise, qui n'atteignait pas le mètre soixante, large de hanches, et au buste lourd, toujours au bord des larmes, tripotait sans cesse le sac à main qu'elle tenait sur ses genoux.

Resnick les reçut en compagnie de Jack Skelton, quatre fauteuils disposés en cercle dans le bureau du commissaire principal. Un agent en tenue leur apporta de la cantine un pot de thé et des biscuits disposés sur une petite assiette.

De plus en plus agité, Harry Phelan écouta les explications concernant les mesures déjà prises, les directions que prenait l'enquête. Les mots qu'il voulait entendre, c'étaient : arrestations, appels à témoins, récompenses, et non pas : vérifications croisées par ordinateur, interrogatoires systématiques, élimination progressive de suspects possibles.

– On dirait, finit-il par dire, que vous y mettez autant de bonne volonté que pour retrouver un vélo volé.

– Harry, je t'en prie ! fit Clarise, fouillant maladroitement son sac pour en sortir un petit mouchoir carré.

– Si c'était quelqu'un de chez vous, ça serait pas la même chanson, y'a pas de doute !

– Monsieur Phelan, je peux vous assurer..., commença Skelton.

Mais Phelan se levait à présent, repoussant sa chaise contre le mur.

– Et moi, je vous assure... (l'index brandi vers le commissaire principal)... si quelqu'un ne se bouge pas le cul, ici, je vais faire un tel scandale que vous allez vous retrouver en uniforme, et vous pourrez encore vous estimer heureux.

– Harry, supplia Clarise, tu ne vas rien arranger.

150

– Ah, non ? Et qu'est-ce qui pourra arranger quelque chose, alors ? (Il désigna Skelton de nouveau, avec un mouvement circulaire qui englobait Resnick.) Quarante-huit heures, c'est ce qu'on dit, pas vrai ? Quarante-huit heures. Si on ne retrouve pas dans les quarante-huit heures une personne disparue, on peut la considérer comme morte, nom de Dieu !

– Oh, Harry !

Clarise Phelan enfouit son visage dans ses mains et se mit, bruyamment, à pleurer.

Sans réfléchir, Resnick avait quitté son siège et se précipitait pour la réconforter quand Harry Phelan se mit en travers de son chemin. Il n'y avait pas moyen d'échapper à la colère qui brûlait dans ses yeux. Pendant un instant, Resnick soutint son regard ; puis, lentement, il battit en retraite et regagna son siège.

– Allez, viens ! dit Phelan en saisissant le bras de sa femme. Nous perdons notre temps, ici.

– Quand allez-vous rentrer chez vous ? demanda Skelton alors que le couple s'éloignait.

– On ne va nulle part. On reste ici jusqu'à ce que cette histoire soit réglée.

Il n'ajouta pas : d'une façon ou d'une autre.

– Y a-t-il une adresse, en ce cas, demanda Skelton, où nous pouvons vous joindre ?

Harry Phelan leur donna le nom d'un petit hôtel de Mansfield Road.

– Il faut l'excuser, dit Clarise entre deux sanglots, il est dans tous ses états, voilà ce qu'il y a.

Harry la poussa dans le couloir et claqua la porte derrière eux.

Skelton et Resnick restèrent quelques instants sans bouger, sans rien dire, chacun évitant le

151

regard de l'autre. Skelton prit une gorgée de thé, mais il était froid. Quand Resnick fit un geste, ce fut pour regarder sa montre.

– Il nous reste un peu moins de dix heures.

Skelton haussa un sourcil.

– Avant la limite des quarante-huit heures, précisa Resnick.

Divine et Naylor rendirent visite à McAllister ensemble. Il habitait Old Lenton, dans une ancienne usine qui fabriquait des machines à sous et qu'on avait aménagée en appartements pour célibataires ambitieux et couples de passage. McAllister les attendait en haut de l'escalier, pantalon de toile kaki et chemise à carreaux délavée, poignée de main virile, sourire complice du style on-est-entre-hommes. Heureux de les faire entrer chez lui.

Ils lui posèrent des questions en examinant les lieux.

Bien sûr, dit McAllister, il connaissait Nancy Phelan. Cela remontait à un certain temps. Il était sorti plusieurs fois avec elle, en fait. En boîte, vous voyez, un ou deux cinés, deux ou trois soirées au pub. Une fille sympa, pleine d'entrain, qui ne mâchait pas ses mots. C'est ce qui lui plaisait bien, chez elle. Il ne supportait pas ces femmes qui restaient assises sans bouger toute la soirée, au vocabulaire limité à une demi-douzaine de mots, dont « merci » et « s'il vous plaît ».

Dans le salon aux dimensions modestes, il y avait des photos sur les murs, McAllister en compagnie de diverses jeunes femmes ; d'autres clichés étaient étalés sur la porte du frigo, maintenus en place par des aimants en forme de fruits, framboises, ananas et bananes. Divine détacha l'une des photos et la présenta à la lumière.

– Dites donc...

– Vous n'y voyez pas d'inconvénient, je suppose ?

McAllister haussa les épaules et secoua la tête.

– C'est pris où, ça ? demanda Divine.

McAllister était assis à la terrasse d'un café, dans un pays où il faisait chaud, chemise blanche ouverte et bermuda rouge ; près de lui, Nancy Phelan souriait, brandissant devant l'objectif un verre haut rempli d'une boisson fraîche. Son haut de maillot de bain deux-pièces de couleur pâle et son short moulant mettaient en valeur son corps svelte et cuivré. Divine voyait très bien pourquoi McAllister avait été tenté de faire connaissance.

– À Majorque, répondit McAllister.

– Vous êtes allés en vacances ensemble ? demanda Naylor.

– C'est là que nous nous sommes rencontrés. En juin. Elle était venue avec une amie à elle.

– Dana Matthieson ?

– C'est ça.

– Un amour de vacances, alors ? fit Naylor.

– C'est comme ça que ça a commencé, je suppose. Oui.

– Le coup de foutre, commenta Divine, glissant un coin de la photo sous une banane en plastique.

– Pardon ? fit McAllister.

– Rien.

– Pendant combien de temps avez-vous continué à la voir ? demanda Naylor. Après votre retour de vacances.

– Environ deux mois, à peu de choses près.

Les deux officiers de police, les yeux braqués sur lui, attendaient la suite.

– Vous savez comment c'est..., dit-il en haussant les épaules, évitant de regarder l'un ou l'autre des deux hommes.

– Elle vous a largué, avança Divine.

– Sûrement pas !

– Elle ne vous a pas largué.

– Non.

– C'est vous qui l'avez larguée.

– Pas exactement.

– Comment ça, pas exactement ?

Divine commençait à s'amuser.

À travers l'une des minuscules fenêtres, Naylor voyait un homme pousser sa bicyclette le long d'un canal étroit ; un autre homme, plus âgé, semblait somnoler sur son pliant, sa canne à pêche entre les mains.

– On a simplement cessé de se voir.

L'expression de McAllister signifiait : vous qui connaissez la vie, vous pouvez comprendre, ce genre de choses arrive souvent.

– Sans raison ?

– Écoutez...

– Oui ?

– Je ne vois pas l'intérêt de toutes ces...

– Questions ?

– Oui. Ce n'est pas comme si...

– Quoi ?

McAllister semblait transpirer beaucoup pour un mois de décembre, mais il faut dire que la pièce était exiguë. Ses poignets de chemise n'étaient retournés sur eux-mêmes qu'une seule fois.

– J'ai vu ça au journal télévisé. Une disparition, et le soir du réveillon, en plus, c'est difficile à croire. Une fille comme elle... (Il regarda Naylor d'abord, puis Divine.) Je ne pense pas que vous vouliez – j'aurais dû vous le demander – une tasse de café ? Ou de thé ?

– Qu'est-ce que vous voulez dire ? demanda Naylor. Une fille comme elle ?

McAllister prit son temps.

– On ne peut pas s'empêcher de penser... Je veux dire, ce n'est peut-être pas justifié, mais on se dit, bon, elles n'étaient sans doute pas très futées, elles ne se sont pas doutées de ce qui les attendait... Vous voyez ce que je veux dire ?

– De qui parlez-vous ? demanda Naylor.

– Ces femmes dont parlent les journaux, qui se font enlever, agresser, ou pire encore. Qui acceptent de rencontrer un type qu'elles ne connaissent pas, ce genre de choses. (Mains dans les poches, McAllister haussa les épaules.) Essayez donc de forcer Nancy à faire quelque chose contre son gré... C'est perdu d'avance.

Divine jeta un regard à Kevin Naylor et sourit.

– Où étiez-vous le soir du réveillon ? demanda Naylor, prêt à prendre des notes.

– Au Cookie Club.

– Vous en êtes sûr ?

– Évidemment, je...

– Toute la soirée ?

– À partir de... Disons, dix heures et demie, onze heures.

– Et avant ça ?

– Euh, deux ou trois verres au Baltimore Exchange, quelques-uns de plus à l'Old Orleans, le soir du réveillon, vous savez ce que c'est. J'ai débarqué au Cookie, oui, il n'était guère plus de onze heures. Onze heures et demie, au grand maximum.

– Et vous êtes resté jusqu'à ?

– Une heure. Une heure quinze. Je suis rentré à pied. Sur la place, il y avait une file d'attente, pour les taxis, de cent, cent cinquante personnes.

– Vous avez des témoins ? demanda Divine.

– Des témoins ?

– Quelqu'un qui confirmera vos dires, qui sera prêt à jurer que vous étiez bien à l'endroit où vous prétendez avoir été.

– Oui, je pense que oui. Je n'étais pas seul, si c'est ce que vous voulez dire. Oui, il y avait des gens, des amis. Oui, bien sûr.

– Vous nous donnerez des noms ? dit Naylor. Pour que nous puissions vérifier.

McAllister avait la bouche sèche, et ses yeux commençaient à le piquer ; satané chauffage central.

– Écoutez, je suppose que vous êtes obligés de faire ce que vous faites, mais...

– Quand l'avez-vous vue pour la dernière fois ? demanda Divine en s'avançant vers lui.

– Nancy ?

Il s'humecta les lèvres d'un coup de langue.

– Qui d'autre ?

– Il y a six semaines, peut-être. Tout au plus.

– Vous êtes sortis ensemble, ce soir-là ?

Divine était près de lui, à présent, suffisamment pour capter le parfum entêtant de son eau de toilette mêlé à une odeur de sueur.

– Pas exactement, non.

Divine sourit avec son regard et les coins de sa bouche ; il attendit.

– Un verre en vitesse, et c'est tout. Au Baltimore.

– Vous y allez souvent.

– C'est tout près.

Et hors de prix, en plus, pensa Divine. Du moins, si on arrive à se faire servir, pour commencer.

– Je ne l'ai pas revue depuis, ajouta McAllister. Vous avez ma parole.

– Alors, qu'est-ce que tu en penses ? demanda Naylor.

Ils traversaient la rue étroite pour rejoindre la voiture. Devant eux se trouvait l'hôpital, et Divine eut une brève réminiscence de Lesley Bruton l'aguichant avec ses propositions d'essayages de sous-vêtements. Il s'était écoulé plus de vingt-quatre heures, à présent, et on n'avait toujours pas de nouvelles fraîches de ce pauvre bougre de Raju, qui végétait encore aux soins intensifs.

– Eh bien ?

Naylor se tenait près de la portière du côté passager.

– Ça ne fait aucun doute, répondit Divine. C'est elle qui l'a largué.

16

À certains moments, Resnick le savait, il y avait des choses à ne pas faire : écouter Billie Holiday chanter *Notre amour est là pour longtemps*, par exemple. D'autres où il serait trop facile, pour ne pas dire stupide, de s'apitoyer sur son propre sort en l'écoutant musarder d'un pas léger dans *On ne pourra jamais m'enlever ça*, parce que Billie donnait le sentiment, justement, que c'était déjà fait. Ce qui ne posait pas de problème, en revanche, c'était d'écouter Ben Webster jouer du saxo comme un dieu dans *Cottontail*, la version avec Oscar Peterson qui assure au piano ; le chanteur de blues Jimmy Witherspoon, au festival de jazz de Monterey, bramant dans le micro *C'que j'fais, c'est pas vos oignons*. Ou encore ce qu'il s'apprêtait à écouter maintenant, l'album de Barney Kessel *To swing or not to swing*, avec son titre en minuscules et ses définitions tirées du dictionnaire sur la couverture. Les morceaux qu'il préférait étaient rapides, insouciants, *Moten Swing*, *Indiana*, avec Georgie Auld au saxophone ténor.

Portant Bud au creux de son bras, Resnick descendit à la cuisine et se mit à ouvrir des boîtes de nourriture pour chat, verser du lait, inspecter l'intérieur du frigo pour composer le sandwich qu'il se confectionnerait plus tard. C'était donc vrai, apparemment : Reg Cossall était bien décidé à se marier pour la troisième fois. La dame en question était surveillante dans un asile de vieillards à la sortie de Long Eaton. Rubiconde et pleine d'entrain. Resnick l'avait rencontrée deux fois et elle avait semblé ne jamais cesser de rire. « Alors, Reg, tu prépares ta retraite ? » avait imprudemment insinué un inspecteur adjoint. Cossall avait failli le châtrer avec son dentier de rechange.

Tout en préparant son café, Resnick tenta de comprendre ce qu'un homme comme Reg Cossall – hargneux, cynique et grossier – pouvait avoir de séduisant. Mais après tout, Charlie, pensa-t-il tandis que l'eau chauffait, ce n'est pas comme si tu n'avais pas eu, toi aussi, quelques ouvertures.

Marian Witczak, qui attendait qu'il veuille bien entrer dans sa petite bulle spatio-temporelle si particulière, prenant soin de ne pas évoquer cette possibilité elle-même, bien sûr, comptant sur de vieux amis communs du Club polonais pour qu'ils glissent quelques allusions à sa place. Et puis il y avait eu Claire Millinder, l'agent immobilier lancée dans la mission infructueuse de lui faire quitter son mausolée victorien pour emménager dans un appartement moderne, compact, avec un four à micro-ondes et des portes lisses tellement minces qu'on peut passer le poing à travers. « Qu'est-ce qu'il te faut, Charlie ? Le grand amour ? » Aux dernières nouvelles, Claire était retournée en Nouvelle-Zélande ; il avait reçu une carte postale de la Baie de Plenty où Claire et son amant, producteur de fruits de son état, faisaient pousser des kiwis et les enfants qu'ils avaient eus ensemble.

159

Il y eut un petit gémissement de protestation à ses pieds : Dizzy venait de bousculer Bud pour avoir accès à sa gamelle. Passant une main sous le ventre du gros chat, Resnick le souleva du sol et le mit dans le jardin.

Le grand amour n'était peut-être pas nécessaire, après tout. Ni aucune sorte d'amour, d'ailleurs.

Il se servit un petit verre de scotch, un pur malt de quinze ans d'âge qu'il avait gagné à la tombola de la PJ, et l'emporta, avec son café noir, dans le salon.

Le numéro de Pam Van Allen figurait dans l'annuaire. Baissant le son de la stéréo, il décrocha le téléphone. Cela remontait à combien de temps ? Moins d'un an, certainement. Leur première et seule rencontre. En entrant dans le bar à vins, en face de la salle de billard, il l'avait vue assise seule à une table, tout contre le mur, parfaitement indépendante ; devant elle, un livre ouvert et un verre de vin. Il savait que l'appeler maintenant était une erreur grossière, que c'était stupide, mais elle répondit avant qu'il pût couper la communication.

– Allô ?

Cette tension, dans sa voix, audible à travers un seul mot.

– Oh, Pam Van Allen ?

– Oui ?

– Charlie Resnick.

– Qui ?

– Inspecteur principal...

– Qu'est-ce qui vous donne le droit de m'appeler chez moi ? Et aujourd'hui, en plus ? C'est un jour férié.

– Je le sais, et je vous prie de m'excuser, mais si ce n'était pas important...

160

– Venez-en au fait, inspecteur.

– Gary James, c'est l'un de vos clients, il me semble...

– Et je serai à mon bureau demain matin. Du moment que vous n'essayez pas de récolter des renseignements auxquels vous n'avez aucun droit d'accès, vous pouvez m'appeler là-bas.

Et la conversation s'arrêta net. Resnick lorgna le combiné comme s'il était en quelque sorte responsable de la colère de Pam Van Allen, puis il le reposa soigneusement sur son berceau. Bien que n'étant pas grand amateur de whisky, il vida son verre d'un trait. Sur une coda faussement guillerette, le *Twelth Street Rag* de Barney Kessel gambada jusqu'à la note finale. Le silence revint dans la pièce. Resnick caressa Pepper, une phalange derrière son oreille, jusqu'à ce que le chat commence à ronronner.

Il était de nouveau dans la cuisine, recouvrant un mélange de canard et de tomates avec de fines tranches d'un stilton vieux de plusieurs jours, quand le téléphone sonna.

– Je suis désolée de ce qui s'est passé. Vous nous avez surpris en plein milieu d'une dispute monumentale.

Le « nous » résonna dans l'esprit de Resnick.

– Ne vous excusez pas, fit-il.

– Malgré tout, reprit Pam Van Allen, c'est bel et bien un jour de congé.

Si je pouvais la voir... pensa-t-il, je parierais qu'elle sourit presque, en ce moment.

– Bon, cela dit... Ça ne vous dérange pas trop de me parler maintenant ? Si vous avez autre chose à faire...

– Non, pas de problème. C'est la minute de repos. Je suis dans la chambre. Je récupère.

Resnick tenta de visualiser la scène, puis préféra y renoncer.

– Vous vouliez me dire quelque chose au sujet de Gary James ?

– Plutôt vous demander quelque chose, en fait.

– Oui ?

– De mettre en commun nos informations.

– Mettre en commun ?

Cette fois, il l'entendit rire.

– C'est un peu tôt pour les bonnes résolutions du nouvel an, vous ne croyez pas, inspecteur ?

– Charlie.

– Comment ?

– C'est mon nom.

– « Inspecteur » me vient plus naturellement au bout de la langue.

Enjambant allégrement ses bonnes résolutions, Resnick se projeta dans cette chambre qu'il ne voyait pas. Pam se reposait-elle vraiment sur son lit, calée contre ses oreillers, ses jambes minces allongées devant elle ? Bon sang ! se dit Resnick. Qu'est-ce qui me prend ?

– Je vous écoute, dit Pam.

Il lui parla de l'incident à l'Office du logement, de la disparition de Nancy Phelan, des soupçons de Lynn concernant les hématomes que présentait le visage de Karl.

Il y eut un silence à l'autre bout de la ligne, tandis que Pam Van Allen réfléchissait.

– Vous voulez savoir ce que je le crois capable de faire ? finit-elle par demander.

– Je veux savoir tout ce qui pourrait m'être utile.

Après un délai de réflexion supplémentaire, Pam reprit :

– J'ai pris le temps de l'observer, ce Gary James. La première impression qu'il donne est défavorable, mais il n'est pas aussi mauvais qu'on pourrait le croire. Il aurait très bien pu quitter Michelle, la laisser seule avec les deux gamins. À sa place, beaucoup d'hommes le feraient. D'autant qu'ils ne sont même pas mariés. Mais il n'est pas comme ça, Gary. Ce n'est pas un irresponsable. Pas réellement. Mais dans la situation qui est la sienne, sans travail, alors qu'il a tout essayé, pratiquement pas d'argent, une maison qu'il faudrait raser ou qui coûterait une petite fortune à remettre en état, ce n'est pas étonnant qu'il se sente frustré et que sa frustration transparaisse. De plus, il est coléreux. Et brutal. Avec l'éducation qu'il a reçue, il ne peut pas être autre chose.

Pam laissa à Resnick le temps de digérer cette analyse.

– Alors, si vous me demandez : est-ce qu'il a pu frapper son propre gosse, je dirai que c'est bien possible ; de même que le fait de mariner des heures au Logement a pu lui donner envie de balancer une chaise ou deux. Mais rien de tout cela n'est prémédité, cependant, et c'est pourquoi je ne le vois pas du tout dans cette affaire d'enlèvement. Gary nourrissant cette sorte de rancune, élaborant tout un plan, une sorte de vengeance, attendant son heure pour la mettre à exécution.

Resnick réfléchit quelques instants de plus, soupesant ce que Pam Van Allen venait de lui dire.

– Merci, j'apprécie votre aide. Votre point de vue a beaucoup d'importance pour moi. J'en ferai part à mon adjointe.

— Si j'ai pu vous être utile, j'en suis ravie.

Il y eut un nouveau silence pendant lequel Resnick chercha laborieusement les mots justes pour conclure. Il était sûr que Pam était sur le point de prendre congé, mais elle ajouta :

— La dernière fois que je vous ai eu au téléphone, vous avez parlé de prendre un verre, un soir.

— Oui.

— Eh bien ?

— Vous m'avez dit que vous me rappelleriez. Que vous alliez y réfléchir.

Avec un sourire dans la voix, Pam répliqua :

— Je vous ai menti.

— Je vois.

— Mais j'y réfléchis en ce moment même.

— Et ?

— Je peux vous appeler ? Dans un jour ou deux ?

— Bien sûr.

En arrière-plan, un peu étouffée par la distance, une voix qui s'élevait soudain parvint à Resnick.

— Deuxième reprise, annonça Pam Van Allen.

Et, pour la seconde fois de la soirée, ce fut elle qui interrompit la communication.

Avant neuf heures, en allant boire un verre au pub du coin de la rue, le copain de Gary frappa à leur porte.

— Je suis fauché, dit Gary.

Mais Brian sortit un billet de vingt livres de sa poche arrière et le brandit en sifflotant.

— Putain, le bol ! s'exclama Gary. T'as trouvé ça où ?

— C'est la grand-mère de Josie, répondit Brian avec un sourire jusqu'aux oreilles. Elle le lui a envoyé pour Noël.

Michelle faillit dire quelque chose, mais elle préféra se mordre les lèvres. Pas la peine de risquer une dispute. Une de plus.

– Je rentrerai pas tard, promit Gary.

Et ils partirent tous les deux, les yeux brillants, en riant comme des gamins.

C'était aussi bien que Gary soit parti à ce moment-là, car moins d'un quart d'heure plus tard, Karl se mit à crier au premier, un cauchemar sans doute, et Michelle dut monter pour le consoler, lui donner à boire et rester avec lui jusqu'à ce qu'il soit prêt à se rendormir. Il faisait froid, dans la chambre, moins que la nuit précédente, mais malgré tout les jambes de Karl étaient glacées sous la couverture. Comme il était trop tôt pour le descendre au rez-de-chaussée, Michelle le mit dans leur lit, à Gary et à elle, et le borda avec une seconde couverture. Natalie se réveilla peu après. Michelle la changea, la nourrit, et s'installa sur le canapé, la petite dormant contre son sein tandis qu'elle regardait une émission comique avec Bobby Davro.

L'horloge indiquait dix heures moins le quart. Contrairement à ce que Gary avait dit, Michelle savait qu'il ne rentrerait pas avant la fermeture. À ce moment-là, décida-t-elle, les enfants seraient couchés, la bouilloire sur le feu au cas où Gary aurait envie d'une dernière tasse de thé, et pour sa part elle serait prête à aller au lit.

Au moins, Gary ne devenait pas hargneux quand il avait deux ou trois verres dans le nez. Pas comme certains. Il ne revenait pas non plus excité comme un bouc. Josie lui avait raconté que Brian rentrait en titubant, tout juste capable de mettre la clé dans la serrure, mais qu'il comptait bien quand même faire l'amour à la minute où il posait le pied dans la maison. Gary, lui, il s'endormait. D'abord, il se montrait câlin quelques instants, se pelotonnant contre son dos en marmonnant des choses qu'elle ne comprenait jamais. Et puis, au bout d'un moment, il roulait sur lui-même et s'endormait comme une masse, sur le dos. Il était tellement mignon, alors, étendu comme ça avec une sorte de sourire sur les lèvres, et il avait l'air si jeune, en plus. Un vrai gamin.

C'était l'heure du journal du soir, à présent. Michelle se dit qu'elle allait changer de chaîne, ou éteindre. Mais la petite Natalie dormait si bien, la tête calée contre elle, son souffle chaud tout contre la poitrine de sa mère. Disparue depuis Noël, annonça le présentateur, et puis il y eut une photo d'elle sur l'écran, ses cheveux noirs descendant plus bas que ses épaules, cette femme que Gary et elle étaient allés voir à l'Office, celle qui, après tout un tas de demandes, de relances et d'envois de formulaires, leur avait trouvé une maison, celle où ils étaient maintenant. Nancy Phelan.

Michelle s'était levée, elle arpentait la pièce, et la petite protestait un peu, mécontente d'être dérangée. Toutes ces questions que cette inspectrice de police avait posées. L'avez-vous vue ? Quand l'avez-vous vue ? À l'Office du logement ? Vous ne l'avez pas revue ensuite ? Plus tard ? Dans la soirée ?

Le journal télévisé était passé au sujet suivant, un pétrolier échoué quelque part au nord de l'Écosse, mais Michelle avait encore dans l'oreille les paroles du journaliste : vue pour la dernière fois tard dans la soirée du réveillon, peu avant minuit.

Et Gary qui lui avait tenu tête, à l'inspectrice.

– Je suis rentré et je suis pas ressorti. Pas avant le lendemain matin. Compris ?

Les mains de Michelle, autour du bébé, étaient froides et moites.

– Vous n'avez revu Nancy à aucun autre moment ? avait demandé l'inspectrice.

– Je vous l'ai déjà dit, non ? Je suis pas ressorti.

Michelle pressa doucement ses lèvres contre les cheveux du bébé, fins et doux comme un duvet.

– Si vous avez besoin de parler à quelqu'un, passez-moi un coup de téléphone. D'accord ?

Michelle sentit que ses jambes commençaient à trembler.

17

Le soir du 26 décembre, à 22 heures 35, Robin Hidden appela le commissariat, depuis un pub de Lancaster où il vidait une pinte de Boddington. Au début de la journée, il avait fait de l'escalade du côté Est des lacs, puis il était revenu en voiture, les muscles agréablement douloureux, jusqu'à chez son ami Mark, près de l'université, où les deux hommes s'étaient débarrassés de leurs chaussures de montagne et s'étaient changés. Assis dans le petit bar, ils avaient devant eux des assiettes qui avaient contenu, peu de temps auparavant, des frites, du pâté en croûte et de la sauce, et qu'ils avaient depuis nettoyées jusqu'à la dernière parcelle à l'aide de morceaux de pain beurré. La bière coulait dans leurs gosiers comme une bénédiction, tandis que leurs jambes commençaient tout juste à se raidir. Dans la salle voisine, la télévision, fixée très haut sur un support mural, était allumée, et Mark avait par hasard jeté un coup d'œil par-dessus son épaule au moment où la photo de Nancy apparaissait sur l'écran.

– Hé ! Ça ne serait pas... ?

Le temps qu'ils se traînent, les jambes raidies, dans la grande salle, Robin cherchant ses lunettes, le journal télévisé était passé au sujet suivant, et pratiquement aucun des clients du bar auxquels ils s'adressèrent n'avait prêté attention à ce qui venait d'être dit.

– J'en sais foutre rien, mon pote, avait dit un type, mais en tout cas, c'était pas des bonnes nouvelles, tu peux en être sûr.

– Cette fille, dit le barman en tirant une pinte de bière, celle qui a disparu. C'est quelqu'un que vous connaissez, c'est ça ?

Robin Hidden sortit de sa poche un billet de cinq livres qu'il posa sur le comptoir.

– Do... donnez-moi de la... de la monnaie, s'il vous plaît. Le plus... le plus possible. Pour téléphoner.

L'agent qui prit l'appel refusa de lui donner des détails, s'en tenait aux faits tels qu'on les connaissait, bruts et sans fioritures. Il écouta attentivement Robin quand celui-ci lui apprit qu'il connaissait Nancy, qu'il la connaissait bien, et il nota son nom avant de lui poser quelques questions à son tour.

– Quand cela vous serait-il possible de venir au commissariat, monsieur ? Je suis sûr que l'un des officiers qui suivent l'affaire aimerait vous parler, de vive voix, si je puis dire, et peut-être prendre votre déposition.

La première réaction de Robin fut de partir aussitôt. Mais il avait bu deux pintes de bière, comme Mark le lui fit observer. Et à conduire aussi longtemps dans l'état de fatigue qui était le sien, il risquait d'attraper des crampes aux jambes.

– Tu vas t'endormir au volant, dit Mark. À quoi ça va t'avancer ? Tu ferais mieux d'aller te coucher tout de suite, faire sonner ton réveil à cinq heures et demie, partir tôt.

– Vers le milieu de la matinée, dit Robin Hidden au policier. Je serai là vers le milieu de la matinée, au plus tard.

– Très bien, monsieur. Je ne manquerai pas d'en informer mes collègues. Bonne nuit.

Compatissant, Mark pressa l'épaule de son ami. Il ne souhaitait pas qu'il soit arrivé quoi que ce soit à Nancy, bien sûr, mais après avoir entendu Robin soupirer en lui parlant d'elle tout au long de leur randonnée... De plus, Nancy et Robin n'avaient jamais été faits l'un pour l'autre, tous les gens qui connaissaient Robin auraient pu le dire.

Les parents de James Guillery avaient tenté de joindre leur fils à Aoste, mais l'hôtel où il était censé résider n'avait jamais entendu parler de lui ; il y avait eu un malentendu avec l'agence de voyages, un problème de réservations. On leur donna deux autres numéros. Le premier semblait constamment occupé, tandis que le second ne permettait d'obtenir qu'une tonalité suraiguë et ininterrompue. L'agence de voyages était fermée, et son répondeur avala le message des Guillery à mi-chemin.

– Je ne sais pas comment il l'a rencontrée, fit Mme Guillery. Nancy, je veux dire. En tout cas, il est sorti avec elle deux ou trois fois...

– Plus que ça, intervint M. Guillery.

– Tu crois ? Oui, peut-être bien. Bien qu'il ne me semble pas que cela ait jamais été sérieux entre eux.

– Il n'avait pas l'intention de l'épouser, voilà ce qu'elle veut dire, traduisit M. Guillery.

170

– Non, en fait, James semblait la trouver à son goût, quand il parlait d'elle, c'était toujours pour en dire du bien, mais enfin, je le répète, il ne m'est jamais venu à l'esprit qu'ils puissent être ce qu'on appelle sérieux.

– Ce qu'elle ne comprend pas, confia M. Guillery, c'est qu'avec les jeunes, aujourd'hui, ce n'est plus la même chose. Ce n'est pas comme de notre temps. Les jeunes d'aujourd'hui, ils peuvent être sérieux sans être sérieux. Si vous voyez ce que je veux dire.

Les voisins d'Eric Capaldi à Beeston Rylands savaient très peu de choses de lui, à part le fait qu'il était ingénieur à la radio. Il travaillait à la BBC à Nottingham. À moins que ce ne soit à Radio Trent ? Il possédait une voiture de sport, pas récente, une de ces petites bombes qui roulent à ras du sol. On le voyait sans arrêt étendre des bâches et des couvertures sur le bitume, avant de ramper sous le moteur.

L'un des voisins interrogés pensait avoir reconnu, dans la photo de Nancy Phelan, une femme qu'il avait vue une fois en compagnie d'Eric, mais sans pouvoir en jurer. Comment aurait-il pu l'affirmer ? Il les avait croisés un soir, tard, et l'éclairage public étant ce qu'il était dans ce quartier... On savait bien que la municipalité cherchait à faire des économies, mais quand on arrivait à peine à voir sa propre main devant soi par une nuit sans lune, ce n'était quand même pas normal, pas vrai ?

La standardiste de Radio Nottingham confirma que M. Capaldi était en congé pour deux semaines, et elle n'avait aucune idée de l'endroit où il se trouvait. Oui, certainement, si c'était important, elle essaierait de se renseigner. Qui était à l'appareil ?

Dans la pièce qu'on appelait encore la salle du petit déjeuner, Andrew Clarke avait installé un billard à poches. Il s'y enfermait avec une bouteille de xérès, et s'entraînait à éliminer toutes les boules placées sur la table, une couleur après l'autre, en commençant par les rouges pour terminer par la noire. Il assurait chaque coup, s'appliquant à se baisser au maximum, l'œil braqué dans l'axe de la queue, la main droite bien ferme autour du manche.

— Tu ne crois pas, Andrew, lui dit sa femme en le découvrant là, que tu devrais redescendre à Nottingham ?

— Pourquoi donc ?

La boule marron était un poil trop près de la bande, et il la fit revenir vers le demi-cercle de la tête de table.

— Eh bien, parce que tu es concerné, en quelque sorte.

— C'est absurde.

— Il s'agit de ta sauterie...

— Ma sauterie ?

— De ta soirée. C'est de là qu'elle a disparu.

— Je ne vois pas en quoi cela me rend responsable.

Audrey aurait aimé que son mari la regarde quand il lui parlait, au lieu de tourner sans cesse autour de cette satanée table, examinant toutes ces boules de billard comme un général réfléchissant à un plan de bataille.

– De plus..., ajouta-t-elle, se déplaçant pour se trouver dans sa ligne de mire, est-ce qu'il ne s'agit pas de la meilleure amie de ta documentaliste ?

– Dana, oui. Elles habitent ensemble, je crois. Elles partagent un appartement, mais elles ne sont pas... Enfin, tu me comprends.

Il décocha son coup, et la boule verte roula lentement vers la poche et vint mourir au bord du trou, refusant d'y tomber et de disparaître de sa vue.

– Elles ne sont pas quoi, Andrew ?

Avec une sorte de soupir, il se redressa et saisit le cube de craie.

– Eh bien, elles ne sont pas... Comment dit-on ? Gay.

– Vraiment ? Et qu'est-ce que tu peux en savoir ?

– Ça se voit à l'œil nu, non ?

– Je ne sais pas. Tu es capable de voir ces choses-là, toi ? Je n'aurais pas cru que c'était si facile. Surtout de nos jours.

– Dana, elle aime les hommes, elle les aime trop, d'ailleurs. Tu l'as rencontrée, tu as vu comment elle s'habille. Le soir du réveillon, par exemple, cette espèce de robe qu'elle portait, elle laissait plus à voir qu'à deviner.

– Andrew, je ne crois pas que toutes les lesbiennes ont les cheveux courts et portent des combinaisons de moto.

Pendant un instant, Andrew la regarda avec des yeux ronds ; il ne pensait pas avoir jamais entendu sa femme prononcer le mot « lesbienne » auparavant.

– En tout cas... (Audrey Clarke porta le bout de son index à sa langue ; elle venait de faire des tar-

telettes au citron.) Ça ne te ressemble pas, de rester
là. C'est tout. Tu aimes tellement être au courant
de tout. En général.

— Audrey, si je pensais que ma présence pouvait
changer quoi que ce soit, je serais déjà sur place.
Mais il se trouve que je suis en vacances. Et ces
vacances, j'ai l'intention d'en profiter. Avec toi.

Il y avait eu une époque où Audrey Clarke trouvait du charme à ce sourire un peu anxieux de son
mari, à ce plissement profond du front entre les
yeux. Oui, elle avait dû y être sensible.

— Je sors faire un tour, dit-elle. Je vais me pro-
mener le long de la plage.

Il la regarda s'éloigner, femme d'âge mûr en
longue jupe de tweed, veste huilée et bottes vertes
en caoutchouc, un foulard imprimé en Liberty
noué autour de la tête. Quand elle fut à bonne distance de la maison, Andrew Clarke chercha le
numéro personnel de Dana Matthiesson et le
composa dans le couloir.

Quand la sonnerie cessa, ce fut le répondeur qui
prit le relais, et Andrew baissait déjà le combiné
quand la voix de Dana en surgit.

— Nancy ? Nancy, c'est toi ?

— C'est Andrew, dit-il d'une voix plus aiguë
qu'il ne l'aurait voulu. Andrew Clarke. Je me
demandais comment vous alliez. Je veux dire...

Mais Dana avait raccroché, et il se retrouva à
parler dans le vide.

— Salaud ! murmura Dana pour elle-même.
Salaud !

Elle était accroupie près de la table basse où elle
avait pris l'appel. Elle sortait du bain quand

Andrew Clarke avait appelé ; elle s'était hâtivement entourée de deux serviettes de bain, et l'eau gouttait sur le plancher. Lorsqu'elle se regardait dans un miroir et qu'elle voyait les traînées de mascara qui maculaient une fois de plus son visage, elle se disait qu'elle avait fini de pleurer, qu'il ne lui restait plus de larmes. Parcourue de frissons, elle croisa ses bras sur sa poitrine et se balança légèrement d'avant en arrière, basculant du bout du pied au talon, pleurant de nouveau.

18

– Alors, Charlie, on progresse, à votre avis ?

Skelton, bras tendus, les deux mains à plat contre le mur, étirait les muscles de ses jambes au maximum ; ce qu'il voulait éviter à tout prix, c'était de se claquer un tendon en remontant Derby Road au pas de course.

Resnick haussa les épaules.

– Le dénommé Hidden va passer aujourd'hui. D'après nos recoupements, c'est lui qui est sorti le plus récemment avec Nancy Phelan.

– Et ce type que Divine et Naylor ont interrogé hier ?

Skelton tirait sur l'une de ses jambes, les doigts emprisonnant le bout de sa chaussure de sport, tenant son pied de telle façon que le talon touchait sa fesse – la jambe droite d'abord, puis la gauche.

– Il a un alibi pour tous les créneaux horaires concernés. Nous vérifions. Mais d'après ce qu'on m'a dit du personnage, franchement, je le vois mal dans le rôle du ravisseur, lui aussi.

– La voiture, Charlie. C'est ça, la clé de l'affaire.

Resnick hocha la tête : comme s'il avait besoin qu'on le lui rappelle.

– De votre côté, vous n'avez rien de plus précis qu'auparavant ? La mémoire ne vous est pas revenue ?

Aussi tenace qu'une tache rebelle, la forme sombre, aux contours indécis, de la voiture, stagnait aux frontières du champ de vision de Resnick, refusant d'endosser sa véritable couleur, sa vraie forme ; le conducteur n'était qu'une esquisse d'être humain, rien de plus.

– Quelqu'un l'a raccompagnée en voiture, Charlie, il n'y a pas d'autre explication. Probablement quelqu'un qu'elle ne connaissait pas, qu'elle avait rencontré ce soir-là, à qui elle avait plu, qui avait dansé avec elle un moment, peut-être. Il l'a embarquée avec une idée bien précise derrière la tête. Après ça, qui sait ?

Avec un peu de chance, Cossall et son équipe auraient terminé leurs investigations préliminaires avant la fin de la journée, dressant la liste des hommes présents à la soirée et de leurs véhicules. Après cela, suivrait un lent processus d'élimination. Et le temps, ils le savaient, était la seule chose qui manquait probablement à Nancy Phclan.

– Il y a une conférence de presse à trois heures, dit Skelton. Ses parents seront là, aussi. Ce n'est pas ce que j'aurais souhaité, mais je n'ai rien pu faire pour les empêcher de venir. Alors, si vous pensez que ce Hidden peut nous mener quelque part, faites-le-moi savoir le plus tôt possible.

– Entendu.

Skelton se détourna, fit quelques foulées sur place, en levant haut les genoux, puis s'éloigna le long du trottoir à une allure raisonnable, les fumées d'échappement de la circulation virevoltant autour de sa tête.

Dès qu'il arriva à la porte des toilettes, Resnick sut que Graham Millington se trouvait à l'intérieur. Le sifflotement guilleret, inimitable de Millington lancé dans un pot-pourri d'airs d'opérette lui apprit que son assistant était de retour au bercail.

– *Le Fantôme de l'Opéra*, Graham ?

– Non, ça, c'est *Carrousel*, rectifia Millington, légèrement offusqué. Ma femme et moi, on est allés le voir à Londres avant Noël. Cette Patricia Routledge... Je n'aurais jamais cru qu'elle avait une voix pareille, jamais.

Il se secoua deux ou trois fois de plus, remonta la fermeture à glissière de sa braguette, et s'éloigna de quelques pas.

– Cette chanson... Comment ça s'appelle ? *You'll Never Walk Alone*. Tout le monde a sorti son mouchoir, dans le théâtre.

– Il y a un type qui vient ce matin, dit Resnick. Le petit ami de Nancy Phelan. J'aimerais bien que vous soyez avec moi quand je l'interrogerai. D'accord ?

– Très bien. (S'examinant dans le miroir, Millington épousseta les épaules de sa veste sombre pour en chasser quelques particules blanches. Il pensait pourtant s'être débarrassé une bonne fois pour toutes de ses pellicules.) Entendu, j'y serai.

Et il partit dans le couloir d'un pas nonchalant, réinterprétant les mélodies de Rodgers et Hammerstein avec une atonalité que n'aurait pas reniée Schönberg.

Robin Hidden était en retard. Trois chantiers de travaux publics sur l'autoroute M6, une caravane

178

renversée sur l'A1M. Il transpirait sous son pull et son pantalon de velours quand il entra dans le commissariat et donna son nom en bégayant. Cela lui arrivait dans les moments de tension ou d'excitation. Nancy l'avait taquiné à ce sujet : quand ils faisaient l'amour, les mots qu'il prononçait sortaient par giclées.

– Robin Hidden ?

Surpris, il se retourna pour découvrir un homme au visage rond, à fine moustache, portant un costume élégant et une cravate nouée avec soin.

– Inspecteur Millington.

Robin ne savait pas s'il était ou non censé lui serrer la main.

– Si vous voulez bien venir avec moi.

Emboîtant le pas au policier, il gravit deux étages d'un escalier en spirale plutôt raide, puis les deux hommes suivirent un couloir jusqu'à une porte ouverte. Au-delà du seuil, il y avait un espace vide, rien qui justifie le nom de pièce, et de l'autre côté, une seconde porte.

– Par ici, monsieur, s'il vous plaît.

Cela correspondait davantage à ce qu'il s'attendait à découvrir, à ce qu'il avait vu à la télévision. Une simple table, calée contre le mur latéral, des chaises vides de chaque côté. Ce qui le surprenait davantage, c'était ce magnétophone à double cassette, sur une étagère au fond de la salle, avec un paquet de six bandes vierges enveloppées de cellophane, prêtes à servir.

– Monsieur Hidden, voici l'inspecteur principal Resnick.

Un homme imposant venait vers lui, la main tendue. La poignée de main fut ferme et brève, et presque avant qu'elle ne fût rompue, l'inspecteur principal et son second tiraient leurs chaises et s'y asseyaient, attendant que Robin les imite.

– On devrait nous apporter du thé d'un moment à l'autre, dit Resnick en jetant un regard vers la porte.

– Cela vous fera sûrement du bien, ajouta Millington d'un ton aimable. Après une aussi longue route.

– Si vous voulez fumer..., proposa Resnick.

– Ce sera sans moi, cependant, fit Millington avec un sourire. J'ai pris un peu d'avance sur mes bonnes résolutions pour l'année nouvelle.

– Merci, dit Robin Hidden, mais je ne fume pas.

– Vous avez raison, commenta Millington. C'est plus sage.

On frappa à la porte, et un policier en tenue entra avec trois tasses sur un plateau, des cuillères, des sachets de sucre.

– Comment avez-vous su, pour Nancy ? demanda Resnick.

– Le journal télévisé. Dans un bar, à Lancaster...

– Vous étiez allé faire une randonnée ?

– Oui, je...

– Seul, ou...

Robin secoua la tête.

– Entre amis.

– De sexe féminin, ou... ?

– Masculin. Mark. C'est...

– Oh, ça n'a pas d'importance, dit Millington en prenant sa tasse. Pour le moment.

Robin tenta de déchirer avec ses doigts un coin du sachet de sucre et n'y parvint pas ; quand il se servit de ses dents, la moitié du contenu se répandit sur ses bras et sur la table.

– Ne vous inquiétez pas, dit Millington. Ça fera plaisir aux souris.

Robin n'aurait su dire si le policier plaisantait ou pas.

– Nancy, reprit Resnick, comment avez-vous fait sa connaissance, déjà ?

Comme si c'était quelque chose qu'il avait su mais dont le souvenir lui échappait.

– Le marathon...

– Local ?

– Oui, le Marathon Robin des Bois.

– Vous le couriez tous les deux ?

– N... Non. Moi seulement. Nancy était parmi les spectateurs. Dans Lenton Road, à l'endroit où on traverse le parc, j'ai eu une crampe. Sévère. J'ai dû m'arrêter et, ma foi, m'allonger par terre, me masser la jambe jusqu'à ce qu'elle disparaisse. Nan... Nancy était là, avec son amie, à l'endroit où je me suis écroulé.

– Vous avez parlé avec elles ?

– Elles m'ont demandé si j'allais bien, si j'av... si j'avais besoin d'un coup de main.

– Et c'était le cas ?

– Non, mais elle m'a dit, l'amie de Nancy m'a dit...

– Cette amie, c'était Dana ?

– Oui, oui. Elle m'a dit que si j'avais besoin qu'on me masse avec de l'embrocation, elle connaissait quelqu'un qui serait enchanté de me rendre ce service.

– C'est à elle-même qu'elle pensait ?

– N... Non. À Nancy.

– Vous avez accepté son offre, alors ? dit Millington en souriant une nouvelle fois.

Il souriait beaucoup, aujourd'hui ; il était content de se retrouver au travail, loin de Taun-

181

ton, de nouveau en tandem avec le patron. Il savourait son plaisir.

– C'est le genre de proposition qui ne se présente pas tous les jours, ajouta-t-il. Surtout, si je puis dire, quand on est déjà en petite tenue.

– Je ne l'ai pas prise au sérieux. Je me suis dit qu'elles plaisantaient, qu'elles me faisaient marcher, mais avant que je reprenne la course, Nancy m'a dit : « Prenez ça », et elle m'a donné son numéro de téléphone. Griffonné sur un coin de son journal du dimanche.

– Vous l'avez glissé dans votre suspensoir ? hasarda Millington. Pour le garder au chaud.

Robin secoua la tête.

– Dans ma chaussure.

Millington sourit encore et regarda Resnick, de l'autre côté de la table, qui notait un mot de temps en temps sur une feuille de papier.

– Est-ce qu'on ne dev... devrait pas... ? demanda Robin un instant plus tard, en jetant un coup d'œil, par-dessus son épaule, en direction du magnétophone.

– Oh, non, dit Millington. Je ne pense pas. On veut seulement avoir une vue d'ensemble. Simple conversation informelle.

Pourquoi, en ce cas, se demanda Robin Hidden, ai-je l'impression que c'est tout autre chose ?

Cet après-midi là, Dana avait pensé à Robin Hidden tandis qu'elle se promenait dans Wollaton Park, effectuant à pas lents une série de circuits autour du lac, son écharpe nouée bien haut autour de son cou. Son physique mis à part – et il leur avait paru bien bâti, il ne leur avait laissé aucun

182

doute à ce sujet dès sa première apparition – Dana n'avait jamais compris ce que Robin avait d'attirant. Il n'était pas particulièrement intéressant, se situant tout juste dans une honnête moyenne, et occupait un emploi quelconque aux contributions directes. Les soirées avec Robin semblaient se résumer à aller voir *Howard's End* au cinéma Showcase, avant de prendre un rhogan josh et un peshwari nan au restaurant indien de Derby Road. Ou mieux encore, à laisser Nancy préparer un porc Stroganof aux champignons et à le manger devant la télé, Robin clignant des paupières derrière ses lunettes en regardant une émission sur les lamas du Pérou menacés de disparition. La seule fois où elle l'avait vu vraiment se passionner pour quelque chose, c'était au moment où il préparait leur weekend de randonnée dans les collines de Malvern, destiné à mettre Nancy en forme, à la préparer aux montagnes à venir.

Pourtant, Nancy avait paru heureuse en sa compagnie – satisfaite, en tout cas, plus qu'avec les autres. Qu'avec Eric, par exemple, qui, lorsqu'il ne l'embarquait pas dans ses tournées des magasins d'accessoires auto pour acheter des pièces de rechange et des gadgets, la traînait dans des arrière-salles de bars pour écouter des groupes affublés de noms tels que Megabite Disaster. Ou ce branque de Guillery, qui portait des brodequins de l'armée et des pulls tricotés par sa mère, et qui avait persuadé Nancy de voir avec lui des films d'horreur, au premier rang, en mangeant du popcorn. Une fois, d'après Nancy, après qu'ils eurent fait l'amour ensemble – en soi-même une expérience bizarre, apparemment, bien que Nancy ait refusé d'entrer dans les détails – Guillery avait insisté pour lui lire ses passages préférés d'un roman intitulé *Les Limaces* en lui caressant l'intérieur de la cuisse avec son gros orteil.

Tous autant qu'ils étaient, cependant, ils étaient encore préférables à ce petit merdeux de McAllister qu'elles avaient eu le malheur de rencontrer quand elles étaient sous l'influence d'un excès de soleil et de Campari. Dana elle-même – Grand Dieu ! – avait failli se laisser séduire. T-shirt Calvin Klein et abonnement à *Vogue Homme*, McAllister se serait volontiers pris pour un jeune cadre dynamique s'il en avait eu les moyens, intellectuellement. Son cerveau avait la taille d'un petit pois hors saison et, même si elle n'avait jamais réellement demandé de précisions à Nancy, sa bite aussi, sans doute.

Deux oies sauvages du Canada prirent leur envol à l'autre bout du lac, décrivirent paresseusement un demi-cercle au-dessus des arbres, et vinrent se poser de nouveau sur l'eau glacée tout près de l'endroit où se trouvait Dana. N'avait-elle pas lu quelque part que ces oiseaux avaient cessé de migrer, et qu'il y avait des employés municipaux, dans un parc londonien, qui se levaient à l'aube pour leur tirer dessus ? Elle ne se rappelait pas si c'était vrai, ni ce qui aurait pu expliquer un tel phénomène.

Ni ce qui pouvait expliquer pourquoi Nancy, qui était intelligente, tout à fait ravissante, et ne manquait pas de confiance en elle, avait tant de mal à trouver un homme qui lui arrive ne serait-ce qu'à la cheville ? Quand on atteignait l'âge qu'avait Dana aujourd'hui, on pouvait commencer à se dire que tous les types bien s'étaient déjà fait harponner, ou qu'ils étaient homos. Mais Nancy, qui n'avait pas encore trente ans, semblait malgré tout passer d'un quasi-désastre à un autre.

C'était peut-être ce qui avait rendu Robin Hidden si séduisant : le trait le plus excentrique du personnage était sa façon de lacer à l'envers ses chaussures de marche. C'était donc ce que Nancy avait en tête ? Arrêter les frais et se ranger ? Faire des bébés ? Potasser le guide des randonnées de montagne avec ce brave Robin ?

– Alors, Robin, c'est sérieux ? Entre vous deux, vous comprenez ?

– Je... Je n'en suis pas sûr.

– Je veux dire... Ce n'est pas une simple passade ?

– Non.

– C'est le grand amour, alors ?

Robin Hidden rougit. Il restait un doigt de thé, froid, au fond de sa tasse, et il le but.

– Je l'aime, oui.

– Et elle ? Elle vous aime ? demanda Resnick.

– Je ne sais pas. Je pense que oui. Mais je n'en sais rien. Je crois qu'elle n'en sait rien elle-même.

– Malgré tout, vous diriez que vous êtes proches l'un de l'autre ?

– Oh, oui.

– Suffisamment proches pour passer des vacances ensemble, par exemple ?

– Oui, il me semble. Cer... certainement, oui. Nous sommes allés...

– Pas à Noël, cependant ?

– Pardon ?

– Vous n'aviez pas prévu de passer le jour de Noël ensemble ?

185

– Non, j'avais prévu... D'habitude, je vais chez mes parents, ils habitent à Glossop, et Nancy, elle voulait tenir compagnie à Da... Dana. Elle ne v... voulait pas laisser son amie toute seule.

– Vous êtes reparti directement de Glossop vers la région des Lacs, en ce cas ? demanda Millington. Le vingt-six décembre ?

– Tôt le matin, oui.

– Et quand êtes-vous allé chez vos parents ? Le vingt-quatre ?

– Non.

– Pas le vingt-quatre ?

Robin Hidden avala une goulée d'air.

– Le v... vingt-cinq.

– Donc vous étiez ici le soir du réveillon ? demanda Resnick, se penchant en avant un petit peu, pas beaucoup. Ici, en ville ?

– Oui.

– C'est bizarre, non ? intervint presque brutalement Millington. Que vous ne vous soyez pas vus, Nancy et vous, le soir du réveillon ? D'autant plus que vous ne pouviez pas être ensemble le 25 décembre. Proches comme vous l'êtes.

La sueur coulait dans les yeux de Robin, et il s'en débarrassa d'un revers de main.

– Je le lui ai demandé, dit-il.

– De vous voir le 24 ?

– Elle a refusé.

– Et pourquoi ça ?

Robin s'essuya les paumes sur son pantalon.

– Pourquoi a-t-elle refusé, Robin ? demanda de nouveau Resnick.

– Nous av... nous avons eu cette... Enfin, pas vraiment une dispute. On pourrait appeler ça une

186

discussion, plutôt, je suppose. Deux jours auparavant. Elle avait dit, Nancy avait dit, allons dîner en ville, dans un bon restaurant, quelque chose de spécial, je t'invite. Ça n'a pas été facile, d'obtenir une réservation, la semaine de Noël, vous savez comment c'est. Mais on a trouvé une table, dans cet établissement à Hockley, qui propose des poissons et des plats végétariens, qui s'appelle... qui s'appelle... C'est idiot, je ne me rappelle plus...

– Peu importe le nom, dit Resnick d'une voix calme.

– J'étais tout excité, je suppose, dit Robin, vous comprenez, en ce qui concerne notre relation, je pensais qu'elle s'était enfin décidée. Parce qu'elle ne semblait jamais très sûre, d'une fois sur l'autre, comme je vous l'ai déjà dit, de ce qu'elle éprouvait vraiment, mais j'étais persuadé, comme elle avait tellement insisté pour que cette sortie ne soit pas comme les autres, qu'elle allait m'annoncer qu'elle partageait mes sentiments. J'en étais s... J'en... J'en étais sûr. Je lui ai dit, sortons aussi le soir du réveillon, pour fê... fêter vraiment l'événement. Elle me dit qu'elle était navrée, mais qu'elle se rendait compte qu'elle n'était pas... pas honnête avec moi, qu'elle me faisait marcher ; qu'elle ne voulait plus me revoir, plus jamais.

Robin Hidden enfouit son visage dans ses mains ; peut-être s'était-il mis à pleurer. Se penchant vers lui, Resnick lui pressa le bras. Millington lança un clin d'œil à Resnick et se leva, lui expliquant d'un signe qu'il allait faire préparer une autre théière.

19

La voiture de Robin Hidden était garée en épi devant le mur latéral, en face du poteau métallique vert au sommet duquel était fixée la caméra de surveillance. Il l'avait achetée neuf mois plus tôt, empruntant le premier versement à ses parents quand son père avait fini par toucher sa prime de licenciement. Le solde, il le remboursait sur trois ans, à un taux raisonnable.

– Elle est quand même un peu grande pour toi, mon gars, tu ne trouves pas ? lui avait demandé son père. Moi, je t'aurais bien vu dans une petite voiture de ville, une trois portes, du genre Fiesta ou Nova. C'est ça, plutôt, qu'il t'aurait fallu. Et c'est plus économique, aussi.

Mais Robin avait eu envie d'un véhicule confortable pour rouler tranquillement sur l'autoroute, le week-end. Le temps de balancer dans le coffre le matériel de randonnée, et il était parti. Le vendredi soir, quand la circulation s'était calmée, il pouvait prendre la route pour Brecon Beacons, Striding Edge, ou le massif du Dartmoor. Et revenir le dimanche soir avec un minimum de stress. Si un ou deux collègues de bureau voulaient se joindre à lui, ce qui arrivait de temps en temps, pas de problème, la place ne manquait pas.

Après avoir cherché à droite et à gauche, il avait déniché cette voiture dans un garage de Mapperley Top. Une première main ; elle avait appartenu, il est vrai, à un représentant de commerce, mais le kilométrage élevé avait l'avantage de faire baisser le prix et de la rendre abordable.

– Non, avait-il dit à son père pas plus tard que l'avant-veille. Cette voiture, c'est un bon investissement. Sois sans crainte.

Resnick et Millington la virent d'abord sur leur écran de contrôle, en noir et blanc, l'image vibrant un peu parce que la caméra était chahutée par le vent. Une fois franchie la porte donnant sur le parking, en vue plongeante depuis la plus haute marche de l'escalier, ils découvrirent les traces de boue de son récent voyage projetées en vagues successives au-dessus des roues, étalées en arcs de cercles pâles sur la largeur du pare-brise par des essuie-glaces inefficaces. L'antenne, partiellement rétractée, était pliée près de l'extrémité. Une bonne voiture, cependant. Fiable. La Vauxhall Cavalier de Robbin Hidden, immatriculée en 1992, de couleur bleu nuit.

Ils l'avaient laissé seul dans la salle d'interrogatoire, la porte grande ouverte. Quelques minutes seulement, monsieur, si cela ne vous dérange pas de patienter un peu. Le thé était fort et cette fois il y avait des gâteaux secs, des sablés et un biscuit fourré au citron. En quelques instants, il pouvait sortir de la pièce, descendre l'escalier et se retrouver dans la rue. On n'avait pas le droit de l'en empêcher. Absolument pas. Il était venu de son propre chef. Toute personne possédant des informations...

Un bruit de pas s'approcha dans le couloir. Machinalement, il se redressa sur sa chaise, chassa de la main les miettes de biscuits tombées sur ses cuisses. Les pas s'éloignèrent sans s'arrêter.

– Alors, c'est fini, hein ? C'est ça ? lui avait demandé son ami Mark. Nancy et toi ?

Oh, oui. C'était fini.

– Alors, Charlie, qu'est-ce que vous êtes en train de me dire ? Vous avez un suspect, oui ou non ?

– C'est encore un peu tôt, monsieur le commissaire.

Skelton fronça les sourcils.

– Essayez de dire ça au père de la jeune femme.

– Cela vaut mieux que de lui donner de faux espoirs.

Skelton soupira, se tourna vers la fenêtre, consulta sa montre. La voiture qui devait l'emmener au commissariat central pour la conférence de presse de l'après-midi allait apparaître d'un moment à l'autre, à présent, au sommet de la côte, venant du centre-ville.

– Vous disiez, au sujet de la Cavalier... ?

– Ça pourrait bien être la voiture que j'ai vue.

– Pourrait ?

– Il m'est impossible de l'affirmer avec certitude. Mais la forme, la couleur...

– L'immatriculation ?

Resnick secoua la tête.

– Bon sang, Charlie ! (Le commissaire principal sortit de derrière son bureau, prit dans sa poche un

190

mouchoir propre qu'il déplia d'une secousse, se moucha, et jeta un bref coup d'œil au contenu du mouchoir avant de le ranger.) Et si je parlais de... d'un ami de la disparue qui nous a procuré des renseignements utiles ?

– Si vous leur dites une chose pareille, ce sera comme si vous leur donniez en pâture un suspect dans une affaire de meurtre. Demain matin, dès la première édition, ils mettront son portrait à la une.

Skelton soupira de nouveau.

– Vous avez raison. Il vaut mieux ne rien dire. Leur laisser croire qu'on patauge, qu'on tourne en rond. Jusqu'à ce qu'on ait quelque chose de plus.

Resnick hocha la tête, se dirigea vers la porte.

– Votre sentiment, Charlie ?

– En rompant avec lui de cette façon, elle l'a blessé beaucoup plus profondément qu'il ne le laisse paraître.

– Suffisamment pour qu'il ait envie, à son tour, de lui faire du mal ?

– Parfois, répondit Resnick, les gens s'imaginent qu'ils n'ont pas d'autre moyen de faire cesser leur propre chagrin.

– Je n'ai pas envie de le dire, avait déclaré Mark.

Ils s'étaient arrêtés sur une corniche surplombant une vallée noyée de brume. Le temps d'avaler une barre de chocolat et de boire la thermos de café arrosé de scotch. En faisant bien attention à ne pas s'attarder, de peur que les muscles refroidissent.

– Alors, ne dis rien, avait répliqué Robin.

– Tu n'aurais jamais dû sortir avec elle, pour commencer.

– Mark, je t'en prie...

– Enfin, ce n'était pas exactement ton genre.

– Justement.

– Justement quoi ?

– C'est justement pour ça, tu comprends, que j'ai voulu sortir avec elle. Parce que ce n'était pas une de ces mordues des clubs de randonnées, qui ne voient pas plus loin que le raid dans le Wrekin du week-end suivant. Elle ne ressemblait à aucune des filles que j'ai pu connaître avant, et je ne suis pas près de retrouver quelqu'un comme elle.

Mark renversa la thermos au-dessus de son gobelet, pour en extirper jusqu'à la dernière goutte.

– Des filles comme ça, t'en as deux pour cent sous.

À la façon dont Robin s'était cabré, au regard qu'il lui lançait, Mark avait cru que son ami allait le précipiter dans le vide.

– Hé ! avait crié Mark, affolé, en se rejetant en arrière. Je ne t'ai rien fait, moi ! Ce n'est pas moi qui t'ai mené par le bout du nez pour te dire un beau jour : tout est fini, au revoir et merci. C'est elle. N'oublie pas ça. Si tu veux passer ta colère sur quelqu'un, c'est à elle que tu dois t'en prendre.

Et Robin s'était approché du bord de la corniche, tout près du vide, et il avait regardé le précipice.

– Je n'en veux pas à Nancy. Quel droit aurais-je de lui en vouloir ?

– Monsieur Hidden ? fit Millington. Robin ? (Ses pensées, ses réminiscences l'absorbaient tellement qu'il n'avait pas entendu l'inspecteur rentrer dans la salle.) Il y a juste quelques points de détail que nous aimerions tirer au clair. Si vous avez un moment à nous accorder.

Robin Hidden eut un mouvement de tête à peine perceptible ; il cligna les yeux, tourna de nouveau sa chaise vers la table. Millington referma la porte et attendit que Resnick fût assis pour se diriger vers le magnétophone.

– Je croyais que c'était comme la première fois ? Juste quelques détails, vous m'avez dit.

– C'est exact, déclara Resnick.

Millington sortit une cassette de son emballage en cellophane, fit de même avec une seconde, et les mit toutes les deux dans l'appareil. Une double platine.

– Pour votre protection, dit Resnick. Un compte rendu précis de ce que vous avez déclaré.

– C'est de cela dont j'ai besoin ? demanda Robin. De protection ?

– Cet interrogatoire..., commença Millington alors qu'il s'asseyait, est enregistré le vingt-sept décembre à... (consultant sa montre) quatorze heures et onze minutes. Sont présents Robin Hidden, l'inspecteur principal Resnick et l'inspecteur Millington.

– Ce qui nous intéresserait, Robin, dit Resnick, c'est de savoir où vous étiez le jour du réveillon, tard dans la soirée.

C'était une journée creuse pour la presse. Pas de messages codés de l'IRA à SOS Amitié, signalant des bombes placées devant des casernes ou dans des centres commerciaux. Pas de ministres qui s'étaient fait prendre la main dans la caisse du Trésor ou dans la culotte de leur maîtresse. Pas de photos d'enfants mourant de malnutrition dignes de faire la une, après le raz-de-marée de Noël. Pas d'homosexuels à clouer au pilori. Pas d'étrangers à traîner dans la boue. Pas de sexe, pas de drogue, pas de rock'n'roll.

C'est pourquoi, à la conférence de presse, les journalistes de la région n'étaient pas les seuls à s'être déplacés, et les grands quotidiens nationaux ne s'étaient pas contentés d'y envoyer leurs correspondants locaux. Toutes les grandes plumes de la presse écrite avaient fait le voyage, les vrais reporters, des hommes et des femmes qui signaient leurs articles et qui ne lésinaient pas sur les notes de frais. Les caméras de Central TV comme celles de la BBC étaient fin prêtes, chacune des deux chaînes ayant déjà demandé à Skelton un entretien particulier après la conférence. Un enquêteur de l'émission « Appel à témoins » était présent, avec son bloc-notes à couverture caoutchoutée et son téléphone portable.

Quatre périodiques, deux quotidiens et deux journaux du dimanche, étaient bien décidés à s'entretenir avec les parents Phelan dès la fin de la conférence de presse, à les sonder adroitement en vue d'un contrat exclusif – « Notre fille Nancy » – dans l'hypothèse, tragique, où on la retrouverait morte.

– Êtes-vous en train de nous dire, monsieur le commissaire principal, que malgré tous ses efforts, la police n'a pas l'ombre d'une piste ? Qu'il s'agisse du lieu où se trouve la disparue ou de l'identité de son ravisseur ?

– Pourriez-vous nous faire connaître, madame Phelan, votre sentiment sur la disparition de votre fille ?

– Monsieur Phelan, quel commentaire feriez-vous sur la façon dont l'enquête policière a été menée jusqu'à présent ?

– Vous êtes donc ressorti vers dix heures du soir, Robin, c'est bien ça ?
– Oui.
– Sans but précis ?
– Non.
– Pas de projet en tête, pas de destination prévue ?
– Non.
– Et vous étiez dans votre voiture ?
– Oui.
– La Cavalier ?
– Oui.
– Et vous avez simplement roulé au hasard ?
– Oui.
– Dans la ville ?
– Oui.
– Vous avez tourné en rond ?
– Ou... oui.
– Sans vous arrêter une seule fois ?
Robin Hidden hocha la tête.
– Cela veut-il dire « non » ou « si » ? demanda Millington.
– S... si.
– Vous avez arrêté la voiture ? dit Resnick.
– Une ou d... deux fois, oui.
– À quel endroit ?
– Je ne m'en s... souviens plus.
– Faites un effort.
Le ronronnement du magnétophone était à peine audible en arrière-plan.

195

— La première fois, près de la place du Marché.

— De quel côté de la place ?

— Devant chez Halfords.

— Et la deuxième ?

— Dans King Street.

— Pourquoi ?

— P... pardon ?

— Pourquoi vous êtes-vous arrêté dans King Street ?

— J'avais faim. Je voulais acheter quelque chose à manger. Un cheeseburger. Avec, vous savez, une portion de frites.

— Où ça ?

— Au Burger King.

— Et vous avez garé votre voiture dans King Street ?

— Je n'ai pas trouvé plus près.

— Nancy, dit Resnick. Vous saviez où elle passait le réveillon ?

— Avec Dana, oui. À cette stupide soirée dansante.

— Mais vous saviez à quel endroit ?

— À quel endroit quoi ?

— À quel endroit elle avait lieu, précisa Resnick.

— Cette soirée stupide dansante, ajouta Millington avec un sourire.

— Robin, vous saviez où il se tenait, ce dîner dansant ? Organisé par l'entreprise où travaille Dana ? Vous saviez où... ?

— Oui, bien sûr.

— ... où trouver Nancy ?

— Oui.

— Et vous avez roulé tout le temps, pendant... Combien ? Deux heures, à peu de choses près. Vous avez tourné en rond dans le centre-ville sans

196

jamais aller, pas une seule fois, près de l'endroit où vous étiez sûr de la trouver ?

Robin Hidden s'était à demi tourné sur son siège, et il contemplait le plancher ; celui-ci lui paraissait lointain, aussi brumeux et indistinct qu'une vallée vue de haut, depuis une corniche en altitude. « Si tu veux passer ta colère sur quelqu'un, avait dit Mark, c'est à elle que tu dois t'en prendre. »

— Vous n'avez même pas eu envie de tenter votre chance, ajouta Millington en se penchant un peu plus vers lui, au cas où vous pourriez tomber sur elle par hasard ?

— Ou ne serait-ce que l'apercevoir ? dit Resnick.

— Bon, d'acc... d'accord. Admettons que je sois allé là-bas, du côté de cette saloperie d'hôtel ridicule, avec tous ces idiots habillés comme des clowns qui se pavanaient et qui faisaient étalage de leur fric. Admettons. Qu'est-ce que ça change ?

— Vous êtes bien venu jusqu'à l'hôtel, alors, Robin ? Ce soir-là ?

— Ce n'est pas ce que je viens de vous dire ?

— Êtes-vous seulement passé devant l'hôtel en voiture, ou bien êtes-vous entré dans la cour, en franchissant la grille ?

— Dans la cour.

— Excusez-moi, pourriez-vous répéter ça plus distinctement ?

— Dans la cour. Je suis entré dans la cour en v... voiture.

— Et vous vous êtes garé ?

— Oui.

— Quelle heure était-il ?

— Environ... Environ... Ce devait être j... juste avant minuit.

— Et c'est à ce moment-là que vous avez vu Nancy ? Pendant que vous étiez garé dans la cour de l'hôtel un peu avant minuit le soir du vingt-quatre décembre ?

— Oui, dit Robin. C'est ça.

Sa voix semblait venir de très loin.

20

Dana avait passé la première heure de la matinée à ranger sa chambre, à se débarrasser d'objets dont elle avait depuis longtemps oublié l'existence. Quand cette tâche bien précise fut terminée, elle avait empli de vêtements quatre sacs-poubelles en plastique, dont trois pourraient aller à la Recherche sur le cancer ou à la Lutte contre la faim. Quant au dernier – contenant des affaires trop usées, trop sales ou simplement irréparables – elle le laisserait sur le trottoir pour que les éboueurs le ramassent.

Cela fait, elle dégivra le congélateur, nettoya la cuisinière – la table de cuisson, pas le four, elle n'avait pas besoin à ce point-là de se changer les idées – et donna un coup d'éponge à la baignoire. Elle était à genoux, frottant l'intérieur de la cuvette des toilettes avec un chiffon imprégné de Cif quand elle se rappela une scène d'un film qu'elle avait vu récemment : une jeune femme – cette actrice qui jouait dans *J.F. cherche appartement*, pas la vedette, l'autre – qui nettoyait un lavabo avec le T-shirt bleu qu'un type quelconque avait laissé chez elle.

Ce qu'elle aurait aimé faire à Andrew Clarke, c'était lui plonger la tête dans la cuvette jusqu'à ce que son nez atteigne le siphon, et la lui maintenir en place tout en tirant la chaîne.

Ce qu'elle pouvait faire, en revanche..., se dit-elle quand elle fut de nouveau debout, alors que sa démarche avait retrouvé son dynamisme,... c'était poursuivre ce salaud en justice pour harcèlement sexuel sur le lieu de travail. Il serait intéressant de voir les conséquences d'un procès pareil sur son partenariat dans la société, sa maison de campagne, sa petite voiture de sport tellement géniale.

Elle alluma la radio. Quelques minutes du groupe Suede, et elle l'éteignit de nouveau. En fouillant dans ses cassettes à la recherche d'un Rod Stewart, elle hésita au passage sur Eric Clapton et Dire Straits, et finit par trouver ce qu'elle cherchait dans une boîte étiquetée Elton John. Voilà ce qu'il lui fallait. Ce vieux Rod. *Maggie May* ; *Hot Legs*. Encore que sa nouvelle coupe de cheveux ne soit pas une réussite ; il aurait mieux fait de garder le style de ses débuts. D'un air absent, Dana feuilleta *Vanity Fair*. Si, il y avait encore une chose à faire : trier le contenu des tiroirs de sa commode, et puis elle irait faire un tour dans les magasins, profiter des soldes pour s'acheter quelque chose dont elle n'avait pas vraiment besoin.

Son insouciance dura juste le temps qu'il lui fallut pour découvrir une boucle d'oreille de Nancy égarée parmi les siennes. Alors, son pressentiment lui revint de plein fouet comme un coup de vent glacé, qui la pétrifia sur place : elle ne reverrait jamais Nancy vivante.

200

Kevin Naylor avait pris l'appel en provenance de l'hôpital, écouté son interlocutrice un instant, puis tendu le combiné vers Divine.

– Pour toi.

– Infirmière Lesley Bruton à l'appareil. C'est au sujet de M. Raju.

Le pauvre type a cassé sa pipe, pensa Divine.

– Il récupère rapidement, et son état, à présent, lui permettrait certainement de répondre à vos questions.

– Le problème, répliqua Divine, c'est qu'on a une nouvelle affaire sur les bras, ici, quelque chose de grave. Il y a cette femme qui s'est fait enlever, et je ne sais vraiment pas...

– Il aurait pu mourir, dit Lesley Bruton.

– Pardon ?

– M. Raju, après ce que lui ont fait subir ces deux jeunes, il aurait pu mourir.

– Je sais, je suis navré et...

– Et ça n'a pas d'importance ?

– Écoutez, j'aurais cru que cela vous aurait fait plaisir qu'on s'occupe de cette nouvelle affaire. Je veux dire, c'est à une femme que c'est arrivé et...

– Et M. Raju n'est qu'un Pakistanais.

Bon sang ! pensa Divine. Nous y voilà.

– Je vais lui dire que vous êtes trop occupé, alors, c'est ça ?

– Non, fit Divine.

– Vous pourriez peut-être envoyer quelqu'un d'autre ?

– Non, ça va aller... (Il regarda sa montre.) Je pourrais venir dans une quarantaine de minutes, à peu près. Est-ce que ça vous irait ?

– S'il a une rechute, dit Lesley Bruton, j'essaierai de vous avertir.

La file d'attente pour entrer chez Next occupait toute la largeur du trottoir devant chez Yates et s'incurvait, sur quatre rangs, pour tourner le coin de la rue et remonter Market Street jusqu'à la hauteur des disques Guava. Dans le magasin Warehouse, les gens s'entassaient pour profiter des articles démarqués de vingt-cinq à cinquante pour cent, et Monsoon regorgeait de clientes distinguées de plus de trente-cinq ans, qui portaient les vêtements achetés en solde l'année précédente.

Passant devant la boutique de futons, Dana monta vers Hockley et se demanda si elle n'allait pas s'offrir un déjeuner chez Sonny ; modestement, elle préféra descendre Goose Gate jusqu'au bar à vins Browne, où elle prit un sandwich-baguette salade-poulet et un verre de blanc sec maison. Le premier verre fut suivi d'un deuxième et d'un troisième, après quoi elle se rendit à pied, d'une démarche quelque peu hésitante, jusqu'aux bureaux tout proches du cabinet d'architecture où elle travaillait.

« Fermé jusqu'au 3 janvier », annonçait la carte fixée par du ruban adhésif au centre de la porte, et calligraphiée en italiques noires impeccables.

Dana avait les clés dans son sac.

Pendant un moment, elle erra de pièce en pièce, entre les planches à dessin et les maquettes finement détaillées, jusqu'à la bibliothèque où elle travaillait parmi les collections de diapositives et les plans dûment répertoriés à l'aide de références croisées.

Ensuite, elle entra dans le bureau d'Andrew Clarke. Et là, tandis qu'elle était assise sur l'angle de sa table de travail noir mat pour cadre supérieur, et qu'elle manipulait le bâton de rouge à lèvres acheté le matin même chez Debenham, une idée s'esquissa peu à peu dans son esprit, à grands traits de Carmin Mauresque.

Raju était peut-être tiré d'affaire, pensa Divine, mais il était encore branché, d'une façon ou d'une autre, sur un tas de machines qui représentaient un sacré paquet de fric, sorti tout droit de la poche du contribuable britannique. Le policier eut toutes les peines du monde à ménager un endroit où garer sa chaise, entre toutes les perfusions, les cadrans de contrôle et autres supports à roulettes.

Mais maintenant que ce vieux Raju, bien calé contre ses oreillers, avait l'air frais comme un gardon, il ne se faisait pas prier pour donner les signalements qu'on lui demandait. L'un des deux agresseurs, le seul qui lui eût adressé la parole, celui qui avait tapé à la vitre pour lui demander de s'arrêter, il avait une petite cicatrice, en forme de demi-lune, là, sous l'œil droit. Et les cheveux blonds. Très, très blonds. Divine savait pertinemment qu'aucun autre témoin n'avait parlé de cheveux blonds.

– Vous êtes certain ? insista-t-il. Pour les cheveux blonds ?

– Oh, oui. Absolument.

Ce qui est plus que probable, pensa Divine, c'est que mon lascar délire encore un peu.

Le deuxième jeune, celui qui l'avait frappé parderrière, Raju était certain qu'il avait plusieurs tatouages le long des bras. Avec une sorte de créature bizarre sur l'un d'eux, un serpent, peut-être, quelque chose comme ça. Et puis quelqu'un sur un cheval. Un chevalier ? Oui, il supposait que c'était ça. Et un drapeau britannique. Aucun doute possible. Quant à savoir si c'était sur le bras droit ou le gauche... Non, désolé, il était incapable de le dire.

– Quel âge ? demanda Divine.

– L'âge auquel on peut s'attendre dans ces cas-là. Jeunes. Seize ou dix-sept ans.

– Pas plus ?

Raju secoua la tête, et, surpris par la douleur que déclenchait ce mouvement, il aspira brusquement une grande goulée d'air.

– Un an ou deux, peut-être. Au maximum.

Divine referma son calepin et se cala contre le dossier de sa chaise.

– Vous allez pouvoir les attraper, maintenant ?

– Oh, oui. Maintenant qu'on est munis de ces renseignements. En deux coups de cuillère à pot.

Se laissant de nouveau aller contre ses oreillers, Raju, le sourire aux lèvres, ferma les yeux.

Dans la salle des infirmières, Lesley Bruton parlait au téléphone. Divine dut ronger son frein en attendant qu'elle eût fini.

– Merci beaucoup, dit-il. De m'avoir averti. Pour Raju.

Elle lui rendit son regard, sans dire un mot. Elle attendait.

– Écoutez, fit Divine, je me demandais... Ça vous dirait de venir prendre un verre avec moi, un de ces soirs ?

– J'espère, dit Lesley Bruton, que vous plaisantez ? C'est bien ça ?

Et elle s'en alla, frôlant Divine au passage, de si près qu'il dut s'écarter de son chemin. Il était trois heures et quart, et elle avait un lavement à préparer.

– Avez-vous un avocat, monsieur Hidden ?
demanda Graham Millington.

Ils étaient dans le couloir, devant la salle d'interrogatoire. Après sa seconde séance, Robin avait
paru manifestement secoué ; les policiers lui
avaient suggéré de se dégourdir les jambes, après
s'être assurés que les fenêtres étaient ouvertes,
pour qu'il respire un peu d'air frais. À chaque
extrémité du couloir, des voix s'élevaient et s'es-
tompaient dans les escaliers. Tout à coup, quelqu'un alluma à plein volume son poste de radio
personnel, avant de baisser le son. Des sonneries
de téléphone, étouffées par les portes closes, retentissaient un peu partout.

– Un avocat ? Non. Pourquoi ? Je ne vois pas...

– Il serait peut-être prudent d'en contacter un.
Si vous n'en connaissez pas personnellement, nous
avons une liste à vous proposer.

Robin Hidden fixa l'inspecteur, détaillant ses
yeux marron qui ne cillaient pas, le dessin de sa
moue sous une moustache si parfaite qu'on eût dit
un postiche.

– Je pensais, dit-il, qu'après avoir répondu à
toutes vos questions, je pourrais repartir.

La bouche de Millington s'élargit en un sourire.

– Oh, non, je ne crois pas que cela soit possible,
monsieur Hidden. Pas tout de suite. Pas maintenant.

21

L'avocat désigné pour représenter Robin Hidden était un célibataire de quarante-neuf ans nommé David Welch. Il était venu avec ses deux chiens, des Jack Russell, qu'il laissa à l'arrière de sa BMW en demandant à l'agent en service à l'accueil de les laisser sortir, deux heures plus tard, pour qu'ils fassent leurs besoins.

Welch ne manquait pas d'expérience, mais il était paresseux. Quelques années plus tôt, il avait fini par comprendre qu'il lui manquait certains atouts indispensables pour réussir une carrière vraiment brillante. Il n'avait pas d'épouse, mais il n'était manifestement pas homosexuel ; il n'était ni franc-maçon, ni rotarien, ni ancien élève d'une école ou d'une université cotée. Comme il n'était pas animé d'une ambition dévorante, il n'avait jamais cultivé son image pour ressembler à ces hommes qui sont sûrs de réussir. Ce pauvre David ne jouait ni au bridge ni au poker, ni même au golf. En regardant autour de lui, il avait compris la situation. Il aurait pu changer de pratique, s'installer dans une autre ville, repartir à zéro ; il aurait pu tenter une seconde carrière – mais il s'était contenté d'une vie facile.

– Votre client vous attend, monsieur Welch, dit Millington. Au bout du couloir, troisième porte à droite.

– Je suppose que vous lui avez accordé toutes les pauses réglementaires ? Des périodes de repos ? Un repas décent ?

– Du poisson pané et des frites, fit Millington d'une voix flûtée. Du thé. Deux tranches de pain beurré. Il a refusé la génoise à la crème anglaise. (Millington se tapota l'estomac.) Il surveille sa ligne, probablement.

– Il me faut une bonne demi-heure, annonça Welch.

– Tout le temps que vous voudrez, répliqua Millington.

Les deux hommes savaient que ce n'était pas vrai.

Divine était à son bureau, dans le local de la PJ. Il parlait à une jeune femme qui, deux heures plus tôt, s'était fait voler, en plein centre-ville, son sac à main et deux sacs en plastique remplis d'objets qu'elle venait d'acheter. Cela s'était passé vers treize heures trente. Sandra Drexler avait emprunté le passage souterrain sous Maid Marian Way, celui au milieu duquel se trouve un kiosque à journaux, tout près du musée Robin des Bois. À ce moment-là, plusieurs familles passaient dans le tunnel, des enfants coiffés de chapeaux verts en feutre et qui agitaient à bout de bras des arcs et des flèches. Deux jeunes en jeans et en bras de chemise, descendant à toutes jambes l'escalier de l'entrée de St James Street, avaient saisi chacun un bras de Sandra Drexler, et l'avaient fait tourner sur elle-même dans ce qui avait semblé, tout d'abord, une sorte de jeu d'ivrogne. Deux gamins de six ans les avaient montrés du doigt en riant, avant que leur mère ne les fasse taire et les entraîne plus loin. Mais les jeunes avaient violemment plaqué Sandra contre le mur carrelé, lui avaient arraché ses sacs d'emplettes et son sac à main. En courant, ils étaient passés près du kiosque, s'engouffrant dans le tunnel qui mène à Friar Lane et au château, laissant Sandra à genoux, traumatisée, en larmes, tandis que les badauds se détournaient pour l'éviter. Pendant cinq bonnes minutes, Sandra s'était traînée, en boitant, vers la rue, avant qu'une femme âgée ne s'inquiète de son état.

— Ces tatouages, fit Divine, interrompant son compte rendu.

Sandra était étudiante de seconde année à l'école des beaux-arts de South Notts. Elle prit une feuille de papier machine et un crayon et les dessina en quelques minutes : le drapeau britannique, saint George et le Dragon.

— Seize, dix-sept ans, d'après vous ?

— C'est ça.

— Et vous êtes sûre, pour les cheveux ?

— Oui, tout à fait sûre. Une sorte de couleur sable délavée. Vraiment très blonds.

Divine la remercia pour sa peine et la gratifia de son sourire numéro deux. S'il n'était pas aussi imbu de lui-même, pensa Sandra, et s'il ne portait pas ce costume affreux, on pourrait presque le trouver séduisant.

Resnick était las. Les muscles de sa nuque commençaient à se raidir, et il avait bu tellement de thé de la cantine que sa langue lui semblait doublée d'une couche de tanin. De l'autre côté de la table, Robin Hidden, encouragé par son avocat, était rentré dans sa coquille. Il en disait le moins possible, il ne lâchait rien.

– Robin, dit Resnick, vous ne trouvez pas que vous nous compliquez la vie bien plus que nécessaire ?

Robin ne réagit pas. Ostensiblement, David Welch regarda sa montre.

Dans le magnétophone, les deux cassettes continuaient de se dévider, presque sans bruit.

À tout moment, Resnick le savait, Hidden pouvait user de son droit de se lever et de partir. À la place de Welch, n'importe quel avocat lui aurait déjà conseillé de le faire.

– Très bien, fit Millington d'un ton froid et détaché, mettons les choses au clair une bonne fois pour toutes.

– Est-il nécessaire de tout reprendre depuis le début ?

– Vous êtes arrivé à l'hôtel entre onze heures et demie et minuit moins le quart, poursuivit Millington sans lui prêter attention. Vous avez garé votre voiture au fond de la cour et vous avez jeté un rapide coup d'œil à l'intérieur du bar, vous avez traîné dans les parages un moment, pas plus de cinq, dix minutes, puis vous êtes remonté dans votre voiture. Vous avez fait plusieurs fois le tour du pâté de maisons, vous êtes revenu à l'hôtel...

– À ce moment-là, il ne devait pas être loin de minuit, dit Resnick.

– Presque minuit, reprit Millington.

– Et c'est alors que vous avez vu Nancy.

Resnick regarda Robin Hidden bien en face. Robin cligna les yeux et bafouilla « oui ».

– Et elle vous a vu ?

– Non.

– Non ?

– Je ne sais pas.

– Elle a vu la voiture ?

– Je n... n'en sais rien. Comment voulez-vous que je le sache ?

– Vous ne pouvez pas vous attendre à ce que mon client se livre à des spéculations...

– Nancy connaissait votre voiture, cependant..., dit Resnick d'un ton plus amène, en se reculant sur sa chaise. Elle a dû monter dedans un certain nombre de fois ? Dans son esprit, ce véhicule et vous deviez être associés.

– Je le suppose, mais...

– Monsieur l'inspecteur principal...

– Mais en cette occasion, soit elle n'a pas établi de lien, ou, si elle l'a fait, elle a choisi de ne pas en tenir compte. De vous ignorer.

Robin Hidden ferma les yeux.

– Et vous n'avez rien fait ? Vous êtes resté dans votre voiture et vous n'avez rien tenté, vous n'avez pas essayé d'attirer son attention, vous ne l'avez pas hélée, vous n'êtes pas sorti de votre voiture, vous n'avez pas bougé... C'est bien ce que vous prétendez ?

– Oui. Je vous l'ai dit. J... Je ne vous l'ai pas d... déjà dit ?

– Inspecteur...

– Très bien, Robin, écoutez... (Tendant le bras devant lui, Resnick posa un moment ses doigts sur le dos de la main de Robin Hidden.) Écoutez, à ce stade de votre déposition, je ne veux surtout pas commettre d'erreur. Vous étiez contrarié de ne pas avoir vu Nancy, chagriné de voir comment la

210

situation évoluait, alors que tout semblait s'écrouler autour de vous. Vous étiez seul au volant de votre voiture, vous tourniez en rond, en pensant à elle. C'est bien ça ?

Robin hocha la tête. La main de Resnick était encore près de la sienne, près de la surface éraflée de la table. Le policier parlait d'une voix profonde et calme dans la pièce silencieuse.

– Vous avez pensé que si seulement vous pouviez lui parler, il vous serait encore possible, peut-être, de vous expliquer, d'arranger les choses.

Robin regarda la table, les marques dans le bois, sa main, ses doigts qui semblaient si petits, étroits et fins ; sa respiration était plus oppressée, plus sonore.

– Et quand vous êtes retourné à l'hôtel, Nancy était là. Qui traversait la cour, venant vers vous. Seule. (Resnick attendit que le regard de Robin Hidden croise le sien.) Il fallait que vous lui parliez. Vous étiez venu pour ça, non ? Et vous lui avez parlé, n'est-ce pas ? À Nancy. Soit vous êtes sorti de votre voiture, soit elle est venue jusqu'à vous, mais vous lui avez bien parlé ?

– Non.

– Robin...

– N... non.

– Et pourquoi ?

Il répondit, le visage enfoui dans ses mains. Comme ses paroles étaient indistinctes, Millington lui demanda de les répéter pour que tout soit clair.

– Parce que j'avais peur. Parce que je savais ce qu'elle... ce qu'elle me dirait. Elle m... me dirait qu'elle ne v... voulait plus me revoir. J... jamais. Et j... je n'aurais p... pas pu le supporter. Alors j'ai a... attendu que... qu'elle passe devant moi, et puis je suis parti.

Ses larmes jaillirent, alors, sans retenue, et David Welch se leva aussitôt pour protester, mais Resnick leur avait déjà tourné le dos. Millington, gêné, regardait le plafond. En tout état de cause, l'interrogatoire était terminé. Il était dix-sept heures trente-sept.

22

– Un vrai coup de fion, Charlie. Tu peux te vanter d'avoir le cul bordé de nouilles.

Sur le seuil du bureau de Resnick, Reg Cossall était appuyé contre le chambranle de la porte, affichant son sourire en coin.

Resnick fut à deux doigts de laisser échapper un soupir ; il aurait bien voulu que Cossall ait raison.

– T'as encore des doutes ? Le petit ami qui se fait envoyer sur les roses. La veille de Noël. Bon sang, Charlie, qu'est-ce qu'il te faut de plus ? Pas besoin d'un Q.I. de 150 pour deviner ce qui s'est passé.

– Trop facile, Reg.

Cossall chercha un endroit, sur la table de travail de Resnick, pour y écraser sa cigarette ; il dut se contenter de la semelle de sa chaussure.

– C'est jamais trop facile. Des types comme lui. Tu leur fais cracher le morceau, tu les boucles, et tu arrives au pub avant l'heure de l'ouverture.

En tant que philosophie du travail de la police, ce principe restait valable dans l'esprit de Cossall, en dépit du fait que la plupart des pubs restaient actuellement ouverts toute la journée. Sans compter que, de temps à autre, il était contredit par la réalité.

– Je ne suis pas encore au bout de mes peines, Reg, dit Resnick.

Cossall fit sortir une nouvelle Silk Cut de son paquet.

– Au moins, Graham et toi, vous avez un client à vous mettre sous la dent. Moi, je patauge encore jusqu'aux genoux dans les listings d'ordinateurs et ces saloperies de références croisées. (Son briquet refusant de fonctionner, il sortit maladroitement une boîte d'allumettes de sa veste ; quant à l'allumette brûlée, il la brisa entre ses doigts et la laissa retomber dans sa poche.) Je retrouve Rose au Borlace, on ira sans doute manger un morceau plus tard. (Il laissa une fumée gris-bleu s'échapper de ses narines.) Ça te dirait de te joindre à nous ?

Resnick secoua la tête.

– Merci, Reg. J'ai des choses à faire.

Cossall hocha la tête.

– Une autre fois, alors.

– Peut-être.

– Elle t'aime bien, Rose, tu sais. Elle trouve que t'as le sens de l'humour. Je lui ai dit qu'elle devait te confondre avec quelqu'un d'autre.

– Bonsoir, Reg.

Cossall s'éloigna en s'esclaffant.

C'était vraiment trop facile ? se demanda Resnick. Trop simple ? Il se remémora l'expression de Robin Hidden quand celui-ci avait parlé de sa dernière soirée avec Nancy, de leur dernier repas en tête à tête, de toutes ces espérances brisées. Son mensonge, quand il niait avoir vu Nancy dans la cour de l'hôtel. Combien de rancœurs amassées fallait-il pour en arriver là ? Combien de souf-

214

frances ? Le chagrin, comme un trait rouge vif soulignant le regard de Robin Hidden. Combien d'autres mensonges ?

« Comment voulez-vous jouer la partie ? avait demandé Skelton. On le garde au frais cette nuit ? On continue à le bousculer ? »

Mais Resnick sentait que, pour le moment, bousculer Hidden ne le ferait pas avancer d'un pouce supplémentaire. Son propre aveu l'avait tellement secoué qu'il s'était aussitôt fermé comme une huître, et même David Welch avait eu l'intelligence de l'encourager à garder le silence. C'est pourquoi on l'avait laissé regagner son appartement de Musters Road, à West Bridgford, au deuxième étage d'une maison avec un emplacement pour garer sa voiture et un interphone à la porte d'entrée. Il était parti retrouver son four à micro-ondes, ses cartes de l'institut géographique et ses pensées.

Sur le pas de la porte, Millington avait annoncé avec un sourire bienveillant : « Nous aurons besoin d'interroger votre client de nouveau. »

Resnick se leva et se frotta les yeux avec les paumes. À travers la vitre, les contours des immeubles étaient nimbés d'une lumière pourpre.

L'appartement de Lynn, dans le Marché aux dentelles, faisait partie d'un ensemble de petits logements associatifs, avec balcons en vis-à-vis au-dessus d'une cour en partie pavée. Les pièces étaient assez grandes pour qu'elle ne s'emmêle pas les pieds, et suffisamment petites pour ne pas l'encourager à amasser un trop grand nombre d'objets. Elle nettoyait le plancher environ une fois par semaine, et dépoussiérait les meubles quand il y avait un risque qu'elle reçoive une visite. Une fine pellicule grise resta collée au bout de son doigt lorsqu'elle le passa sur l'étagère carrelée au-dessus de la cuisinière. La visite d'un monsieur, où avait-elle entendu cette expression ? Elle souffla sur la poussière grise pour tenter de la chasser, mais elle lui collait à la peau, et elle s'essuya le doigt sur le côté de sa jupe tout en se baissant pour allumer le chauffage. Cela lui revenait, à présent, un film qu'elle avait vu à la télévision, quelque chose en verre, *La Ménagerie de verre*, c'était ça. Avec cette jeune femme qui boitait, pas si jeune, en fait, cela avait son importance dans l'histoire, qui s'entourait de tous ces petits animaux en verre, et qui attendait constamment la visite d'un monsieur.

La radio se trouvait dans la cuisine, et Lynn l'alluma avant de remplir la bouilloire à moitié ; une interprète qu'elle ne parvint pas à identifier chantait une chanson irlandaise. Sa voix était chaude et douce, et sans aucune raison cela évoqua pour elle la maison de ses parents, celle de son enfance. Faisant tourner à l'intérieur de la théière une giclée d'eau chaude qu'elle vida ensuite dans l'évier, elle revit sa mère, année après année, faire exactement la même chose. Lynn éteignit la radio, laissa tomber un sachet de thé dans la théière. Cela faisait combien de temps, se demanda Lynn, qu'elle-même avait cessé d'attendre la visite d'un monsieur ? Avant que le thé ait eu le temps d'infuser, le téléphone sonna.

– Je t'ai appelée toute la journée, lui dit sa mère.

– Je viens à peine de rentrer du travail, répliqua Lynn d'un ton un peu plus irrité qu'elle n'en avait eu l'intention.

– Une seule fois, j'ai essayé d'avoir le commissariat, mais la ligne était occupée.

– Ça ne m'étonne pas. C'est les vacances, et nous sommes en sous-effectif, encore plus que d'habitude. Et tu sais qu'il y a cette fille qui a disparu.

Le plus souvent, une remarque de ce genre aurait inspiré à sa mère une remarque sur la nécessité de prendre un maximum de précautions, de fermer les deux verrous de la porte d'entrée, de vérifier la fermeture des fenêtres avant d'aller se coucher ; pour elle, toute ville dont la population excédait celle de Norwich était un lieu de danger constant, combinant ce qu'elle avait lu de pire sur New York et La Nouvelle-Orléans. Mais aujourd'hui, pas de réaction, rien qu'un silence morne. Puis, dans la cour, le bruit étouffé d'un moteur de voiture qui démarre et qui a des ratés. Lynn se demanda si elle pourrait s'excuser un moment, se verser une tasse de thé, la rapporter près du téléphone.

– Lynnie, je crois que tu devrais rentrer à la maison.

– Maman...

– J'ai besoin de toi, ici.

– J'étais encore avec vous il y a deux jours à peine.

– Je ne sais plus quoi faire.

Lynn ravala la majeure partie d'un soupir.

– C'est ton père.

– Oh, maman...

– Tu sais qu'il devait aller à l'hôpital ?

– Oui, demain.

– Il y a eu un changement, ils ont avancé le rendez-vous. Ils ont téléphoné pour l'avertir. Il y est déjà allé. Hier.

– Et alors ?

Dans l'hésitation de sa mère, Lynn entendit le pire, qui fut confirmé aussitôt après par ses paroles.

– Il faudra qu'il y retourne. Pour un autre test. (Je n'ai pas envie de le savoir, pensa Lynn.) Pour vérifier, c'est tout, a expliqué le docteur. Simplement pour être sûr qu'il n'a pas... enfin, ce qu'ils croyaient qu'il avait, tu sais, il...

– Maman...

– Ils pensaient, avec tous ces problèmes que ton père avait, pour manger, pour aller à la selle et tout ça, qu'il pourrait y avoir une grosseur, là, tu sais, dans les, dans les intestins.

– Et ce n'est pas ça ?

– Quoi ?

– Ce n'est pas une grosseur, c'est ce qu'ils disent maintenant ? Ou ils n'en sont pas encore sûrs ?

– C'est pour ça qu'il doit y retourner.

– Donc, ils ne sont pas sûrs ?

– Lynnie, je ne sais pas quoi faire.

– Il n'y a rien que tu puisses faire. Tant qu'on ne sait rien avec certitude.

– Tu ne peux pas venir ?

– Comment ça ? Tu veux dire maintenant ?

– Lynnie, il refuse de s'asseoir, il refuse de manger, il refuse même de me regarder en face. Au moins, si tu étais là...

– Maman, *j'étais* là il y a quelques jours à peine. À moi aussi, c'est à peine s'il a parlé.

– Tu ne vas pas venir, alors ?

– Maman, je regrette, mais ce n'est pas une période facile.

– Et pour moi, tu crois que c'est facile ?

– Je n'ai pas dit ça.

– Ton pauvre père est moins important pour toi que ton travail, c'est ça que tu as dit.

Elle était au bord des larmes, Lynn le savait.

– Tu sais que ce n'est pas vrai, dit Lynn.

– Alors, accompagne-le à l'hôpital.

Lynn appuya contre son front l'extrémité supérieure du combiné.

– Lynnie ?

– Je vais voir si c'est possible, je te le promets. Mais tu sais comment ça se passe à l'hôpital, ils ne lui donneront pas un rendez-vous avant une éternité.

– Non, non, c'est pour bientôt. Le docteur que ton père a vu, le spécialiste, il a dit qu'il voulait le revoir le plus tôt possible. Dans les tout prochains jours.

Alors, c'est grave, pensa Lynn.

– Ce spécialiste, dit-elle, tu ne te rappelles pas son nom, je suppose ?

– Il doit être écrit quelque part, je ne sais pas, je vais voir si je le trouve si tu veux bien attendre...

Elle entendit sa mère farfouiller parmi les morceaux de papier qu'elle gardait près du téléphone.

– Maman, rappelle-moi, d'accord ? Quand tu l'auras trouvé. Très bien. À tout de suite.

Lynn avait les bras glacés, et son visage était d'une pâleur inhabituelle. Le petit précis médical qu'elle rangeait à côté de son dictionnaire et d'une poignée de livres de poche s'ouvrit presque de lui-même à la page voulue : le cancer des intestins s'appelait aussi cancer colorectal. C'est chez les hommes de soixante à soixante-dix-neuf ans qu'il est le plus fréquent. Cinquante pour cent des cancers colorectaux touchent le rectum. Lynn laissa le livre lui glisser des mains et tomber par terre. De retour dans la cuisine, elle vida dans l'évier le fond d'un carton de lait qui avait tourné, et s'escrima à en ouvrir un autre sans trop s'asperger les mains. Elle versa une cuillerée de sucre dans sa tasse, puis une seconde. Fit tourner sa cuillère. Deux gorgées, et elle rapporta sa tasse près du téléphone.

Quand sa mère la rappela, Lynn l'entendit pleurer à l'autre bout de la ligne.

Elle la laissa sangloter un moment avant de lui demander si elle avait trouvé le nom du spécialiste. Elle le lui fit répéter deux fois, l'épelant elle-même à haute voix tout en l'inscrivant.

– Papa est là ? demanda Lynn.

– Oui.

– Laisse-moi lui parler.

– Il est sorti voir les poulaillers.

– Dis-lui de rentrer.

Il y eut un bruit sourd quand le combiné fut reposé maladroitement ; Lynn but son thé, prêtant l'oreille aux éclats de voix qui montaient de la rue, derrière l'immeuble, une altercation entre des gamins dont la colère manquait de conviction. L'un de ses voisins écoutait de l'opéra, un jeune homme qui portait des cols roulés noirs et qui l'ignorait lorsqu'ils se croisaient dans l'escalier.

– Je n'arrive pas à le faire rentrer, dit sa mère.

– Tu lui as dit que c'était moi qui appelais ?

– Bien sûr.

Son voisin du dessus s'était non seulement mis à chanter, mais il tapait du pied, à présent, en cadence avec le refrain.

– Je vais prendre contact avec ce spécialiste, annonça Lynn, pour voir s'il peut me dire quel jour Papa devra retourner là-bas. Ensuite, j'essaierai d'obtenir une permission. D'accord ?

Elle écouta sa mère quelques minutes encore, la rassurant du mieux possible. Elle jeta ce qu'il restait de thé au fond de sa tasse et s'en servit une autre. Ouvrant le robinet de la baignoire, elle mélangea au flot d'eau chaude un peu de bain moussant parfumé aux herbes. Ce ne fut que lorsqu'elle plongea dans le nuage de vapeur qu'elle commença à se détendre, et que s'estompèrent, pour le moment tout au moins, les images de son père qui s'étaient formées dans son esprit.

23

Resnick avait nourri les chats, fait du café, pressé un demi-citron sur un morceau de poulet qu'il avait frotté d'ail avant de le mettre sous le gril. Pendant que la viande cuisait, il avait ouvert une bouteille de Pilsner tchèque pour en boire la moitié dans le salon en lisant la notice nécrologique de Bob Crosby. L'un des 78 tours préférés de son oncle tailleur avait été *Big Noise from Winnetka*, par les Bobcats. Bob Haggart à la contrebasse et Ray Bauduc à la batterie, et Haggart qui sifflait presque tout le temps. Si jamais Graham Millington tombait sur ce disque, le commissariat tout entier courrait un grand péril.

Se rendant de nouveau dans la cuisine, il retourna son morceau de poulet et l'arrosa avec un peu du jus qui en avait coulé. Il coupa en cubes la dernière moitié d'une grosse tomate, y ajouta quelques épinards un peu fanés et une poignée de chicorée à l'agonie, et mit le tout dans un saladier pour l'assaisonner à l'aide d'un filet de vinaigre de framboise, d'une cuillerée de moutarde à l'estragon, et d'une généreuse lampée d'huile d'olive.

Il dîna à la table de la cuisine, le reste de la bière l'aidant à faire glisser son repas, et donna quelques bribes de poulet à Bud. Un détail le tracassait : l'impression qu'il avait eue de Robin Hidden dans l'après-midi ne correspondait pas à l'idée qu'il se faisait d'un homme suffisamment brillant et séduisant pour que Nancy Phelan lui ouvre volontiers son lit. Les deux pièces du puzzle refusaient de s'emboîter.

Il coupa en deux le dernier bout de poulet et le partagea avec le chat ; se léchant les doigts, il se dirigea vers le téléphone.

– Allô, je suis bien chez Dana Matthiesson ?

La voix de sa correspondante raviva dans l'esprit de Resnick l'image d'une femme bien en chair, à la chevelure opulente, au visage rond. Pas très différent de celui de Lynn, supposa-t-il, mais plus rond encore. Des vêtements très colorés.

– Oui, c'est l'inspecteur Resnick. Nous nous sommes parlé... Je me demandais, si vous n'êtes pas trop occupée, si vous pouviez m'accorder un peu de votre temps ? Disons, une demi-heure ?... Oui, d'accord. Oui, je sais où c'est... Oui, à tout de suite.

Dana avait repassé du linge sorti depuis plusieurs jours de la machine à laver jusqu'au moment où elle en avait eu par-dessus la tête. À présent, des chemisiers, des hauts en coton, des pantalons aux couleurs vives étaient posés sur les dos et les bras des fauteuils, et, en une pile inégale, sur la planche à repasser. La télévision était allumée, le son réduit à un simple murmure, et diffusait un film avec James Belushi, qui comportait de nombreuses poursuites en voiture et au moins un chien énorme. Ses cinq brouillons de lettre de démission à Andrew Clarke et Associés, Architectes, tous inachevés et déchirés en deux, puis en quatre, étaient à présent étalés sur la table basse en verre.

Quand Resnick avait téléphoné, elle était près d'achever une bouteille de Riesling néo-zélandais Shingle Peak, et il n'en restait qu'un verre à lui offrir lorsque la sonnette de la porte d'entrée retentit. Si les circonstances l'exigeaient, pensa Dana – encore qu'elle ne vît pas très bien pourquoi on en arriverait là – elle pourrait toujours en ouvrir une autre bouteille.

Resnick se débarrassa de son manteau, échangea avec elle quelques plaisanteries, et prit le siège qu'elle lui offrait. Le visage de Dana était plus plein que dans son souvenir, bouffi autour des yeux, parce qu'elle avait bu, ou pleuré, il n'aurait su le dire.

Elle tendit la bouteille vers lui et il secoua la tête, si bien qu'elle en vida le contenu dans son propre verre.

– Il n'y a rien de neuf, dit-elle.

C'était à peine une question.

Resnick secoua la tête.

Dana tira sur l'ourlet d'un haut orange qui était soit à moitié rentré sous sa ceinture, soit à demi sorti.

– Ça ne m'étonne pas. Sinon, vous me l'auriez dit. Au téléphone. (Elle leva son verre et but.) À moins que les nouvelles soient mauvaises.

Resnick la regarda fixement.

– Oh, mon Dieu, fit Dana. Elle est morte, c'est ça ? Ce n'est pas possible autrement.

Resnick réagit à temps pour attraper au vol le verre qui tombait des mains de Dana, mais ce qu'il restait de vin éclaboussa la manche de sa veste. De son autre main, il retint la jeune femme, les doigts déployés en éventail dans le bas de son dos, si bien qu'elle se laissa lourdement retomber contre lui. Le visage de Dana, les yeux fermés, était tout près de celui de Resnick ; il sentait la chaleur de son souffle sur sa joue.

– Ce n'est pas pour vous annoncer ça que je suis venu.

– Vraiment ?

– Non, il ne s'agit pas de ça.

À travers le tissu mince de ses vêtements, il sentait le sein de Dana pressé contre sa poitrine, sa hanche plaquée contre sa cuisse.

– Tout va bien.

Elle ouvrit les yeux.

– Vous en êtes sûr ?

Resnick était plus sensible à la présence de son corps qu'il ne l'aurait souhaité.

– Oui, fit-il.

Un simple mouvement, la façon dont elle tendit sa bouche vers lui. Un moment pendant lequel quelque chose tenta de l'avertir qu'il ne fallait pas. Son haleine était chaude et elle avait le goût du vin. Leurs dents s'entrechoquèrent, puis il n'y eut plus de heurt. Il avait du mal à croire que l'intérieur de sa bouche pût être aussi doux. Délicatement, Dana prit la lèvre inférieure de Resnick entre ses dents.

Sans qu'il comprît exactement comment, ils se retrouvèrent sur le tapis, à côté du canapé. La manche de sa veste, le poignet de sa chemise étaient tachés de vin.

– À cause de moi, vos vêtements sont foutus, dit Dana.

À eux deux, ils réussirent à ôter sa veste à moitié ; Dana lui lécha les doigts, l'un après l'autre.

– Je ne connais pas votre nom, dit-elle. Votre prénom.

Resnick lui toucha le sein, et le mamelon était si dur sous la pulpe de son index que l'étonnement lui coupa le souffle. Dana se déplaça sous lui pour enserrer une de ses jambes entre les siennes. Elle prit son visage entre ses mains ; elle aurait parié qu'il n'avait pas embrassé de femme depuis longtemps.

– Charlie, dit-il.

– Comment ?

La voix de Dana était douce et toute proche, alors qu'elle effleurait du bout de la langue le lobe de son oreille.

– Mon prénom. Charlie.

Le visage enfoui dans le creux de son épaule, elle se mit à rire.

– Quoi ?

– Je n'arrive pas à croire...

– Quoi ?

– Je suis sur le point de faire l'amour avec un flic qui s'appelle Charlie.

Il dégagea sa jambe et roula sur lui-même, mais elle suivit le mouvement, et quand elle se pencha sur lui, ses cheveux tombèrent tout autour de son visage, et à présent son rire était un sourire.

– Charlie, répéta-t-elle.

Le choc était encore visible, là, dans les yeux de Resnick.

Lui prenant de nouveau les mains, Dana les posa sur ses seins.

– Doucement, dit-elle. Doucement, Charlie. Prends ton temps.

– Charlie, ça va ?

Ils se trouvaient dans le grand lit de Dana, sous une couette dont la housse ruisselait de fleurs orange et violettes. La chambre sentait les fleurs séchées, la sueur, le sexe, et, vaguement, le 5 de Chanel. Dana avait ouvert une nouvelle bouteille de vin, et avant de la rapporter, elle avait mis une cassette dans la stéréo. À travers la porte entrouverte, Rod Stewart chantait *Je ne veux pas parler de ça* ; dans la tête de Resnick, Ben Webster jouait *Quelqu'un pour veiller sur moi, Notre amour est là pour longtemps.*

– Très bien, répondit-il.

Au-delà des évidences qui s'imposaient d'elles-mêmes, il n'avait aucune idée de ce qui lui arrivait, et il était heureux de ne pas avoir à creuser la question.

– Tu n'es pas bavard, malgré tout, fit Dana.

Resnick leva la tête pour voir si elle souriait ; c'était le cas.

– Tu as faim ? demanda-t-elle.

– Probablement.

Lui donnant un baiser sur le coin de la bouche, elle se propulsa hors du lit et prit tout son temps pour sortir de la chambre. Resnick était stupéfait de voir avec quelle absence totale de gêne elle exhibait son corps ; pour sa part, quand il avait eu envie d'aller aux toilettes, il avait ramassé son caleçon sur la moquette du bout du pied et l'avait remis.

Comme la montre de Resnick lui irritait la peau, Dana la lui avait ôtée ; il la récupéra sur la table de nuit. Onze heures dix-sept. Mettant ses deux mains derrière sa tête, il ferma les yeux.

Sans en avoir eu l'intention, il s'assoupit.

227

Quand il se réveilla, Dana revenait dans la chambre avec un plateau garni de plusieurs morceaux de dinde froide (deux ailes, une cuisse, du blanc coupé en tranches), un bout de stilton bleu, des pots en plastique de houmous et de tarama aux deux tiers vides, une petite grappe de raisins dont les grains brunissaient près de la tige, une tasse de café et une autre de tisane à l'hibiscus et à la fleur d'oranger.

– Redresse-toi, dit-elle avec un sourire en posant le plateau au milieu du lit avant de se glisser entre les draps. Nous n'avons pas, ajouta-t-elle, un seul bout de pain ni un biscuit dans la maison.

Lentement, Dana enfonça son index dans le tarama et le porta, chargé de pâte rose, à sa bouche.

– Quand tu as téléphoné, demanda-t-elle, pour me demander si tu pouvais passer, tu avais des idées derrière la tête ?

Resnick fit un signe de dénégation.

– Franchement ?

– Bien sûr que non.

Dana but une gorgée de tisane.

– Pourquoi, « bien sûr » ?

Resnick ne savait pas comment il était censé réagir, ce qu'il devait dire.

– Pas une seconde je n'avais pensé... Je veux dire, jamais je n'aurais...

– Jamais ?

– Non.

Dana haussa un sourcil.

– Pur de cœur et d'esprit, irréprochable dans ses actes, tel est le code du policier.

– Ce n'est pas ce que je voulais dire.

– Qu'est-ce que tu voulais dire ?

Pour se donner du temps, il goûta au café. Très probablement instantané, en tout cas pas assez corsé.

– Je veux dire... Je savais que tu étais une femme très attirante, mais je ne pensais pas à toi de cette... de cette façon, enfin, sexuellement parlant. Sinon, je ne me serais certainement pas permis d'appeler, comme ça, et de m'inviter chez toi afin de...

– Pourquoi pas ?

Resnick reposa sa tasse.

– Je n'en sais rien.

– Tu as quelqu'un d'autre ?

– Non.

– Alors, pourquoi ?

Bien qu'il ne sût pas pourquoi il se sentait aussi gêné, Resnick détourna les yeux malgré tout.

– Parce que cela ne m'aurait pas paru convenable.

– Oh.

– Et puis...

– Oui ?

– Je n'aurais jamais pensé que cela t'intéresserait.

– De faire l'amour ?

– De faire l'amour avec moi.

– Oh, Charlie, fit-elle en lui touchant la joue.

– Quoi ?

– Tu ne sais pas que tu es séduisant ?

– Non, dit-il, je ne le sais pas.

En souriant, elle fit glisser sa main derrière la nuque de Resnick tandis qu'elle se penchait vers lui pour l'embrasser.

– C'est justement, dit-elle, ce qui fait ton charme, entre autres choses. (Puis elle ajouta :) Mais tu es content d'être ici ?

Il n'eut pas besoin de répondre ; content, Dana voyait bien qu'il l'était.

— Avant qu'il soit trop tard, dit-elle, pourquoi on ne pousse pas ce plateau ?

Elle était allongée en travers du lit pour le poser par terre quand Resnick fit courir ses doigts le long de son dos, jusqu'à ses fesses, puis, plus lentement, le long de ses cuisses. Dana se mit à respirer plus vite.

— Dana, dit-il.

— Mmm ?

— Rien.

Il avait seulement eu envie d'entendre à quoi ressemblait ce nom quand c'était lui qui le prononçait.

Il était une heure passée. La seconde tasse de café avait été plus forte que la première, et noire. La même compilation de Rod Stewart passait de nouveau, plus discrètement, dans la pièce voisine. Resnick était allongé sur le ventre ; Dana laissait négligemment reposer un bras et une jambe en travers de son corps. Cette fois, c'était elle qui s'était assoupie, mais à présent elle était tout à fait réveillée.

— Tu sais, je l'ai vu, une fois.

— Qui ?

— Rod Stewart. C'est bien lui qui chante, non ?

— Mmm.

— Il y a des années de ça. Il était avec le groupe Steam Packet. Dans un club, près du fleuve. C'est à peine si on pouvait franchir les portes.

— Pas surprenant.

Resnick sourit par-dessus son épaule.

230

– À l'époque, on aurait pu compter sur les doigts d'une seule main, sûrement, les gens qui avaient ne serait-ce qu'entendu parler de lui, et je ne parle pas de ceux qui seraient venus spécialement pour le voir. Long John Baldry, c'était pour lui que tout le monde était là.

Dana secoua la tête ; ce nom ne lui disait rien.

– Julie Driscoll et lui, c'étaient les deux chanteurs principaux du groupe. Stewart est passé en premier, il a chanté quelques chansons au début du spectacle. Un gamin tout maigre avec un harmonica. Rod the Mod, c'est comme ça qu'on l'appelait.

– Il était bon, quand même ?

Resnick s'esclaffa.

– Nul.

– Tu me fais marcher ?

– Non, je te jure. Il était épouvantable. Consternant.

Le visage de Dana se fit grave.

– Tu ne ferais pas ça, Charlie, n'est-ce pas ?

– Quoi ?

– Me faire marcher. Me mener en bateau.

Resnick changea de position, se redressa sur son séant.

– Je n'en ai pas l'impression.

– Parce que j'en ai assez, tu sais. Des aventures sans lendemain.

Elle s'était détournée de lui, épaule tombante, et bien qu'il ne pût ni la voir ni l'entendre, Resnick comprit qu'elle pleurait. Il ne savait pas quoi faire ; il la laissa tranquille. Puis, quand elle eut fini de pleurer, il s'approcha d'elle, l'embrassa entre les épaules, juste au-dessus de la masse sombre de ses cheveux, et elle se retourna pour se réfugier entre ses bras.

– Oh, mon Dieu ! fit-elle. Je me sens tellement coupable. De faire ça. D'être aussi bien. Après ce qui est arrivé à Nancy. Tu comprends ce que je veux dire ?

Ses larmes avaient dilué le peu de maquillage qui restait sur son visage.

– Nous ne savons pas, dit Resnick, ce qui est arrivé à Nancy. Pas avec certitude.

Pourtant, au fond d'eux-mêmes, ils étaient l'un comme l'autre sûrs de le savoir.

– Quelle heure est-il ? demanda Dana.

Malgré l'obscurité, elle vit que Resnick, debout entre le pied du lit et la porte, était entièrement habillé.

– Un peu plus de deux heures.

– Et tu t'en vas ?

– Il le faut.

Elle se redressa dans le lit, le bord de la couette couvrant un de ses seins.

– Sans me le dire ?

– Je ne voulais pas te réveiller.

Dana tendit un bras et Resnick s'assit au bord du lit, lui tenant la main. Elle mêla ses doigts aux siens.

– Tu ne m'as même pas dit, fit-elle, pourquoi tu voulais me voir.

– Je sais. J'ai pensé que je pourrais garder ça pour une autre fois.

– Mais c'était à quel sujet, malgré tout ?

Dana approcha la main de Resnick de son propre visage et frotta ses phalanges contre sa joue.

– Robin Hidden...

– Comment ça, Robin Hidden ?

– Je voulais te poser des questions sur lui.

Dana lui lâcha la main et se laissa retomber en arrière.

– Tu ne soupçonnes pas Robin, tout de même ?

Resnick ne répondit pas. De son visage, Dana ne voyait guère plus que les contours ; impossible de lire l'expression de son regard, de deviner ce qu'il pensait.

– Si, tu le soupçonnes. C'est ça ?

– Tu sais ce qui s'était passé entre eux ?

– Nancy l'avait largué, oui. Mais ça ne veut pas dire...

– Il l'a vue ce soir-là, celui du réveillon...

– Ce n'est pas possible.

– Il est allé à l'hôtel, il la cherchait, juste avant minuit.

– Et puis ?

Resnick ne répondit pas aussitôt ; il en avait déjà probablement dit plus qu'il n'aurait dû.

– Et puis ? répéta Dana, lui touchant la main.

– Rien. Il l'a vue et il est reparti dans sa voiture.

– Sans lui parler ?

Resnick haussa les épaules.

– C'est ce qu'il prétend.

– Mais tu ne le crois pas ?

– Je n'en sais rien.

– Tu penses qu'il y a eu entre eux une explication orageuse, que Robin a piqué un coup de sang, et...

Dana, qui avait levé les mains tout en parlant, les laissa retomber.

– C'est possible, dit Resnick.

Dana se pencha vers lui.

233

– Mais tu as vu Robin, quand même ? Tu lui as parlé ?

– Oui.

– Et tu persistes à croire qu'il pourrait faire une chose pareille ? Lui faire du mal ? La faire souffrir ?

– Comme je le disais, c'est possible. C'est...

– Il ne ferait jamais ça. Il ne pourrait pas. Ce n'est vraiment pas son genre. Et puis, si tu l'avais vu avec Nancy, tu comprendrais. Quoi qu'elle ait pensé de lui, il l'aimait vraiment.

Justement, pensa Resnick.

– Parfois, dit-il, c'est une raison suffisante.

– Mon Dieu ! (Dana tira sur la couette et se recula vivement jusqu'à l'autre bout du lit.) Je suppose qu'il n'y a rien de surprenant, avec le métier que tu fais, à ce que tu aies un tel cynisme.

Pieds nus, elle prit un peignoir accroché dans la penderie ouverte et s'enveloppa dedans.

– Du cynisme ? répéta Resnick. C'est bien de cela qu'il s'agit ? Quand on aime quelqu'un à ce point-là, on perd tout sens des valeurs.

– Au point d'avoir envie de lui faire du mal ? Ou pire ? Ce n'est pas du cynisme, de raisonner comme ça, c'est de la perversité.

– C'est pourtant ce qui arrive, dit Resnick. Fréquemment. C'est à cela que je suis confronté.

Il parlait dans le vide. Dana était partie dans la cuisine.

Dana sortit un sachet de tisane du paquet et le déposa dans une tasse qu'elle venait de rincer. Quand elle désigna le bocal de café instantané, Resnick secoua la tête.

– J'attendrai d'être rentré chez moi.

– Comme tu voudras.

S'asseyant à la table, Dana tripota sa petite cuillère, évitant le regard de Resnick.

Le policier commençait à se sentir nettement mal à l'aise ; il aurait préféré être ailleurs, mais il n'arrivait pas à se décider à partir.

– Je n'avais pas l'intention de te contrarier, dit-il.

– Contrariée, je l'étais déjà. Ce qui vient d'arriver, ça m'a fait penser à autre chose pendant un moment, c'est tout.

Sur l'étagère étroite, la bouilloire électrique manifestait bruyamment que le point d'ébullition approchait. Dana refusait toujours de le regarder, et il continuait de traîner près de la porte, rechignant à prendre congé.

– Leur relation, à Nancy et Robin, était-elle... Enfin, pour autant que tu le saches, de nature sexuelle ?

Dana s'esclaffa, sans aucune gaieté. C'était moins un rire qu'une simple expulsion d'air.

– Tu veux savoir si j'ai entendu les grognements et les gémissements habituels à travers la cloison ? Et pourquoi non ? C'est une belle fille. Robin est athlétique ; il est bien bâti, à défaut d'autre chose.

– C'était passionnel, alors, entre eux ?

Dana le regardait droit dans les yeux, en toute franchise.

– C'est tout ce qu'il te faut comme preuve, Charlie ? Que quelqu'un soit capable d'éprouver de la passion ? Cela suffit à faire pencher la balance ?

– Je t'appellerai, dit Resnick, battant en retraite dans le couloir.

Si Dana l'entendit, tandis qu'elle imprimait à son sachet de tisane un va-et-vient vertical dans l'eau de la tasse, elle n'en laissa rien paraître. Soucieux de ne pas faire de bruit à une heure aussi avancée, Resnick referma en douceur – mais avec fermeté – la porte derrière lui.

24

Le peu que l'on ait vu de la trêve de Noël fut bientôt englouti par une vague de haine et de violence. Des agents en tenue, envoyés dans une boîte de nuit parce qu'un appel signalait un homme blessé à coups de couteau, furent accueillis par un déluge de bouteilles et de briques, tandis qu'un cocktail Molotov hâtivement confectionné était expédié sous leur voiture. Une équipe de pompiers venue éteindre un incendie dans les étages supérieurs d'une maison mitoyenne, deux rues derrière chez Michelle et Gary, essuya une pluie d'injures et de détritus de la part d'une bande de jeunes Blancs ; l'une de leurs lances fut tranchée à la hache, les pneus d'un camion lacérés. Les occupants de la maison, dont deux eurent les membres brisés en sautant par la fenêtre tandis que d'autres, des enfants de dix-huit mois à cinq ans, étaient victimes de brûlures graves, venaient tous du Bangladesh.

Peu avant cinq heures, un matin, une jeune femme à l'accent de Glasgow entra en titubant dans le commissariat de Canning Circus. Le sang ruisselait d'une plaie ouverte sur l'une de ses tempes, et, du même côté, son œil tuméfié était complètement fermé. Elle et son ami, un homme de vingt-neuf ans connu comme revendeur occasionnel de drogue, avaient fumé du crack dans une maison abandonnée près de la forêt ; la jeune femme s'était assoupie, puis elle avait été réveillée par le bruit des poings de son compagnon lui martelant le visage. Un examen médical au service des urgences avait révélé une fracture de la pommette et un décollement de la rétine.

Sur la ligne d'Old Market Square à Bestwood Estate, comme le conducteur du dernier bus refusait de laisser monter un usager manifestement ivre qui l'insultait, celui-ci expédia un parpaing contre le pare-brise, qui fut fendu en deux. Un autre chauffeur de taxi fut attaqué, à la batte de base-ball cette fois.

Une note de service fut diffusée, proposant des heures supplémentaires à des officiers de police qui accepteraient de venir renforcer la division de Mansfield, chargée du service d'ordre d'un concert de rock d'extrême droite prévu à l'ancien Palais de la danse. L'événement était annoncé dans tous les magazines fascistes d'Europe, et deux cars entiers, au moins, de spectateurs, étaient attendus en provenance d'Allemagne et de Hollande.

– C'est tout à fait dans les cordes de notre Mark, commenta Kevin Naylor en faisant passer la circulaire dans le local de la PJ.

– Tel que je le connais, dit Lynn, il doit déjà avoir son billet. Pour le premier rang.

Rituellement, les parents de Nancy Phelan venaient au commissariat deux fois, voire trois fois par jour, exigeant de parler soit à Resnick soit à Skelton pour savoir quels progrès avaient été réalisés dans l'enquête. Entre deux visites, ils passaient à l'antenne dans l'une ou l'autre des radios locales, écrivaient au *Post*, aux journaux gratuits, aux quotidiens nationaux, envoyaient des requêtes au maire et au député. Clarise Phelan prit l'habitude de se poster devant les colonnes de pierre de l'hôtel de ville, à l'extrémité de Market Square, avec une pancarte portant un portrait agrandi de Nancy, sous lequel il était écrit : *Ma fille adorée – elle a disparu et personne ne s'en soucie.*

Après quarante-huit heures pendant lesquelles la température s'était suffisamment adoucie pour que Resnick renonce à ses gants et à son écharpe, le froid prit sa revanche. Il passa sous la barre du zéro degré, et il y resta. Des trains furent annulés, les services d'autobus réduits. Sur les chaussées verglacées, les dérapages provoquèrent, au ralenti, des collisions inévitables qui bloquèrent les routes pendant des heures. Manquant de personnel, à deux doigts d'être débordés, Skelton et Resnick multiplièrent leurs efforts pour déléguer les tâches, fixer des priorités, et rester debout sur leurs pieds.

L'un et l'autre des deux amis de Nancy Phelan qui manquaient à l'appel finirent par refaire surface, secoués par la nouvelle de sa disparition, mais incapables d'avancer la moindre explication sur le pourquoi ou le comment. À l'aéroport de Luton, James Guillery, une jambe dans le plâtre, fut sorti de son avion sur une civière. Il avait été victime, non de la neige, mais d'un accident de télésiège provoqué par la rupture d'un boulon. Quant à Eric Capaldi, dans sa voiture de sport surbaissée, il avait fait un aller et retour jusqu'aux faubourgs de Copenhague. Le but de son voyage : réaliser une interview, pour une éventuelle émission de radio de son cru, d'un percussionniste de cinquante-deux ans, qui avait été pendant quinze minutes une star de la contre-culture à la fin des années soixante et qui, actuellement, composait de la musique religieuse minimaliste pour une radio transeuropéenne. Après avoir réalisé l'entretien et vidé presque entièrement une bouteille d'alcool, Eric s'était retrouvé – ce qu'il ne s'expliquait toujours pas – entre les bras, puis dans le lit du percussionniste.

Robin Hidden continuait de prétendre qu'il était reparti au volant de sa voiture, le soir de Noël, sans parler à Nancy Phelan, et il avait finalement fait remettre par son avocat un communiqué déclarant que, sur ce sujet précis, il n'avait rien à ajouter.

Pour reprendre les mots exacts qu'avait prononcés David Welch, avec le sourire pour une fois, en remettant l'enveloppe à Graham Millington : « Mettez ça dans votre poche avec votre mouchoir par-dessus. Vous voyez ce que je veux dire ? »

« Ce qu'il peut être puant », pensa Millington. « Il veut péter plus haut que son cul. »

Mais Resnick et lui ne savaient que trop bien que Welch avait raison. Qu'ils arrêtent Hidden, telle que la situation se présentait, et dans les vingt-quatre heures, trente-six tout au plus, il faudrait le relâcher. Et pour quel résultat ?

Inévitablement, Harry Phelan eut vent de ce qui se passait. Une connaissance de fraîche date, rencontrée grâce à un ami commun, lui avait dit un soir, autour d'un verre à son hôtel de Mansfield Road, où trouver le journaliste du *Post* chargé des affaires criminelles : au Bluebell, à l'heure du déjeuner, où il échangeait des anecdotes avec des confrères en buvant tranquillement une bière ou deux. Le lendemain, Harry s'y rendit, traîna un moment au bar, et, quand vint le moment où ce fut à lui de payer la tournée, il avait déjà appris l'existence du jeune homme que la police avait retenu pour interrogatoire.

– Où est ce salopard ? avait hurlé Harry Phelan en coinçant Skelton qui revenait au commissariat après être allé courir. Pourquoi est-ce que vous ne l'avez pas arrêté, bon sang ? Attendez un peu que je mette la main sur lui, vous allez voir.

Skelton le calma, l'invita à entrer dans son bureau, tenta de lui expliquer la situation.

– Monsieur Phelan, je vous assure...

– Arrêtez d'employer ce mot, c'est pire qu'une insulte, dit Harry Phelan. Vous m'« assurez » ! Mais regardez-vous ! Ça vous gêne pas de glander dans les rues, à cavaler avec votre survêtement de tapette, au lieu d'essayer de sauver ma pauvre gosse ? M'assurer ! Vous pouvez m'assurer que dalle !

Entre-temps, Reg Cossall et son équipe avaient interrogé cent trente-neuf hommes et quarante-trois femmes, dont trente-sept se rappelaient clairement avoir vu Nancy le soir du réveillon. Cinq femmes lui avaient parlé, huit en tout se souvenaient de ce qu'elle portait. Sept hommes lui avaient parlé, cinq avaient dansé avec elle, deux lui avaient proposé de la raccompagner en voiture. Elle avait décliné leur offre. Et chacun d'eux était rentré chez lui avec quelqu'un d'autre.

Du strict point de vue du travail policier, c'était une tâche pénible, systématique, qui ne semblait mener nulle part. « C'est comme péter sur une toile cirée », conclut Cossall, dégoûté. « Ça ne vaut même pas la peine d'écarter les fesses. »

Après sa nuit passée avec Dana, le temps qu'il rentre chez lui à pied à l'autre bout de la ville, en descendant le long du cimetière jusqu'aux grilles de l'arboretum, qu'il traversa vers le site de l'ancienne gare Victoria avant de remonter vers Woodborough Road en passant devant le temple musulman, Resnick avait acquis la certitude que cette nuit était une erreur. Agréable, certes, et même excitante, mais incontestablement une erreur. De part et d'autre.

Naturellement, raisonna-t-il, après ce qui était arrivé à sa colocataire, Dana était bouleversée, désorientée, elle avait besoin de réconfort et de distraction. Quant à lui – bon sang, Charlie, dit-il à voix haute dans la rue déserte, ça faisait combien de temps que tu n'avais pas couché avec une femme ?

C'était à cela que se résumait sa nuit, alors ? Seulement cela ? Coucher avec une femme ?

Soudain saisi par le froid, il releva le col de son manteau et frissonna, se rappelant la chaleur du corps de Dana.

Et, bien sûr, il n'avait pas tenu sa promesse, il n'avait pas appelé. Les deux premiers jours, à chaque fois que le téléphone avait sonné au bureau ou chez lui, il avait décroché le combiné avec le même mélange bizarre d'anxiété et d'espoir. Mais ce n'était jamais elle. Il lui fut facile, ensuite, de cesser d'attendre que l'événement se produise.

Quand, finalement, trois jours plus tard, Dana appela, Resnick parlait à Lynn Kellogg de sa demande de congé, une journée pour accompagner son père à la consultation externe de l'hôpital Norfolk & Norwich.

– Une endoscopie..., précisa Lynn, à qui ce mot ne venait pas facilement sur le bout de la langue.

Resnick leva vers elle un regard interrogateur.

– Un examen interne. Pour autant que je sache, ils lui font remonter cet appareil, cet endoscope, dans les intestins.

Le seul fait d'y penser fit frémir Resnick.

Lynn, la respiration oppressée, semblait mal à l'aise.

– S'ils soupçonnent la présence d'un cancer, ils feront très certainement une biopsie.

– Et si c'est bien le cas, demanda Resnick, quel genre de traitement... ?

– La chirurgie, répondit Lynn. On enlève la tumeur.

– Je suis navré, dit Resnick. (Brusquement, Lynn avait des larmes au bord des paupières.) Vraiment navré.

Il avait à moitié contourné son bureau quand il s'arrêta net. Il avait envie de la prendre dans ses bras, de la réconforter en la serrant contre lui.

– Ça va aller.

Lynn trouva un kleenex et se moucha, figeant Resnick dans son élan. Dieu merci, le téléphone sonna.

– Charlie ? fit une voix féminine à l'autre bout de la ligne.

– Allô ?

– C'est moi, Dana.

À cet instant, Resnick le savait déjà.

243

– Tu ne m'as pas appelée.

– Non, je suis désolé. Ici, on a... comment dire ?... à peine le temps de respirer, en ce moment.

Sans le faire exprès, il croisa le regard de Lynn.

– Je pensais à toi, dit Dana.

Resnick fit passer le combiné d'une main à l'autre, examinant le plancher.

– Vous voulez que j'attende dehors ? proposa Lynn.

Resnick secoua la tête.

– Je pensais à ton corps, ajouta Dana.

Resnick trouva cela difficile à croire. En ce qui le concernait, il pensait à son propre corps le moins possible, et quand cela lui arrivait, c'était souvent avec consternation.

– J'ai envie de te voir, c'est tout, fit Dana. Ce n'est pas plus compliqué que ça.

– Écoutez... (Lynn était presque à la porte.) Je peux revenir plus tard.

– J'appelle au mauvais moment ? s'enquit Dana. Ce n'est pas facile pour toi, de parler ?

– Non, ça va, dit Resnick en faisant signe à Lynn de revenir.

– Quand est-ce que je peux te voir ? dit Dana.

– Et si on allait prendre un verre ensemble ? proposa Resnick, pour se débarrasser d'elle plus qu'autre chose.

– Demain ?

Resnick était incapable de réfléchir.

– D'accord, dit-il.

– Bien. À huit heures ?

– Parfait.

– Et si tu venais chez moi ? On pourra ressortir ensuite, si tu veux.

– Entendu. À demain, alors. Au revoir.

Il commença à transpirer avant d'avoir reposé le combiné.

– Voilà quelqu'un à qui vous allez souhaiter la Saint-Sylvestre avant tout le monde, commenta Lynn.

– Oh, bon sang !

Il avait complètement oublié que le lendemain était le trente et un décembre. Et aussitôt lui revint la voix de Marian Witczak : « Nous porterons tous les deux, Charles, comment dit-on ? Nos souliers de bal. »

– Deux rendez-vous en même temps ? demanda Lynn.

– Quelque chose comme ça.

– Excusez-moi, je sais que je ne devrais pas rire.

Elle ne semblait pas rire du tout.

– Ce jour de congé, dit Resnick, ça ne va pas être facile, mais il faut que vous le preniez. La question ne se pose même pas. D'une façon ou d'une autre, nous nous arrangerons pour vous remplacer.

– Merci. Et bonne chance.

– Pardon ?

– Pour demain.

Dana s'alluma une nouvelle cigarette, se versa un autre verre. Elle en avait déjà pris plusieurs, pour trouver le courage de lui téléphoner alors que, de son côté, il n'avait pas appelé. Et à son travail. Ce qu'elle n'aurait sans doute pas dû faire. C'était probablement une erreur. Sauf qu'il avait dit oui, n'est-ce pas ? Il avait accepté de passer prendre un verre. Elle sourit, levant le sien : il

245

méritait bien un petit effort. Il lui plaisait, elle aimait bien le souvenir qu'elle gardait de lui : un homme massif. Ce n'est pas désagréable, pensa-t-elle, un homme qui a quelque chose de massif. Et elle s'esclaffa.

25

Gary, portant sa chemise de gardien de but par-dessus deux pull-overs dans l'espoir d'arrêter le froid, était vautré en travers du canapé. Il regardait une émission sur la cuisine indonésienne, et Michelle n'arrivait pas à comprendre pourquoi. Au cours des derniers mois, les prouesses culinaires de Gary s'étaient limitées à ouvrir une boîte de haricots et, cinq minutes plus tard, à en répandre le contenu, tiédasse, sur un tranche de toast carbonisé, puis à hurler des insanités à Karl parce que celui-ci refusait de la manger. À part ça, tout ce que Gary savait de la cuisine, c'était : « Qu'est-ce qu'on mange ? » et « Où est mon dîner ? »

Michelle ne dit rien ; l'expérience lui avait appris qu'il valait mieux le laisser tranquille.

La femme de Brian, Josie, avait proposé d'emmener Karl dans la forêt avec ses deux enfants, et Michelle avait sauté sur l'occasion. Dans son lit, après sa tétée, Natalie avait alternativement pleurniché et gazouillé pendant une vingtaine de minutes, mais à présent, elle était calme. Michelle avait passé un coup d'éponge autour de l'évier,

sorti la poubelle. Pour une fois, Gary avait grogné
« non » au lieu de « oui » quand Michelle lui avait
proposé une tasse de thé, et elle avait emporté la
sienne au premier pour faire un peu de rangement,
un peu de tri.

Il y avait des moutons qui s'amassaient dans les
angles des marches.

Dans la petite chambre, au fond, Natalie dormait, son pouce dans la bouche, une jambe sortant
entre deux barreaux de son petit lit en bois.
Michelle prit dans sa main le pied minuscule et le
glissa de nouveau sous les couvertures. Il était si
froid ! Doucement, elle effleura du bout des lèvres
la joue du bébé, qui était chaude, elle, au moins.
Laissant la porte entrouverte, elle traversa le couloir jusqu'à l'autre chambre et frissonna ; la pièce
était une vraie glacière.

Deux paires de collants pendaient au bout du lit.
Sur la première, il y avait tellement d'échelles
qu'elle était presque irréparable. Gary semblait
avoir jeté des vêtements aux quatre coins de la
chambre, une chemise, un caleçon, une chaussette.
À en juger d'après l'état du col, la chemise pourrait
encore tout juste durer une journée de plus, et
Michelle la rangea sur un cintre dans la penderie
en aggloméré qu'ils avaient obtenue de l'Aide aux
familles. Quant au blouson de Gary, son préféré, il
était roulé en boule, dans le bas, sur les chaussures,
froissé de partout. Elle se pencha pour le ramasser,
et c'est à ce moment-là que le couteau en tomba.

Michelle sursauta, et crut avoir poussé un cri de
surprise, mais il ne se passa rien ; le bébé ne se
réveilla pas, Gary ne l'appela pas depuis le rez-de-
chaussée. Le commentaire de la télévision se poursuivit dans une bouillie de sons d'où elle n'arrivait
pas à extraire un seul mot.

Le manche du couteau, arrondi, était entouré de ruban adhésif ; la lame, longue de près de quinze centimètres, était large à la base puis s'effilait progressivement jusqu'à la pointe. Près de l'extrémité, la lame était ébréchée, comme si elle avait heurté un obstacle dur et résistant.

L'arme reposait à côté de la seule paire de chaussures correctes de Michelle, défiant la jeune femme de la ramasser.

– *Vous n'avez pas revu Nancy par la suite ? Plus tard dans la soirée ? Le soir du réveillon ?*

– *Je vous l'ai dit, non ? Je suis pas ressorti.*

Lentement, avec répugnance, Michelle se pencha vers le couteau. Essaya de l'imaginer, brandi rageusement, dans la main d'un homme.

– Chelle ? Michelle ?

Une seconde avant la voix de Gary, elle entendit craquer la lame de parquet, mal fixée, du palier. Le souffle coupé, elle tira sur le blouson pour qu'il recouvre l'arme, repoussa le tout au fond de la penderie, et referma la porte.

– Ah, t'es là ! (Il avait son petit sourire en coin, les lèvres à peine écartées, la bouche tombante.) Je me demandais où t'étais passée.

Michelle était certaine, à la façon dont son cœur cognait dans sa poitrine, que Gary devait l'entendre.

– Qu'est-ce qui se passe ?

Comme elle avait peur de parler, Michelle secoua la tête de droite à gauche.

– Leur fameuse cuisine indonésienne, dit Gary avec un mouvement du menton en direction du rez-de-chaussée, il suffit de tout couper en petits morceaux, la viande et le reste, et de fourrer le mélange dans un pot de beurre de cacahuète. (Il fit un clin d'œil.) On devrait essayer, un de ces jours.

Michelle avait suffisamment maîtrisé sa respiration pour oser s'écarter de la porte de la penderie.

– Natalie dort, pas vrai ?

– Je vais voir...

Gary attrapa le bras de Michelle quand elle passa devant lui. Quelque chose était resté coincé dans le duvet clairsemé près de sa lèvre.

– Je me demandais pourquoi tu étais montée.

– Je rangeais un peu, c'est tout. Avec toutes ces affaires...

– Ah, ouais ? Je croyais que tu aurais eu une autre idée derrière la tête. Tu sais... (Son regard effleura le lit.) Pour une fois qu'on a pas Karl dans les pattes.

– Ils vont revenir..., commença Michelle.

Une main cherchant déjà la ceinture du jean de Michelle, Gary s'esclaffa.

– Oh non, c'est pas pour tout de suite.

Pendant tout le temps où ils restèrent unis sur le lit, subissant les grincements et le roulis du sommier métallique, Michelle ne cessa de penser au couteau. Vautré sur elle, Gary la besognait, les yeux fermés, n'ouvrant la bouche que pour l'appeler, encore et encore, par ce nom qu'elle détestait, avant de pousser finalement son cri de délivrance. Du début à la fin, elle ne vit rien d'autre que la lame du couteau, elle ne sentit que le mordant de la pointe.

Quand Gary, s'écartant d'elle, se fut effondré sur le côté, le visage enfoui dans les draps, Michelle tâta son entrejambe avec précaution, persuadée que dans toute cette moiteur elle allait trouver du sang.

250

– Michelle ?

– Oui ?

– Sois gentille, va nous faire du thé.

Elle descendait l'escalier, en pull et en jean, le cheveu en bataille, quand Josie revint avec les gosses.

– Dis donc, ma vieille ! Tu as l'air de sortir d'une moissonneuse. (Et, se penchant vers Michelle pour lui chuchoter à l'oreille :) Il a pas recommencé à te dérouiller, quand même ?

Michelle secoua la tête.

– Pas de la façon que tu crois.

Josie roula les yeux.

– Ah, ça ! Tu sais, quand j'avais... Quoi ?... dix-sept, dix-huit ans, je croyais que si je trouvais pas un type pour me sauter tous les soirs, la terre allait s'arrêter de tourner. Aujourd'hui... (elle secoua la tête et regarda Michelle d'un air entendu) la plupart du temps, j'en ai rien à secouer. D'ailleurs, pour ce qui est de Brian, la plupart du temps je secoue pas grand-chose.

Elle riait tellement, à présent, qu'elle dut s'accrocher au bras de Michelle pour ne pas perdre l'équilibre. Josie. Qui avait, si Michelle était bien renseignée, vingt et un ans tout juste.

26

Lynn se réveilla couverte de sueur, et il lui fallut un long moment pour comprendre qu'elle venait de rêver. La couverture qu'elle avait posée sur la couette, en pleine nuit, pour combattre le froid, se trouvait à présent entre ses jambes, entortillée sur elle-même comme une corde ; quant à la couette, elle gisait sur le plancher. Le T-shirt de Lynn, sa culotte, ses chaussettes, tout ce qu'elle portait était trempé. La transpiration collait à son front ses boucles brunes.

Dans son rêve, elle déambulait entre les poulaillers de son père, vêtue d'une chemise de nuit qui ne lui avait jamais appartenu, blanche, longue et raide comme dans une scène de *Rebecca* ou de *Jane Eyre*, quand elle avait entendu le cri.

Elle se mit à courir, le clair de lune projetant des ombres sur la terre battue, sur les planches rugueuses des poulaillers. Ce cri, aigu, perçant, évoquait un accouplement de chats sauvages ; mais c'était autre chose. Tout d'abord, Lynn crut que la haute porte en bois était verrouillée ; puis, en se jetant de tout son poids contre le panneau, Lynn comprit que celui-ci était seulement coincé.

Peu à peu, la porte céda, puis s'ouvrit brusquement, et Lynn, déséquilibrée, entra en titubant.

À travers les lucarnes grillagées tombaient en silence les rayons de lune. Le père de Lynn avait escaladé le tapis roulant et, à présent, pendait tout là-haut, accroché par le cou ; il avait la gorge tranchée. Enhardies par le silence, des mouches bleues bourdonnaient, s'affairant dans la coulée de sang rouge sombre qui commençait à sécher.

Quand Lynn s'agrippa aux jambes du cadavre, celui-ci se détacha, tomba en avant et s'effondra sur elle. Ses pieds, ses mains aux os saillants étaient durs et froids, et quand ses yeux croisèrent ceux de Lynn, ils souriaient.

Lynn fut réveillée par son propre cri de terreur. Son drap, son oreiller étaient trempés. Elle les arracha du lit et les lança sur le plancher, près de la couverture et de ses vêtements. Pendant quelques instants, elle resta prostrée, la tête penchée au-dessus de ses genoux, pour calmer sa respiration. Il était trois heures vingt-cinq. En dépit du plus élémentaire bon sens, ce qu'elle avait envie de faire avant toute chose, c'était de téléphoner chez elle, pour s'assurer que son père allait bien. Elle enfila sa robe de chambre, en noua la ceinture après l'avoir bien serrée, emplit la bouilloire qu'elle alluma, alla chercher une serviette dans la salle de bains et se frotta vigoureusement les cheveux.

S'il était arrivé quoi que ce soit, sa mère l'aurait appelée. Elle avait déjà suffisamment de soucis sans que Lynn lui demande de ramasser les morceaux de ses cauchemars.

Lynn se revoyait encore, enfant, dans le lit étroit qu'elle partageait avec une famille de poupées plus ou moins éclopées et un panda loqueteux, tandis que sa mère, assise près d'elle, portant son éternel tablier maculé de farine, lui tapotait la main en la rassurant : « Ce n'était qu'un rêve, ma chérie. Rien de plus qu'un rêve idiot. »

En rentrant chez elle, Lynn avait oublié d'acheter du lait, si bien qu'elle but sa demi-tasse de thé nature avant de retourner dans la salle de bains. Quand elle fut sous la douche, que l'eau chaude commença à ruisseler sur sa tête et ses épaules, et à ce moment-là seulement, elle se mit à pleurer.

Préoccupé par le manque d'éléments nouveaux dans l'affaire Nancy Phelan, par l'expression inhabituelle de Lynn Kellogg dont il avait remarqué les traits tirés et les yeux cernés, par la situation apparemment impossible dans laquelle il s'était fourré pour la soirée de la Saint-Sylvestre, Resnick était allé au lit persuadé qu'il n'arriverait pas à trouver le sommeil, et il avait dormi, selon la formule consacrée, comme une bûche. Il avait fallu l'insistance de Dizzy pour l'arracher à sa léthargie, les pattes du chat malaxant systématiquement son oreiller sur un rythme proche du désespoir. Il n'était pas encore six heures du matin, mais Resnick, la tête cotonneuse, avait l'impression d'avoir dormi trop longtemps.

Pendant qu'il prenait sa douche, Dizzy monta la garde devant la salle de bains, affûtant ses griffes sur le chambranle de la porte. Les autres chats attendaient Resnick dans la cuisine ; Pepper, lové dans la vieille passoire où il avait choisi de dormir, en ronronnait d'avance.

Une fois que la nourriture des chats fut distribuée dans leurs bols respectifs aux couleurs différentes, et tandis que le café passait, Resnick s'appliqua à recouvrir du pain de seigle à demi grillé, en alternance, avec des tranches de jambon fumé et de Jarlsberg. Il ajoutait un soupçon de moutarde de Dijon quand Lynn l'appela, pour lui dire qu'elle avait besoin de lui parler.

– Au sujet de Gary James ? demanda Resnick.

– Non. C'est personnel.

– Très bien. Donnez-moi une demi-heure.

Il confectionna un sandwich en pressant l'une contre l'autre les tranches de pain, le coupa en deux, se versa un café, et emporta le tout au premier étage pour finir de s'habiller. Avant de partir, il appela Graham Millington.

– Graham, je n'étais pas sûr de vous trouver encore chez vous.

– Il s'en est fallu de peu.

Millington venait de finir son petit déjeuner. Assis à la table ronde de la cuisine, il avait mâché laborieusement un assortiment de son et de germes de blé à peu près aussi appétissant que le fond d'une cage à perruches.

« À ton âge, Graham, répétait sa femme avec insistance, il vaut mieux ne pas prendre de risques. Tu dois éviter d'encrasser tes artères. »

Elle a encore lu, avait pensé Millington, ces prospectus qu'elle rapporte de la clinique de remise en forme de la femme moderne.

– J'ai l'impression que je vais avoir quelques minutes de retard, annonça Resnick. Vous voulez bien tenir la boutique à ma place ?

Millington, évidemment, ne demandait que cela. La majeure partie de sa carrière, subodorait Resnick, se passait à attendre qu'un de ses supérieurs soit victime d'un accident épouvantable et imprévu. Et à ce moment-là, Graham Millington, et lui seul, l'esprit vif, les chaussures bien cirées et la chevelure luisante de brillantine, serait fin prêt à combler la brèche. Son heure de gloire. Que disait donc le maître de ballet à la petite Ruby Keeler dans le film *42e Rue* ? « Quand tu sortiras de cette loge, tu seras encore une inconnue, mais quand tu y reviendras, tu seras une star. »

Lorsque Resnick sortit, le facteur était au bout de l'allée ; il faisait le tri dans un grosse pile de courrier.

– Tout n'est pas pour moi, j'espère ? dit Resnick, ralentissant à peine l'allure.

Le préposé secoua la tête.

– Rien de plus que d'habitude. Le *Reader's Digest*, la caisse d'épargne, l'Automobile Club, et une offre de pain à l'ail gratuit si vous commandez une grande pizza ou deux moyennes.

Resnick leva la main en signe de remerciement. C'était exactement le genre de facteur qu'il faudrait embaucher en plus grand nombre, qui triait pour vous le courrier purement publicitaire pour que vous n'ayez plus qu'à le jeter directement à la poubelle.

Lynn l'attendait à la porte. Quand les pas de Resnick avaient résonné dans la cour, elle avait monté le gaz sous la cafetière italienne achetée de fraîche date. On déposait le café moulu dans un petit réceptacle perforé, placé sur la base remplie d'eau froide ; on allumait le gaz, et quelques minutes plus tard, l'eau était montée dans la partie supérieure et votre café était prêt, bien fort, bien noir. Il n'y avait plus qu'à le servir. À vrai dire,

Lynn ne pensait l'avoir utilisée que deux ou trois fois depuis qu'elle l'avait achetée à l'automne. Elle espérait que son café serait suffisamment fort, qu'il n'aurait pas un goût âcre.

– Ça sent bon, dit Resnick dès qu'il fut entré.

– Vous voulez du pain grillé ? Je vais en préparer pour moi.

– Non, merci, répondit-il en cherchant un endroit où poser son imperméable. J'ai déjà mangé. (Puis :) Oh, après tout, pourquoi pas ? Juste une tranche.

– Donnez-moi ça, dit Lynn.

Elle pendit son imperméable à l'une des patères, derrière la porte.

Dans un coin de la pièce, à faible volume, la radio, pas très bien réglée, diffusait de la musique. Trent FM.

– Attendez, je vais éteindre ça.

– Non, ça ne me dérange pas.

Lynn l'éteignit malgré tout, et pendant qu'elle était dans la cuisine, Resnick fit le tour de la pièce, lisant les titres des livres rangés sur l'étagère, jetant un coup d'œil à un vieux numéro du *Mail*, dont la dernière page portait un titre en forme de question : NOTTINGHAM FOREST RELÉGUÉ EN 2e DIVISION ? Parmi les photos posées sur la cheminée, il y en avait une de Lynn heureuse, joufflue et souriante, dans les bras de son père. À l'âge de cinq ans ? Les photos de son ex, le coureur cycliste, semblaient avoir pris le chemin de la poubelle.

– Beurre ou margarine ?

– Pardon ?

– Sur votre pain grillé, beurre ou...

– Oh, du beurre.

Resnick s'installa au centre d'un canapé à deux places, Lynn s'assit en biais sur une chaise.

– Comment est le café ?

– Bon.

– Vous êtes sûr qu'il est assez fort ?

– Et si vous me disiez ce qui vous tracasse, ce qui s'est passé ?

Lynn lui raconta son cauchemar. L'un et l'autre gardèrent le silence pendant un moment.

– Il est inévitable que vous ayez peur, finit par dire Resnick. Pour vous comme pour lui. C'est un moment difficile.

Lynn replia ses jambes contre sa poitrine et entoura ses genoux de ses bras.

– S'il s'agit bien d'un cancer, reprit Resnick, quelles chances a-t-il de s'en tirer ?

– Les médecins ne veulent pas s'avancer.

– Et le traitement ? Une chimiothérapie ?

Lynn secoua la tête.

– Je ne pense pas. (Elle fixait un point situé sur le mur latéral. N'importe quoi plutôt que de regarder Resnick en face.) Ils enlèvent la tumeur. Ils retirent tout ce qu'ils peuvent. Mon père aura sûrement besoin d'une colostomie. C'est un...

– Je sais ce que c'est.

– Je n'arrive pas à imaginer... Il ne s'y fera jamais, c'est impensable. Il...

– C'est quand même mieux que d'y laisser sa peau.

– Je n'en suis même pas sûre.

Son genou heurta la chaise quand elle se leva. Il n'était pas question qu'elle se mette à pleurer devant lui ; à aucun prix. Les poings serrés, les ongles plantés dans la chair de ses paumes, elle se posta près de la petite fenêtre, regardant au-dehors.

– Je me rappelle, dit Resnick, quand mon père est parti à l'hôpital. Il avait des ennuis avec ses

258

poumons, des problèmes de respiration. Dès qu'il montait une demi-douzaine de marches, il soufflait comme une vieille locomotive à vapeur qui relâche la pression. Il est allé à l'hôpital municipal pour des examens, un traitement, pour prendre du repos. On lui a donné... Je ne sais plus, un antibiotique quelconque. On l'a soigné par physiothérapie. J'allais lui rendre visite de temps en temps, quand je passais dans le quartier, et il y avait cette femme, en tunique et pantalon blanc, toujours aimable mais l'air grave, terriblement grave, qui lui disait : « Voyons, Monsieur Resnick, il faut que nous vous apprenions à respirer. » Et dès qu'elle était partie, il me demandait : « Qu'est-ce qu'elle s'imagine, Charlie, que j'aie pu faire ces soixante dernières années, sinon respirer ? » (Resnick soupira.) Je suppose qu'ils ont fait ce qu'ils ont pu, mais il ne leur avait pas simplifié la tâche. Même du temps où j'étais môme, je ne me rappelle pas l'avoir vu sans une cigarette à la main. (Levant la tête, Resnick regarda Lynn.) Mais ils ont fait le maximum. Ils l'ont remis sur pied, si bien qu'il a pu quitter l'hôpital, revenir à la maison pour quelques mois de plus.

Lynn se retourna brusquement.

– Et vous trouvez que ça en valait la peine ?

– Oui, tout compte fait, je le pense.

– Lui aussi ?

Resnick hésita.

– Il me semble. Mais, franchement, non, je n'en sais rien.

– Il ne vous l'a pas dit ?

– Oh, il s'est plaint. Il a beaucoup gémi. Je ne vais pas vous mentir ; certains jours, il disait : « J'aurais préféré qu'on me laisse crever ; je voudrais être mort. »

– Et pourtant, vous persistez à dire que c'était une bonne chose ? Que votre père endure cet inconfort, toutes ces souffrances, cette... perte de dignité, et tout ça pour quoi ? Quelques mois de plus ?

Resnick but une nouvelle gorgée de café, pour se donner du temps.

– Il y a certaines choses que cela lui a permis de me dire, que nous avons pu échanger... Je crois qu'elles étaient importantes.

– Pour vous, oui ?

– Écoutez, Lynn, il faut que vous compreniez, même si c'est difficile, qu'il ne s'agit pas seulement de lui. De votre père. Il s'agit de vous, aussi. De votre vie. S'il vient à... S'il vient à mourir, d'une façon ou d'une autre vous devrez trouver un moyen de vivre avec cela. Et vous trouverez.

Lynn laissait couler ses larmes, à présent, et Resnick vint se poster près d'elle, une main posée sur l'épaule de la jeune femme. Pendant un bref instant, Lynn laissa aller sa tête contre le bras de Resnick, le poignet et la main de celui-ci soutenant son visage.

– Merci, dit-elle. (Elle se leva, se moucha, s'essuya les yeux, remporta dans la cuisine les tasses et les assiettes vides et les rinça dans l'évier.) Il vaudrait mieux partir, ajouta-t-elle. Ce n'est pas comme si nous n'avions rien à faire.

Cossall arpentait le couloir, tirant de longues bouffées de sa cinquième ou sixième cigarette de la matinée.

– Charlie, viens par ici. Il faut que tu entendes ça.

Resnick vérifia avec Millington que tout se passait bien, puis il suivit Cossall jusqu'à la salle d'interrogatoire, lui demandant des précisions en chemin.

Miriam Richards avait travaillé à l'hôtel le soir du réveillon ; elle y occupait occasionnellement un emploi de serveuse qui lui permettait de compléter l'argent de sa bourse d'études. Ce soir-là, on l'avait affectée au service de l'une des salles de banquet, partagée pour l'occasion par les cadres supérieurs d'un grand magasin, d'une part, et un groupe de dentistes, de prothésistes et d'assistants dentaires d'autre part. Peu après vingt-trois heures trente, alors que Miriam débarrassait les dernières tasses à café, un homme avait glissé une main entre ses jambes, repoussant brutalement entre ses cuisses la jupe noire qu'elle était forcée de porter. Le geste ne pouvait, en aucune façon, passer pour accidentel. Pivotant sur elle-même, Miriam avait dit au malotru de garder les mains dans ses poches, et elle l'avait giflé au visage. Sa main droite, celle qui avait donné la gifle, tenait une tasse et une soucoupe à ce moment-là. L'homme avait poussé un hurlement et il avait atterri, avec un bruit effrayant, à genoux sur le parquet ; au milieu d'une flaque de sang nageaient les fragments, non pas d'une seule dent, mais de deux. Miriam avait vu l'expression d'une certaine justice immanente dans ce dénouement, jusqu'à ce qu'elle découvrît que l'individu ne travaillait pas dans la dentisterie, mais dans l'ameublement.

Bien sûr, il avait commencé par nier avoir ne serait-ce que touché Miriam, et à plus forte raison l'avoir pelotée. La seule chose qu'il voulut bien finir par reconnaître, c'était que, peut-être, sous l'effet d'un abus d'alcool, il avait perdu l'équilibre en se levant et tenté d'enrayer sa chute en se raccrochant à quelqu'un.

– Bullshit ! avait déclaré Miriam d'un ton résolu, le terme résonnant d'une façon étrange avec son accent du Cheshire.

À l'université, Miriam avait choisi le cursus intitulé « Études américaines », et elle prenait au sérieux le phénomène de l'acculturation.

Quand un membre de la direction de l'hôtel lui enjoignit de présenter ses excuses, elle lui indiqua sans équivoque à quel endroit il pouvait se carrer le tablier qu'elle lui rendait. Elle sortait de l'hôtel, ulcérée, prête à regagner à pied sa chambre à Lenton, quand elle vit juste devant elle une voiture s'arrêter à la hauteur d'une jeune femme. Penché à la fenêtre du véhicule, le conducteur lança un prénom et, comme la jeune femme ne s'arrêtait pas, bondit hors de sa voiture, courut après elle et l'agrippa par le bras.

Miriam resta un moment à observer la scène, craignant que ce qu'elle venait de subir arrive à quelqu'un d'autre. Mais après quelques minutes d'échanges verbaux un peu vifs, surtout de la part de l'homme, qui s'entêtait à la tirer par le bras, la jeune femme haussa les épaules et parut changer d'avis. En tout cas, elle contourna la voiture jusqu'à la portière du côté passager et monta dans le véhicule. Le conducteur reprit le volant et ils démarrèrent, tournant à gauche au bas de la côte.

– Les signalements ? demanda Resnick.

Cossall sourit.

– Demande-les-lui toi-même.

Miriam portait une veste bleue en toile de jean, aux revers ornés d'un badge. D'un côté : *Les nanas font du dégât*. De l'autre : *Hillary présidente !* Sous sa veste, une chemise de toile bleue délavée par-dessus un pull jaune à col cheminée. En guise de pantalon, un caleçon de laine noire. Aux pieds, des Doc Martens. Elle accueillit Resnick par un demi-sourire méfiant.

– Excusez-moi de devoir vous demander de répéter tout ça encore une fois...

– C'est pas grave.

– Mais cette femme, celle que vous avez vue monter dans la voiture, quel âge avait-elle, à votre avis ?

Miriam fit rouler sa langue, et Resnick comprit qu'elle mâchait un chewing-gum.

– Elle avait peut-être deux ou trois ans de plus que moi, pas beaucoup plus.

– Dans les vingt-cinq ans, alors ?

– Oui.

– Et comment était-elle habillée ?

Miriam jeta un coup d'œil à Cossall avant de répondre.

– Comme je l'ai dit, un haut argenté, un collant assorti, un jupe noire courte ; elle avait ce manteau rouge posé sur les épaules. Un peu bêcheuse, il m'a semblé. Malgré tout... (Son regard fit un aller-retour de Resnick à Cossall.) C'est bien elle, n'est-ce pas ? La fille qui a disparu. Bon sang, j'au-rais pu faire quelque chose, empêcher ça...

– Je ne pense pas que vous auriez pu empêcher quoi que ce soit, dit Resnick. Vous avez attendu pour voir ce qui allait se passer, c'est plus que n'auraient fait la plupart des gens. Mais elle est montée dans la voiture de son plein gré. Vous n'aviez aucune raison de vous interposer.

– Mais quand j'ai entendu parler de l'enlève-ment, aux informations, chez moi, vous savez, pendant les vacances... Je suis tellement stupide, je n'ai même pas fait le rapprochement.

– Ce n'est pas grave, mon petit, fit Cossall. Ne vous mettez pas dans des états pareils.

– Parlez-moi de la voiture, demanda Resnick.

– Une berline quatre portes, bleue, bleu foncé. Bien sûr, si j'avais eu un brin de jugeote, si je n'avais pas été aussi en rogne à cause de ce branleur... de ce crétin, à l'hôtel, j'aurais pensé à noter le numéro, à tout hasard, vous comprenez. Mais c'était une immatriculation de 1992 ; ça, j'en suis sûre.

– La marque ?

– Je ne peux rien affirmer. Cela dit, je pourrais la reconnaître, probablement, si l'occasion m'en était donnée.

– Parlez-lui du conducteur, dit Cossall. Dites-lui à quoi il ressemblait.

Miriam fit de Robin Hidden – sa taille, sa silhouette légèrement voûtée, sa maigreur, ses lunettes – un portrait craché. Il n'y manquait rien, sinon son bégaiement.

– Je savais qu'il mentait, dit Millington. Je le sentais, bon sang.

– Ça t'est venu pendant que tu étais en train de pisser ? demanda Cossall, narquois.

Ils étaient de retour dans le bureau de Resnick, tandis que Lynn Kellogg faisait faire à Miriam une brève visite du commissariat, lui offrait une tasse de thé, et lui demandait en quoi consistaient exactement les « Études américaines ».

– Il faut procéder avec prudence, à présent, dit Resnick. On n'a plus droit à l'erreur.

– Ce qu'il faut, c'est une séance d'identification..., suggéra Cossall, assis en biais, une jambe pendant dans le vide, sur un coin de la table. Le mieux, c'est d'en toucher deux mots à Paddy Fitzgerald, pour voir s'il peut nous organiser ça. Quant à Graham, il pourrait sans doute veiller à ce que le jeune Hidden ne se déguise pas en courant d'air.

Parfait, pensa Millington, merci bien !

– Encore heureux que la justice n'ait pas encore été confiée à une bande de cow-boys du secteur privé. Sinon, on coincerait des types, on les enverrait devant un tribunal, et un quelconque crétin de vigile monté en grade les relâcherait aussitôt.

– Ce sera plus long, en revanche, dit Resnick, pour organiser l'identification de la voiture.

Depuis la publication du décret sur l'établissement des preuves dans les affaires criminelles, il fallait qu'un minimum de douze véhicules de type similaire soient présentés au témoin.

Cossall acquiesça.

– Il vaut mieux commencer par l'identification de la voiture, attendre un peu pour celle de Hidden ; et puis, si les deux sont concluantes, on pourra le serrer pendant qu'il sera encore dans nos locaux.

Resnick hocha la tête.

– On s'y met tout de suite.

– T'en as parlé à Jolly Jack ? demanda Cossall par-dessus son épaule en se dirigeant vers la porte.

– J'y vais tout de suite, répondit Resnick avant d'ajouter : Graham, quand vous irez chercher Hidden, soyez le plus discret possible. Avec ce qui nous pend au nez, on aura déjà droit à un sacré cirque. Pas la peine d'en rajouter.

27

Dana était allée se coucher pleine de bonnes intentions. Réveil réglé à sept heures trente, elle avait décidé de se lever tôt, pour avoir une longue journée devant elle, et liquider toutes les corvées dont elle prétendait ne pas avoir le temps de s'occuper à cause de son travail. Eh bien, pour une fois, l'occasion se présentait ; elle allait s'y atteler à la première heure, prendre une douche pour s'éclaircir les idées, faire une liste.

Passant nonchalamment en revue sa garde-robe, elle se demanda si elle ne devrait pas acheter quelque chose de spécial pour la soirée. L'inspecteur principal Charles Resnick, de la police judiciaire, allait venir en personne lui rendre visite à huit heures précises. Charles. Charlie. Dana passa les mains sur la manche d'un chemisier en soie vert pomme, doux au toucher. Elle sourit, se rappelant la délicatesse dont Resnick avait fait preuve. Surprenante. Ôtant le chemisier de son cintre, Dana imagina les mains de Resnick sur la douceur du tissu. Ses grandes mains. Quand elle y repensait à présent, comme elle n'avait cessé d'y repenser depuis leur rencontre, elle s'étonnait que la maladresse apparente du policier ait pu disparaître à ce point. Oui, se dit-elle en dépliant le chemisier sur son lit. Vert pomme. Très bien. Elle y passerait un coup de fer un peu plus tard. Avant de le mettre.

Sous la douche, elle se demanda si elle n'avait pas eu tort de l'appeler à son travail. Et à un moment qui n'était pas idéal, non plus, à en juger d'après la façon dont il avait répondu – un mélange de circonspection et de brusquerie. Avec certains hommes, cependant, c'était la marche à suivre : leur faire clairement comprendre qu'on s'intéressait à eux, appeler un chat un chat.

Lentement, avec délice, Dana se savonna les épaules, les flancs, le dos aussi loin que ses bras le lui permettaient. Mieux valait adopter une attitude positive, se dit-elle, que de renoncer à toute initiative dès le départ.

Miriam lisait, passant alternativement de *Lumière d'août* au *New Musical Express* ; les écouteurs de son walkman laissaient filtrer un peu de Chris Isaak dans le local de la PJ. De l'autre côté du bureau, Lynn Kellogg s'efforçait d'endiguer le flot interminable des paperasses à remplir, et de ne pas penser à son père, sans cesser d'attendre, inconsciemment ou presque, la sonnerie du téléphone, la voix de sa mère : « Oh, Lynnie... »

Divine et Naylor revinrent, optimistes, de l'hôpital. Raju avait regardé les croquis faits par Sandra Drexler et confirmé qu'ils correspondaient de très près aux tatouages qu'il avait vus sur l'un des agresseurs.

– Regarde un peu là-bas..., fit Divine, pas spécialement discret, en désignant Miriam à l'autre bout de la pièce. Qu'est-ce que tu dis de ça ?

Miriam lui fit comprendre qu'elle l'avait entendu ; soutenant son regard jusqu'à ce que Divine baisse les yeux, elle monta le volume de son walkman et tourna la page du *New Musical Express*. Elle allait terminer les critiques des CD deux titres, puis elle se replongerait dans *Lumière d'août*. Demain, elle avait une séance de travaux dirigés sur la multiplicité des points de vue chez Faulkner.

Lynn expliqua le processus de façon beaucoup plus exhaustive que Miriam ne l'aurait jugé nécessaire ; mais après tout, se dit Miriam, la plupart des gens à qui la police avait affaire n'étaient sans doute pas particulièrement brillants.

On avait disposé les véhicules en deux rangées qui se faisaient face, et Miriam put circuler entre eux à sa guise, en prenant tout son temps. À un moment, elle fut sur le point d'éclater de rire, se prenant tout à coup pour la reine en train d'inspecter ses loyales troupes dans un coin perdu de la planète. Quelle farce ! Plus la presse publiait de révélations, et plus on s'apercevait que la vie de la famille royale ressemblait à un feuilleton américain, quelque chose entre *Twin Peaks* et *Médecin en Alaska*. Sans hésiter une seconde, Miriam identifia la voiture : une Vauxhall Cavalier bleu nuit.

Robin Hidden les entendit garer leur voiture dans la rue, et il comprit qui ils étaient presque avant qu'ils ne s'approchent de la maison. De Millington, il se rappela le nom, le costume impeccable, le sourire suffisant, quand il lui ouvrit la porte d'entrée.

Deux autres policiers, également en civil, attendaient derrière Millington dans l'allée ; l'un d'eux affichait une expression légèrement moqueuse, comme s'il espérait vaguement que Robin, pris de panique, allait tenter d'une manière ou d'une autre de leur échapper, leur fournir un prétexte pour une poursuite, un peu d'action.

Ce n'était guère plus qu'une simple formalité, expliqua Millington. Nous avons un témoin pour confirmer que vous étiez bien où vous avez affirmé avoir été, le soir où votre Nancy a disparu. Vous n'avez aucune raison de vous inquiéter, tant que vous dites la vérité.

Harry Phelan se trouvait à l'entrée du commissariat quand arriva la voiture amenant Robin Hidden. Il aura rarement fallu aussi peu de temps pour que deux plus deux fassent quatre. Phelan parvint à maîtriser ses nerfs jusqu'à ce que Hidden arrive à sa hauteur, puis il se jeta sur lui, le frappant des deux poings à la tête, juste derrière l'oreille. Millington s'interposa aussitôt, et la chaussure de Phelan, déviée par le mollet du policier, toucha Hidden à la cuisse tandis que celui-ci tombait.

Avant que Phelan puisse provoquer d'autres dégâts, Millington l'immobilisa d'une clé de bras autour du cou et l'entraîna vers l'agent en tenue qui avait jailli de derrière le comptoir, brandissant une paire de menottes toute prête.

– Pas la peine ! cria Millington juste à temps. Tout va bien.

Opportunément, Divine avait choisi ce moment pour apparaître. Agrippant d'une main Phelan par sa chemise, il brandit l'autre poing au-dessus de son visage.

269

– Mark, fit Millington, laisse-le.

Divine s'effaça. Brutalement, Millington fit pivoter Phelan sur lui-même, le plaqua contre le mur, lui écarta les jambes à coups de pied, lui tira les deux bras derrière le dos et le menotta bien serré.

– Emmène-le au bloc et boucle-le, dit-il à Divine en rectifiant son nœud de cravate. Et maintenant que nous avons fait notre travail en assurant la protection de M. Hidden, ajouta Millington avec un sourire, nous pouvons l'escorter tranquillement à l'intérieur du commissariat.

Robin Hidden regarda les sept hommes qui se tenaient debout, immobiles, en une rangée quelque peu aléatoire. Sans trop savoir pourquoi, il s'attendait à se trouver en présence, sinon de clones, du moins de personnes ayant avec lui une ressemblance assez marquée. Mais ces sept-là (de taille voisine, certainement, sans aucun embonpoint, à peu près du même âge), en fait, ne lui ressemblaient pas du tout. Il supposa que cela faisait partie du jeu.

– Comme je l'ai dit, fit l'officier de police chargé de la procédure, vous devez choisir votre place dans la rangée.

Sept, pensa Robin, c'est le nombre que la plupart des gens choisissent tout le temps. Il s'approcha et se plaça entre un homme aux cheveux plus roux que blonds et un autre légèrement plus grand que lui.

Numéro quatre.

– D'abord avec les lunettes, messieurs, s'il vous plaît.

Tandis qu'il ouvrait maladroitement son étui, Robin Hidden vit, comme dans une mauvaise farce, tous les autres sortir les lunettes qu'on leur avait données et les chausser.

Miriam prenait son temps. Par deux fois, comme on le lui demandait, elle avait fait un aller et retour devant les huit hommes, hésitante, et demandé si elle avait droit à un passage supplémentaire. Elle gardait le silence tandis que tout le monde attendait, que les policiers et l'avocat ne la quittaient pas des yeux, les huit hommes regardant droit devant, certains d'entre eux clignant les paupières derrière des lunettes auxquelles ils n'étaient pas habitués. Le silence, que seul troublait la respiration oppressée de l'homme que Miriam avait déjà décidé de choisir. Son opinion était faite pratiquement depuis le premier regard ; mais elle faisait durer le plaisir, elle entretenait l'intensité dramatique de l'instant, elle en profitait jusqu'au bout.

– L'homme que vous avez vu le soir du 24 décembre est-il présent dans cette rangée ? demanda l'inspecteur chargé de l'identification quand elle vint, finalement, se poster devant lui.

Nerveuse malgré elle, à présent, Miriam hocha la tête.

– Et pouvez-vous nous indiquer, je vous prie, le numéro correspondant à cette personne ?

– Nu... numéro quatre, dit Miriam, en bégayant peut-être pour la première fois de sa vie.

28

Dans le bureau de Resnick, les stores étaient baissés, bannissant le peu qu'il restait de la lumière hivernale. Quelques instants auparavant, Skelton avait eu avec le divisionnaire adjoint un entretien qui lui avait donné des sueurs froides. Les éditions de l'après-midi du *Post* avaient centré leur une sur l'arrestation d'Harry Phelan au commissariat, illustrée par une photo qui le montrait, furieux, descendant les marches pour regagner la rue après qu'on l'eut relâché. Une fois de plus, la presse citait une diatribe, qui ne manquerait pas de trouver des échos, contre la police, son incompétence et son inertie. Harry Phelan avait déclaré : « De nos jours, les seules fois où les flics se décarcassent, c'est pour régler une affaire politique, ou pour sauver la mise à quelqu'un de chez eux. »

– Les gens se posent des questions, Jack, avait commenté le divisionnaire adjoint. Mais que se passe-t-il dans votre secteur, bon sang ? Vous nous aviez habitués à une discipline de fer, sans jamais le moindre esclandre. Le problème, avec une réputation comme la vôtre, c'est que le moindre dysfonctionnement se remarque. Les gens veulent comprendre pourquoi vous ne maîtrisez plus la situation. Oh, et Jack, transmettez mes amitiés à Alice, d'accord ?

Depuis huit à dix jours, Resnick avait remarqué que les photos d'Alice et Kate, autrefois bien en évidence, à leur place attitrée, sur la table de Skelton, n'étaient plus visibles nulle part. À présent, pendant que Robin Hidden prenait sa pause réglementaire, il se trouvait dans le bureau de Skelton, pour lui faire son rapport.

– Robin..., avait dit Resnick d'une voix posée, apaisante, personne ne vous accuse de mentir, de mentir délibérément. Nous savons que vous venez de vivre une période pénible, sur le plan émotionnel. Après ce qui vous est arrivé, ce rejet, vous ne pouviez qu'être bouleversé. Après tout, il s'agissait d'une femme que vous aimiez et dont vous pensiez qu'elle vous aimait aussi. N'importe lequel d'entre nous aurait trouvé cela difficile à assumer, à vivre. Et ce soir-là, vous tourniez en rond dans la ville, vous aviez désespérément envie de la voir, vous ressassiez dans votre tête toutes les choses que vous auriez voulu lui dire. Et, tout à coup, elle est là, devant vous.

Resnick avait retardé son effet, attendant que Robin Hidden le regarde de nouveau droit dans les yeux.

– Comme je le disais, dans une situation pareille, n'importe lequel d'entre nous aurait eu du mal à savoir exactement de quelle façon réagir. Et du mal, par la suite, à se rappeler avec précision ce qu'il avait dit ou fait.

Hidden baissa la tête. Il n'était pas facile de savoir s'il pleurait ou pas.

Assis sur le bord de sa chaise, David Welch s'était penché en avant.

– Je crois que mon client...

– Pas maintenant, avait dit Millington à voix basse.

– Mon client...

– Pas maintenant, répéta Millington.

Et pas un seul instant Resnick ne laissa son regard dériver, attendant que Robin Hidden relève la tête, clignant les yeux à travers une brume de larmes.

– Elle m'a d... dit, avoua-t-il, qu'elle me t... trouvait rid... ridicule, gro... gro... grotesque. Elle ne voulait plus me parler. Jamais. Elle aurait pré... préféré ne j... jamais m'avoir connu, ne j... jamais m... m'avoir rencontré.

Skelton était assis bien droit, les avant-bras calés sur le rebord de sa table, ses doigts se touchant.

– Et notre bonhomme, comment a-t-il réagi ?

– Il reconnaît avoir perdu son calme, s'être mis en colère.

– Il l'a frappée ?

– Non, pas frappée exactement, non.

– Une distinction sémantique, Charlie ?

Resnick regarda le plancher ; une substance d'origine inconnue, couleur marron foncé, et qui commençait à sécher, était restée collée sur un côté de sa chaussure gauche.

– Il dit l'avoir agrippée, par les deux bras. Je suppose qu'il ne manque pas de poigne. Il l'a secouée un peu, pour essayer de lui faire changer

274

d'avis. C'est ensuite qu'elle a accepté de monter dans la voiture.

Skelton soupira, fit pivoter son fauteuil à quatre-vingt-dix degrés, attendant la suite.

– Ils sont partis en direction du château, ils sont entrés dans le parc. Hidden a arrêté sa voiture près du carrefour de Lenton Road. Ce qu'il voulait, c'était qu'elle accepte de parler de ce qui s'était passé entre eux. (Resnick, mal à l'aise sur son siège, changea de position.) Ce qu'il souhaitait, bien sûr, c'était qu'elle change d'avis, qu'elle accepte de le revoir. Tout plutôt que de la voir continuer à faire ce qu'elle faisait en ce moment : l'exclure totalement de sa vie.

« Je t'aime », dit Robin. Contre la volonté de Nancy, il lui tenait la main.

Nancy regardait par la fenêtre de la voiture, vers la rue qui s'élevait en une pente régulière, les ombres pâles et indistinctes projetées par les réverbères. La haie de troènes était couverte de givre.

« Je regrette, Robin, mais moi, je ne t'aime pas. »

– Quel dommage qu'elle n'ait pas choisi de lui mentir, dit Skelton.

– Elle lui a retiré sa main et Hidden n'a rien fait pour l'en empêcher. Elle est sortie de la voiture, et elle est repartie dans l'autre sens, à pied, dans Lenton Road. Elle a tourné à droite, pour redescendre vers le boulevard.

– Et il est resté assis dans sa voiture sans rien faire ?

– Il l'a regardée s'éloigner dans le rétroviseur.

– C'est tout ?

– Il ne l'a jamais revue.

– Qu'il dit.

Resnick hocha la tête.

De nouveau sur ses pieds, Skelton faisait les cent pas, du bureau jusqu'au mur, du mur à la fenêtre, de la fenêtre au bureau, ruminant le problème.

– Elle s'est évaporée sans laisser de trace, Charlie. Une jeune femme ravissante. Vous savez comment ça se passe, dans ce genre d'affaire. On passe plus de temps qu'on ne peut se le permettre à vérifier les témoignages de tous les cinglés et de toutes les grand-mères myopes qui croient avoir vu la disparue entre Ilkeston et Arbroath. Cette fois-ci, on se croirait en plein désert. Il n'y a pas un seul pékin qui ait vu quoi que ce soit.

De retour à son bureau, Skelton saisit son stylo, dévissa le capuchon, examina la plume, remit le capuchon, et reposa le stylo. Resnick gigotait sur son siège, se nouant et se dénouant les mains.

– Neuf fois sur dix, Charlie, le coupable, ce n'est pas un psychopathe itinérant, qui passe des heures à étudier les biographies des tueurs en série comme si c'était la vie des saints. Vous le savez aussi bien que moi. C'est le mari, l'amant, une épouse trompée.

Le tiroir dans lequel étaient consignées les photos d'Alice était à portée de la main de Skelton.

– Dieu sait, Charlie, que vous avez raison d'avancer avec prudence. Mais ne laissons pas Hidden reprendre les rênes, s'imaginer qu'il peut nous manipuler à sa guise, un coup à droite, un coup à gauche. Nous l'avons amené jusqu'ici, Charlie, ne le laissons pas nous glisser entre les doigts.

29

Dana avait passé la majeure partie de la journée à faire des courses. Sur le chemin du retour, elle s'était arrêtée à la *Maison du potier* pour boire un café. Liza, sa voisine du dessus – Liza, greffière de son état, une fille au rire coincé et dont le lit grinçait – était installée à une table de la mezzanine. Après sa séance d'U.V. et son épilation, elle récupérait devant un pot d'Earl Grey et une tranche de gâteau aux noix et au café. En fait, Liza tuait le temps avant de pouvoir se rendre sans risque chez le président de tribunal, âgé de soixante-quatre ans, avec qui elle avait une liaison discrète. Un jour qu'il était venu rendre visite à Liza, Dana, lui ouvrant la porte d'entrée de l'immeuble par erreur, avait cru qu'il faisait la quête pour l'Aide aux personnes du troisième âge. À présent, chaque fois qu'elle entendait grincer le sommier au-dessus de sa tête, Dana retenait son souffle, dans l'attente de l'appel aux services d'urgence, du hurlement des sirènes d'ambulance.

Dana persuada Liza de commander un second pot de thé et se joignit à elle, pour échanger agréablement quelques réflexions sur les croisières vers les pays chauds au cœur de l'hiver et la pénible nécessité de garder la ligne pour pouvoir se mettre en bikini. Quand elles se séparèrent, Liza pour rejoindre son amant clandestin et Dana pour trimbaler jusqu'à Newcastle Drive ses sacs remplis d'emplettes, il était presque six heures.

Dana déballa ses paquets, rangea soigneusement son nouveau chemisier, plia ses nouveaux dessous Next pour les mettre dans le tiroir adéquat, glissa le nouveau CD de Sting dans le lecteur et commença à l'écouter. Ce pauvre vieux Sting, si seulement il pouvait arrêter de se faire du mauvais sang pour l'état de la planète et écrire une nouvelle chanson comme *Every Breath You Take*.

Comme elle gardait la bouteille de Chardonnay, bien rangée dans le frigo, pour la fin de la soirée, elle ouvrit un vin blanc de pays d'origine bulgare qu'elle avait acheté au supermarché. Elle avait envie d'un petit quelque chose pour l'aider à supporter l'attente. Dès la première gorgée, elle comprit qu'elle allait devoir aussi manger un morceau. Vidant le contenu d'une boîte de soupe cresson-pommes de terre dans une casserole pour la faire chauffer, elle trouva au fond du frigo le dernier muffin Tesco et le coupa en deux, prêt à griller.

Elle mangea la soupe dans la cuisine, en feuilletant des vieux prospectus d'agences de voyages. Avant d'avoir vidé son deuxième verre de vin, elle avait déjà bien entamé la grille de mots croisés express du journal ; elle en était au trois horizontal, neuf vertical, et il n'était pas encore sept heures du soir, loin de là. Plus d'une heure à attendre – à supposer qu'il n'arrive pas en retard. En désespoir de cause, elle appela sa mère qui, Dieu merci, était sortie. Bon, se dit Dana, quand rien d'autre ne marche, on peut toujours se faire couler un bain.

Dévêtue, elle prit le roman de Joanna Trollope qu'elle avait reçu en cadeau à Noël, et dont dépassait un marque-page portant le nom de la personne qui le lui avait offert, afin qu'elle se rappelle qui remercier. Les miroirs s'embrumaient déjà de vapeur d'eau lorsque, avec un petit cri de plaisir, Dana s'installa dans la baignoire. Elle lut un chapitre du livre, en y prêtant à peine attention, le laissa tomber par-dessus le rebord de la baignoire, et ferma les yeux. Charlie, conclut-elle, était très probablement issu de son imagination. Du moins, le Charlie avec lequel elle avait roulé sur le tapis, contre qui elle s'était blottie sous la couette, l'homme qui l'avait regardée droit dans les yeux, saisi, stupéfait, juste avant de jouir.

Il était sept heures trente quand Dana sortit du bain et commença à se sécher. Regardant son reflet dans le hublot que sa serviette avait percé sur le miroir embué, Dana se surprit à regretter, et pas pour la première fois, de ne pas peser trois ou quatre kilos de moins.

Quand elle l'essaya avec sa nouvelle jupe qui se boutonnait sur le côté, le chemisier vert pomme lui parut aller parfaitement. Ce qu'il lui fallait, en revanche, c'était un collant d'une autre couleur. Dana se souvint que Nancy en avait un, gris pâle, qui irait très bien. Si elle avait été là, bien sûr, elle lui aurait dit de le prendre.

Dana sortit Sting de la stéréo, mit un Dire Straits à la place, et se rendit dans la chambre de

Nancy. Quand elle ouvrit la porte, le haut argenté que Nancy portait le soir du réveillon était sur un cintre suspendu à la porte de l'armoire ; la petite jupe noire était soigneusement pliée sur le dos d'une chaise ; son collant gris argent décorait le miroir de la coiffeuse. Et ses bottines en cuir étaient posées au milieu du plancher.

Un froid glacial se plaqua sur les bras et la nuque de Dana comme une seconde peau.

30

Il avait fini par trouver un costume propre, gris anthracite avec un liseré rouge, encore dans sa housse en polyéthylène, tel qu'il était ressorti de chez le teinturier ; une chemise bleu clair qui n'avait pas besoin d'être beaucoup repassée, et à laquelle il ne manquait qu'un seul bouton, à un poignet. Dans le fond du tiroir, Resnick mit la main sur la cravate bleu foncé que Marian lui avait offerte, en désespoir de cause, pour une soirée semblable deux ans plus tôt. Ou peut-être trois. Quand il la présenta à la lumière, il découvrit, coagulées entre les fibres, quelques gouttelettes pâles de ce qui avait dû être du bortsch. Pour les éliminer, il les gratta du bout de l'ongle, avec un certain succès.

Il était déjà huit heures dix et le taxi qu'il avait commandé pour huit heures moins le quart n'était pas encore là ; rien d'étonnant, un soir de Saint-Sylvestre. Bud tournait autour de ses pieds, lui donnant des petits coups de tête. Il se baissa pour soulever le petit chat et l'emporta à l'autre bout de la pièce, le museau calé contre sa joue. Sur la table, une pochette de disque en piteux état montrait un

281

Thelonious Monk souriant qui faisait un signe de
la main, debout sur le marchepied d'un tramway
de San Francisco. Sur le vinyle usé, éraflé, le pia-
niste explorait le thème de *You Took the Words
Right Out of My Heart*. Resnick se souvenait
l'avoir acheté en revenant d'un match de foot, où
il avait vu Nottingham County perdre dans les
cinq dernières minutes après avoir mené avec
deux buts d'avance. C'était en plein hiver, les bar-
rières étaient couvertes de givre, et à la mi-temps il
avait bu plusieurs tasses de bouillon brûlant,
tenues bien serrées pour que la chaleur se propage
jusque dans ses doigts. En soixante-neuf ?
Soixante-dix ? Resnick avait rapporté le disque
chez lui et il avait écouté les deux faces, du début à
la fin, et puis une seconde fois, fasciné. Ce n'était
que le deuxième ou troisième album de Monk qu'il
achetait.

Il était sur le point d'appeler la compagnie pour
se plaindre quand il entendit le taxi s'arrêter
devant la porte. Il éteignit la stéréo, la lumière, prit
son pardessus dans le vestibule, tapota sa poche
pour vérifier la présence de ses clés. Il avait à peine
mis un pied dans la nuit glacée que le téléphone le
rappelait.

– Quand ? demanda-t-il, coupant brutalement
son interlocutrice. À quelle heure ?

L'officier de permanence lui dit ce qu'elle savait.

– Très bien..., fit Resnick, l'interrompant de
nouveau. Assurez-vous que l'équipe de l'Identité a
bien été prévenue. Appelez Graham Millington,
dites-lui de me retrouver là-bas. Je pars tout de
suite.

Le premier instinct de Dana, après avoir téléphoné à la police, avait été de prendre la fuite. Sor-

tir de l'appartement, aller n'importe où, s'enfermer à double tour et attendre. Elle avait demandé nommément à parler à Resnick ; apprenant qu'il n'était plus là, elle avait expliqué la situation aussi clairement que possible : ce n'était pas une simple intrusion, ni un cambriolage ordinaire. Par chance, l'officier qui l'écoutait avait eu l'esprit suffisamment vif pour faire les rapprochements que Dana laissait dans l'implicite.

– Quoi que vous fassiez…, avait dit l'officier de police, s'efforçant de ne pas accroître l'angoisse de Dana, je vous en prie, ne touchez à rien.

Plantée dans le hall, puis, dans la rue, exposée à tous les regards, elle se sentit ridicule. Au bout de quelques minutes à peine, elle rentra chez elle et tenta de ne pas garder les yeux rivés à la pendule. Elle avait déjà laissé ses empreintes un bon nombre de fois sur la bouteille de vin et sur son verre, et de toute façon, elle ne voyait pas pourquoi la police s'intéresserait à l'un ou l'autre de ces objets ; elle se versa donc un verre, et pour la première fois depuis une éternité elle découvrit qu'elle mourait d'envie de fumer une cigarette. Sa main tremblait quand elle porta le verre à ses lèvres, et un peu de vin lui éclaboussa les doigts et le poignet, assombrissant le tissu vert pomme de son chemisier.

– Mon Dieu, fit-elle en s'adressant aux murs, voilà que je deviens une vieille pochetronne qui renverse son verre.

Et tout ça, pensa-t-elle, bien avant mon quarantième anniversaire. Tendant le bras pour retrouver l'équilibre, elle s'assit prudemment. Nancy était aussi éloignée de la trentaine qu'elle-même de la quarantaine. Dana soupira ; elle s'était creusé la tête pour comprendre les implications de ce qui était arrivé, et puis elle avait fait tout son possible pour éviter de comprendre. Elle reposa son verre de vin et regarda sa montre.

Quand Resnick arriva, il y avait deux voitures de police sur place, qui empêchaient son taxi d'avancer dans Newcastle Drive. Sans perdre une seconde, il leur dit de se garer correctement, ordonnant au conducteur qui laissait tourner son gyrophare de l'éteindre aussitôt. Millington était arrivé quelques minutes avant Resnick ; posté près de l'entrée de l'appartement, il discutait d'un air grave avec l'officier de l'Identité judiciaire. Les laissant à leur conversation, Resnick passa rapidement devant eux.

Dana était debout au centre du salon, les bras ballants. Dès qu'elle vit Resnick, elle se jeta sur lui et il la rattrapa comme la première fois, sauf que les circonstances étaient différentes : il y avait trois hommes en civil, dans la pièce, qui préparaient leur matériel, appareils photo et autres. Resnick ne pouvait rien faire, sinon tenir Dana pendant qu'elle pleurait. Deux des policiers échangèrent un clin d'œil, puis ils détournèrent le regard pour se concentrer sur leur travail. Les vêtements qui avaient réapparu allaient d'abord être photographiés sur place, puis étiquetés et emballés pour un examen ultérieur, après quoi l'appartement entier serait passé au crible, dans l'espoir de découvrir des empreintes, des fibres textiles, n'importe quel élément manifestement étranger. La porte de l'appartement et la chambre de Nancy constituaient les cibles prioritaires : l'entrée et la sortie. Il était rare qu'un intrus, aussi prudent soit-il, ne laisse aucune trace de son passage. Le problème serait de donner un sens à ces traces, de les faire parler.

– Vous voulez que j'appelle Lynn ? proposa Millington, planté près de Resnick, en regardant la façon dont Dana continuait de s'agripper à lui. Je pourrais la faire venir, pour qu'elle vous donne un coup de main ?

– Pas la peine, fit Resnick. Pas maintenant. Elle a déjà assez de problèmes de son côté.

Il parla doucement à Dana, la bouche toute proche de ses cheveux, et quand elle leva le visage vers lui, il l'emmena dans la cuisine et l'aida à s'asseoir.

– Tu peux rester seule une minute ? Il faut que j'aille jeter un coup d'œil.

Elle s'efforça de sourire et hocha la tête.

– Je reviens tout de suite, ajouta Resnick.

Il laissa Dana dans la cuisine et rejoignit Millington sur le seuil de la chambre de Nancy. Le haut gris argent, toujours suspendu à l'extérieur de la porte de l'armoire, refléta l'éclair d'un flash et le renvoya dans les yeux de Resnick.

– *C'était bien ? Vous avez passé une bonne soirée ?*

De longues jambes, un sac à main argenté orné de paillettes, un sourire.

– *Eh bien... Joyeux Noël, une fois de plus. Et bonne année.*

La jupe, le haut, les bottines, le collant. Le long de ses bras, Resnick sentit la morsure d'un frisson glacé.

– Il n'y a pas trace d'un sac à main ? demanda-t-il.

285

– Quel genre ?

– Grand comme ça. (Il esquissa une forme, de la taille d'un livre cartonné, avec ses mains.) Pas un sac ordinaire, quelque chose de chic. Avec des sequins d'argent de chaque côté.

– Un sac habillé, alors.

– Si c'est comme ça que ça s'appelle.

– Assorti avec le haut.

– Plus ou moins, oui.

L'officier de l'Identité judiciaire secoua la tête.

– Pas pour l'instant.

Resnick demanda à Dana si elle avait vu le sac de Nancy, et elle lui dit que non. L'appartement allait devoir être fouillé, de toute façon, d'un mur à l'autre, du plancher au plafond, et s'il était là, on le trouverait.

– Il faut que je me change, je ne vais pas garder ça..., annonça Dana en désignant sa jupe boutonnée sur le côté, son chemisier vert pomme au tissu brillant. Je me sens ridicule.

– Tu es très bien comme ça.

– Je vais me changer quand même.

Elle ressortit de la chambre vêtue d'un jean et d'un sweater blanc très ample, des chaussures en toile bleue aux pieds. Elle avait noué ses cheveux à l'aide d'un ruban à motif.

– Ça ne peut pas être Nancy, n'est-ce pas ? demanda-t-elle. Qui aurait rapporté ses affaires elle-même.

– Ce n'est pas impossible.

– Mais peu probable.

– Effectivement.

– Alors, c'est lui.

Resnick l'interrogea des yeux.

– L'homme, quel qu'il soit, avec qui elle est partie. Celui qui l'a enlevée. C'est lui qui est venu ici, dans l'appartement.

La peur frémit, vivace, dans son regard.

Un homme de l'Identité vint vers eux et Resnick se détourna pour lui parler.

– Pas de trace d'effraction. Nulle part. Ils avaient sûrement la clé.

Resnick hocha la tête. La clé de Nancy devait se trouver dans le sac qu'on ne retrouvait pas.

– Pour quelle raison a-t-il fait ça ? demanda Dana tandis que l'officier de police s'éloignait. Pourquoi se donner tant de mal ? À quoi ça rime ?

– Je ne sais pas, répondit Resnick. Pas encore. Pas avec certitude.

– Il veut se faire remarquer, c'est ça ? Il fait son intéressant. Il nous nargue. (Dana croisa les bras sur sa poitrine, les poings serrés.) Le salaud !

Dehors, des policiers frappaient aux portes, tiraient des sonnettes, commençaient à parler aux voisins, ceux qui étaient encore chez eux, leur demandant s'ils avaient remarqué quoi que ce soit d'inhabituel, vu quelqu'un qu'ils ne connaissaient pas entrer dans l'immeuble ou traîner devant la porte. Dana était restée absente de chez elle du milieu de la matinée jusqu'au début de la soirée ; l'inconnu avait rapporté les vêtements de Nancy dans l'appartement à un moment quelconque pendant ce laps de temps – une période qui s'étendait sur près de huit heures.

Resnick pensait encore aux vêtements de Nancy, ceux qui avaient été rapportés.

– Et ses sous-vêtements ? demanda-t-il. Tu n'as aucune idée, je suppose, de ce qu'elle a pu mettre ce soir-là ?

– Tu veux dire, exactement ?
– Oui.

Dana secoua la tête.

– Pas vraiment. (Elle haussa les épaules.) Quelque chose de joli.

– Quand ils en auront terminé là-dedans, ça ne t'ennuierait pas de jeter un coup d'œil ? Dans les tiroirs. Là où elle rangeait ces choses-là. On ne sait jamais.

– Bien sûr.

– Ça ne te dérange pas, demanda Resnick, si j'utilise ton téléphone ?

– Je t'en prie.

Tout en composant le numéro, il se retourna pour regarder Dana, assise à présent sur le bras du canapé, les mains à plat sur les cuisses, son visage large et blafard de nouveau proche des larmes.

Tout au long de la soirée, Alice Skelton avait mené en silence une guerre d'usure, ignorant ostensiblement son mari en présence des deux couples qui étaient leurs invités. À l'attaque du plat principal, déjà passablement ivre, elle avait commencé à l'insulter ouvertement.

– Notre Jack, proclama-t-elle en passant la gelée de groseille, est l'homme pour qui fut inventée l'expression : constipé de naissance.

Skelton disparut pour aller chercher du vin. Ses invités auraient aimé en faire autant.

Quand le téléphone sonna un peu plus tard, Skelton se leva avant la deuxième sonnerie, priant que ce soit pour lui.

– C'est probablement elle... (Le sarcasme d'Alice le chassa hors de la pièce.) La vierge de glace. Qui veut te souhaiter une bonne année.

Ce n'était pas Helen Siddons, c'était Resnick. Skelton l'écouta un bon moment, puis lui demanda de le retrouver au commissariat dès qu'il en aurait terminé là où il se trouvait.

– Un problème urgent ? railla Alice. Quelque chose qu'ils ne peuvent absolument pas régler sans toi ?

Skelton demanda à leurs invités de l'excuser et se dirigea vers la porte.

– Embrasse-la de ma part..., lança Alice dans son dos. (Puis, baissant le nez dans ses aubergines à la parmesane, elle ajouta à voix basse :) Ta pétasse snobinarde !

– Tu as un endroit où aller ? demanda Resnick. Pour cette nuit, au moins.

– Tu ne crois pas qu'il risque de revenir ?

– Non. Il n'y a aucune raison de le penser. Absolument aucune. Si cela t'inquiète vraiment, nous pourrions laisser un homme en surveillance dehors. Je me disais que tu te sentirais plus à l'aise ailleurs, c'est tout.

Dana, légèrement penchée en avant, le regarda dans les yeux.

– Je ne pourrais pas venir chez toi ?

Resnick balaya la pièce d'un regard circulaire pour voir si quelqu'un avait surpris leur conversation.

– Les circonstances étant ce qu'elles sont, il ne vaudrait mieux pas.

– Très bien, fit Dana.

Sans aucun doute possible, c'était non.

– Tu as sûrement une amie chez qui aller ?

– Et si je restais ici, insista Dana, tu reviendrais ? Plus tard ?

Resnick pensa à Marian au Club polonais, comptant les heures jusqu'à minuit ; il pensa à autre chose.

– Je ne sais pas, répondit-il. Je ne peux rien promettre. Probablement pas.

Dana tendit le bras pour prendre son carnet d'adresses, près du téléphone.

– Je trouverai quelqu'un, dit-elle. Tu n'as pas à t'inquiéter.

– Tu veux bien me donner le numéro ? Où je pourrais te joindre ?

– Ça ne servirait pas à grand-chose, tu ne crois pas ? dit Dana.

Resnick lui toucha le bras, juste sous la manche du sweater, et il sentit sous ses doigts les protubérances de la chair de poule.

– Je regrette, dit-il, que les choses se soient passées de cette façon.

Circonspecte, elle esquissait un sourire, du bout des lèvres, quand Millington s'approcha.

– Restez ici un moment, Graham, dit Resnick. Assurez-vous que rien n'est négligé. Et veillez à faire conduire Mlle Matthieson où elle voudra. Je vais voir le patron.

Avant de sortir de l'appartement, il s'arrêta pour jeter un coup d'œil derrière lui, mais Dana avait déjà disparu ; elle était retournée dans sa chambre.

31

La nuit, l'atmosphère du commissariat était différente, moins bruyante, plus intense. Le sang qui avait giclé sur les marches de l'entrée et dans le vestibule était encore frais, d'un rouge si vif qu'il reflétait la lumière des plafonniers. À part un cri soudain provenant du bloc cellulaire, les voix étaient feutrées ; les bruits de pas, dans les couloirs, les escaliers, étaient assourdis. Seuls les téléphones, aigres et intraitables, gardaient leur stridence.

Resnick fut surpris de ne pas trouver Skelton dans son bureau, mais dans le local de la PJ, debout devant le mur du fond couvert d'un immense plan de la ville. Il portait un blazer sombre et un pantalon gris clair au lieu de son costume habituel. Exceptionnellement, le dernier bouton de sa chemise, au-dessus du nœud de cravate, était défait. Il ne dit pas un mot lorsque Resnick entra dans la salle, et quand il ouvrit la bouche, au lieu de commenter ce qui s'était passé, il demanda :

– Depuis que Elaine et vous avez divorcé, Charlie, vous êtes-vous déjà surpris à regretter de ne pas vous être remarié ?

Pris au dépourvu, ne sachant trop comment réagir, Resnick se dirigea vers la bouilloire posée sur un plateau, vérifia qu'il restait assez d'eau à l'intérieur, et la brancha à la prise murale.

Skelton le regardait encore, attendant une réponse.

– Ça m'est arrivé, finit par dire Resnick.

– Je vais être franc, annonça Skelton. À la façon dont vous vivez, tout seul dans votre coin, je croyais que vous étiez malheureux comme les pierres. Soir après soir, regagner cette maison où personne ne vous attend... C'est la dernière chose au monde que j'aurais souhaitée, de vivre comme ça.

– Du thé ? proposa Resnick.

Skelton secoua la tête. Resnick laissa tomber un sachet dans la tasse la moins tachée.

– On doit s'y habituer, je suppose, poursuivit Skelton. On s'adapte. On apprend à apprécier les avantages. Au bout d'un moment, il doit être difficile de vivre autrement.

Il y eut un bruit de pas dans le couloir. Se retournant, Resnick vit Helen Siddons pousser la porte et entrer. Ce n'était certainement pas à une soirée à la bonne franquette que son devoir l'avait arrachée. Elle avait relevé ses cheveux très haut et portait une robe assez semblable à celle que Resnick se rappelait avoir vue sur elle au réveillon de Noël, sinon que celle-ci était bleue, si pâle que la couleur semblait s'être évaporée. Quelque part en chemin, elle avait dû changer ses escarpins pour des chaussures à talons plats, et l'imperméable posé sur ses épaules aurait pu appartenir à un homme.

– J'ai demandé à Helen de se joindre à nous, dit Skelton. Son expérience pourrait nous être utile.

Resnick se surprit à penser : Quelle expérience ?

– L'eau est chaude, annonça-t-il. Si vous voulez du thé...

– Quand Helen était en détachement à Bristol, elle a travaillé sur l'affaire Susan Rogel. Ça vous rappelle quelque chose ?

Une histoire de voiture retrouvée abandonnée dans les collines de Mendip, quelque part entre Bath et Wells, et dont la propriétaire s'était évaporée. Pas de traces de lutte, pas de lettre d'adieu, rien qui pût expliquer la disparition. Peut-être y avait-il eu meurtre, mais on n'avait pas trouvé de cadavre, ni le moindre indice non plus.

– Je pensais que l'hypothèse retenue était celle d'une disparition volontaire ? dit Resnick. N'y avait-il pas une histoire de liaison qui devenait incontrôlable ?

Helen Siddons tira une chaise de sous l'un des bureaux, et Skelton l'aida à ôter son manteau.

– Elle était devenue la maîtresse de l'associé de son mari, expliqua Helen. Ils dirigeaient une chaîne de magasins d'antiquités, avec des succursales un peu partout dans le sud-ouest. (Elle sortit une cigarette d'un étui pris dans son sac, et Resnick s'attendait presque à voir Skelton se pencher vers elle pour lui tendre la flamme de son briquet, mais il laissa Helen l'allumer elle-même.) Il semble que le mari était au courant, depuis un certain temps, mais il n'avait rien dit, parce que les affaires ne marchaient pas fort, et il ne voulait pas aggraver une situation déjà peu reluisante. (Penchant son long cou en arrière, elle exhala un nuage de fumée vers le plafond. Skelton, fasciné, ne la quittait pas des yeux.) Quand il fut évident que l'entreprise courait à la faillite de toute façon, il adressa un ultimatum à son épouse : cesse de le voir ou je demande le divorce. Sa femme, Susan, n'aurait pas demandé mieux que de changer de camp, mais elle découvrit que son amant n'était pas prêt à assumer ses responsabilités. Il préférait entretenir une liaison discrète ; il ne voulait pas se marier, se caser, rendre leur union officielle. (Ce regard furtif, à peine esquissé, en direction de Skelton, n'était sans doute que fortuit.) Tout ceci avait nui à la santé de Susan. Elle avait consulté un médecin, elle prenait toutes sortes de pilules contre le stress, la dépression nerveuse et que sais-je encore. On la soupçonne, sans preuve concrète, d'avoir au moins une fois tenté de se suicider. Ce dont on est sûr, en revanche, c'est qu'à plusieurs reprises elle a confié à une amie qu'elle ne supportait plus ni l'un ni l'autre des deux hommes. Tout ce qu'elle souhaitait, c'était d'en être libérée.

– C'est donc elle qui a organisé cette mise en scène avec la voiture pour brouiller les pistes, pendant qu'elle partait pour l'Espagne ou ailleurs ? demanda Resnick. C'est l'hypothèse qui prévaut ?

Helen tapota sa cigarette pour faire tomber la cendre dans la corbeille en tôle posée à ses pieds.

– De nombreux indices nous orientaient dans cette direction. Chez elle, il manquait une valise et des vêtements, et on n'a pas retrouvé son passeport. Mais je n'y ai jamais cru.

– Pourquoi ?

Derrière l'écran de fumée bleu gris, Helen Siddons sourit.

– À cause de la demande de rançon.

Si elle n'avait pas totalement capté l'attention de Resnick auparavant, c'était maintenant chose faite.

– Je ne me rappelle pas avoir entendu parler d'une rançon, dit-il.

– Nous avons demandé le black-out vis-à-vis des médias, et nous l'avons obtenu.

– Et vous pensez que c'est ce qui nous attend ici ? demanda Resnick. Dans le cas de Nancy Phelan ? Une demande de rançon ?

Helen Siddons prit son temps.

– Bien sûr, dit-elle. Pas vous ?

Une demi-heure s'était écoulée. Ou plus. Comme par magie, Skelton avait fait surgir d'une cachette quelconque une demi-bouteille de whisky, qu'ils buvaient dans des tasses de porcelaine épaisse. Inexplicablement, l'horloge passa minuit sans que personne ne s'en aperçoive, et les vœux de bonne année ne furent pas échangés. Quelques cendres constellèrent le bleu pâle de la robe d'Helen Siddons pendant son exposé.

Méticuleusement, elle leur fit un compte rendu de l'affaire Rogel, étape par étape. Quand la première demande de rançon était arrivée, glissée sous la porte des parents de la disparue aux premières heures de la matinée, elle était passée inaperçue pendant une bonne partie de la journée, enfouie dans une pile de vieux journaux et de catalogues non sollicités. Et lorsque les ravisseurs téléphonèrent à quatre heures de l'après-midi, la mère de Susan Rogel, n'ayant aucune idée de ce dont ils parlaient, crut à une sorte de plaisanterie douteuse et leur raccrocha au nez. Avant que le second appel ne survienne, cependant, les parents avaient trouvé la lettre ; elle réclamait vingt mille livres en coupures usagées.

Le père de Rogel, un colonel en retraite, n'était pas le genre d'homme que l'on mène facilement en bateau. Il fit clairement savoir qu'il ne songerait même pas à verser un seul sou sans preuve. Et il prévint presque aussitôt la police.

Il ne se passa rien pendant trois jours.

Le quatrième jour, les Rogel se rendirent au supermarché le plus proche pour faire leurs courses de la semaine. À leur retour, ils constatèrent qu'on avait forcé l'une des petites fenêtres situées à l'arrière de leur maison. Naturellement, croyant qu'on les avait cambriolés, ils examinèrent anxieusement chaque pièce mais constatèrent qu'il ne manquait rien. Ce qu'ils trouvèrent, par contre, soigneusement emballé dans du papier de soie, dans un tiroir de la chambre d'amis, celle qu'occupait Susan lorsqu'elle vivait encore chez ses parents, ce fut l'un de ses chemisiers, celui qu'elle portait la dernière fois qu'un témoin l'avait vue, alors qu'elle faisait le plein d'essence dans un garage sur la route de Wells.

La famille désirait payer la rançon ; elle demanda un délai pour rassembler la somme. On leur accorda trois jours supplémentaires. Selon les instructions reçues, ils devaient laisser l'argent dans la cour d'une auberge perdue dans les collines de Mendip. Ces renseignements furent immédiatement transmis à la police. Le matin où le dépôt devait être effectué, l'endroit fut placé sous surveillance avec la plus grande prudence. Il eût été difficile de se montrer plus discret.

— Que s'est-il passé ? demanda Resnick.

— Rien. L'argent fut laissé dans un sac marin devant la porte des toilettes de la cour. Personne ne s'en approcha. Peu de véhicules franchirent les collines ce jour-là, et ils furent tous contrôlés. Aucun n'était suspect.

– Le ravisseur a pris peur, alors ? Ou quoi ?

– Les Rogel reçurent un dernier appel le lendemain. Le type était furieux, leur reprochant d'avoir voulu le berner, le faire prendre, d'avoir averti la police. Il n'y eut plus aucun contact après cela.

– Et Susan Rogel ?

Helen Siddons était debout devant la fenêtre, sa silhouette se détachant sur le fond blanc des lames du store vénitien.

– Aucun signe. Aucun message. Si elle a vraiment décidé de refaire sa vie, si la demande de rançon n'était qu'un coup de bluff d'on ne sait qui, elle n'a jamais refait surface, jamais repris contact avec aucune des personnes de son entourage précédent, que ce soit son mari, son amant, ses parents. Personne.

– Et si elle a bel et bien été enlevée ?

Du plat de la main, Helen lissa sa robe sur sa cuisse.

– Cela remonte à près de deux ans. Si quelqu'un l'a enlevée, il est peu probable qu'elle soit encore en vie aujourd'hui.

– Vous avez vérifié les identités de toutes les personnes présentes ce jour-là aux alentours de l'auberge ? demanda Resnick.

– Plutôt deux fois qu'une. (Helen secoua la tête.) Impossible d'établir un lien entre aucune d'entre elles et Susan Rogel ou la façon dont elle a disparu.

– Le ravisseur aurait-il pu facilement découvrir que les parents collaboraient avec la police ?

Helen Siddons alluma une cigarette.

– C'était moi, l'officier de liaison. Toutes les réunions que nous avons eues se tenaient en des lieux extrêmement discrets, jamais deux fois au même endroit. Les appels téléphoniques étaient passés d'une cabine à une autre, jamais de chez eux ou du commissariat. On n'a pas utilisé de téléphones portables, parce que les communications sont plus faciles à intercepter. S'il a découvert quelque chose, s'il n'a pas tout simplement fait preuve de méfiance, ce n'est pas là que se situait le maillon faible.

– Où se situait-il, alors ? Vous avez une idée ?

Helen Siddons secoua brièvement la tête.

– Non.

– Cela remonte à bientôt deux ans, dit Skelton en regardant Resnick. Cela lui a laissé largement le temps de se faire oublier, de changer de région peut-être, pour recommencer.

– À part cette histoire de chemisier, fit remarquer Resnick, il n'y a pas grand-chose qui nous dise que ces deux affaires sont similaires.

– Pas encore, Charlie.

– Attendez que les parents de Nancy Phelan reçoivent du courrier demain matin, dit Helen Siddons. Par porteur spécial.

– Et s'ils ne reçoivent rien ?

Helen cligna les yeux et détourna la tête.

Skelton vida le fond de la bouteille dans les trois tasses.

– Alors, Charlie, qu'est-ce que vous en pensez ? Si c'est bien le même intrus à chaque fois, que devient le jeune Robin Hidden dans cette affaire ?

– Entre le moment où Dana Matthieson est sortie de chez elle et celui où nous l'avons amené ici pour l'interroger, Hidden avait tout le temps nécessaire pour se rendre là-bas et y déposer les vêtements. Et il connaissait la disposition des lieux, ne l'oubliez pas. Il pouvait entrer et sortir de l'appartement en un clin d'œil.

– Je pensais que vous aviez des doutes sur la culpabilité de Robin Hidden, dit Skelton. C'était l'impression que vous donniez. Et maintenant vous tenez à ce qu'il reste mêlé à cette affaire.

– D'une façon ou d'une autre, il l'est déjà.

Skelton, sirotant son scotch, parut pensif un moment.

– Helen ? fit-il.

– Ce dont nous devrions nous assurer, déclara-t-elle, c'est qu'à l'instant même où quelqu'un prendra contact avec les Phelan, nous en soyons avertis. Et que lorsque cela se produira, nous sachions de quelle façon nous allons réagir.

– Charlie ? dit Skelton.

– C'est le bon sens même.

Resnick constatait, et cela le mettait mal à l'aise, qu'il renâclait intérieurement à chaque fois que Helen Siddons disait « nous », qu'il supportait mal cette façon qu'elle avait de s'acharner sans cesse à se donner le beau rôle.

– Je vais vous ramener, Helen, dit Skelton en lui tendant son manteau avec optimisme.

Resnick liquida son fond de whisky, rinça sa tasse, et leur souhaita le bonsoir à tous les deux ; tant que cela ne nuisait pas à l'enquête en cours, ce qui se passait entre eux ne le regardait pas.

– Bonsoir, patron. Et bonne année, dit le jeune agent en service à l'accueil.

Resnick répondit d'un signe de tête et sortit dans la rue. On ne savait trop si quelqu'un avait

nettoyé les traces de sang ou si elles avaient disparu d'elles-mêmes, emportées par une procession
de semelles de passage. Le ciel s'était éclairci et
quelques étoiles étaient visibles, regroupées en
grappes autour de la lune.

En à peine plus de dix minutes, il se retrouva au
bout de Newcastle Drive, les mains dans les
poches, levant les yeux vers les fenêtres obscures
de l'appartement de Dana. Si elle avait décidé de
rester, il espérait qu'à présent elle dormait profondément. Pendant quelques longues minutes, il se
laissa aller à se remémorer la chaleur de son corps
généreux, collé contre le sien dans son lit.

Et si je restais ici, tu reviendrais ? Plus tard ?

Le temps qu'il traverse toute la ville, en évitant
les festivités bruyantes qui se prolongeaient autour
des fontaines d'Old Market Square, et qu'il arrive
au Club polonais, les dernières voitures ou presque
sortaient du parking, laissant flotter dans l'air les
nuages épais de leurs gaz d'échappement. Celles
qui restaient appartenaient au personnel. Il y avait
un taxi, moteur au ralenti, garé de l'autre côté de la
rue, mais Resnick ne s'attarda pas pour voir qui il
attendait. Il appellerait Marian demain matin,
quand il aurait les idées claires pour lui présenter
ses excuses.

Quand Resnick arriva chez lui, Dizzy était assis
sur le mur de pierre devant la maison. Le chat
étira ses pattes et se mit à trottiner sur le faîte du
mur pour l'accompagner jusqu'à la porte, la queue
dressée en arc de cercle pour saluer son retour.

Bonne année.

32

Quand Michelle ouvrit les yeux, elle vit Karl qui la regardait, penché sur elle ; son visage était si proche qu'elle sentait le souffle tiède de sa respiration. Depuis combien de temps était-il là ? Elle n'en savait rien. Par une fente, en haut des rideaux, filtrait la lumière orange sombre d'un réverbère. Karl commença à parler, mais Michelle fit « Chut ! », sourit, et posa doucement son index d'abord sur les lèvres de son fils, puis sur les siennes. Comme d'habitude, Gary s'était plaqué contre elle pendant la nuit, et Michelle, se libérant du poids de son bras et de sa jambe, se glissa latéralement vers le bord du lit.

– Moi dors pas, dit Karl dans l'escalier. Froid.

Michelle ébouriffa sa tignasse en désordre et le poussa dans le salon. Natalie s'était tassée contre sa tête de lit, dans le sens de la largeur. Quand Michelle passa la main sous les couvertures pour remettre le bébé à sa place, elle eut un choc en la sentant si froide sous ses doigts. Natalie s'ébroua, gémit, et se rendormit.

– Viens, chuchota-t-elle à Karl. On va faire du thé.

Même avec des pantoufles et deux paires de chaussettes aux pieds, Michelle avait l'impression de sentir l'humidité s'infiltrer à travers le carrelage de la cuisine. Sous sa surveillance, Karl sortit deux tranches du paquet de pain de mie et les posa sur le gril ; quand elle eut ébouillanté la théière, le gamin prit deux sachets de thé dans la boîte et les y jeta.

— C'est bien, l'encouragea Michelle.

— ... est bien.

— Bientôt, tu sauras faire ça tout seul. Tu nous apporteras le petit déjeuner au lit, à Gary et à moi.

Karl avait l'air sceptique. Sur le côté de son visage, la boursouflure s'était pratiquement résorbée, à présent, et l'ecchymose elle-même commençait à s'estomper.

Michelle se surprit à bâiller, et quand elle porta la main à sa bouche, elle comprit qu'elle couvait un mal de tête. Gary et elle étaient allés au pub, la veille au soir, avec Brian et Josie. D'où Brian sortait-il l'argent qui avait payé les consommations, elle n'en avait aucune idée, et elle ne voulait pas le savoir. Il était généreux, cependant, Michelle lui reconnaissait volontiers cette qualité. Même si, avec quelques verres dans le nez, il ne répugnait pas à presser sa jambe contre celle de Michelle, sous la table, glissant une ou deux fois sa main le long de sa cuisse. Michelle avait signalé le fait à Josie quand elles étaient seules, et Josie s'était contentée de rire. Pour elle, Brian cherchait simplement à s'amuser un peu, sans plus. Gary, lui, il ne trouverait pas ça drôle s'il venait à le savoir, Michelle en était certaine. S'il voyait Brian poser ne serait-ce que le petit doigt sur elle, il le tuerait.

Elle ôta le gril du brûleur juste avant que le pain ne prenne feu.

– Je t'avais demandé de surveiller ça ! dit-elle à Karl. Qu'est-ce que tu veux ? De la marmelade où un peu de cette confiture à la fraise ?

Pam Van Allen arriva à son travail de bonne heure, plus tôt qu'à son habitude. Une seule voiture s'était garée avant la sienne sur le parking : la Ford Escort de son supérieur, des slogans bien sentis occupant la majeure partie de la lunette arrière. Bien que l'entrée ne fût qu'à dix mètres, Pam noua son écharpe autour de son cou avant de prendre sa serviette et son exemplaire du *Guardian* sur la banquette arrière et de verrouiller la portière. Il faisait encore froid, ce matin, mais au moins le ciel était dégagé.

Neil Parker était dans son bureau, compulsant des rapports sur papier vert ou jaune, buvant à petites gorgées la première de ses nombreuses tasses de café instantané. Il salua Pam quand elle passa devant la réception, et il vint la rejoindre pendant qu'elle se préparait à son tour un café.

– Il y a des bureaux, dit Pam, qui ont des machines à café correctes. Qui font du vrai café.

– Mais nous, on a des biscuits, répliqua Neil en lui présentant la boîte en fer-blanc.

Elle contenait deux ou trois sablés, la mauvaise moitié d'un biscuit fourré à la noix de coco, un petit beurre et un tas de miettes.

– Vous avez passé une bonne soirée, hier ? s'enquit Pam en optant pour l'un des sablés.

– Fabuleuse. Mel et moi, on s'est endormis devant la télé. On s'est réveillés, et c'était déjà la nouvelle année.

Pam sourit. N'ayant pas réussi à entraîner ses amis dans sa quête d'une nourriture décente, elle s'était rabattue sur un poulet-haricots noirs à emporter et un fond de vin blanc. L'occasion était idéale pour regarder, enfin, toutes ces émissions qu'elle avait enregistrées sur la vie des femmes entre les deux guerres, mais les reportages étaient tellement déprimants qu'elle en trouva un sur le Sequoia National Park de Californie et le passa deux fois.

— Vous voyez qui, aujourd'hui ? demanda Neil. Quelqu'un d'intéressant ?

— Gary James, pour commencer.

— Ma foi..., dit Neil en s'éloignant avec la dernière moitié de biscuit fourré, autant mettre la barre très haut dès le départ.

Gary avait près de quinze minutes de retard, rien que de très normal dans son cas, même si c'était loin d'être idéal. Cette vieille Ethel Chadbond était déjà dans la salle d'attente, répandue avec toutes ses possessions sur trois sièges en même temps, et elle imprégnait les alentours d'une saine odeur d'alcool à brûler et de crésyl.

Pam s'abstint de regarder trop ostensiblement sa montre.

— Gary, asseyez-vous.

Il s'avachit en biais sur la chaise ; maillot de football, pull, jean, veste en toile. Et ce regard qui disait : Bon, qu'est-ce qu'on fait maintenant ?

— Cet entretien que je vous ai obtenu, au Centre de formation... (Pam souleva une feuille de bloc-notes comme si cela avait un rapport.) Vous n'y êtes pas allé ?

— Non.

— Ça vous ennuierait de me dire pourquoi ?

304

Sans le moindre temps mort pendant une quinzaine de minutes, les questions, les remarques, les suggestions de Pam se succédèrent, accueillies par la même indifférence renfrognée ; cela faisait partie – l'un et l'autre le savaient – d'un rituel qu'il fallait observer. Bon sang ! se dit Pam en ouvrant, pour avoir quelque chose à faire, un tiroir qu'elle fut à deux doigts de refermer violemment, c'est vraiment le premier jour de la nouvelle année ? Je vais devoir subir ça pendant trois cent soixante-quatre jours encore ?

– Gary !

– Quoi ?

Il se redressa d'un coup sur son siège, les yeux écarquillés, et Pam se rendit compte qu'elle avait hurlé, le faisant sursauter.

– Rien, excusez-moi. Seulement...

Seulement, t'as tes règles, pensa Gary.

– ... seulement, il me semble qu'on en revient sans cesse aux mêmes problèmes, vous comprenez ? C'est sans fin.

Il inspira bruyamment et se cala contre le dossier de la chaise avec une expression qui voulait dire : qu'est-ce que vous voulez que j'y fasse ?

– Pour la maison, reprit Pam, où en êtes-vous ? Vous avez bon espoir de trouver autre chose ?

Dès que ces mots eurent franchi ses lèvres, Pam comprit que c'était un sujet à éviter.

– Cette saloperie de baraque pourrie ! explosa Gary. Ça devrait être interdit par la loi d'élever des mômes dans des endroits pareils !

– Gary...

– Vous savez quelle température il faisait chez nous, ce matin, quand je me suis levé ? Vous le savez ? Il faisait tellement froid, quand j'ai posé la

305

main sur la joue de la petite, j'ai cru qu'elle était morte, bordel ! Voilà la température qu'il faisait !

— Gary, répéta Pam, je regrette, mais je vous l'ai déjà dit : ce n'est pas vraiment mon domaine. Cela concerne l'Office du logement, et pas...

Il bondit si vite sur ses pieds que la chaise partit en arrière et heurta le mur. Il brandit ses poings sous le nez de Pam, tellement près qu'elle laissa échapper un cri et se protégea le visage des mains.

— Vous savez foutrement bien ce qui s'est passé quand je suis allé à ce putain d'Office. Vous êtes au courant, non ? Hein ? Une de ces saloperies de paperasses vous a sûrement tout raconté, déjà. (Balayant le plateau des deux bras, il envoya tout par terre : les stylos, les papiers, l'agenda, le téléphone, les trombones. Pam, debout, battit en retraite sans le quitter des yeux. Il y avait un bouton d'alarme sous le rebord de son bureau, mais elle n'avait plus aucun moyen de l'atteindre, à présent.) Vous et cette pouffiasse de l'Office, cette salope qui écartait les cuisses pour tous les copains de mon frère à la moindre occasion, vous croyez que vous pouvez me chier dessus comme si j'étais un moins que rien, c'est ça ? Hein ? (En avançant, il heurta avec sa cuisse la table qui tressauta.) Gentil Gary, brave Gary, ici Gary, bon chien, Gary.

Furieux, avec un grognement menaçant, il fit un nouveau pas vers elle avant de se diriger brusquement vers la porte.

— Jamais vous ne traiteriez vos animaux de la façon dont vous nous traitez, Michelle et moi. (Tirant violemment sur la poignée, il ouvrit la porte en grand. Neil Park, inquiet, était posté dans le couloir, se demandant s'il devait intervenir.) Personne n'oserait le faire.

Neil Park dut reculer précipitamment pour laisser le champ libre à Gary.

– Ça va ? finit-il par demander en entrant dans le bureau de Pam.

– On ne peut mieux.

– Attendez, je vais vous aider à remettre ça en place, proposa Neil Park en empoignant une extrémité de la table.

– Dites à Ethel Chadbond que je risque d'avoir besoin de quelques minutes de plus, fit Pam quand la plupart des objets eurent retrouvé leur place.

– Vous voulez que je la reçoive ?

– Non, ça ira. Merci.

Quand Neil fut parti et qu'elle eut refermé la porte, Pam resta assise un moment, à réfléchir aux colères brutales de Gary, à la nature des remarques qu'il avait faites sur Nancy Phelan : cette pouffiasse, cette salope. Elle se demandait si elle ne devrait pas appeler Resnick, l'informer de la dernière manifestation de violence de Gary James.

33

Resnick s'était réveillé plein de bonnes intentions. Il allait écrire un mot à Marian, lui présenter ses excuses pour la soirée de la veille, lui présenter ses meilleurs vœux pour la nouvelle année. En allant au travail, il ferait une halte au marché, il commanderait des fleurs et les lui ferait livrer. Pendant le petit déjeuner, il lui fallut trois essais pour rédiger sa courte lettre, et au moment où elle était presque parfaite, une grosse coulée de confiture à l'abricot, s'échappant de son petit pain, macula le nom de Marian et la moitié de la première phrase. Un peu plus tard, alors qu'il était assis au comptoir de la brûlerie italienne, il changea d'avis au sujet des fleurs. Envoyer un bouquet, cela avait un côté trop théâtral, qui risquait d'être mal interprété. De plus, se dit-il en sirotant son second espresso, les fleurs arrangées de cette façon lui rappelaient toujours les obsèques de son père – les gerbes qui recouvraient le cercueil, et que l'on avait ensuite disposées dans le jardin de roses à l'arrière du crématorium. «Charlie, je t'en prie, pas de prêtre, pas de requiem, pas de cercueil pour que ma dépouille s'y dessèche. Ne les laisse pas me faire subir une chose pareille. (Sur la fin, alors que tant de gens se tournent vers la religion, son père avait perdu la foi.) Un peu d'engrais, ce n'est pas si mal ; qu'on me permette au moins de devenir ça. »

Resnick quitta le marché couvert, le cœur lourd et l'estomac chargé. Quant à Marian, il lui passerait un coup de téléphone rapide dans la journée. Ou demain.

La soirée fasciste de Divine s'était révélée quelque peu décevante. Pas de foules immenses, pas d'émeutes, des arrestations en nombre plutôt limité. La plupart du temps, de la mauvaise musique et des bandes de jeunes, facilement canalisables, arborant l'insigne du Parti national britannique et des panoplies nazies fabriquées à la chaîne. Le pire que Divine eut à essuyer, ce fut une volée de sarcasmes et une demi-pinte de bière tiède. L'aspect positif de la chose, c'est qu'il s'était frotté à une paire de guignols qui correspondaient dans les moindres détails au signalement des agresseurs de Raju et de Sandra Drexler : cheveux blonds, tirant sur le roux, tatouage représentant saint George et le dragon.

Avec l'aide de six autres officiers et deux chiens, Divine avait intercepté une douzaine de suspects possibles qui passaient devant le terrain communal, et leur avait ordonné de se retourner contre le mur pour être fouillés. Trois crans d'arrêt, deux chaînes de vélo, un bout de tasseau avec un clou qui dépassait à une extrémité, une chaussette miteuse remplie de sable, une poignée de pilules. Rien de spectaculaire.

Le jeune au tatouage avait fait partie du groupe. Pantalon de treillis et veste en jean, il braillait pour se plaindre des brimades policières. Divine avait pris le risque de lui balancer un coup de pied dans le mollet, comme par accident. Instinctivement, le type s'était rebiffé, se retournant vers le policier, les deux poings brandis.

Gagné !

Le noble saint George, lance prête au combat, se trouvait sous les yeux ravis de Divine. En lui-même, ce détail ne suffisait pas à prouver quoi que ce soit. Mais quand, Divine lui demandant poliment s'il avait fait de belles balades en taxi récemment, le jeune et son acolyte paniquèrent et tentèrent de s'enfuir, ma foi, c'était une réaction qui en disait long, n'est-ce pas ?

Malheureusement, dans l'échauffourée qui suivit, Divine n'eut même pas l'occasion de balancer un vrai bourre-pif bien senti. Les deux zèbres, malgré tout, avaient passé une nuit lugubre à la prison de Mansfield, et on allait les ramener en ville ce matin. Après une identification formelle, ils se retrouveraient devant le magistrat sans le moindre argument pour leur défense. Le problème, c'est qu'au lieu d'être envoyés en cabane, de purger une vraie peine, ils allaient probablement attendrir un ramolli quelconque du tribunal, qui leur infligerait six mois pleins de travaux d'intérêt général et de contrôle judiciaire, soyez gentils, maintenant, et parlez poliment une fois par semaine à votre contrôleur judiciaire.

C'était à se demander, parfois, à quoi cela servait de se donner tant de mal.

Divine regrettait de ne pas avoir flanqué une bonne raclée à ces deux petits merdeux quand c'était encore possible.

À l'heure du déjeuner, il y avait plusieurs raisons de préférer Jallans à tout autre bar. La première, et non la moindre, était leur sandwich triple au poulet qui surpassait aisément la concurrence. De plus, certains jours fastes, on pouvait passer de Miles Davis à Mose Allison puis Billie Holiday, un disque chassant l'autre sur la platine du patron. Resnick croyait être arrivé le premier, mais à peine avait-il choisi une table près du mur du fond qu'il vit Pam Van Allen traverser la salle depuis l'autre extrémité.

– Ça vous convient ? demanda Resnick.

– Très bien, répondit Pam en tirant une chaise. Parfait.

– Je ne vous ai pas vue...

– J'étais aux toilettes.

Elle paraissait, pensa Resnick, un peu tendue, et même plus qu'un peu. Élégante, certes, dans sa jupe grise et sa veste en laine à rayures, avec ses cheveux gris argent impeccablement coupés, mais son maquillage discret ne parvenait pas à atténuer sa lassitude, à masquer la nervosité que trahissait son regard.

– J'ai déjà commandé, dit Resnick. Au bar.

– Moi aussi.

– Vous m'avez dit que vous vouliez me parler de Gary James, reprit Resnick. Vous l'avez revu ?

Elle soutint le regard de Resnick avant de répondre.

– Et comment !

La serveuse apporta à Resnick son sandwich au poulet avec une salade, et pour Pam une pomme de terre cuite au four entourée de crevettes royales. Resnick lui demanda si elle voulait boire quelque chose, et elle secoua la tête. Pour sa part, il avait demandé un café noir.

– Le scandale qu'il a fait à l'Office du logement..., dit Pam en rajoutant du beurre sur sa pomme de terre. J'ai bien failli avoir droit à quelque chose de semblable.

Resnick écouta son compte rendu de l'incident, portant de temps à autre une moitié de sandwich à sa bouche en tâchant de ne pas laisser une part trop importante de la garniture couler dans ses manches.

– Et cette colère, demanda Resnick quand Pam eut fini, vous pensez qu'elle a pu retomber aussi vite qu'elle était venue ? Ou bien était-ce plutôt le genre de rage qu'il a pu entretenir ?

– Comme une rancune tenace, vous voulez dire ?

Il hocha la tête et Pam comprit à quoi il pensait : la haine qu'il nourrissait envers Nancy Phelan, avait-il pu la ruminer pendant près de dix heures, l'attiser assez longtemps pour ressortir de chez lui, trouver la jeune femme et laisser cette colère éclater ?

Pam prit son temps. Un groupe d'employées de la banque Midland, succursale de Victoria Street, qui portaient toutes le chemisier réglementaire sous leur manteau, s'installèrent à la longue table située derrière eux.

– Je ne sais pas, répondit-elle. Je n'en sais vraiment rien.

Resnick se fit remplir sa tasse de café et termina le travail de démolition entrepris sur son sandwich. La moitié de la pomme de terre de Pam était encore dans sa peau, mais elle avait déjà repoussé son assiette.

– Vous aimez ça, n'est-ce pas ?

– Le sandwich au poulet ? C'est...

– Manger, fit-elle avec un sourire. Vous aimez manger, c'est tout.

– Oui..., dit Resnick, la bouche au quart pleine. Il me semble.

Pam attendit qu'il eût fini avant d'aller chercher une pochette d'allumettes sur le comptoir et d'allumer une cigarette. Resnick, sans savoir pourquoi, avait supposé qu'elle ne fumait pas.

– Le stress..., dit-elle, lisant ses pensées. (Puis elle ajouta :) Il s'est passé quelque chose, c'est ça ?

– Au cours de l'enquête ?

Rejetant la fumée de sa cigarette par les narines, elle secoua légèrement la tête.

– Dans votre vie.

– Vraiment ? Comment ça ?

– Avant, quand on se voyait, qu'on se parlait au téléphone ou que sais-je encore, vous vous intéressiez toujours à moi.

Resnick regardait son assiette, où traînaient quelques feuilles de cresson, au lieu de regarder Pam.

– Ne vous méprenez pas sur mes paroles, je ne songeais pas à une grande passion, mais vous paraissiez, ma foi, intéressé. (Elle haussa les épaules.) Et maintenant, du jour au lendemain, vous ne l'êtes plus.

Du jour au lendemain ?

Le sourire de Pam était plus chaleureux et creusait les rides qui lui encadraient la bouche.

– Je suppose qu'il a suffi d'une nuit.

Resnick lui rendit un peu de son sourire, avec les yeux.

– Félicitations. Qui est l'heureuse élue ? Quelqu'un que j'ai quelques chances de connaître ?

– Non, je ne pense pas.

313

– Et vous êtes heureux ? Cela se passe bien ?

Cela peut-il jamais, pensa Resnick, se passer bien ? Il aurait voulu en rester là, mais Pam le regardait, attendant une réponse.

– Ce n'est pas ce que vous croyez, ce n'est pas le genre de... Je veux dire, à vous entendre, on pourrait croire qu'il s'agit d'une vraie relation...

– Une fausse, c'est très bien aussi.

– ... et je ne crois pas que ce soit le cas. Du moins, pas encore.

– Ni jamais ?

Au-delà des complications non négligeables dues au fait que Dana était concernée de près par l'enquête qu'il menait, Resnick entrevoyait un certain nombre d'obstacles divers. Les extravagances de Dana, son penchant pour la boisson – le sexe mis à part, que pouvaient-ils espérer se trouver comme points communs ?

– Probablement pas, répondit-il.

Pam Van Allen s'esclaffa.

– Voilà qui est parlé ! dit-elle. Comme un vrai homme.

– Laissez-moi vous inviter, dit Resnick en raflant l'addition. Ou bien est-ce encore se comporter comme un vrai homme ?

– Plus de nos jours, dit Pam en souriant.

– Vous vous rendez compte, dit Pam, que si Gary découvre que je me suis empressée de venir vous raconter ce qui s'est passé ce matin, je vais anéantir le peu de confiance que j'avais réussi à établir jusqu'à maintenant ?

– Ne vous inquiétez pas. Il n'y a aucune raison qu'il l'apprenne.

Ils se rendaient à pied vers Holy Cross et l'endroit où Pam avait garé sa voiture. Le froid était suffisamment vif pour qu'ils éprouvent tous les deux le besoin de porter des gants.

– Vous gardez un œil sur lui, malgré tout ?

– Pas moi personnellement, mais il est surveillé. Par l'inspectrice adjointe Kellogg. Je ne sais pas si vous la connaissez ?

Pam hocha la tête.

– De réputation. Maureen Madden a beaucoup d'estime pour elle.

– Moi aussi.

Ils se trouvaient à la hauteur de la voiture de Pam.

– Bonne chance, dit-elle. Pour tout.

Resnick la remercia et partit en direction de Low Pavement. La clé dans la portière, Pam resta un moment sur le trottoir, à le regarder s'éloigner. Avant aujourd'hui, elle n'aurait su dire quelle opinion elle avait de lui ; elle ne l'aimait guère, sans doute. Mais à présent, elle avait de la sympathie pour lui ; c'était dans le domaine des choses possibles. Même si le terme semblait démodé, Resnick était ce qu'on finit par appeler, à défaut de terme plus approprié, un type bien.

Elle ouvrit la portière et se glissa derrière le volant.

Le bon moment, pensa-t-elle avec quelques regrets, c'était là tout le problème : choisir le bon moment.

34

Helen Siddons avait choisi ses vêtements avec soin. S'aliéner encore davantage les parents de Nancy Phelan était bien la dernière chose au monde dont elle avait besoin. Donc, rien de trop luxueux ni de trop raffiné ; pour autant, elle n'allait pas se présenter devant eux avec des épaulettes, des talons hauts et un tailleur strict, comme autant de signes extérieurs d'autorité. Elle choisit une jupe mi-longue et une veste aux couleurs neutres, une écharpe de laine et des chaussures plates. Sa coiffure, sage, était impeccable ; son maquillage, discret au point d'être indécelable. Pas de parfum.

Elle s'installa avec Harry et Clarise dans le petit salon de leur hôtel, sur des fauteuils usés rouge et or qui les obligeaient à se pencher en avant de manière inconfortable. Clarise empoigna la théière en métal pour emplir les tasses, puis elle tendit à la ronde une assiette de biscuits friables. Poliment, Helen fit de son mieux pour infléchir l'agressivité d'Harry Phelan, pour réfuter ses déclarations selon lesquelles la police ne faisait rien de concret, se contentant de suivre machinalement une routine inefficace. L'atmosphère de la pièce était imprégnée d'une odeur d'encaustique et de tabac froid. Helen refusa la cigarette que Harry Phelan lui proposait de mauvaise grâce, et alluma une des siennes.

– Il y a du nouveau, annonça-t-elle.

Resnick aurait été déçu s'il avait fondé de grands espoirs sur les résultats d'analyses.

– Ce qu'il nous aurait fallu, lui dit le responsable du labo, c'est un obsédé standard. Celui qui a hâte de se masturber sur les vêtements de sa victime. Avec ce genre d'élément, et un peu de temps, j'aurais pu te donner son groupe sanguin, et plein d'autres choses encore, son numéro de téléphone, même. Mais là...

Tout ce qu'il avait pu découvrir, c'était, sur un côté du haut gris argent de Nancy, une tache de graisse, près du bras. Une huile quelconque, mélangée à de la sueur humaine. La sueur, bien sûr, était très probablement celle de Nancy, mais le fait n'était pas encore établi. D'autres tests étaient en cours.

On n'avait trouvé aucune empreinte sur les portes, ni dans la chambre de Nancy, ni ailleurs. Resnick arpentait les couloirs du commissariat, en attendant qu'il se passe quelque chose.

Pendant la nuit, en alerte au moindre bruit, Dana s'était réveillée si souvent qu'elle préférait ne pas savoir combien de fois. Une portière de voiture qui claquait dans la rue, le lit qui grinçait dans l'appartement du dessus, et elle agrippait le rebord de sa couette, une décharge d'adrénaline s'engouffrant dans ses veines. Au matin, quand elle monta dans sa baignoire, elle se sentait réduite à l'état de loque.

Elle buvait une tisane, tâchant de s'intéresser à ce que pouvait dire la radio, quand le téléphone interrompit ses pensées déjà chaotiques.

– C'est Andrew, annonça Yvonne Warden. Il a trouvé ta petite surprise. Je pense que tu as fait une erreur en laissant ta signature.

Avec tout ce qui venait de se passer, Dana avait fini par oublier le message aviné qu'elle avait laissé à l'intention de son patron, sur le mur de son bureau : un graffiti, tracé au rouge à lèvres, illustrant sa tentative (malheureuse) de séduction.

– Oh, merde ! fit Dana.

– Exactement.

Dana ne savait absolument pas quoi dire.

– Je crois que tu devrais lui laisser une heure pour redescendre du plafond, conseilla Yvonne, avant de faire une apparition. Je suppose qu'il aura un mot à te dire, à ce moment-là.

– Je devine lequel.

– Entre nous, ajouta Yvonne, il était grand temps que quelqu'un crie sur les toits quel genre de type il est vraiment.

– Bon sang ! fit Dana. Ne me dis pas qu'il a essayé avec toi aussi ?

– À quelle heure, demanda Yvonne, dois-je dire que tu viendras ? Dix heures ? Dix heures trente ?

Dana resta plusieurs minutes sans bouger, à fixer le téléphone. Puis elle se secoua, mit son beau tailleur-pantalon noir avec un foulard de soie violet, consacra encore plus de soin que d'habitude à sa coiffure et son maquillage, but deux tasses de café fort, la seconde corsée par une rasade d'eau-de-vie, et elle se mit en route.

– C'est étonnant ce que tu as l'air en forme, dit Yvonne d'un ton admiratif. Vu les circonstances.

– Il ne faut jamais, déclara Dana, se laisser piétiner par ces salopards.

– Il t'attend, annonça Yvonne.

Dana sourit et poursuivit son chemin d'un pas vif.

Il flottait dans l'air une odeur de peinture fraîche qui se fit nettement plus présente quand Dana ouvrit la porte. Andrew Clarke parlait au téléphone, mais dès qu'il vit Dana, il baissa le combiné et se leva de son fauteuil. Derrière lui, un ouvrier en bleu de travail repeignait le mur du fond où Dana avait laissé au rouge à lèvres une version illustrée de son accrochage avec son patron le soir du réveillon de Noël. La dernière image, à peine visible sous la première couche, montrait un Andrew déconfit, en sueur, qui courait derrière elle dans la rue, la braguette ouverte, la verge ballant mollement au vent.

– Je suppose que vous trouvez ça drôle ?

– Pas vous ?

Derrière eux, le peintre ricana.

– Dehors ! aboya Clarke.

– Mais je n'ai pas...

– Dehors ! Vous finirez plus tard.

En sortant, le peintre frôla Dana en arborant un sourire d'une rare suffisance avant de les laisser seuls.

– Vous vous rendez compte, dit Andrew Clarke, que vous ne me laissez pas d'autre issue que la démission ?

– La démission ?

Clarke toussa derrière le dos de sa main.

— Très bien, si c'est ce que vous voulez.

— Je pensais à la vôtre, pas à la mienne.

— Alors, vous vous leurrez gravement.

Dana sourit.

— Si vous me renvoyez, je porte plainte contre vous pour harcèlement et agression sexuelle. Si vous vous montrez patient pendant que je cherche un autre emploi, si vous me donnez de bonnes références et une prime de départ, disons, six mois de salaire, je ne posterai même pas la lettre que j'ai ici dans mon sac et qui est adressée à votre femme. Pensez-y, Andrew, réfléchissez bien à ce que Audrey pourrait dire, à ce qu'elle pourrait faire. Quand vous aurez pris votre décision, vous me trouverez à la bibliothèque. Il y a un nouveau lot de diapositives qui ont besoin d'être archivées.

Après avoir franchi la porte, elle adressa un clin d'œil au peintre.

— Je crois que vous pouvez y retourner, maintenant.

L'enveloppe était arrivée à la seconde distribution du matin, adressée au commissaire principal Jack Skelton, et portait la mention : *personnel*. Elle était restée au rez-de-chaussée jusqu'au milieu de l'après-midi, lorsque l'officier de service l'avait fait monter au bureau du commissaire avec une pile de journaux et le reste du courrier. Elle resta sur le bord de sa table de travail jusqu'à dix-sept heures, ou un peu avant, quand Skelton l'avait trouvée entre deux circulaires du ministère de l'Intérieur, et l'avait secouée avant de l'ouvrir, pour se faire une idée du contenu. On avait fixé le rabat de l'enveloppe à l'aide de deux agrafes, avant de le renforcer avec du ruban adhésif. Skelton fit sauter les deux angles avec des ciseaux avant d'arracher les agrafes ; quand il tint l'enveloppe à l'envers au-dessus du bureau, la cassette en sortit et tomba dans sa main.

35

Un sifflement grave qui dure plusieurs secondes,
interrompu par un double déclic. Un silence d'un
quart de seconde, presque imperceptible, avant la
voix.

*Bonjour, c'est moi. Nancy. Il faut que je vous dise
que je vais bien. Je suis en bonne santé et rien...
rien de grave ne m'est arrivé, alors je ne veux pas
que vous vous fassiez du souci pour moi...*

Le son baisse légèrement de volume alors que la
voix s'estompe, puis survient une pause infime
pendant laquelle on entend le souffle habituel du
bruit de fond des enregistreurs. Nancy parle bas,
mais d'une voix posée, bien timbrée, ce qui est
presque étonnant ; c'est à peine si on remarque
une légère trémulation à la fin de certains mots.

*Je suis séquestrée, cependant. Si je ne reviens
pas, ce n'est pas parce que je l'ai choisi, mais je
n'ai pas... parce que je ne peux pas faire autrement...*

*La plupart du temps, je suis ligotée, ligotée et
enchaînée et je dois... je dois m'accroupir ou*

m'appuyer contre le mur ou m'allonger par terre et j'aimerais avoir plus de...

J'ai de l'eau pour me laver, j'ai un seau hygiénique, et je ne meurs pas de faim, il y a de quoi manger et boire et une fois par jour j'ai droit à une tasse de thé et...

Ce que je veux vous dire, c'est ceci : maman, papa, ou qui que vous soyez qui écoutez cette cassette – l'homme qui me retient ici, qui m'oblige à faire ça, il faut croire ce qu'il vous dit, il faut faire ce qu'il vous dit de faire. Il est intelligent, oui, très intelligent, et je vous en supplie, je vous en supplie, si vous voulez me revoir, faites tout ce qu'il vous demande.

Le cliquetis de l'appareil qu'on éteint. Plusieurs secondes de souffle. Les experts qui écouteront des copies de cette cassette auront des avis divergents sur l'état d'esprit de Nancy Phelan à la fin de l'enregistrement. Pour l'un d'eux, elle est à bout de nerfs ; pour un autre, elle fait preuve d'une énergie intacte. Ils tomberont d'accord, cependant, pour dire qu'elle s'exprime sous la contrainte ; même si elle ne semble pas lire un texte préalablement rédigé, l'enregistrement a été assez soigneusement préparé. On attachera une importance considérable à la description détaillée de ses conditions de détention, sa soumission à son ravisseur, sa régression, inévitable, à un état de dépendance proche de celui de l'enfance.

Sur la bande, le silence est de nouveau suivi par un double déclic, comme auparavant. La voix de l'homme est légèrement déformée, comme ralentie par l'enregistrement, qui lui fait perdre de sa clarté. Et l'accent est régional, bien que peu marqué ; juste assez pour brouiller les contours de la prononciation standard. Les premières tentatives d'identification situèrent sa provenance dans le nord-ouest, pas à Manchester même, mais dans les environs, car il était un soupçon plus léger, un peu moins bien défini. Quelque part, peut-être, plus au sud, vers la frontière galloise. Il semblait y avoir une forte probabilité qu'un mode d'expression assimilé naturellement se soit fondu avec un autre.

J'espère que vous prêterez attention à mes conseils et que vous m'écouterez soigneusement. En fait, je n'en doute pas une seconde ; je suis sûr qu'en ce moment même vous étudiez ma voix avec le plus grand sérieux, que vous la passez à l'envers et à l'endroit puis de nouveau à l'envers, que vous secouez cette cassette dans tous les sens pour essayer de m'en faire sortir.

Mais vous n'y arriverez pas.

Nancy, vous savez, elle a raison. À mon sujet, je veux dire. Non que je sois vraiment intelligent, ce n'est pas ça. Je ne suis pas l'un de ces génies qui vont à l'université à douze ou treize ans pour passer une licence de mathématiques, non. Je n'étais pas spécialement doué à l'école, mais c'est seulement parce qu'on ne m'a jamais vraiment donné ma chance. Parce que personne, voyez-vous, personne ne m'a jamais écouté, personne n'a jamais vraiment écouté ce que j'avais à dire.
Mais vous, vous allez m'écouter.

Tout près du micro, un rire, grave et généreux, qui capte l'attention de l'auditeur.

Excusez-moi, mais je vous imagine si bien, tout excités, en train de vous dire, ah, il s'est trahi, il nous en a dit plus que nous ne devrions en savoir. Mais non. Ce n'est pas vrai, et si ça l'était, ça n'aurait pas vraiment d'importance. Je pourrais vous indiquer ma date de naissance, ma pointure, la couleur de mes yeux. Même Nancy pourrait vous dire la couleur de mes yeux. C'est le genre de détail qu'elle pourrait vous transmettre. Mais ça ne changerait rien. Vous n'auriez quand même pas assez de temps.

Alors, écoutez-moi très attentivement. Ne commettez pas la moindre erreur. Exécutez mes instructions à la lettre et Nancy pourra retourner d'où elle vient, libre, saine et sauve.

Le lendemain du jour où vous recevrez cette cassette, vous devrez apporter deux sacs identiques, contenant chacun vingt-cinq mille livres, en deux endroits différents. Il faudra choisir deux sacs marins, noir uni, sans inscriptions visibles, et la somme devra être en coupures usagées, de cinquante et vingt livres seulement. Le premier endroit, c'est le restaurant Little Chef de Normanby, au carrefour de l'A15 et de l'A631. Le second, c'est le Little Chef de l'A17, au sud de Boston. Les sacs devront être apportés aux restaurants dans des voitures banalisées, un chauffeur et un passager seulement par voiture, tous les deux en civil. Les voitures doivent arriver à leurs destinations respectives à cinq heures moins le quart. Il faut que le conducteur se gare à l'extérieur et laisse le moteur tourner pendant que le passager emporte le sac dans les toilettes pour hommes et le laisse sur le carrelage sous le sèche-mains. Dès que cela sera fait, la personne en question devra retourner tout droit à la voiture qui repartira aussitôt. Il n'y a aucune raison pour que l'opération dure plus de deux minutes ; si tel est le cas, le marché est annulé. S'il y a d'autres voitures de police dans les parages, banalisées ou pas, le marché est annulé. Si les lieux de livraison sont visités plus tôt dans la journée pour permettre l'installation de micros ou de caméras, le marché est annulé. À la moindre tentative, quelle qu'elle soit, visant à mon arrestation, l'accord sera considéré comme nul et non avenu.

Alors, souvenez-vous bien que rien d'irrémédiable n'est censé se produire ici, mais s'il doit en être autrement, ce sera votre faute, votre responsabilité – et je suis sûr que vous n'avez pas envie de porter ce fardeau toute votre vie. Surtout si cela signifie qu'une autre vie aura connu son terme.

Le même rire grave, puis un déclic, plus sonore qu'auparavant. Le silence. Il adore ça, décréteront les experts, les psychologues : la précision de ses ordres, la sensation de puissance, comme un joueur qui déplace ses pièces sur un échiquier. Un homme qui saisit l'occasion de se rire des autres alors que par le passé d'autres se sont ri de lui. Au sujet de cette apparente confiance en lui, il y a désaccord. Pour l'un, elle est feinte, pour un autre elle est réelle – la confiance d'un homme en train de construire un monde dans lequel il est le maître, et qui y croit de plus en plus.

Mais cela viendra plus tard.

À présent, dans la pièce où ils ont procédé à l'écoute – Skelton, Resnick, Helen Siddons, Millington – personne ne bouge, ne parle, ne fait pivoter son siège, ne songe même, pendant quelques instants, à regarder autre chose que le plancher. *Rien d'irrémédiable n'est censé se produire ici, mais si tel est le cas, ce sera votre faute, votre responsabilité.* Finalement, c'est Millington qui s'éclaircit la gorge, croise et décroise les jambes ; Helen Siddons qui plonge la main dans son sac à la recherche de ses cigarettes. Skelton et Resnick se regardent au fond des yeux : cinq heures moins le quart demain. À quelques minutes près, en plus ou en moins, il est cinq heures moins le quart aujourd'hui.

36

À travers les stores à lames du bureau de Resnick, la ville se repliait sur elle-même dans des îlots de lumière orange balayés par une pluie calme. Il ne connaissait que trop bien les profils psychologiques définis, pour ce genre de crime, d'après les études menées par le FBI, et confirmés en Grande-Bretagne par l'Institut de psychiatrie. Il existe quatre types fondamentaux : les individus qui tentent de compenser ce qu'ils estiment être leurs insuffisances sexuelles ; ceux qui éprouvent excitation et plaisir en réaction directe aux souffrances de leurs victimes ; les autoritaires qui éprouvent le besoin d'exprimer plus pleinement leur sentiment de domination ; ceux dont l'hostilité est une réaction à une colère profonde.

Resnick n'oubliait pas non plus qu'une forte proportion de ces criminels dont les motivations étaient d'ordre sexuel, ceux qui cherchaient à exercer un pouvoir sur leurs victimes, étaient également obsédés par la police. Ils lisaient des livres, des articles, suivaient les affaires, assistaient aux procès, collectionnaient tout ce qui leur tombait sous la main, depuis les cartes de police jusqu'aux uniformes. À sa connaissance, ils comptaient parmi les abonnés à plein tarif de la *Revue de la police.*

Resnick savait tout cela, il n'ignorait rien des théories sur le sujet, mais en cet instant précis, ses connaissances ne l'aidaient guère. Vingt-quatre heures. *Mais ça ne changerait rien... Vous n'auriez quand même pas assez de temps.* Et il fallait encore s'assurer que la voix sur la cassette était authentique, la voix de Nancy.

Se détournant de la fenêtre, Resnick se dirigea vers le téléphone.

Dès qu'elle reconnut sa voix, un sourire illumina le visage de Dana, pour s'effacer tout aussi brusquement.

– Je suis désolé de devoir te demander ça, dit Resnick, mais si nous pouvons l'éviter, nous préférerions ne pas informer ses parents avant que ce soit indispensable.

Malgré toutes les assurances données par Resnick, quand Dana entra dans le local de la PJ, son visage était celui de quelqu'un à qui on a demandé d'identifier un corps. Elle s'assit en face de Resnick, séparée de lui par le bureau sur lequel était posé le magnétophone, et c'était comme s'ils se connaissaient à peine, comme s'ils ne s'étaient jamais touchés.

Aux premières syllabes prononcées par Nancy, Dana, le souffle coupé par l'émotion, se mit à trembler. Resnick arrêta la bande pour lui laisser le temps de reprendre ses esprits. Il fit un signe à travers la vitre, et Naylor apporta une tasse de thé qui resta, intacte, devant Dana. Quand il redémarra la bande, Dana l'écouta en silence, les larmes coulant lentement sur ses joues.

– Tu es sûre, alors ?

– Pas toi ?

– C'est bien sa voix, il n'y a pas le moindre doute ?

– Mais non, bon sang ! Non ! Qu'est-ce qui te prend ?

– Veux-tu que je te fasse raccompagner en voiture ? proposa Resnick.

– Pas la peine. Ça ira. (Puis elle ajouta :) Au moins, elle est encore en vie.

– Oui. C'est juste.

Mais avant qu'il ne réponde, le silence avait été trop long pour que cette consolation n'ait pas quelque chose de glacial.

Helen Siddons terminait un plat à emporter de poulet tandoori ; avec une fourchette en plastique, elle pourchassait les grains de riz tout autour de la barquette en alu. Comme elle avait mangé le poulet avec les doigts, ceux-ci étaient teintés d'un rouge orangé. Près du cendrier, la bouteille d'eau minérale était presque vide. Helen avait téléphoné à son ancien quartier général, pour obtenir qu'on lui transmette les archives de l'affaire Susan Rogel. La copie de la demande de rançon avait déjà été faxée. *Exécutez mes instructions à la lettre.* Elle se rappelait encore le mépris sur les visages de certains de ses prétendus collègues. Après tout, elle était allée trop loin, sur cette affaire, non ? Helen, debout près de sa voiture dans le vent glacial qui soufflait depuis les collines, et pour quel résultat ? Elle était revenue transie, les lèvres gercées, et les mains vides.

– Vous voulez que ce soit lui, n'est-ce pas ? demanda Resnick depuis le seuil de la pièce. Le même homme ?

– Peu importe qui c'est, je veux qu'on l'arrête.

– Mais si c'était bien le même...

– En ce cas, très bien. Je serais ravie. Mais vous n'avez pas besoin de vous inquiéter. Je ne travaille pas avec des œillères.

– J'ai l'air inquiet ? demanda Resnick.

– Je ne vous connais pas suffisamment pour le dire. Peut-être avez-vous en permanence cette attitude.

– Quelle attitude ?

Helen esquissa un haussement d'épaules.

– Méfiante. Irritable. Presque hostile.

– Et c'est comme ça que je me comporte ?

– À mon égard, oui.

– Je n'en ai pas l'impression.

Helen sourit.

– Naturellement.

Il n'y avait aucune chaleur dans ce sourire.

– Ces coups de téléphone, reprit Resnick, qu'ont reçus les parents de Susan Rogel. Ils n'ont pas été enregistrés, je suppose ?

Helen secoua la tête.

– Quelqu'un arrive demain matin, à la première heure, de l'université de Loughborough. Pour faire des comparaisons entre la demande de rançon de l'affaire Rogel et la voix de la cassette. Le vocabulaire, la phraséologie, que sais-je encore.

Resnick hocha la tête. L'odeur persistante de poulet aux épices lui faisait prendre conscience qu'il avait faim. Une partie de son esprit passait en revue le contenu de son placard à provisions et de son réfrigérateur : une collation à l'heure du coucher.

331

– À demain, alors. J'arriverai de bonne heure.

– Je crois que je vais rester ici, dit Helen. Je me reposerai une heure dans le fauteuil.

Resnick lui souhaita le bonsoir et se dirigea vers l'escalier. Dehors, il remarqua que la voiture de Skelton était encore garée contre la grille.

37

La veille au soir, Lynn avait décidé de se rendre en voiture chez ses parents. Elle n'avait pas eu une trop mauvaise journée – des premières constatations pour deux affaires de cambriolages, chaque fois dans une immense maison située dans le parc, avec des lanternes de fiacre vissées de chaque côté de la porte d'entrée, et, dans la chambre à coucher principale, des bijoux en quantité suffisante pour loger une douzaine de sans-abri. L'une des propriétaires s'était révélée sympathique, sans façons, lui avait offert du thé et un gâteau aux noix, et elle avait même fait à Lynn un compliment sur sa coiffure. À la seconde adresse, elle avait eu affaire à un homme, un avocat au visage bouffi qui fumait des petits cigares et tentait sans conviction de regarder sous sa jupe quand elle croisait les jambes. À la façon dont il répondait à ses questions, elle comprit que la liste qu'il enverrait finalement à sa compagnie d'assurances résulterait, pour cinquante pour cent, de simples supputations.

Et puis, elle était passée voir Martin Wrigglesworth. Elle l'avait intercepté entre deux clients, pour lui parler un peu de Gary James et de sa dernière grosse colère. Wrigglesworth s'était montré prudent, regardant anxieusement par-dessus son épaule comme le font aujourd'hui tous les travailleurs sociaux, craignant de se retrouver, s'il intervenait trop tôt, sous le coup de projecteur d'une enquête publique.

– Et que deviennent les gamins, dans tout ça ? avait demandé Lynn.

Wrigglesworth avait tripoté les poils épars de sa moustache.

– Nous avons emmené une fois le petit garçon chez le médecin, qui n'a rien vu d'anormal. Il nous faudra quelque chose de plus avant de pouvoir renouveler la procédure.

Qu'est-ce qu'il vous faut de plus, avait pensé Lynn, que le visage vilainement tuméfié d'un môme de deux ans ?

– Vous ne croyez pas que vous pourriez trouver un prétexte pour passer les voir, un de ces prochains jours ?

Martin Wrigglesworth avait répondu qu'il essaierait. Lynn prit congé en sachant qu'elle n'obtiendrait rien de plus ; il lui restait à espérer qu'en cas de besoin, Michelle Paley oserait l'appeler, au numéro qu'elle lui avait laissé.

Lynn n'avait pas eu particulièrement faim avant de prendre la route, mais elle n'avait pas non plus envie d'interrompre son voyage une fois partie. Rechignant à faire un effort d'imagination, elle se rendit en voiture au McDonald's, près du nouveau supermarché Sainsbury, qui n'était plus si nouveau que ça. Elle prit une table, près de la vitre, avec vue sur la route et les phares des voitures qui circulaient dans les deux sens, et tâcha de ne pas trop penser au filet de poisson pané qu'elle mangeait. Vingt-neuf pour cent de poisson frais ! claironnait la publicité. Et le reste, c'était quoi ?

Au commissariat, elle avait noté un nouvel accès de fièvre dans l'affaire Nancy Phelan, mais sans pouvoir confirmer son impression d'ensemble, car elle n'était pas dans le secret des événements récents. « On a trouvé un corps dans le canal », avait prétendu quelqu'un, « du côté de l'écluse de Beeston. » Lynn n'avait rien entendu qui confirmât cette rumeur. Kevin Naylor bouclait son travail de paperasserie dans le local de la PJ, et elle l'avait interrogé.

– Le type qui l'a enlevée s'est manifesté. Il a envoyé une sorte de demande de rançon, c'est tout ce que je sais.

Lynn s'était trouvée à sa table de travail quand Dana Matthiesson était sortie du bureau de Resnick, le visage bouffi, au bord des larmes. À la façon dont elle s'était retournée vers lui, sur le pas de la porte, Lynn avait cru comprendre qu'il y avait quelque chose de plus entre eux. Et puis après ? se dit-elle en plantant les dents dans son beignet de poisson. Quand bien même ce serait vrai ? En quoi est-ce que cela la regardait ? Cinq minutes plus tard, elle était sur la route.

Pendant un instant, tandis qu'elle quittait la route et que ses phares balayaient le crépi de la façade, Lynn crut que la maison était plongée dans l'obscurité. Mais une lumière brûlait dans la cuisine ; sa mère ouvrit en hâte la porte de derrière et serra Lynn dans ses bras.

– Comment va-t-il ? demanda Lynn en se dégageant.

– Oh, Lynnie, c'est affreux.

Son père était dans le salon de devant, celui que l'on n'utilisait que de temps en temps, pour le thé du dimanche, ou les événements exceptionnels ; la dernière fois que Lynn se rappelait y avoir vu son père, c'était après les obsèques de la tante Cissie. Mal à l'aise avec ses mains rouges et son costume noir, il avait eu hâte d'échapper aux condoléances polies et aux petits pains à la saucisse, pour aller retrouver ses poules.

À présent, il était assis, droit et raide, sur une chaise inconfortable en acajou, dont il avait garni le siège de deux coussins.

– Papa, pourquoi est-ce que tu ne t'étends pas sur le canapé ?

Il posa sur Lynn un regard voilé par un écran grisâtre de douleur.

– Tu sais..., dit-il, tressaillant brièvement en se tournant vers elle, ces salauds-là ne veulent même pas me laisser boire un verre de lait.

Il avait observé un régime semi-solide pendant deux jours, et n'avait plus droit au troisième jour qu'à des liquides clairs et rien de plus. Lynn s'assit sur l'accoudoir du canapé et lui prit la main. Le purgatif que lui avait donné le médecin semblait l'avoir drainé de toute son énergie. Quand elle se pencha pour effleurer de ses lèvres la joue de son père, celle-ci lui parut cireuse et froide.

– Et ta mère, qu'est-ce qu'elle va devenir ? demanda-t-il.

– Comment ça, qu'est-ce qu'elle va devenir ?

– Quand je serai parti.

– Oh, papa, je t'en prie, il ne s'agit que d'un examen, d'une précaution. Tout ira très bien, tu verras.

Sur le dos de sa main, les veines dessinaient une carte en relief.

– Papa.

Lynn lui prit la main et la tint contre sa bouche. De ses doigts montaient des relents de dégénérescence et de pourrissement.

– Qu'est-ce qu'elle va devenir, ta mère ?

L'hôpital était proche du centre-ville. De loin, il semblait avoir été construit avec des briques de Lego par un enfant sans imagination. L'intérieur, au plafond bas, était éclairé par des tubes fluorescents. Les membres du personnel arpentaient les couloirs d'un pas vif, tandis que les visiteurs cherchant leur chemin s'arrêtaient devant les panneaux aux lettres blanches soigneusement gravées sur fond vert. Lynn et son père partagèrent l'ascenseur avec une vieille femme endormie sur un chariot, le poignet relié par deux tubes à des perfusions suspendues à un support amovible. Le brancardier sifflotait *Mr Tambourine Man* et il sourit à Lynn avec ses yeux.

L'infirmière était d'un gabarit au moins deux fois supérieur à celui de Lynn – et encore, avec une marge confortable. Elle appela le père de Lynn « mon chou », lui dit qu'elle allait s'occuper de lui, et lui promit une bonne tasse de thé quand tout serait terminé.

– Si vous voulez dire deux mots à M. Rodgers au sujet de l'endoscopie..., dit-elle à Lynn.

Il y avait des fleurs sur le bureau, et une coupe en bois tourné, teintée et cirée pour faire ressortir le grain. Le chef du service de gastro-entérologie portait des chaussures de tennis et une blouse blanche sur son pantalon de ville ; il avait des lunettes octogonales sans monture et un accent marqué à vie par sept ans d'école privée. Il accueillit Lynn par une poignée de main énergique et un coup d'œil à sa montre.

– Je vous en prie, dit-il, asseyez-vous.

Lynn choisit de rester debout.

– Ce que nous allons faire, dit le gastro-entérologue, c'est examiner de l'intérieur le colon de votre père. Cela s'effectue grâce à un tube en fibre optique, un fibroscope, qui est introduit dans les intestins. (À cette simple idée, Lynn sentit son estomac se contracter.) Comparée à d'autres procédures, celle-ci peut paraître quelque peu inconfortable, mais elle n'est pas nécessairement douloureuse, loin de là. En fait, cela dépend en grande partie de l'attitude de votre père. Et de la vôtre.

– Il est terrorisé, dit Lynn.

– Ah.

– Il est persuadé qu'il est en train de mourir.

– En ce cas, c'est à vous de le convaincre du contraire. D'être forte à sa place.

– Et si vous trouvez vraiment quelque chose, demanda Lynn, que se passera-t-il ensuite ?

Nouveau coup d'œil au cadran de la montre.

– Si, effectivement, nous découvrons ce qui semble être une excroissance, alors nous déciderons peut-être de faire une biopsie, pour y voir de plus près. Après quoi nous en saurons davantage.

– Et si c'est un cancer ?

– En ce cas, nous le traiterons.

Sous calmant, mais conscient, il portait une chemise de nuit blanche nouée dans le dos.

338

– Ne vous faites pas de souci, dit l'infirmière. Je lui tiendrai la main jusqu'à ce que ce soit terminé. (Elle s'esclaffa.) Il y a une télé, là-dedans. Il pourra regarder ce qui se passe, s'il en a envie.

Lynn se dit que c'était peu probable ; son père ne voulait même pas tenir compagnie à sa mère quand celle-ci regardait son feuilleton préféré. Elle descendit à la cantine du Secours populaire et bavarda de la pluie et du beau temps avec une volontaire d'une quarantaine d'années qui l'assura que les tartelettes à la confiture étaient faites maison. Lynn en acheta deux, cerise et abricot, et une tasse de thé. Les murs étaient décorés de dessins d'enfants de l'école maternelle voisine, pleins de vie, aux couleurs vives comme l'espoir. La pâtisserie était peut-être faite maison, mais la garniture sortait d'une boîte de conserve. Elle se demanda, au cas où il arriverait quelque chose à son père, comment sa mère et elle arriveraient à se débrouiller. Mentalement, elle fit l'inventaire de toutes les raisons qui pourraient l'empêcher, le cas échéant, de demander son transfert, de retourner chez elle.

– Votre père va bien, lui dit le chef de service quand il la reçut de nouveau dans son bureau. Il se plaint un peu des désagréments du processus, mais à part cela, il va très bien. C'est un personnage.

Lynn avala une goulée d'air : tout allait se terminer pour le mieux.

– Il y a un obstacle, cependant. Une petite excroissance.

– Mais...

– Nous avons profité de l'occasion pour faire une biopsie.

– Vous m'avez dit...

– Il y a un élément très nettement favorable : si l'excroissance se révèle cancéreuse, elle est située très haut dans l'intestin. Ce sera plus facile, une fois que nous aurons coupé la partie incriminée, de réunir le reste et de laisser l'ensemble fonctionner pratiquement d'une façon normale. (Il regarda Lynn pour voir si elle le suivait.) Il ne sera pas nécessaire de pratiquer une colostomie, vous comprenez ?

Pendant tout le trajet de retour, son père regarda, à travers la vitre, les contours des bâtiments qui se fondaient avec la nuit tombante, des vestiges de champs cultivés. À plusieurs reprises, Lynn lui parla mais n'obtint pas de réponse. Elle était, secrètement, ravie de ce silence ; elle n'avait pas envie d'attaquer dès maintenant les questions qui restaient, lourdement menaçantes, en suspens entre eux deux, et qui attendaient d'être débattues. L'autoradio égrenait divers sujets, la récession, la purification ethnique, la montée de la droite en Allemagne. Lynn éteignit le poste et fixa les trouées lumineuses que ses phares creusaient dans le rideau de pluie fine.

Sa mère avait préparé un repas froid : jambon, salade, moitiés d'œufs durs surmontées d'une cuillerée de mayonnaise, pain blanc beurré. Et du thé.

– Reste dormir ici, Lynnie.

– Je regrette, maman, mais je ne peux pas. Je reprends demain à la première heure.

Sur le pas de la porte, elle serra son père contre elle jusqu'à ce qu'elle fût sûre d'entendre battre son cœur.

La pluie tombait plus drue. Elle rebondissait sur le revêtement d'un noir luisant, balayait en trombe le pare-brise chaque fois qu'un autre véhicule la dépassait, et soudain Lynn se mit à pleurer. Surgies de nulle part, les larmes ravagèrent son visage et elle commença à trembler. S'agrippant au volant, elle se pencha en avant, scrutant la route à travers ses paupières plissées. Un camion déboîta derrière elle, et quand il la doubla, l'appel d'air l'aspira dans le couloir voisin. Bombardé par deux phares, son rétroviseur s'embrasa, et un avertisseur poussa un cri d'alarme. Éblouie, Lynn tentait de regagner sa file lorsqu'une rafale gifla son flanc externe. Bouche ouverte, secouée par les sanglots, elle sentit la voiture partir en glissade, et quand son pied chercha le frein, elle fit une embardée. Dans un choc sourd et violent, l'autre flanc heurta un obstacle et rebondit aussitôt, la propulsant vers l'avant. La ceinture de sécurité empêcha Lynn de heurter le pare-brise, mais ne lui épargna pas le volant, et les larmes qui lui brûlaient les yeux étaient à présent mêlées de sang.

38

L'un des bons côtés du Stilton bleu, pensait Resnick, était que, quand il avait suffisamment vieilli, il possédait un goût qui ne se laissait jamais oublier, quels que soient les mets auxquels on le mélangeait. Ce rogaton, par exemple, ultime reste du morceau qu'il avait acheté avant Noël, serait parfait pour relever la tranche de pain de seigle sur laquelle il l'écrasait à la fourchette, avant de la recouvrir de tranches étroites de tomates séchées, d'une demi-douzaine de rondelles de salami au poivre, un bout de jambon, une poignée d'olives noires coupées en deux ; la seconde tranche de pain, il la frotta avec de l'ail, puis il la beurra et la posa sur le dessus. Dans le bac à légumes, il restait des tomates, un bout de concombre, quelques radis malades, et les dernières feuilles d'une laitue iceberg qu'il découpa en lamelles. Malencontreusement, il avait laissé s'épuiser sa réserve de Budweiser tchèque, mais il savait qu'au fond du frigo il trouverait une Worthington Écusson blanc, dans sa nouvelle bouteille. En fait, il en restait deux.

Évidemment, il n'avait pas encore acheté de lecteur de CD, et son coffret Billie Holiday, comme une coûteuse remontrance, prenait la poussière sur la cheminée. Resnick posa son sandwich sur la table, près de son fauteuil, veillant à ce que l'un des plus aventureux de ses chats, Dizzy ou Miles, ne vienne pas en mordiller les bords. De l'étagère surchargée, il extirpa un de ses disques préférés, le *Clifford Brown Memorial Album*, le sortit de sa pochette en piteux état. Quand la musique commença, il versa sa bière, en prenant soin de ne pas laisser les sédiments passer dans le verre. À deux mains, il porta à sa bouche la moitié de son sandwich, recueillant sur sa langue l'huile qui recouvrait les tomates séchées.

Le Guide Penguin du Jazz se révélait d'une lecture agréable, le genre de livre dans lequel on prend plaisir à plonger au hasard, aussi intéressant par les musiciens qu'il avait exclus que par ceux qu'il recensait. Dans la famille Marsalis, Branford, Ellis et Wynton, mais pas Delfeayo. Des chapitres interminables consacrés à des avant-gardistes européens qui enregistraient en Scandinavie des cassettes difficiles à trouver, mais pas une ligne pour Tim Whitehead, dont Resnick avait récemment vu le quartet à Birmingham, ni pour l'altiste Ed Silver, un ami de Resnick qui avait joué un rôle primordial aux débuts du be-bop en Grande-Bretagne.

Resnick reposa son livre et prit son verre.

Deux ou trois ans plus tôt, il avait réussi à convaincre Ed Silver de ne pas s'amputer lui-même de son pied droit à l'aide d'une hache, l'avait amené chez lui et lui avait tenu compagnie pendant de longues heures, nuit après nuit. Resnick avait écouté Silver égrener ses souvenirs : les concerts où il avait joué, les disques qu'il avait

343

enregistrés, les agents et les organisateurs de tournées qui avaient détourné l'argent qui lui revenait de droit ; le jour où, muet d'admiration, il était tombé nez à nez avec Charlie Parker à New York ; le soir où il avait failli jouer avec John Coltrane. Et pendant tout ce temps où il prêtait l'oreille aux confidences du musicien, Resnick n'avait cessé de l'encourager à prendre ses distances avec l'alcool, à reprendre sa vie en main.

Aussi brusquement qu'il s'était matérialisé, Ed Silver avait disparu. Huit mois plus tard, une carte de Londres : *Charlie, suis de retour dans la capitale. Je ne sais pas pourquoi on ne veut pas de moi au Jazz Café, mais j'ai trouvé un engagement au Brahms & Liszt à Covent Garden, le vendredi soir. Viens nous écouter un de ces jours. Ed.* Pour une raison ou une autre, Resnick n'était jamais descendu à Londres depuis.

Quand il entra dans la cuisine pour y prendre sa deuxième Worthington, son esprit avait eu le temps d'être accaparé par d'autres sujets de préoccupation : Harry et Clarise Phelan dans leur lit d'hôtel, incapables de s'endormir, attendant le coup de téléphone qui leur apprendrait si leur fille était encore en vie ; Lynn revenant du Norfolk en voiture après avoir emmené son père à l'hôpital, seule au volant en pleine nuit, et avec quelles nouvelles ?

Michelle était à mi-chemin dans l'escalier quand elle entendit Gary dans la rue. Du moins, elle supposa que c'était lui. Au début, elle ne discerna que des échos, âpres, étouffés, d'une altercation. Elle serra le bébé contre elle et Natalie pleurnicha ;

plongeant le nez dans le duvet épars, elle murmura quelques paroles apaisantes et se hâta de l'emmener vers son lit. Michelle était sûre que c'était Gary, à présent. Et Brian, aussi. Mais que se passait-il donc ? Gary et Brian, les meilleurs copains du monde depuis des années.

Elle finissait de border Natalie quand Gary entra dans la cuisine en titubant.

– Gary, je me demandais ce que...

À la vue du sang, Michelle s'arrêta net. Un filet luisant, comme une guirlande de Noël, qui coulait sur la tempe de Gary.

– Gary, qu'est-ce que...

De l'avant-bras, il repoussa Michelle.

– Gary, tu saignes.

– Merde, tu crois que je le sais pas, peut-être ?

Leurs éclats de voix troublèrent le sommeil de Karl, qui se retourna sur le canapé où on lui avait confectionné un lit. Natalie se mit à pleurer. Michelle suivit Gary jusqu'à la salle de bains et resta sur le seuil, à l'observer.

– Le salaud ! fit Gary en regardant le miroir. Le salaud !

Il tressaillit en se touchant la joue.

– Gary, laisse-moi...

En montrant les dents, il claqua la porte au nez de Michelle.

Couchée dans son lit, Michelle écoutait la pluie crépiter sur les ardoises mal fixées, et le bruit de sa propre respiration. Sur le palier, sous la fuite du toit, l'eau gouttait à intervalles réguliers dans un seau en plastique. Natalie s'était rendormie et Karl, Dieu merci, ne s'était jamais tout à fait

345

réveillé. Quand Gary en avait eu terminé dans la salle de bains, elle l'avait entendu faire du bruit dans la cuisine, sans doute pour se préparer une tasse de thé. Michelle se dit qu'il allait allumer la télé, se pelotonner sur le canapé à côté de Karl et s'endormir ; puis elle entendit ses pas dans l'escalier.

– Michelle ?

Le choc sourd de son jean tombant sur la carpette élimée ; la chute, plus discrète, de son pull et de sa chemise.

– 'Chelle ?

La main de Gary était froide, et Michelle sursauta quand il la posa sur son épaule.

– Je suis désolé. Je regrette, tu sais.

Visage plaqué contre le dos de Michelle, Gary passa son bras autour d'elle et trouva son sein.

– J'aurais pas dû me mettre en colère, pas contre toi. Ça avait rien à voir avec toi.

Michelle roula sur elle-même pour lui échapper.

– Qu'est-ce qui s'est passé ? Raconte-moi.

– C'était rien, en fait. Rien du tout. Brian et moi, on a juste rigolé un peu.

– À vous entendre, ça n'avait pas l'air d'une partie de rigolade. Et ça...

Gary frémit quand Michelle tendit la main vers lui, mais il la laissa toucher l'endroit, juste au-dessous du cuir chevelu, où il avait été tailladé.

– On faisait les imbéciles, c'est tout. On a pas su s'arrêter à temps. Brian, tu sais comment il est quand il a bu quelques bières.

Une fois de plus, Michelle se ravisa avant de demander : mais d'où sort-il tout son argent ?

– Malgré tout, dit Gary, c'est fini, maintenant, pas vrai ? Qu'est-ce qu'elle disait, déjà, ma mère ? Ce qui est fait est fait.

Sa main trouva de nouveau le sein de Michelle, et il la surprit par sa douceur en la caressant légèrement, à travers le coton mince de son T-shirt, jusqu'à ce qu'il sente le mamelon durcir sous son pouce.

39

Depuis combien de temps frappait-on à la vitre de la portière ? Lynn n'en savait rien. Ouvrant les yeux, elle gémit, grinça des dents, et regarda au-dehors. La voiture avait fini son embardée contre une barrière de ferme, et l'aile avant s'était pliée contre un pilier en béton. La main, gantée, frappa de nouveau. Oh, merde ! se dit Lynn. Ce que j'ai mal à la tête ! Dans le rétroviseur, elle vit, luisant faiblement à travers le voile de la pluie, les feux de position de la voiture qui s'était garée derrière elle. Un visage d'homme, à présent, qui se penchait tout contre la vitre, prononçant des mots qu'elle déchiffrait sans les entendre : Vous allez bien ? Je peux faire quelque chose pour vous aider ?

Indifférents, dans le chuintement de leurs pneus sur l'asphalte mouillée, les autres véhicules continuaient de circuler à deux pas.

Lynn tourna la clé de contact. Le moteur eut quelques hoquets puis cala.

Il semblait avoir une quarantaine d'années. Rasé de près, les cheveux plaqués sur le crâne par la pluie qui les faisait paraître brun foncé. Les épaules et les manches de sa veste étaient trempés, et Lynn se demanda depuis combien de temps il était planté là, prêt à lui porter secours. Elle baissa la vitre d'une dizaine de centimètres, suffisamment pour pouvoir parler.

– J'ai vu votre voiture quitter la route, juste devant moi. Je voulais m'assurer que vous n'étiez pas blessée.

– Merci. Je crois que je n'ai rien.

Le côté droit de sa bouche était insensible, et quand elle toucha sa lèvre du bout de sa langue, elle se rendit compte qu'elle était tuméfiée. Chassant la buée qui couvrait le rétroviseur, elle vit, au-dessus de son œil gauche, une bosse qui avait déjà la taille d'un œuf de pigeon et qui continuait de grossir.

– Vous avez eu de la chance.

– Oui, merci.

Lynn savait qu'elle aurait dû sortir de la voiture pour l'examiner, constater l'étendue des dégâts. À supposer même qu'elle parvienne à redémarrer le moteur, elle risquait de ne pas pouvoir repartir. L'homme, debout devant la portière, l'empêchait de sortir.

– Vous n'avez pas de téléphone dans votre voiture ?

– J'ai bien peur que non.

Lynn n'en avait pas non plus, dans cette voiture-ci.

– Écoutez, dit Lynn en descendant un peu plus la fenêtre, c'était très aimable à vous de vous arrêter, mais, franchement, ça va aller, maintenant.

Il sourit et commença à reculer lentement. Lynn prit son souffle et sortit sous la pluie. En quittant la route, la voiture semblait avoir heurté de l'arrière un tas de gravier, avant de partir en dérapage pour percuter la barrière de ferme. Quelque part, dans la demi-pénombre, se dessinaient les contours de plusieurs têtes de bétail, des haies convergentes. Lynn remonta son col et s'accroupit près de la roue avant. La tôle de l'aile, pliée en deux, avait éventré le pneu, à présent à plat. Le phare était un enchevêtrement d'acier chromé et de verre brisé. Peut-être arriverait-elle à détordre l'aile et à changer la roue, mais rien ne prouvait que, même en ce cas, elle pourrait aller loin.

– Vous ne voulez pas que je vous dépose quelque part ? (Il était revenu et se tenait derrière elle, regardant par-dessus son épaule gauche. Le vent avait un peu faibli, mais pas beaucoup.) Au garage le plus proche, par exemple.

Lynn secoua la tête ; elle n'allait pas enchaîner une bêtise après l'autre.

– Il y en a un à dix ou douze kilomètres d'ici. Je crois qu'il reste ouvert vingt-quatre heures sur vingt-quatre.

Lynn le regarda droit dans les yeux, se forçant à peser le pour et le contre. Étant donné les circonstances, se dit-elle, que faire d'autre ? Partir à pied et risquer de se faire faucher par une voiture ? Faire du stop et croire au miracle ?

– D'accord, dit-elle. Jusqu'au prochain garage, alors. Merci.

Le visage balayé par la pluie, il sourit.

– Très bien.

Lynn récupéra son sac à main, verrouilla la portière, et, se hâtant de gagner la voiture de l'inconnu, s'installa sur le siège arrière.

– Michael, annonça-t-il par-dessus son épaule. Michael Best. Mes amis m'appellent Pat.

Lynn s'efforça de sourire, grimaça plus qu'elle ne sourit.

350

– Lynn Kellogg. C'était gentil de votre part de vous arrêter. Vraiment.

– Il y a un bon génie qui veille sur vous là-haut, je suppose, dit-il en lui rendant son sourire et en indiquant le toit de la voiture d'un signe de tête. Ils ne sont pas si nombreux, ceux qui vous protègent du mauvais sort.

Allumant son clignotant, il attendit un créneau dans le flot des voitures pour s'engager sur la route sans prendre de risques.

Les apparences n'étaient pas encourageantes. Michael s'engagea dans la station-service et se gara derrière les pompes, mais les plafonniers du bâtiment attenant restèrent obstinément éteints. Seule y brûlait une ampoule de sécurité, qui éclairait faiblement la collection habituelle de cartes routières, d'huiles pour moteur, de casse-croûte préemballés, de confiseries, de cassettes en solde enregistrées par des groupes oubliés, et une offre spéciale sur des poupées en forme de trolls aux cheveux rouges.

– Je suis désolé, dit Michael. J'aurais juré que cette station restait ouverte toute la nuit.

– Ne vous excusez pas, fit Lynn. Ce n'est pas votre faute.

– Je prends souvent cette route, pourtant. Je devrais le savoir.

– Moi aussi. Je pensais bien que vous aviez raison.

– Ils ferment peut-être à minuit.

– Peut-être.

Lynn se sentait un peu stupide, à présent, d'avoir pris place à l'arrière. Cet homme, charmant, se mettait en quatre pour lui venir en aide, et elle trônait sur la banquette arrière comme une pimbêche.

– Alors, qu'est-ce... ?
– Qu'est-ce qu'on... ?

Leurs questions se télescopèrent et ils s'esclaffèrent au même moment.

– Je ferais mieux de vous ramener à votre voiture, alors ? demanda Michael.

– C'est ce qu'il me semble.

– À moins...

– À moins que quoi ?

– À moins que vous alliez en direction de Derby.

– Nottingham ?

– Très bien.

Lynn se laissa retomber contre le dossier.

– Merci, dit-elle.

Il faisait bon dans la voiture, qui la protégeait comme un cocon du froid et de la pluie. Pendant un moment, Michael parla de choses et d'autres, ses paroles se perdant à moitié dans le chuintement des pneus des autres voitures, le battement régulier des essuie-glaces refoulant la pluie en deux demi-cercles sur la largeur du pare-brise. Dix ans plus tôt, il avait quitté un emploi stable, lancé une petite affaire à lui, dans un secteur prometteur. Au bout de huit ans, il avait fait faillite, ce qui n'avait rien d'étonnant. À présent, il commençait à se reprendre, après avoir redémarré de zéro : il travaillait pour des grossistes en papeterie, dans les East Midlands, en East Anglia, une sorte de représentant de commerce avec un titre plus ronflant. Il rit.

352

– Si jamais vous avez besoin d'un mille d'enveloppes en papier kraft, ou de cinq cents mètres de plastique à bulles, je suis votre homme.

Alors qu'ils atteignaient les faubourgs de la ville, se faufilant entre des halos de lumière orange, la pluie se calma, le vent tomba. Dans les étages des villas de banlieue, aux abords du fleuve, une lumière terne trahissait une apparence de vie à travers les rideaux.

– Je vous dépose où ? demanda Michael.

Il ralentit l'allure alors qu'il passait près du terrain de cricket ; en face, les derniers clients quittaient les boutiques de plats à emporter avec des kebabs ou du poisson pané accompagné de frites.

– N'importe où dans le centre, ça ira très bien.

– Sur la place du marché ?

– Vous pourriez me laisser à Hockley. Au bas de Goose Gate, de ce côté-là.

– Pas de problème.

Obliquant vers la gauche en passant d'une file à l'autre dans la descente après le bowling, il se gara le long du trottoir, sous Aloysius House. Un petit groupe d'hommes se tenaient contre le mur ; une bouteille de cidre passait de main en main.

– Merci, dit Lynn alors que Michael serrait le frein à main. Vous m'avez rendu un sacré service.

– Ce n'était rien.

– Sans vous, je serais encore là-bas, probablement. Condamnée à passer la nuit sur l'A52.

– Ma foi...

Lynn se déplaça sur la banquette pour sortir de la voiture.

– Je pensais...

Elle le regarda.

– Non, rien.

– Quoi ?

– Il est tard, je le sais, mais je pensais que vous auriez peut-être le temps de prendre une tasse de café ou quelque chose ? Qu'est-ce que vous en dites ?

Lynn avait posé la main sur la poignée, la portière s'ouvrait déjà, et elle savait très bien que la dernière chose qu'elle avait envie de faire, à ce moment précis, c'était de remonter cette rue, regagner son appartement, y entrer et se retrouver face à face avec son reflet dans le miroir.

– D'accord, fit-elle. Mais à condition que ça ne dure pas trop longtemps.

Le café ouvert toute la nuit se trouvait près de l'emplacement de l'ancien marché couvert, en face de ce qui était autrefois la gare routière, aujourd'hui transformée en parking, et du magasin Le Monde du cuir. Les seuls autres clients étaient des chauffeurs de taxi, un couple dont la destination semblait être, à en juger d'après les vêtements qu'ils portaient, la boîte de nuit de Michael Isaac au bout de la rue, et une femme en manteau à carreaux qui chantait doucement en traçant des motifs sur la table avec le sucre.

Ils commandèrent du café et Michael un sandwich à la saucisse qui, lorsqu'il arriva, fit tellement envie à Lynn que Michael en coupa un bon morceau en insistant pour qu'elle le mange.

– Je suis dans la police, dit-elle.

Leur première tasse de café était finie depuis quelque temps et ils entamaient la seconde.

Michael n'exprima guère de surprise.

– Dans quelle branche ? demanda-t-il. Je veux dire, qu'est-ce que vous faites, comme genre de travail ? (Ses yeux souriaient ; en fait, ils avaient rarement cessé de sourire depuis une demi-heure.) Vous portez un uniforme ?

– Mon Dieu ! s'exclama-t-elle.

– Quoi ?

– Pourquoi est-ce toujours la première question que posent les hommes ?

– Vraiment ?

– En général, oui.

– Alors ? Vous en portez un ?

Lynn secoua la tête.

– Je suis inspectrice. En civil.

– C'est vrai ? (Il semblait impressionné.) Et vous enquêtez sur quoi ?

– Tout. N'importe quoi.

– Même sur les meurtres ?

– Oui, dit Lynn. Même sur les meurtres.

En face d'eux, le couple riait ; voix distinguées, aussi déplacées dans ce cadre qu'une porcelaine fine. La jeune fille portait une longue jupe fendue en tissu léger, de la soie peut-être, et qui découvrait la majeure partie de sa cuisse. De temps à autre, d'un air nonchalant, le jeune homme la caressait. Ils devaient avoir dix-neuf ans.

– Que se passe-t-il ? demanda Michael.

Lynn se rendit compte qu'elle s'était mise à pleurer.

– Ce n'est rien..., dit-elle, incapable de s'arrêter.

Deux chauffeurs de taxi s'étaient retournés pour la regarder.

– C'est sans doute l'accident, avança Michael. Une réaction à retardement. Le choc, vous savez.

Lynn ravala ses larmes et secoua la tête.

– Je pleurais déjà quand c'est arrivé. C'est d'ailleurs ça qui l'a provoqué.

– Mais pourquoi ? demanda Michael, se penchant vers elle. Pourquoi est-ce que vous pleuriez, à ce moment-là ? C'était à cause de quoi ?

Elle le lui dit, elle lui raconta tout. Son père ; ses peurs ; tout. Au milieu de son récit, il tendit le bras et lui prit la main.

– Je suis désolé pour vous, dit-il après qu'elle eut fini. Vraiment désolé.

Lynn libéra sa main, fouilla dans son sac pour en sortir un kleenex à moitié sec, et se moucha une bonne fois.

– Vous ne voulez pas que je vous raccompagne ? proposa-t-il quand ils se retrouvèrent dans la rue.

– Non, ça ira.

– J'aurais meilleure conscience.

– Michael...

– Une jeune femme comme vous ne devrait pas rentrer seule à pied à une heure pareille... Bon sang, il est vraiment cette heure-là ?

– Vous voyez ? dit Lynn, riant malgré elle.

Ses larmes s'étaient arrêtées.

– Allez, dit Michael en lui prenant le bras. Montrez-moi le chemin.

Lynn se dégagea, mais le laissa cependant marcher à ses côtés. Ils remontèrent la rue, passant devant le Palais, s'engagèrent dans Broad Street où se trouvait le tout nouveau cinéma Broadway, où elle se promettait sans cesse de se rendre sans jamais se décider à le faire.

– *La Disparue*, fit Michael en regardant les affiches. Vous l'avez vu ?

Lynn secoua la tête.

– Non.

– C'est un bon film, dit-il.

À l'entrée de la cour, Lynn s'arrêta et se retourna.

– Je suis arrivée, dit-elle.

– C'est ici que vous habitez ?

– Oui, par la grâce des logements associatifs.

Lentement, il tendit le bras pour lui prendre la main. Mon Dieu, ce que je déteste ce genre de situation, pensa Lynn. Vivement, elle s'approcha de Michael, lui donna un baiser sur la joue.

– Bonsoir. Et merci.

– Je vous reverrai ? lança-t-il derrière elle, sa voix résonnant un peu entre les quatre murs de la cour.

Un bref instant, Lynn tourna la tête vers lui, mais elle ne répondit pas. Michael n'en prit pas ombrage ; il savait qu'il la reverrait.

40

En guise de dernières recommandations, le divisionnaire adjoint avait dit à Skelton : « Quel que soit le résultat de cette petite opération, Jack, ne perdez pas la trace de ce satané fric. »

En soupesant l'un des sacs de toile, Graham Millington avait dit d'un air pensif :

– Là-dedans, il y a largement de quoi fournir en crack la brigade des stups pendant un an.

Les instructions de Skelton étaient parfaitement claires : on reste scrupuleusement à l'écart, on garde ses distances, on ne fonce pas sur l'objectif ; on surveille et on attend, c'est la règle du jeu. Quand il avait descendu l'escalier après le briefing, ses traits tirés avaient nettement trahi sa tension nerveuse.

– Si ce salopard nous fait marcher pour rien, Charlie, dit Reg Cossall, Jolly Jack aura tellement de merde collée aux semelles qu'il va lui falloir des semaines pour décrotter ses godasses.

Resnick et Millington étaient chargés de l'équipe de l'A17 ; Helen Siddons et Cossall étaient au nord, sur l'A631.

– C'est l'occasion ou jamais, hein, Charlie ? plaisanta Cossall. Siddons et moi, tout seuls dans une voiture pendant plusieurs heures... Je vais enfin savoir pourquoi le patron se met le slip kangourou dans des états pareils. Je prends mes précautions, remarque. (Avec un clin d'œil, il sortit de sa poche un gant de cuir.) Je ne tiens pas à attraper des engelures.

Depuis la veille au soir, deux officiers de police étaient installés dans chaque restaurant Little Chef. Des appareils photo – équipés de pellicules sensibles aux infrarouges et du genre de téléobjectif normalement utilisé pour espionner la famille royale – étaient braqués sur chaque parking et sur les portes d'entrée de chaque restaurant. Les policiers choisis pour déposer les rançons étaient installés dans leurs voitures respectives, le sac de billets posé sur le siège arrière. Sur le ton de la plaisanterie, ils envisageaient de disparaître avec le magot, d'aller passer un mois aux Caraïbes ou sur la Costa del Sol. Les véhicules d'interception, reliés par radio, étaient stationnés à intervalles réguliers sur tous les axes principaux partant des restaurants. Dès qu'il apparaîtrait, leur gibier serait suivi par plusieurs équipes qui se passeraient le relais jusqu'à l'arrestation finale.

On surveille et on attend ; la pendule égrenait les secondes.

Dans la réserve du restaurant, Divine était assis sur une caisse, les pieds posés sur un carton de frites prêtes à passer au four. Il était quatre heures de l'après-midi, mais Divine avalait son second « Menu matinal » de la journée. Entre les deux, il avait essayé le jambon fumé, le carrelet pané, et une portion spéciale de ces croquettes de pommes de terre qui accompagnaient le petit déjeuner à l'américaine, quatre seulement avec deux œufs sur le plat. Tout bien considéré, il trouvait que rien ne valait le Menu matinal.

– Tu devrais manger un morceau pendant que tu as encore le temps..., lança-t-il à Naylor, posté près de la petite fenêtre donnant sur l'arrière du restaurant, et d'où il surveillait le parking. Ce n'est pas tous les jours qu'on peut s'empiffrer gratuitement.

– Bientôt, on ne verra plus rien dehors, annonça Naylor. Plus rien du tout.

– Tu as entendu ce que je t'ai dit ? demanda Divine en mâchant une saucisse.

– Encore une demi-heure et il pourrait sortir de ces arbres, là-bas, traverser le champ, et personne ne s'en apercevrait.

– Bon sang ! s'exclama Divine. C'est comme si je parlais tout seul.

Naylor s'approcha de lui et prit un morceau de bacon dans son assiette.

– Hé ! Va plutôt t'en chercher un !

Naylor secoua la tête.

– J'aime que mon bacon soit plus croustillant que ça.

– Ouais ? J'imagine bien Debbie te préparer quelque chose de croustillant.

Naylor lui lança un regard noir qui signifiait clairement : Ferme-la !

Mais Divine ne se laissait pas dissuader si facilement.

– Gloria, en revanche, celle qui sert dans la salle de restaurant, je crois que tu lui plais bien. Si tu sais t'y prendre, tu pourrais la sauter. Un petit coup vite fait derrière les fourneaux.

La porte de la réserve s'ouvrit pour livrer passage à Gloria, une forte femme de King's Lynn dont l'uniforme blanc avait besoin d'un renfort d'épingles de sûreté pour tenir en place.

– Ôtez vos pieds de là, aboya-t-elle en regardant le carton de frites. Il y a des gens qui vont manger ça.

– Mon collègue Kevin était en train de me faire comprendre, fit Divine, à quel point vous lui plaisez.

– C'est gentil, dit Gloria en gratifiant Naylor d'un sourire. J'ai toujours aimé les hommes discrets. Ce sont toujours ceux qui vous surprennent. Pas comme certains. (Délicatement, ses doigts potelés saisirent la dernière saucisse de Divine dans son assiette.) Tout en baratin, et au bout du compte, ils vous sont à peu près aussi utiles que cette pauvre chose. Regardez-moi ça. Le cousin germain d'une chipolata.

Resnick consulta sa montre ; il s'était passé moins de cinq minutes depuis la dernière fois qu'il l'avait regardée. Tout ce temps à attendre, en espérant que la suite des événements lui donnerait tort. Mais pour lui, c'était l'affaire Susan Rogel qui se répétait. Encore une fausse piste qui ne mènerait à rien, encore une femme qu'on ne reverrait plus. Qui reposait déjà, sans doute, à même la terre, dans une fosse étroite et glacée. Près de lui, Millington déboucha sa seconde thermos et la lui montra. Resnick hocha la tête et attendit que Millington eût rempli à moitié le gobelet en plastique.

Les circonstances étant ce qu'elles sont, se dit Resnick, il aura peut-être meilleur goût que la première tasse.

– Votre femme a laissé tomber la décoction de pissenlit, Graham, j'espère ?

– Oui, patron. À présent, elle donne dans la feuille d'or.

– Vous dites ?

– La feuille d'or. Vous savez, pour décorer les meubles anciens et ce genre de choses. Pour les restaurer. Elle s'est renseignée sur un stage, qui a lieu du côté de Bury Saint Edmunds. Deux cents livres pour le week-end. Quatre-vingt-cinq pour la vidéo. C'est de l'escroquerie pure, à mon avis, mais elle m'a dit, non, Graham, c'est à cause de la matière première. Ça coûte cher, la feuille d'or...

Réprimant une grimace, Resnick but une gorgée de café sans cesser de regarder à travers le pare-brise, laissant le bavardage de son second glisser sans dommage au second plan de ses préoccupations. Il ne parvenait pas totalement à chasser de son esprit l'image de Dana, le visage exsangue, écoutant la cassette. *Rien... rien de grave ne m'est arrivé, alors je ne veux pas que vous vous fassiez du souci pour moi...* Dana, écoutant la voix de son amie, ses peurs distendues aux confins de son imagination. Cette femme, qui en compagnie de Resnick s'était révélée si vive, si irrésistible, effondrée sur son fauteuil, drainée de tout semblant de vie. S'il ne sentait plus aucune attache entre eux, c'était parce que Dana n'avait plus rien à quoi se rattacher. Enfin, c'était une partie de l'explication. Depuis cette toute première soirée, surprenante, jubilatoire, Resnick avait pris conscience que les rideaux tombaient un à un, tirés par ses propres mains.

– Regardez ! fit soudain Millington, interrompant son propre flot de paroles.

Mais Resnick regardait déjà. La Ford Orion verte était passée une fois devant le panneau Little Chef, puis elle était réapparue de la direction opposée deux minutes plus tard, et à présent elle s'en approchait de nouveau.

– Il ralentit, c'est sûr, commenta Millington. Allez, vas-y, mon salaud, décide-toi.

Ils virent le véhicule suivre la flèche blanche peinte sur l'asphalte du parking, avancer de cinq mètres vers l'entrée du restaurant, s'arrêter, braquer à gauche, puis se garer lentement en marche arrière entre une 2 CV verte et une camionnette des postes recyclée.

Dans ses jumelles, Resnick distinguait le visage du conducteur derrière son volant : blanc, rasé de près, une quarantaine d'années. Seul.

– L'heure, Graham ?

– Seize heures quarante-deux.

Bien qu'ayant garé sa voiture, l'homme ne semblait pas pressé d'en sortir.

– Vous voulez que je vérifie l'immatriculation ? proposa Millington.

– Pas tout de suite. Pour ce que nous en savons, il a peut-être une radio à ondes courtes qui balaie les fréquences de la police. Attendez qu'il descende de voiture. Et puis alertez Divine et Naylor avant toute chose.

Millington regarda sa montre.

– Seize heures quarante-quatre.

Resnick hocha la tête.

– Voici la voiture de livraison, pile à l'heure.

– Il n'y a pas de doute. C'est bien ce qu'il attendait.

– Peut-être. Ou alors, il est fatigué. Il fait un petit somme.

– Avec les deux yeux ouverts ?

La voiture de police banalisée se dirigea vers le restaurant et se gara aussi près que possible de l'entrée. Resnick épongea sa première suée. Les feux de croisement éclairèrent le bas de la barrière du champ et les feux arrière s'allumèrent. L'inspecteur assis du côté passager se glissa hors de son siège et prit le sac de toile sur la banquette.

– Ça, alors ! fit Millington. Il ne regarde même pas ce qui se passe, bon sang !

L'inspecteur et le sac marin disparurent dans le restaurant.

– Qu'est-ce qu'il fait ? demanda Millington.

– Rien.

– Allez, espèce de salopard ! Remue-toi un peu !

Seize heures quarante-sept. Le policier en civil ressortit, contourna la voiture en vitesse et reprit sa place. Sans hâte, le véhicule repartit.

– Je n'y crois pas, dit Millington. Il ne va rien faire du tout.

– Si.

Resnick retint son souffle ; la portière de l'Orion s'ouvrit et le conducteur posa le pied sur l'asphalte du parking.

– Radio, Graham.

Mais Millington donnait déjà le signal à Mark Divine.

– D'accord ! fit Divine.

Il sortit de la réserve et passa dans la salle principale du restaurant en prenant son temps. À travers la double porte vitrée, il vit l'homme venir vers lui. À la caisse, Divine hésita, prit un rouleau de pastilles de menthe extra-fortes et mit l'argent dans la main de la caissière. L'homme dut s'arrêter dans son élan pour le contourner ; Divine s'excusa et se remit en travers de son chemin comme par maladresse, présenta de nouveau ses excuses et se dirigea vers la porte.

– Fumeurs ou non-fumeurs, monsieur ? demanda la caissière.

– Je vais aux toilettes d'abord, répondit l'homme, mais ça m'est égal. L'un ou l'autre.

– L'Orion est au nom de Patrick Reverdy, dit Millington à Resnick. Il est domicilié à Cheadle.

– Il est loin de chez lui, fit Resnick, les jumelles braquées sur la porte du restaurant.

Quand l'homme ressortit des toilettes, il se frottait encore les mains, qu'il venait de passer sous le sèche-mains électrique. Naylor était à présent installé dans la partie « Fumeurs », près de la porte, et il sucrait son café. Il regardait l'inconnu quand celui-ci dit à la serveuse qu'il allait être rejoint par une amie et accepta une banquette à deux places vers la baie vitrée du fond. En attendant, il commanda un thé et un petit gâteau. Sur la route, la circulation augmentait régulièrement en direction de la ville. Resnick parla brièvement à Skelton, pour le tenir informé ; à l'autre restaurant, Siddons et Cossall n'avaient encore vu personne.

Dix minutes plus tard, son gâteau avalé, l'homme regarda sa montre, prit son addition et passa entre les tables pour aller à la caisse. Il régla sa note, laissa un pourboire de cinquante pence sur le comptoir, pivota vers la sortie, changea d'avis, et repartit vers les toilettes. Naylor sentit ses abdominaux se contracter.

– Il reste trop longtemps, dit Millington en regardant sa montre.

365

— Peut-être prend-il ses précautions, répliqua Resnick.

Quand l'homme réapparut dans la salle de restaurant, le sac de toile à la main, Naylor cessa de respirer. Nonchalant comme il n'est pas permis, l'inconnu balançait le sac au bout de son bras droit.

— Ce n'est peut-être pas grand-chose, dit-il à la caissière, mais on dirait que quelqu'un a oublié ceci dans les toilettes pour hommes. Je me suis dit qu'il vaudrait sans doute mieux que vous le gardiez avec vous. Avec toutes ces histoires de bombes, quelqu'un pourrait paniquer et le balancer dans la cuvette. (Il tendait le sac à la caissière, mais jusqu'à présent celle-ci n'avait pas fait un geste pour le prendre.) Ne vous inquiétez pas, ajouta-t-il, j'ai collé mon oreille dessus et j'ai bien écouté. Il n'y a rien qui fait tic-tac, là-dedans.

Divine retint l'homme alors qu'il voulait reprendre sa voiture, et pendant que Resnick consultait Skelton, l'informant des derniers événements, Millington vint les rejoindre et lui dit deux mots. Rien de grave, pas de quoi s'inquiéter. Son permis de conduire confirma qu'il s'appelait Reverdy ; il était venu là pour passer une heure avec une femme qu'il avait rencontrée l'année précédente à l'université d'été.

— Elle habite à Spalding, mais elle n'arrive pas toujours à s'échapper. Elle est mariée, vous comprenez.

— Et vous avez fait toute la route depuis Cheadle ? s'étonna Millington.

— Oui, je sais, fit Reverdy. Qu'est-ce qu'on ne ferait pas quand on est amoureux...

Dans sa voiture, garée au bout du parking sur l'A631, Helen Siddons reposa le récepteur et soupira, l'air sinistre.

– Bon, il n'y a plus rien à espérer. On rentre. C'est terminé.

– Pour que la journée ne soit pas un bide total, marmonna Cossall, on pourrait peut-être baiser vite fait, ou bien c'est hors de question ?

Si elle l'entendit, Helen Siddons n'en laissa rien paraître.

41

Skelton, qui attendait Resnick derrière les doubles portes, grimpa l'escalier à ses côtés. Aujourd'hui, pas de course aux premières heures de la matinée. Tous les mouvements du commissaire principal, ses yeux striés de rouge, trahissaient son épuisement. Par deux fois, il avait tenté de joindre Helen Siddons, mais elle avait débranché son téléphone; incapable de s'endormir, il avait passé la nuit étendu au côté de la présence glacée d'Alice qui lui tournait le dos, comme un reproche.

— La seule chose ou presque qui soit parfaitement claire, Charlie, c'est que d'une façon ou d'une autre, celui qui devra payer l'addition pour ce ratage, c'est moi et personne d'autre.

Resnick secoua la tête.

— Je ne vois pas ce que nous aurions pu faire d'autre. Du moment qu'il restait une chance que cette fille soit encore en vie, il fallait jouer le jeu.

Sur le palier, Skelton se détourna, les épaules tombantes.

— Dans une demi-heure, nous ferons le point sur les éléments en notre possession.

Mais dans la demi-heure qui suivait, les deux stations de radio locales avaient diffusé des extraits de la seconde cassette. Elle avait été livrée par un porteur spécial, coiffé d'un casque de moto, un foulard noué autour du bas du visage, ce qui éliminait toute possibilité d'identification. Au bureau des dépêches, quelqu'un avait écouté la bande par acquit de conscience, arrêtant l'appareil au bout de quelques secondes quand la nature du message était devenue évidente. Après quelques coups de téléphone à divers chefs de service et conseillers juridiques, des copies furent faites et envoyées à la police, assorties d'une question : l'enregistrement mentionnait une cassette précédente exigeant une rançon, était-ce exact ? Le porte-parole de la police ne voulut ni confirmer ni infirmer. Cela suffit.

Radio Nottingham propulsa l'information en tête du sommaire du journal suivant ; Radio Trent interrompit ses programmes pour un bulletin spécial. Chaque journaliste fit une brève introduction rappelant la disparition de Nancy Phelan, l'incapacité de la police à retrouver sa trace, avant de faire allusion à une tentative apparemment infructueuse, la veille, pour arrêter un homme qui prétendait avoir enlevé Nancy et qui exigeait une rançon. Les extraits de la bande magnétique diffusés sur l'une et l'autre des stations étaient remarquablement similaires.

Les instructions données à la police étaient très claires et très précises, tout comme les mises en garde. Malheureusement pour toutes les personnes concernées, il n'en a pas été tenu compte. C'était pourtant simple, voyez-vous ; il suffisait que l'on suive à la lettre mes recommandations, et j'aurais pu tenir ma promesse. Nancy Phelan aurait pu retrouver sa famille et ses amis, saine et sauve. Mais maintenant...

J'espère que tu écoutes bien ceci, Jack, j'espère que vous m'écoutez attentivement, toi et tous ceux qui te conseillent. Souviens-toi de ce que je t'ai dit, Jack, s'il arrive quelque chose d'irrémédiable, ce sera ta faute, ta faute, Jack, pas la mienne. J'espère que tu pourras supporter ça, cette responsabilité.

Un peu plus tôt, Lynn avait appelé Naylor et lui avait demandé de venir la prendre en voiture. Pendant qu'ils étaient coincés dans la circulation d'Upper Parliament Street, elle lui narra son accident.

– J'ai l'impression que tu t'en es tirée à bon compte.

– Tu peux le dire.

– Pas encore morte, alors ?

Lynn se toucha la tempe.

– J'ai un peu mal, c'est tout.

Kevin sourit.

– Non, je parlais de la chevalerie.

– Oh, non, effectivement.

– Tu vas le revoir ?

À travers le pare-brise, Lynn regardait un petit noyau de piétons qui attendaient le feu rouge pour traverser près du passage souterrain, un homme en ciré orange qui balayait des détritus devant le Café Royal.

– Je ne pense pas.

Elle ne savait pas si elle y croyait vraiment elle-même, ni si elle désirait que ce soit vrai.

Ils arrivaient à la hauteur du magasin Co-op quand l'information fut diffusée à la radio. Kevin tendit la main vers le bouton, monta le volume pour qu'ils puissent entendre la voix enregistrée.

Depuis plusieurs jours, Robin Hidden ne sortait pratiquement plus de son appartement. Les appels téléphoniques en provenance de ses supérieurs, qui s'inquiétaient de son absence, étaient restés sans réponse. Son courrier traînait au rez-de-chaussée, à côté des annuaires et du paquet de journaux que quelqu'un avait ficelés avec l'intention de les emporter au recyclage. Robin mangeait des tomates en boîte, du fromage, du müesli avec du lait en poudre. Il laissait l'écran de son téléviseur allumé en permanence, le son réglé à zéro, la radio fonctionnant à un niveau tout juste inférieur à celui d'une conversation normale. Il faisait des mots croisés, repassait encore et encore ses chemises, éliminait jusqu'au dernier vestige de terre de ses chaussures de montagne, il se penchait sur des cartes de l'institut géographique, des descriptions de sentiers de grande randonnée : Offa's Dyke, le long de la frontière Angleterre-Pays de Galles ; Lyke Wake, à travers le North Yorkshire ; le Cleveland Way. Il consultait les guides Wainwright des landes et des lacs.

Il réécrivait sans cesse la même lettre à Mark, car c'était si important de trouver la formulation exacte. Pour expliquer. Mark était son meilleur ami, son seul ami, et Robin devait lui faire comprendre pourquoi Nancy avait tellement compté pour lui, de quelle façon elle avait changé sa vie.

Ce matin, il s'était levé un peu avant six heures ; il faisait encore sombre, dehors, et la nuit était froide. Le givre couvrait les arbres noirs et nus, et collait en couche épaisse aux toits des voitures. Robin but son thé machinalement, peinant sur ses brouillons successifs, sa pensée pareille à une pelote de laine qui se dévidait sur la page, phrase après phrase, apparemment facile à suivre, avant de s'emmêler de manière irrémédiable. Nancy, maintenant et avant, avant et maintenant, encore et toujours, toujours et encore. La seule femme qui, même si cela n'avait duré qu'un temps très court, lui avait permis d'être lui-même, l'avait accepté en tant qu'homme. Qui l'avait aimé. Elle l'avait aimé. Une nouvelle feuille de papier, roulée en boule, écartée d'un revers de main, alla rejoindre les autres éparpillées sur le plancher.

Cher Mark,
J'espère que tu ne m'en voudras pas...

Dès qu'il entendit le nom de Nancy à la radio, Robin lâcha son stylo. Les paroles du présentateur, la voix enregistrée sur la cassette se mélangèrent dans son esprit au moment même où il les écoutait, comme autant de fragments, de lambeaux d'un rêve qu'il n'avait jamais rêvé. Avant même que ne soit abordée l'information suivante, Robin Hidden décrochait son téléphone.

Ni Harry ni Clarise Phelan n'avaient écouté la radio ; ils apprirent l'existence de la cassette lorsqu'un journaliste arriva dans la salle à manger de leur hôtel, où ils prenaient leur petit déjeuner, pour leur demander leurs réactions aux derniers événements.

– Emmenez-nous au commissariat, mon vieux, dit Harry qui se levait déjà pour enfiler son manteau, et je vous dirai ça en route.

– Charlie...

Skelton déboula dans le bureau de Resnick sans frapper, sans prêter attention à Millington qui était assis de l'autre côté de la table de travail.

– Vous voulez bien recevoir les parents de Nancy Phelan à ma place ? Ils sont au rez-de-chaussée, ils font un vrai scandale, et il faut que je termine cette déclaration à la presse et que je la fasse approuver par la hiérarchie.

– Je croyais que cela ne me concernait plus ? Ce n'est pas l'inspecteur Siddons qui est chargée de la liaison avec les Phelan ? Ou bien j'ai mal compris ?

Il y avait dans la voix de Resnick une pointe d'agressivité qui désarçonna le commissaire principal. Resnick en fut lui-même surpris.

– Bon sang, Charlie...

Aussi loin que Resnick s'en souvienne, c'était la première fois qu'il voyait Skelton dans une tenue qui n'était pas irréprochable : col de chemise ouvert, nœud de cravate en berne. Il aurait dû, il le savait, éprouver à son égard davantage de compassion, mais il était, lui aussi, en plein milieu d'une rude journée. Peu de temps auparavant, il avait eu au téléphone Robin Hidden en larmes, sanglotant à chaque mot ; il lui avait bien fallu un quart d'heure pour le calmer, accepter de le recevoir s'il venait au commissariat. Resnick regarda sa montre : Hidden pouvait arriver d'un moment à l'autre, à présent.

– Charlie, si j'avais la moindre idée de l'endroit où elle se trouve, c'est à elle que je demanderais cette corvée. En fait, ce matin, elle ne s'est pas encore manifestée.

Avec un vague marmonnement et un signe de tête, Graham Millington s'éclipsa pour regagner son propre bureau ; il ne voyait que trop bien la direction que prenait cette conversation, et la dernière chose qu'il souhaitait faire, c'était de tenter de calmer l'affolement d'un père bâti comme un boxeur mi-lourd.

– Graham, dit Resnick.

Et merde ! pensa Millington qui n'avait pas encore franchi la porte.

– Pourquoi ne pas vérifier si Lynn est encore dans les parages ? Vous pourriez dire deux mots aux Phelan ensemble. Si l'inspecteur Siddons arrive, elle prendra le relais.

– Si je dois m'en occuper personnellement, dit Millington, j'aimerais mieux que ce soit du début à la fin.

Resnick consulta Skelton d'un bref regard, et le commissaire principal hocha la tête.

– Très bien.

– Et s'ils veulent écouter la bande ? Celle où l'on entend la voix de leur fille ?

– Oui, acquiesça Skelton, baissant la tête. Qu'ils écoutent tout ce qu'ils veulent. On aurait dû la leur faire entendre dès le début. J'ai eu tort.

Il regarda Resnick pendant quelques secondes, puis il sortit.

Helen Siddons n'avait pas perdu son temps. Elle avait récupéré les cassettes d'origine et leurs emballages aux sièges des stations de radio, et les avait envoyées au laboratoire de l'Identité pour analyse, bien qu'entre-temps elles aient été touchées par tant de mains que cette démarche était pratiquement inutile. Mais c'était un processus qu'il ne fallait pas négliger. À tout hasard. Elle avait écouté le second enregistrement, l'avait comparé au premier, elle avait soumis l'un et l'autre au jugement de deux experts, et, avec eux, munie d'un casque, elle avait prêté attention à la moindre nuance, encore et encore.

Sur certains points, les spécialistes étaient d'accord : l'accent du nord identifié sur la première bande, moins perceptible sur la seconde, n'était sans doute pas un accent acquis dès l'enfance. Certains éléments du phrasé, la douceur de certains sons voyelles, faisaient penser à l'Irlande du Sud. Peut-être pas Dublin. Une origine plus rurale. Une enfance passée là-bas, avant d'émigrer en Angleterre, dans le nord-ouest, pas à Liverpool, mais dans une région où l'accent est plus rude – Manchester, éventuellement, Bury, Leigh, l'un de ces anciens centres du textile.

Quant à la lettre reçue dans l'affaire Rogel, s'enquit Helen Siddons, était-il possible de déterminer si elle émanait de la même personne ?

Oui, ce genre de comparaison était envisageable, dans certains cas elle serait peut-être possible, mais il fallait savoir que les registres de la langue parlée et de la langue écrite étaient fort différents. Sans vouloir s'avancer davantage, les deux experts voulurent bien reconnaître que, oui, l'auteur de la lettre et des enregistrements pouvait être le même homme, ce n'était pas exclu.

Pour Helen, c'était suffisant. Tous les suspects de l'affaire Rogel, toutes les personnes que la police avait interrogées, dix-sept en tout, il allait falloir passer au crible les transcriptions de leurs interrogatoires, et reprendre contact avec certaines d'entre elles si nécessaire. Elle en était tout à fait convaincue, à présent : le coupable était le même dans les deux cas. Et, très probablement, il était déjà connu.

42

Toute la journée, Lynn avait eu cette impression inconfortable d'être dans une perpétuelle expectative. Pendant qu'elle endiguait le flot habituel de paperasserie, qu'elle effectuait les interrogatoires complémentaires dans l'affaire des cambriolages du Parc, qu'elle s'entretenait avec Maureen Madden d'une soi-disant victime de viol qui était, à deux reprises déjà, revenue sur ses déclarations, et dont les deux jeunes femmes pensaient qu'elle était l'objet de menaces, pendant qu'elle subissait l'épaisse atmosphère de badinage sexuel avec laquelle Divine et ses comparses embrumaient chaque journée de travail, tandis que les téléphones sonnaient sans cesse, malgré les innombrables tasses de thé, elle n'avait jamais pu se débarrasser de ce sentiment qu'elle attendait qu'un événement se produise.

L'air absent, Resnick s'était arrêté devant son bureau en fin d'après-midi pour lui demander des nouvelles de son père, lui présentant de façon machinale ses vœux de prompt rétablissement.

– Une pinte ? proposa Naylor qui enfilait son manteau près de la porte.

Lynn regarda sa montre.

– Je vais voir.

Et quand, finalement, elle descendit l'escalier, qu'elle passa devant l'entrée du bloc cellulaire et le bureau de l'officier responsable, elle comprit que c'était Michael qu'elle attendait – c'était lui qu'elle s'attendait à voir tandis qu'elle échangeait quelques mots avec l'agent de service à la réception, qu'elle posait le pied sur le trottoir. Il n'était visible nulle part.

Sachant fort bien qu'elle le regretterait, se promettant de ne pas rester trop longtemps, Lynn traversa la rue pour se rendre au pub.

– Si tu veux mon avis, déclarait Divine par-dessus le vacarme ambiant, elle était déjà morte deux heures après son enlèvement.

Lynn n'allait pas gaspiller sa salive pour lui dire que son avis, personne n'en voulait.

– Et cette histoire de rançon, alors ? demanda Kevin Naylor.

– De la foutaise pure et simple, non ? Des petits rigolos qui cherchent à nous faire tourner en bourriques. Tu le sais bien, c'est pas la première fois.

– Allons, Mark... (Lynn ne pouvait rester assise là sans rien dire.) Sa voix est sur la cassette.

– Et alors ? Qu'est-ce qui pouvait empêcher le type de lui arracher quelques mots pour commencer ?

– Tout ça en deux heures ?

Divine leva les yeux vers le plafond enfumé. Pourquoi fallait-il que les femmes prennent toujours tout au pied de la lettre, qu'elles bondissent sur la moindre de vos paroles comme si elles sortaient de l'évangile ?

– Bon, d'accord, peut-être que ça a pris plus longtemps. Deux heures, ou quatre, ou six, quelle importance ?

– Pour Nancy Phelan, ou pour nous ?

Divine vida son verre et le repoussa en direction de Kevin Naylor ; c'était son tour de payer une tournée.

– L'important, c'est de comprendre qu'on devrait être à la recherche d'un cadavre. Et ne pas perdre son temps à jouer à cache-cache dans la cambrousse.

– Quand on était sur place, lui rappela Naylor, ce n'est pas ce que tu disais, surtout avec ton second Menu matinal dans ton assiette.

– Tu peux parler ! Si vous aviez vu notre Kev baver devant la serveuse, une nommée Gloria, il tirait tellement la langue qu'il aurait pu nettoyer le carrelage avec.

Bon sang ! se dit Lynn, ça recommence.

– Je m'en vais, annonça-t-elle en se levant.

– Pas maintenant, regarde, je vais chercher une autre tournée. Une pinte ou une demie ?

Lynn pensa à ce qui l'attendait chez elle : une demi-pizza surgelée, une tonne de repassage, le coup de téléphone de sa mère.

– D'accord, je reste, dit-elle en se rasseyant, mais prends-moi une demie seulement.

Une pluie fine s'était mise à tomber, trop fine pour inciter Lynn à utiliser son parapluie, alors qu'elle empruntait le raccourci près du magasin Paul Smith pour déboucher près de Cross Keys, en face du parc de stationnement de Fletcher Gate. Dans les heures à venir, la température devait encore descendre, et il allait probablement geler. La nuit précédente, sur une bretelle d'autoroute près de Ratford, une Fiesta avait dérapé sur le verglas et percuté un camion de ferraille chargé à ras bord. Une famille de cinq personnes – le père, la mère, deux petits garçons et un bébé de seize mois – avait été presque entièrement anéantie. Seul le bébé avait survécu. Lynn pensa à la chance inouïe qu'elle-même avait eue, à la voiture qui avait été à deux doigts de l'accrocher lorsque, aveuglée, elle avait déboîté brusquement.

Quand elle passa sous l'arche et commença à traverser la cour, elle avait déjà ses clés à la main.

À mi-chemin, elle hésita, regarda autour d'elle. Tamisées par des rideaux ou des voilages, des lumières éclairaient quelques fenêtres çà et là tout autour de la cour carrée de l'immeuble. En sourdine, des émissions de télévision, de radio se superposaient. Un chat, roux et blanc, déambulait sans bruit le long d'un balcon, sur la droite.

Michael l'attendait sur le palier intermédiaire, entre le rez-de-chaussée et le premier. Assis le dos au mur, les jambes étendues, un journal ouvert entre les mains. Sa respiration se condensait dans l'atmosphère.

– Vous savez, dit-il en repliant ses jambes, je peux lire ce machin de la première à la dernière page, ligne par ligne, sans sauter un seul mot, et si vous me posiez la moindre question sur son contenu cinq minutes plus tard, je ne saurais absolument pas quoi vous répondre.

Lynn n'avait toujours pas fait un geste.

– Tenez... (Michael lui tendit son journal.) Mettez-moi à l'épreuve. Comment s'appelle le premier ministre de Bosnie-Herzégovine ? Le président de la Chambre des lords ? En quoi consistent les obligations définies par le traité de Maastricht ? Je serais bien incapable de le dire.

– Depuis combien de temps êtes-vous là ? demanda Lynn.

– Oh, vous savez, je n'ai pas vraiment compté, mais peut-être une heure ou deux.

Lynn se détourna ; son regard balaya les graffitis tracés à la craie, attiré par la lumière qui tombait en spirale au pied de l'escalier. Un rideau de pluie la tamisait comme un voile.

– Vous n'êtes pas en colère contre moi ?

– Pourquoi ?

– Parce que je suis venu ici.

En colère ? C'était donc ce sentiment qu'elle était censée éprouver ? Regardant Michael assis à même le sol, elle haussa les épaules, et tenta d'éviter le sourire qui affleurait dans les yeux du jeune homme. Il s'était écoulé combien de temps depuis la dernière fois où quelqu'un l'avait attendue cinq ou dix minutes ?

– Non, je ne suis pas en colère.

Il bondit aussitôt sur ses pieds.

– Alors, on y va ?

– Où ça ?

La déception assombrit son visage. Puis le doute.

– Vous n'avez pas eu mon message ?

– Quel message ?

– Mon invitation à dîner.

La rampe métallique de l'escalier était froide sous la main de Lynn.

– On ne m'a communiqué aucun message.

– Je l'ai laissé à votre travail.

– Vous ne savez pas où je suis en poste.

– J'ai téléphoné au service du personnel.

– Et ils vous l'ont dit ?

Il eut l'élégance de prendre un air quelque peu gêné.

– Je leur ai raconté que j'étais votre cousin, de Nouvelle-Zélande.

– On vous a cru ?

Un rire désabusé, comme pour se gausser de lui-même.

– Je suis plutôt doué pour contrefaire les accents, depuis toujours ; depuis mon enfance, en fait.

Lynn hocha la tête, monta une marche, deux.

– Et où s'est-elle passée ? Votre enfance ?

– Qu'en pensez-vous ? dit Michael. Il est trop tard pour aller dîner ? Ou c'est encore possible ?

Il avait réservé une table au San Pietro. Nappes rouges, chandelles, filets de pêche aux murs. Des chanteurs de charme susurraient dans les haut-parleurs en italien, le plus souvent sur un fond de mandoline et de cris de mouettes.

– Je ne sais pas ce que vaut ce restaurant, dit Michael en tirant une chaise pour Lynn. J'ai pensé que nous pourrions l'essayer.

Le serveur apparut avec la carte des vins et deux menus.

– Rouge ou blanc ? demanda Michael.

– Rien pour moi. J'ai assez bu comme cela.

– Vous êtes sûre ? Vous...

– Michael, j'en suis certaine.

Il commanda une demi-carafe de rouge maison pour lui-même, et une grande bouteille d'eau minérale pour eux deux. Comme entrée, il prit du jambon de Parme avec du melon, et Lynn une salade de tomates à la mozzarella. Ils avaient déjà bien entamé leur plat principal – des fusilli avec une sauce à la crème et au gorgonzola, une escalope de veau aux épinards et aux pommes de terre sautées – quand Michael demanda à Lynn comment s'était passée sa journée.

– Je n'aurais pas dû m'étonner, je suppose, que vous rentriez si tard, avec cette histoire épouvantable qui doit tous vous rendre fous.

Lynn reposa la fourchette qu'elle s'apprêtait à porter à sa bouche.

– De quelle histoire parlez-vous ?

– Cette pauvre jeune femme qui a disparu.

– Qu'est-ce qui vous fait penser que je travaille sur cette affaire ?

– Ce n'est pas le cas ? Je croyais que vous étiez tous mobilisés, pour la retrouver, vous savez, vingt-quatre heures sur vingt-quatre.

– Eh bien, non, je ne suis pas concernée. Pas directement.

– Mais vous devez être au courant, je veux dire, vous savez sûrement tout ce qui se passe.

Lynn souleva sa fourchette de nouveau ; le veau était tendre et savoureux, la chapelure pas trop croustillante.

– Cette dernière péripétie, la rançon qui n'a jamais été collectée et tout ça, vous ne trouvez pas que c'est plutôt bizarre ? Est-ce que je n'ai pas lu quelque part que la mise en place de la souricière, pour attraper le ravisseur, avait coûté plusieurs milliers de livres ?

– Vous semblez en savoir aussi long que moi.

– Oui, enfin, c'est seulement ce que j'ai lu dans le journal, vous savez.

— Je croyais, dit Lynn, que vous oubliiez tout dès que vous aviez fini un article.

Michael lui rendit son sourire et fit signe au serveur de lui apporter une autre carafe de vin.

— Vous êtes sûre que vous n'en voulez pas ?

— Tout à fait sûre.

Pendant le restant du repas, il lui posa des questions sur les dégâts occasionnés à sa voiture, sur la santé de son père, il lui parla de son projet de s'établir à son compte de nouveau quand la reprise économique se serait véritablement confirmée. La distribution, voilà où on pouvait gagner de l'argent ; dans la distribution à grande échelle. De n'importe quoi, sauf de la papeterie. La papeterie, c'était mortellement ennuyeux ; il ne voulait plus en entendre parler. Il ne fallait même pas évoquer le sujet devant lui si on voulait rester dans ses petits papiers. Et il leva les yeux vers Lynn, le sourire aux lèvres, pour voir si elle avait saisi l'astuce.

Ils étaient de retour dans la cour de l'immeuble, cernés par un froid mordant. Lynn avait noué son écharpe, en double épaisseur, autour de l'espace séparant ses cheveux de son col relevé ; depuis la sortie du restaurant, Michael avait gardé ses mains au fond de ses poches, mais à présent...

— Vous savez, dit Lynn, je ne pense pas être prête pour ça.

— Et qu'est-ce que « ça » peut bien être, maintenant ?

— Ce que vous désirez.

Il avait posé la main sur le bras de Lynn à quelques centimètres au-dessus du poignet.

— Être amis, y a-t-il du mal à cela ?

– Non. Sauf que ce n'est pas uniquement cela que vous voulez.

Il était si près qu'il aurait pu l'embrasser en penchant à peine la tête, car il n'était pas très grand ; il mesurait sept ou huit centimètres de plus que Lynn.

– Je suis donc si transparent ? demanda-t-il avec un sourire.

Quand il sourit, pensa Lynn, il se passe quelque chose. Il s'anime de l'intérieur.

– Je n'ai pas droit à un baiser, alors ? Un petit bécot sur la joue ?

– Non, répondit Lynn. Pas cette fois.

Quand elle regarda dans la cour depuis le balcon, Michael était toujours là, parfaitement immobile, les yeux levés vers elle. Avant de pouvoir changer d'avis, elle rentra vivement chez elle, ferma la porte à clé et au verrou.

C'est à ce moment-là seulement que Michael commença à s'éloigner, en sifflotant doucement. Pas cette fois, pensait-il. Eh bien, cela ne veut-il pas dire qu'il y en aura une autre ?

Quand le bain fut à la température maximum qu'elle pouvait supporter, Lynn se laissa glisser dans le nuage de vapeur. Dans quelle mesure Michael avait-il compris qu'elle avait eu envie qu'il l'embrasse, lorsqu'ils étaient si près l'un de l'autre que seul un souffle les séparait ? Sa bouche pressée contre elle, quelles que soient les conséquences. Il y avait si longtemps qu'un homme n'avait pensé à elle de cette façon, ne lui avait fait l'amour avec les yeux. En dépit de tout, elle frissonna, imaginant ses caresses.

43

Cigarette aux lèvres, Alice Skelton était en peignoir de bain, une serviette nouée autour de la tête. Il était six heures vingt du matin. Elle avait entendu la fille de Jack – c'était ainsi, à présent, qu'elle essayait de penser à Kate, pour faciliter les choses – rentrer entre deux et trois heures du matin, plus près de trois heures que de deux. Sans s'efforcer plus longtemps de faire le moins de bruit possible. Finis, les chuchotements discrets lorsqu'elle donnait un dernier baiser langoureux à un garçon quelconque, quand elle se baissait pour ôter ses chaussures. Ces jours-ci – ces nuits-ci – on claquait les portes, on hurlait « merci ! », et le lascar qui l'avait raccompagnée montait sa stéréo à fond avant d'avoir atteint le bout de l'allée. Réveillée, Alice était restée au lit, sans rien dire, en attendant la razzia dans le frigo, le bruit de la chasse d'eau, celui de la porte de la chambre. Bon sang, pensait-elle, qu'est-ce que j'aurais fait de ma propre jeunesse si j'avais joui d'une telle liberté ? Est-ce que je l'aurais bousillée un peu moins, ou tout autant ?

Près d'elle, réfugié à l'extrême limite du matelas, Jack Skelton continuait sa nuit, agité de temps à autre par un mouvement convulsif, comme aiguillonné par ses rêves.

À quatre heures, renonçant à tout simulacre, Alice était descendue à la cuisine. Gâteaux secs, glace, café arrosé de gin. Cigarettes. Finalement, gin pur, sans rien d'autre. Elle se fit couler un bain et s'y prélassa, la tête appuyée à un coussin en plastique, en écoutant les émissions internationales de la BBC : *Londres matin*, le premier journal de la journée en français.

Sortie de l'eau et une fois séchée, Alice se demandait si elle n'allait pas remonter au premier et s'habiller quand le téléphone sonna.

– Allô ? Madame Skelton ? C'est Helen Siddons.

– C'est aussi pratiquement le milieu de la nuit.

– Je suis désolée, je ne vous aurais jamais appelée à une heure pareille si...

– Si ce n'était pas important.

– Exactement. Votre mari est là ?

S'il n'est pas avec vous, pensa Alice, je suppose que oui.

– Je crois qu'il dort encore, vous ne pensez pas ? Il se fatigue vite, ces temps-ci.

– Pourriez-vous me le passer ? C'est...

– Important, je sais. (Elle laissa le combiné lui glisser des doigts ; l'appareil heurta le mur, rebondit, et fit le yo-yo au bout de son fil torsadé.) Jack ! lança-t-elle en direction du premier, il y a quelqu'un qui te demande. Je crois que c'est le service de massage.

Helen avait passé en revue tous les interrogatoires de l'affaire Rogel, sans trop savoir ce qu'elle cherchait, mais en espérant que le détail révélateur lui sauterait aux yeux le moment venu. Le mobile, les circonstances, un lien quelconque qui leur aurait pour une raison quelconque échappé. Un élément qu'ils n'auraient pas considéré comme important sur le moment, mais qui, aujourd'hui...

Les gens convoqués pour interrogatoire se répartissaient en trois catégories : tout individu qui aurait pu nourrir une rancune particulière à l'encontre des trois personnes concernées, des truands connus pour être portés sur l'extorsion de fonds, et finalement une collection plus disparate de quidams présents dans les parages au moment des faits, et dont certains avaient eu un comportement propre à éveiller les soupçons. Dans le cas des suspects les plus probables, leurs antécédents étaient décrits en détail, leurs profils assez complets ; d'autres personnages, notamment parmi ceux du dernier groupe, n'avaient pas suscité autant d'intérêt. À l'époque, cela n'avait pas semblé avoir beaucoup d'importance. Mais quand on examinait leurs dossiers à la loupe, la quantité d'informations manquantes donnait le vertige.

Helen se demanda avec quel sérieux certaines de ces dépositions avaient été examinées – le premier alibi, mais pas le deuxième ni le troisième ? Et que savait-on de ce qu'ils étaient devenus une fois qu'ils avaient été éliminés de l'enquête ? Très peu de choses, à son avis. Dans certains cas, rien du tout. Comme il était facile, alors, pour l'un d'entre eux de se faire oublier un moment, d'effacer ses traces et de changer de région. De recommencer ailleurs.

– Prenez quelqu'un avec vous, avait dit Skelton. Un autre inspecteur, quelqu'un qui pourra assurer des vérifications si nécessaire. Divine, par exemple. Il conduira la voiture.

Mark Divine n'était absolument pas ravi de servir de chauffeur à une bonne femme. Enfin, il avait au moins le plaisir de conduire une voiture correcte, capable de grimper sans problème à cent quatre-vingts sur l'autoroute.

– Divine..., fit Helen Siddons.

Elle avait un tailleur sombre avec une jupe mi-longue, les cheveux tirés en arrière, l'air sévère. Divine se dit qu'elle aurait eu sa place dans la vidéo qu'il avait louée la veille, *Les Prêtresses de l'Enfer*. Il l'imaginait très bien maniant le fouet.

– Oui, chef !

Divine singea un soldat qui se met au garde-à-vous, tout en lui lançant, pour autant qu'il osât le faire, une œillade assassine. On ne sait jamais, se disait-il ; si on obtient des résultats, elle se dégèlera peut-être un peu sur le chemin du retour.

– À la moindre parole déplacée de votre part, Divine, je vous fais couper les roubignoles ; on les fera sécher et on les vendra aux enchères au prochain dîner dansant de la division. Compris ?

Lynn avait passé au crible la masse de documents qui encombrait son bureau, scruté le tableau d'affichage du local de la PJ, consulté le registre des messages téléphoniques. Au cours de la matinée, elle prit contact avec les officiers qui s'étaient succédé à l'accueil, elle demanda aux gens du standard de passer en revue tous les appels reçus. Finalement, la conclusion s'imposa, indiscutable : aucun message personnel n'avait été laissé à son intention au cours des trente-six dernières heures. Pour une raison ou une autre, Michael avait menti.

– Un problème ?

Resnick s'était arrêté près du bureau de Lynn avant de regagner le sien. Un sac rebondi en papier kraft, provenant de chez le traiteur, fuyait doucement au creux de sa main.

Lynn secoua la tête.

– Pas exactement.

– Vous vous faites du souci pour votre père ?

– En quelque sorte, oui, je suppose.

– Il y a du nouveau, pour la date de l'opération ?

– Pas encore.

Resnick hocha la tête ; que pouvait-il dire de plus ? Il avait promis d'appeler les Phelan cet après-midi pour leur communiquer les nouveaux éléments de l'enquête ; seulement, des éléments nouveaux, il n'y en avait pas. L'inconnu qui avait envoyé la demande de rançon les tenait tous entre ses mains. Toutes les autres pistes possibles, quelle que fût leur nature, s'étaient depuis longtemps révélées sans issue. Derrière son bureau, il ouvrit le sac et rattrapa une rigole d'huile et de mayonnaise avec son index qu'il porta à sa bouche. Seules quelques gouttes tombèrent sur le rapport du ministère de l'Intérieur concernant l'enquête d'opinion sur les polices privées. Depuis combien de temps n'avait-il pas parlé à Dana ? Il devrait l'appeler, s'assurer qu'elle allait bien. S'il l'invitait à prendre un verre, quel mal y aurait-il à cela ? Mais son numéro était coincé dans son cerveau comme un amas de nourriture insuffisamment mastiquée qui reste en travers de la gorge.

Lynn passa l'après-midi à compulser plusieurs exemplaires des pages jaunes et d'autres annuaires professionnels. À son onzième appel, la réceptionniste répondit :

– M. Best ? Il est souvent en déplacement, mais si vous voulez bien attendre, je vais voir s'il est disponible.

– Excusez-moi, ajouta vivement Lynn. Il s'agit bien de M. Michael Best ?

– C'est cela, oui. Pouvez-vous me dire de quoi il s'agit ? S'il n'est pas ici, quelqu'un d'autre pourra peut-être vous aider.

– Écoutez, ce n'est pas important, dit Lynn. Ne vous inquiétez pas. J'arriverai bien à le joindre à un autre moment.

Ce soir-là, elle refusa toutes les invitations à prendre un verre, quitta son travail pratiquement à l'heure, des picotements lui parcourant l'épiderme alors qu'elle approchait de chez elle. Mais personne n'était assis en travers de l'escalier, lisant le journal, et il n'y avait pas de petit mot glissé sous sa porte. Combien de fois alla-t-elle à la fenêtre pour regarder dans la cour, espérant toujours qu'il serait là ? Vers neuf heures moins le quart, elle se rendit compte qu'elle s'était assoupie dans son fauteuil. À dix heures, elle était au lit et s'endormait de nouveau, avec une indifférence surprenante.

44

Comme si ce n'était pas un handicap suffisant de naître dans une famille noire, il avait fallu que ses parents la prénomment Sharon. En anglais courant, l'un des rares noms instantanément perçus comme une insulte. « Ne perds pas ton temps avec une fille comme elle, c'est une vraie petite Sharon ! » En plus de toutes les insinuations, de tous les sous-entendus qu'elle avait subis depuis son enfance, sans oublier le racisme déclaré, les insultes virulentes – Sale négresse ! Mal lavée ! Saloperie de bougnoule ! –, depuis cinq ans elle était en butte à des plaisanteries innombrables la comparant à Sharon Stone. Le fait qu'elle n'ait pas la moindre ressemblance avec cette blonde mythique qui focalisait davantage l'attention sur sa poitrine que sur son intelligence ne changeait absolument rien à l'affaire. C'était le prénom qui faisait tout. Cela aurait pu être pire, se disait-elle parfois pour se consoler. Elle pourrait s'appeler Tracey.

Sharon Garnett, trente-six ans, était officier de police depuis l'âge de vingt-neuf ans. Après deux années de cours d'art dramatique à l'École pour tous, elle avait travaillé avec diverses compagnies théâtrales, noires la plupart du temps, qui donnaient dans l'animation socioculturelle à coups de subventions minables ; deux petits rôles dans des séries télévisées, l'incontournable Noire au cœur d'or. Un de ses amis avait tourné pour Channel Four une vidéo de trente minutes dans laquelle le premier rôle était tenu par Sharon, et pendant cinq ou dix minutes, sa carrière avait semblé sur le point de décoller. Six mois plus tard, elle se retrouvait une fois de plus dans une camionnette, en tournée avec une pièce sur les droits des femmes, entre un hôpital abandonné à Holloway et une Maison des jeunes à Cowdenbeath. Et elle était enceinte.

Quant à son parcours du théâtre à la police, c'était une longue histoire. D'abord, elle perdit son bébé, puis elle resta de longues journées, dans l'appartement de ses parents à Hackney, sans parler à personne, à contempler les murs. Un après-midi, entre trois et quatre heures, alors que le soleil brillait et que même Hackney ressemblait à un endroit où on pourrait avoir envie de vivre – elle s'en souvenait bien, jusqu'au moindre détail – Sharon se rendit au commissariat de son quartier et demanda un dossier de candidature.

– Les gens comme vous, lui avait dit l'inspecteur, on les accueille à bras ouverts. Les minorités raciales sont très demandées, en ce moment.

À part une remarque déplacée de temps à autre, les groupes qui se taisaient et formaient cercle quand elle entrait dans la salle, une enveloppe pleine d'excréments portant les mots « Mange-moi » trouvée un jour dans son vestiaire, sa formation se passa pratiquement sans incident.

Surprise, surprise, sa première affectation l'envoya en banlieue, dans le quartier noir de Brixton, pour faire régner l'ordre en première ligne. Dans les rues, avec son visage noir et son uniforme luisant, elle incarnait le changement qui s'opérait dans la police. Les hommes noirs la traitaient de pute, ses sœurs de couleur crachaient à ses pieds sur son passage.

Ses trois demandes d'intégration dans le corps des inspecteurs furent rejetées ; finalement, on la renvoya à Hackney dans l'unité de prévention des violences urbaines, mais ce n'était pas ce dont elle rêvait. Elle avait déjà assez donné dans l'humanitaire et l'éveil des consciences ; si elle avait voulu devenir assistante sociale, expliqua Sharon à son supérieur, elle n'aurait jamais postulé à un emploi dans la police.

Très bien, lui répondit-on. En ce cas, on vous réaffecte à l'îlotage.

Dix-huit mois plus tard, voyant voler en éclats une relation de couple qu'elle croyait solide, elle quitta Londres pour intégrer la PJ de Lincoln. Une paisible ville de province, célèbre pour sa cathédrale. Sharon s'y sentait aussi déplacée qu'un morceau de papaye dans une salade de fruits servie au Ritz. Oh, bien sûr, on y commettait des cambriolages, et même en grand nombre (ici comme ailleurs, la récession se faisait durement sentir), on constatait quelques trafics de drogue, et les gens faisaient tout ce qu'il était possible d'imaginer avec des voitures, du moment qu'elles appartenaient à quelqu'un d'autre. La plus grande effervescence que connut Sharon fut le jour où un modeste esclandre à propos d'un vol à l'étalage, dans un quartier de logements sociaux d'avant-guerre, dégénéra soudain en émeute : des adolescents se mirent à lancer des insultes et des cocktails Molotov, des gosses de dix ans jetèrent des cailloux, et les forces de police, en infériorité numérique, battirent en retraite derrière leurs boucliers. Il avait fallu faire appel à des renforts venus du secteur voisin et à une unité spéciale pour rétablir le calme.

Depuis, Sharon avait été détachée à King's Lynn. Un endroit encore plus calme.

Tout comme celui où elle se trouvait à présent, une demi-heure avant le lever du soleil, un givre épais couvrant les chênes, les buissons d'aubépine, et les arêtes noires des sillons dans les champs labourés. En compagnie de deux des autres officiers de police envoyés sur les lieux, Sharon était accroupie derrière un antique tracteur Massey-Ferguson. De main en main circulait une thermos de café, clandestinement agrémentée d'une rasade de whisky. Le café était brûlant et leurs haleines, nuages gris dans les premières lueurs du jour, attestaient du froid ambiant. Sharon ne prit qu'une petite gorgée de café avant de passer la bouteille ; elle n'avait aucune envie d'aller se cacher dans les buissons pour uriner, ce qui serait encore plus inconfortable que d'habitude avec les deux collants qu'elle portait l'un sur l'autre ce matin.

– Bon sang, si ça continue, ils ne viendront jamais ! dit l'un de ses collègues.

Sharon hocha la tête.

– Si, ils viendront.

Il y avait cinq mois, à présent, qu'elle enquêtait sur cette affaire. Très précisément, depuis que le premier incident avait été signalé : dans une ferme du côté de Louth, sept cochons égorgés, puis traînés jusqu'à une camionnette et débités en morceaux dans le véhicule. Sur les étals des marchés locaux, on avait vu fleurir des offres spéciales sur la poitrine de porc, les cuisses et les côtelettes.

– Les temps sont durs, avait commenté le supérieur de Sharon. Les gens survivent comme ils peuvent.

C'était sans doute vrai : au cours des deux dernières années, les vols de moutons avaient triplé dans le massif du Dartmoor et la région des lacs.

– Regardez ! Là-bas !

Sharon sentit son cœur battre plus fort. Des phares, pâles dans la lumière naissante, se faufilaient derrière le rideau d'arbres. Grâce à la radio agrafée à l'épaulette de sa veste rembourrée, Sharon donna des instructions claires et concises.

– Bonne chance, lui lança un collègue en passant près d'elle.

Dans sa poitrine, sa respiration menaçait de se figer.

Les phares étaient plus nets, à présent, plus proches. Sur un fond de ciel qui s'éclaircissait peu à peu, la camionnette se détachait de plus en plus nettement. En appui sur un genou, l'autre jambe à demi pliée, prête à se propulser en avant, Sharon avait la bouche sèche. Devant la porcherie, quelques cochons tournaient en rond, moroses, fouillant ce qu'il restait de la paille qu'on avait jetée sur le sol gelé.

Un fourmillement lui parcourut le cuir chevelu quand la camionnette ralentit, puis ralentit encore. Avant que le véhicule ne s'arrête complètement, trois hommes en jaillirent. Anoraks noirs, jeans noirs. L'un d'eux brandissait un objet métallique qui brillait malgré la pauvreté de la lumière ambiante.

– Attendez ! dit Sharon dans un souffle. Attendez, bon sang !

Deux hommes se jetèrent sur le cochon le plus proche, l'un cherchant à le frapper d'un coup de gourdin derrière la tête. L'animal, terrifié, poussa un cri aigu et dérapa quand le gourdin le frappa de nouveau. En courant pour les rejoindre, le conducteur de la camionnette perdit l'équilibre et s'étala, lâchant sous le choc son couteau à longue lame.

– On y va ! cria Sharon en s'élançant. Allez, allez, allez !

– Police ! (Les mises en garde s'élevèrent de toutes parts autour des voleurs de bétail.) Police ! Police !

Sharon bondit sur l'individu qui venait de tomber, lui plantant au creux des reins le talon de sa chaussure de sport pour l'aplatir de nouveau sur le sol. Satisfaite, elle poursuivit sa course, laissant le soin au collègue qui la suivait de menotter et d'embarquer le personnage. Le bâton de bois dur qui avait servi de gourdin gisait sur son chemin. Sans s'arrêter, elle le ramassa au passage.

Des voix furieuses résonnaient autour d'elle, des jurons, et les cris de plus en plus aigus des porcs. L'un des voleurs s'échappa et partit en courant vers la camionnette. Sharon vit deux de ses collègues se lancer à sa poursuite, se prenant les pieds dans les ornières qui se dressaient devant eux comme des vagues gelées. Deux des autres voleurs étaient aux prises avec plusieurs policiers ; le troisième, déjà à genoux, la tête rejetée en arrière, était neutralisé par une clé de bras qui lui enserrait la gorge.

Le fuyard était parvenu à démarrer la camionnette qui bondissait vers eux, à présent ; l'un des officiers était pendu à la portière, un bras passé à travers la fenêtre, agrippé au volant. Sharon bondit en arrière quand le véhicule fit une embardée et s'embourba. Le chauffeur, qui écrasait l'accélérateur, ne parvint qu'à faire jaillir très haut dans les airs une gerbe de terre noire. Un poing atterrit sur sa tempe et une menotte l'attacha au volant alors que le contact était coupé.

– Sharon !

Son nom, lancé comme un cri d'alarme.

Sharon fit volte-face, reculant vivement la tête pour éviter le tranchoir de boucher qui s'abattait sur elle.

– Méchant, ça ! dit Sharon.

Elle frappa à son tour. Le gourdin, percutant le coude de son agresseur alors que celui-ci retirait son bras, atterrit avec suffisamment de force pour briser l'os.

Quand les prisonniers eurent été informés de leurs droits, répartis dans différents véhicules pour être emmenés à Lincoln, que le soleil parut enfin, pâle, sur l'horizon ponctué d'arbres épars, Sharon revint sur ses pas, traversant la cour de ferme éventrée vers l'endroit où les cochons fouissaient le sol avec entrain. Il ne lui fallut qu'un instant pour comprendre que l'objet de leur attention était une main humaine.

45

On avait mis en place un périmètre de sécurité autour de l'élevage de porcs, des panneaux de déviation sur toutes les routes d'accès. Fixée sur des pieux métalliques hauts d'un mètre vingt, une bande jaune marquée « Police », que soulevait de temps à autre le vent du nord, délimitait l'endroit où le cadavre avait été découvert. Des hommes et des femmes en combinaisons bleu marine se déployaient en éventail à partir du point stratégique, passant le sol au peigne fin. D'autres examinaient le sentier, prêts à prendre des moulages de traces de pneus, d'empreintes de chaussures. Le corps de Nancy Phelan, libéré de sa tombe improvisée, gisait sous une couverture, dans l'ambulance. Dans une BMW marron maculée de boue, le médecin légiste du ministère de l'Intérieur rédigeait un rapport préliminaire. Harry Phelan, amené dans le flot de la circulation matinale par un Graham Millington au visage fermé, s'était isolé juste après avoir identifié le corps, traversant le chemin pour s'enfoncer dans un champ désert. À présent, il se tenait immobile, tête baissée, les mains enfouies dans ses poches, tandis que dans la voiture, sa femme Clarise pleurait ; elle avait envie de le rejoindre et de le serrer dans ses bras, mais elle n'osait pas.

Midi était encore très loin.

Resnick, en pardessus, une écharpe autour du cou, le visage blême dans le soleil d'hiver, parlait à Sharon Garnett. Avec son mètre soixante-quinze, la silhouette épaissie par la veste en duvet de canard qu'elle portait, Sharon n'était absolument pas écrasée par la stature de Resnick. La télévision, les avis de recherche mis en circulation avec la photo de Nancy Phelan l'avaient renseignée sur l'enlèvement ; les affaires dans lesquelles des femmes disparaissaient du jour au lendemain étaient encore, Dieu merci, assez rares, et Sharon avait aussitôt fait le rapprochement. Bien avant que ses charcutiers ne soient embarqués, elle avait fait part de ses soupçons à la PJ, et au bout de quelques minutes, on lui avait passé Resnick.

— À votre avis, demanda Sharon, depuis combien de temps était-elle enterrée ?

— Difficile à dire. Mais il me semble que c'est assez récent. Sinon, les cochons l'auraient trouvée plus tôt, même avec une température comme celle-ci.

— C'est une indication ? demanda Sharon. Le fait qu'on l'ait retrouvée ici ?

— Pour identifier l'assassin ?

Sharon hocha la tête.

— Cela pourrait restreindre le champ d'investigation. Ça dépend.

— Mais il doit bien y avoir une raison, n'est-ce pas ?

— Comment ça ?

— Je veux dire, pourquoi ici, précisément ? À première vue, ça n'a pas de sens.

Resnick regarda, autour de lui, les champs immenses et plats qui composaient le paysage.

— C'est loin de tout, en tout cas. Il faut reconnaître que cela constitue un avantage.

Sharon esquissa un sourire avec les coins de sa bouche.

— Dans ce coin, c'est comme ça partout.

— Il faut du temps pour enterrer un corps, reprit Resnick. Même sans creuser profondément. Et si une personne quelconque menaçait de vous déranger, vous la verriez venir de loin.

— Malgré tout, il faudrait que l'assassin connaisse déjà l'endroit, vous ne croyez pas ? dit Sharon. Qu'il en connaisse l'existence, qu'il sache que personne n'y vient pendant de longues périodes en pleine journée. Ce genre de détails. Je veux dire, on l'imagine mal se balader au hasard avec le corps dans le coffre de sa voiture, repérer ce coin, se dire : « Tiens, ça me paraît plutôt bien. »

— C'est dans le domaine des choses possibles.

— Oui, mais vous pensez que ça s'est passé comme ça ?

Resnick secoua la tête.

— Non. Je crois que l'individu en question connaît bien cet endroit, cette ferme, ce chemin de campagne. J'irais jusqu'à dire qu'il avait déjà cette idée en tête avant de tuer Nancy Phelan, peut-être même avant de l'enlever. L'enterrer ici.

Sharon repensa au moment où elle avait aperçu la main, aux cochons qui fouissaient le sol.

— Mais alors, il devait savoir que, tôt ou tard, le corps serait découvert ?

— Oui, confirma Resnick, je pense que cela fait partie de son plan.

— De quel plan s'agit-il ?

– Je ne suis pas encore certain de le savoir.

Le médecin légiste se dirigeait vers eux, les jambes de pantalon enfoncées dans des bottes vertes en caoutchouc.

– Je vais devoir faire les tests appropriés, bien sûr, mais je dirais qu'elle est morte depuis, oh, trois jours peut-être, ou quatre. Il me semble qu'elle a d'abord été tuée, qu'on a conservé son corps quelque part, avant de le transporter jusqu'ici. Les signes de détérioration sont remarquablement peu nombreux.

– La cause du décès ? demanda Resnick.

– Oh, vous avez vu ces ecchymoses autour du cou. On l'a étranglée, c'est pratiquement certain.

– Comment ? demanda Sharon.

Le médecin légiste lui jeta un regard par-dessus ses lunettes, comme s'il prenait conscience pour la première fois de sa présence. Il ne fit même pas mine de vouloir répondre à sa question.

– Comment l'a-t-on étranglée ? insista Resnick.

La réaction fut immédiate.

– Pas avec les mains. À l'aide d'un lien quelconque. Un morceau de corde, peut-être, encore que cela aurait endommagé la peau davantage. Une ceinture étroite ?

– Dans combien de temps, demanda Resnick, peut-on espérer un rapport complet ?

– Vingt-quatre heures.

– Pas plus tôt ?

– Je vous ferai parvenir les premiers éléments dès que possible. Au début de l'après-midi ?

Pendant l'échange, Sharon avait fait de son mieux pour réfréner sa colère.

– Vous avez des femmes dans votre équipe ? demanda-t-elle à Resnick tandis que le médecin légiste repartait d'un pas lourd vers sa voiture.

– Une. Pourquoi ?

– Vous la soutenez toujours aussi bien que vous venez de le faire pour moi ?

Si Resnick avait pu croire que Sharon lui adressait un compliment, le regard de la jeune femme lui fit perdre toute illusion.

Harry Phelan se tenait toujours dans la même position, comme un épouvantail planté au milieu d'un champ cultivé, où il n'y avait rien à protéger. Sa femme s'était avancée vers lui, se risquant jusqu'à la barrière et pas plus loin. Resnick passa un bras autour des épaules de Clarise, et à ce contact elle se mit à pleurer de nouveau, posant sa tête sur la large poitrine du policier.

– C'est pour Harry que je me fais du souci, dit-elle en reniflant dans divers lambeaux de kleenex humides. Toute cette énergie qu'il a, elle lui servait à se persuader que Nancy était encore vivante. Même en venant ici, il n'arrêtait pas de me dire, elle va bien, tu verras, qui que ce soit que l'on ait trouvé, ce n'est pas elle. Pas Nancy. Ce n'est pas elle.

Resnick la quitta pour traverser péniblement le champ ; Harry tourna une fois la tête pour voir qui venait vers lui, mais il ne bougea pas d'un millimètre. Ils ne dirent pas un mot pendant un petit moment. Resnick, au seuil de l'âge mûr ; Harry Phelan, pour qui ce même âge mûr se terminait. Une fois de plus (cela lui était déjà arrivé), Resnick se sentait inutile, absolument pas à la hauteur de la tâche à accomplir. Comment s'y prend-on pour réconforter un homme qui vient d'identifier le corps assassiné d'une femme qui avait été – et qui restait encore dans son cœur – son enfant ? Si Elaine et lui avaient eu eux-mêmes des enfants, aurait-il mieux su ce qu'il fallait faire ? Les circonstances lui permettraient-elles un jour de comprendre ?

– Si la rançon avait été payée, ceci ne serait jamais arrivé.

Il n'y avait plus aucune colère, à présent, dans la voix d'Harry Phelan. Plus de passion. C'était un homme vidé de toute trace de vie.

– Nous n'en savons rien, dit Resnick.

– Si tout s'était bien passé, s'il n'y avait pas eu d'embrouille, avec l'argent...

– Il est possible qu'elle ait été tuée avant.

Harry, trop abasourdi pour véritablement comprendre, leva les yeux vers lui. À l'autre bout du champ, des vanneaux s'envolèrent tous en même temps, décrivirent un demi-cercle, et se posèrent de nouveau entre la haie et l'endroit où se tenaient les deux hommes. Près de la ferme, plusieurs véhicules redémarraient, faisant rugir leurs moteurs de façon éloquente. Resnick savait qu'il était temps de partir, mais il resta près d'Harry Phelan.

– Vous croyez que vous l'attraperez un jour ?

Resnick prit son temps avant de répondre.

– Oui, finit-il par dire.

Tout bien considéré, c'était bien sa conviction.

– Mais il ne lui arrivera rien, c'est ça ? Même si vous mettez la main sur lui. Un hurluberlu quelconque bardé de diplômes viendra parler de lui au tribunal, pour dégoiser une théorie fumeuse, on l'enfermera dans un hôpital pendant dix ans et puis on le relâchera.

Resnick ne répondit pas.

– Si jamais vous le coincez quand même, reprit Harry Phelan d'une voix toujours aussi monocorde, par pitié ne me laissez pas m'approcher de lui. Sinon, je ne serai pas responsable de ce qui arrivera.

Quelques minutes plus tard, Resnick pivota et se tourna vers lui, attendant que Harry Phelan le regarde à son tour. Puis, ensemble, les deux hommes revinrent sur leurs pas.

Sharon Garnett, un peu tendue, bien campée sur ses jambes, le visage figé par la détermination, attendait Resnick près de la voiture. Resnick s'attendait à une nouvelle leçon de morale.

– Je me demandais, dit-elle, s'il vous arrive d'avoir des postes à pourvoir dans votre équipe ?

Resnick, pris au dépourvu, se donna le temps de rassembler ses esprits.

– De temps en temps, répondit-il, il y a des gens qui obtiennent des promotions, des transferts.

Il s'abstint de lui raconter que, peu de temps auparavant, l'un de ses hommes était mort poignardé dans le centre-ville, alors qu'il tentait de séparer deux jeunes qui se battaient.

– En ce qui concerne ce qui s'est passé ici, disait Sharon en regardant par-dessus son épaule l'endroit où le corps avait été trouvé, je me suis bien débrouillée, non ?

Resnick hocha la tête.

– Effectivement, c'est aussi mon avis.

– Alors, si je posais ma candidature... (Son sourire se dessinait de nouveau, lentement, aux commissures des lèvres.) Je pourrais compter sur vous pour appuyer ma demande ?

– Après ce que vous m'avez dit tout à l'heure, je suis surpris que l'idée même de travailler avec moi vous effleure.

Amusée, Sharon recula d'un pas et le toisa lentement des pieds à la tête.

– Fondamentalement, monsieur l'inspecteur principal, je dirais que vous êtes un type bien. Vous avez simplement besoin de quelqu'un qui vous pousse un peu du coude de temps en temps.

Resnick lui tendit la main.

– Je vous remercie de votre aide. Je vous reverrai peut-être.

– C'est ça, dit Sharon, vous me reverrez peut-être.

Et elle lui tourna le dos pour retourner à son propre travail. Elle avait trop à faire pour rester plantée là à le regarder partir.

46

Ils roulaient vers l'est, traversant de nouveau Newark pour rentrer en ville, et pas la moindre occasion de doubler ne se présentait. Frustré derrière le volant, Millington mâchait pastille après pastille d'une menthe extra-forte, ne les laissant jamais longtemps dans sa bouche avant de les broyer entre ses dents.

– Si on relie d'un trait les deux points de livraison pour la rançon, dit Resnick, qu'est-ce qu'on trouve à mi-chemin ?

Millington mit son clignotant, rétrograda pour changer de file.

– Si le trait n'est pas trop droit, il passe par l'endroit que nous venons de quitter.

Resnick soupira et secoua la tête. À travers la vitre de sa portière, il vit un fermier décharger à la fourche une remorque de tracteur remplie de fourrage. Les bêtes, traversant le champ glacé en colonnes sinueuses, convergeaient vers lui.

– Je me demande ce qu'on peut ressentir, reprit Resnick, à la place d'Harry Phelan. Une vérité qu'on devinait à moitié depuis le début, qu'on repoussait au fond de sa conscience, et tout à coup... Bon sang, Graham ! Sa fille, exhumée d'un champ labouré. Comment diable peut-on vivre avec une image pareille dans la tête ?

Millington n'en savait rien. Crispées sur le volant, ses mains étaient couvertes d'une fine pellicule de sueur. Comment l'un ou l'autre d'entre eux aurait-il vraiment pu savoir une chose pareille ? Deux hommes d'âge mûr qui n'avaient jamais été pères ?

Resnick appela le commissariat à l'aide du téléphone de la voiture, et demanda à parler à Lynn Kellogg. Brièvement, il la mit au courant de ce qu'ils venaient de découvrir.

– Allez chez Robin Hidden le plus tôt possible, dit-il. Prenez Kevin avec vous s'il est disponible. Il vaut mieux que ce soit vous qui appreniez la nouvelle à Hidden, si vous arrivez à temps. D'un instant à l'autre, les médias vont se ruer sur lui.

– Bien, fit Lynn. Je vais faire ce que je pourrai.

– Et, Lynn. Cet ami à lui qui vit à Lancaster ou je ne sais où ; suggérez à Hidden de passer quelque temps chez lui, de se faire oublier.

– D'accord.

Millington, forcé de se rabattre derrière un camion que la voie unique lui interdisait de doubler, jura entre ses dents. Il sortit une nouvelle pastille de menthe du paquet et en offrit une à Resnick, qui secoua la tête.

Le téléphone sonna. C'était Lynn qui rappelait Resnick.

– Je voulais seulement en avoir le cœur net ; quand je parlerai à Hidden... On ne le considère plus comme suspect, dans cette affaire ?

– Non, répondit Resnick. Simplement comme une victime de plus.

Quand Millington déposa Resnick au rond-point de London Road, il faisait si sombre que les projecteurs du stade de County, à quatre cents mètres de là, étaient à peine visibles.

– Dites à Skelton que je serai là dans une demi-heure.

– Il va être ravi, commenta Millington.

Resnick s'en moquait bien ; ce qu'il avait à faire, il ne voulait laisser à personne d'autre le soin de s'en charger. Grimpant la rue en pente douce qui mène au Marché aux Dentelles, il tourna à gauche dans Hollowstone, où il fut surpris par la violence d'un vent déchaîné, et continua de monter vers l'église St. Mary. Au premier tiers de la côte, il y avait un creux dans le mur, ménageant un espace où un homme de petite taille pouvait se tenir debout. Deux formes humaines s'y tenaient recroquevillées, les pieds et les jambes enveloppées de journaux et de cartons. Resnick se dit que trois au quatre autres personnes avaient dormi là cette nuit.

Quand il tourna à droite en face de l'église, il découvrit la Toyota rouge d'Andrew Clarke, en stationnement interdit, devant les bureaux du cabinet d'architectes. Sur la vitre, à côté de la porte, le nom de Clarke, associé principal, était calligraphié avec goût en minuscules.

À l'accueil, entre deux plantes vertes qui s'épanouissaient tranquillement, Yvonne Warden bavardait avec la réceptionniste, une tasse de café à la main. Sur les murs, à côté des plans d'origine, des photographies encadrées montraient des immeubles de bureaux et des hôtels conçus par la firme.

– Si vous voulez voir Andrew, commença Yvonne, je crois qu'il est encore en réunion...

– Aucune importance, dit Resnick. Ce n'est pas pour lui que je suis venu.

Dana était à son bureau dans la bibliothèque ; elle regardait dans une visionneuse une diapo représentant l'un des immeubles construits à Houston par Philip Johnson, une version géante de l'une de ces maisons à pignons dont elle était tombée amoureuse en se promenant le long des canaux d'Amsterdam. Quel dommage, pensait-elle, que Johnson n'ait jamais pu réaliser son projet pour ce bureau d'investissement koweïtien, en face de la Tour de Londres, qui était une réplique du Parlement, en deux fois plus grand. Au moins, il ne manquait pas d'humour.

Le déclic discret de la porte lui fit tourner la tête, et quand elle vit que c'était Resnick, elle lui dit bonjour et sourit, mais elle s'était à peine levée de son siège que son sourire s'effaçait déjà.

– Il s'agit de Nancy, n'est-ce pas ?

Resnick hocha la tête et lui tendit ses deux mains, mais elle se détourna de lui et se dirigea vers la fenêtre ; debout devant la vitre, elle y appuya son front, les yeux fermés, s'agrippant à la poignée. Le verre était froid sur son visage.

Resnick ne voyait pas comment annoncer la nouvelle autrement.

– On a découvert son corps tôt ce matin. Elle avait été enterrée dans un champ. Elle est morte étranglée.

Dana eut un soubresaut, comme si elle avait reçu une décharge électrique, et son front heurta violemment la vitre. Avec douceur, Resnick l'attira en arrière, tout contre lui. Il sentit sur son visage la douceur des cheveux de Dana. Oppressée, la respiration en lambeaux, elle haletait.

– Ses parents le savent ?

– Oui.

– Oh, mon Dieu !

Lentement, cette fois, Resnick la tenant toujours, elle se courba en avant jusqu'à ce que sa tête repose de nouveau contre la vitre. Quelqu'un entra dans la pièce et, sur un regard de Resnick, en ressortit aussitôt.

– Elle était... si belle, ajouta Dana.

– Oui, très belle.

Dana se retourna, tremblante, pour se réfugier contre lui et Resnick l'entoura de ses bras, s'efforçant de ne pas penser au temps qui passait. En ce moment même, Skelton devait tenir conseil, distribuer des ordres, se préparer pour une conférence de presse. En tant qu'officier présent lors de l'exhumation de Nancy Phelan, Resnick lui-même allait devoir se présenter devant les caméras de télévision avant la fin de la journée. Depuis la place montait le tintement, assourdi, de la cloche de l'hôtel de ville qui sonnait l'heure.

– Il vaudrait mieux que tu partes, fit Dana en se dégageant pour s'approcher de son bureau où était posée une boîte de mouchoirs en papier. Mon Dieu, je dois avoir une mine affreuse.

– Tu es très bien.

Dana renifla et trouva la force d'esquisser une sorte de sourire.

– Très bien seulement ?

– Tu es superbe.

– Tu savais que j'ai trouvé un autre boulot ?

Resnick secoua la tête.

– Oui, à Exeter. Je commence le mois prochain. (Dana rit.) Andrew m'a rédigé une lettre de recommandation tellement extraordinaire, mes nouveaux patrons ont eu du mal à comprendre qu'il puisse se séparer de moi.

– Tu es sûre que ça ira ? demanda Resnick.

– À Exeter ?

– Tout de suite.

Dana soupira.

– Oh, oui. Ça ira... Ça ira très bien, comme tu le disais à l'instant. Très bien.

Resnick pressa ses deux mains et l'embrassa doucement sur la bouche.

– Appelle-moi, si ça va mal.

Michelle s'était installée de bonne heure sur le canapé, le bébé sur les genoux, parce que le feuilleton n'allait pas tarder à commencer ; mais en fait, elle eut droit au dernier tiers du journal télévisé. Devant les bâtiments d'une ferme, une femme noire répondait à des questions en regardant la caméra. Michelle crut d'abord qu'il s'agissait d'une histoire de... Comment, déjà ? De salmonellose, ou bien de maladie de la vache folle, mais la photo de Nancy Phelan apparut dans le coin supérieur gauche de l'écran. Elle fit vite taire Natalie et se pencha pour monter le volume. Presque aussitôt, l'image changea et un homme apparut, au visage rond, à l'air triste, pensa Michelle, qui parlait du même sujet. Inspecteur principal Charles Resnick, annonça le bandeau qui coupait sa cravate en deux. « Profonds regrets... », disait-il, « ... efforts constants... », et quand le journaliste, hors champ, lui demanda si la mort de Nancy Phelan était, à son avis, une conséquence directe et malheureuse de l'incompétence de la police, la bouche de l'inspecteur se durcit, ses paupières se plissèrent, et il répondit :

– Rien ne permet de l'affirmer. Une telle explication appartiendrait au domaine de la pure spéculation.

Ce qui n'allait empêcher personne de le penser.

De l'autre côté du fleuve, Robin Hidden avait débranché son téléphone, mais il ne pouvait rien faire pour endiguer le flot constant d'équipes de télévision locales et de journalistes qui venaient frapper à sa porte. Finalement, il escalada les clôtures de trois jardins contigus, se glissant entre des buissons de roses et des bassins artificiels, jusqu'à ce qu'il trouve un sentier qui rejoignait la rue.

Il acheta un journal pour avoir un peu de monnaie et appela de mémoire le numéro de Mark. Son ami, qui remplaçait le carrelage de sa salle de bains, avait appris ce qui s'était passé en écoutant les *Nouvelles de treize heures*.

– Pourquoi ne viens-tu pas me rejoindre ? proposa Mark sans attendre que Robin lui demande si c'était possible. Il me reste encore quelques jours de congé. On pourrait se refaire le Helvellyn. Mille mètres dans la neige.

– Tu es sûr ?

– Évidemment.

– Je ne vais pas être d'une compagnie très réjouissante.

– Enfin, Robin, bon sang ! À quoi servent les amis ?

Les larmes montaient déjà aux yeux de Robin Hidden. Sur toute la largeur de la une, la manchette annonçait : ON A DÉCOUVERT LE CORPS DE LA DISPARUE. Et, juste au-dessous : LE PLAN DE LA POLICE ÉCHOUE. *Ce matin, juste après le lever du soleil*, disait le début de l'article, *la police a découvert le corps de Nancy Phelan, disparue depuis Noël. La*

413

jeune femme, nue et apparemment assassinée par strangulation, était enterrée dans la boue devant...

Abattu, Robin poursuivit sa route jusqu'à la passerelle pour piétons qui enjambe le fleuve, descendit devant les Memorial Gardens, et continua jusqu'au rond-point de l'ancien pont de Wilford. Les épaules affaissées, il s'appuya à la rambarde de pierre pour retrouver son souffle. À travers l'âcre grisaille du jour, il ne voyait rien d'autre que l'image de Nancy, après leur dernier tête-à-tête, Nancy sortant de la voiture et s'éloignant. L'air se coinçait comme un poing dans ses poumons.

Un pêcheur qui passait à bicyclette, sa canne posée sur le guidon, tourna la tête pour le regarder d'un air étonné.

Robin se força à poursuivre sa route, sans but précis, empruntant les rues étroites des Meadows jusqu'à ce qu'il parvienne du côté de la gare. Bien qu'il n'eût rien d'autre que les vêtements qu'il portait, il comprit qu'il ne retournerait pas à son appartement. Mark lui prêterait un anorak, sa seconde paire de chaussures d'escalade ; il l'avait déjà fait. Quant au billet et aux autres dépenses qu'il aurait besoin de faire, il pourrait les régler avec la carte de crédit qui se trouvait dans son portefeuille.

Le premier train ne partait que dans quarante-cinq minutes. Robin acheta un jus d'orange au buffet et l'emporta au bout du quai, après avoir relevé et boutonné son col pour se protéger d'un vent insidieux. Le train qui allait l'emmener à travers la campagne était une de ces petites rames rapides à deux voitures, mais s'il restait là au bord du quai, avant longtemps il verrait passer un de ces rapides qui traversent les gares sans ralentir. La vue brouillée par les larmes, il regarda l'éclat terne des rails, et il entendit le nom de Nancy s'échapper timidement de ses lèvres.

47

La salle de conférence était bondée et sentait le renfermé ; elle était trop petite pour le nombre d'officiers qui s'y entassaient. Sur un mur, à côté d'un portrait en couleurs de Nancy Phelan, souriante et pleine de vie, s'étalait une série de photos 20x25 de son cadavre, en noir et blanc granuleux. D'autres clichés montraient l'endroit où le corps avait été enfoui. Des rubans de couleur, punaisés sur les tirages, indiquaient les emplacements où l'on avait relevé des traces de pneus, pour l'instant non identifiées, l'empreinte d'une semelle, incomplète et dessinée sur l'arête durcie d'un sillon. Une carte du Lincolnshire et de l'East Anglia montrait les deux restaurants en bord de route où l'on avait déposé l'argent de la rançon ; les établissements se trouvaient, l'un au nord, l'autre au sud d'une ligne qui s'incurvait légèrement vers l'est en reproduisant, à l'intérieur des terres, la courbe de la côte entourant la baie nommée The Wash. Pratiquement à mi-chemin entre les deux, entourée en rouge, se trouvait la ferme où l'on avait trouvé le corps de Nancy.

– Ça pue le vieux pet, ici, commenta Reg Cossall en se dirigeant vers le fond de la salle.

Divine parut s'offusquer.

– Celui-là, je viens à peine de le lâcher.

À l'autre bout du couloir, dans la salle des ordinateurs, les civils convoqués en renfort étaient à leur poste, pour entrer et archiver les données obtenues jusqu'à maintenant, y compris celles que Helen Siddons avait extraites de l'enquête sur la disparition de Susan Rogel. Tous ces éléments seraient ensuite confrontés aux informations stockées par l'ordinateur central. Dès que les recoupements auraient donné des résultats, de nouvelles actions seraient entreprises.

– Tout ça donne plus de paperasse, comme aimait à le dire Cossall, qu'on ne pourrait en utiliser si on avait quatre mains, deux culs, et une diarrhée sévère.

Jack Skelton rentrait tout juste d'une conférence de presse au cours de laquelle il avait été à deux doigts de perdre son calme. À en croire la teneur des questions les plus fréquemment posées, on aurait pu croire que Nancy Phelan avait été enlevée et assassinée grâce aux efforts concertés des forces de police et du gouvernement conservateur, avec l'aval du ministère de l'Intérieur.

En tailleur noir et chaussures à talons moyens, les cheveux tirés en arrière, Helen Siddons parlait d'un air grave, légèrement penchée vers lui.

Resnick, yeux fermés et les bras croisés, tentait d'ignorer les grondements de son estomac tout en mettant de l'ordre dans ses idées.

Skelton fit un signe de tête à Helen Siddons qui s'éloigna d'un pas décidé, puis il se leva de son siège et demanda le silence.

– Charlie, qu'est-ce que nous avons pour le moment ?

Le calepin à la main, Resnick se leva à son tour et vint prendre place à un endroit plus central.

– Bon. Le rapport préliminaire du médecin légiste indique un décès par asphyxie. Les lésions correspondent à l'utilisation d'une ceinture de cuir ou quelque chose de semblable, d'une largeur n'excédant pas un centimètre et demi. Les marques sous les cheveux, vers l'arrière du crâne, du côté gauche, sont celles d'un coup violent porté à la tête. Quelle qu'ait été l'arme employée, elle a pu être enveloppée ou recouverte d'une façon ou d'une autre, car même si la contusion est grave, le cuir chevelu est à peine entamé. D'autres hématomes, particulièrement aux bras, aux jambes et dans le dos, laissent à penser que Nancy a résisté à son agresseur, peut-être dans les derniers instants qui ont précédé la strangulation.

– Bien joué de sa part ! dit une voix.

– Pour ce que ça a changé..., fit une autre.

– En tout cas, poursuivit Resnick, le scénario probable est le suivant : soit il l'agresse pour une raison quelconque, soit elle tente de s'échapper, une lutte s'ensuit, il la neutralise en la frappant à la tête, l'étrangle pendant qu'elle est sans connaissance.

D'autres variantes, pires encore, étaient également possibles.

– Pour autant que nous puissions en juger, reprit Resnick, il n'y a pas eu de violences sexuelles, pas de traces de sperme à l'extérieur ou à l'intérieur du corps. Aucun signe d'un rapport sexuel récent.

– Quel gâchis..., fit Divine à voix basse.

– Je savais bien, dit Cossall qui avait entendu sa réflexion, que ça t'était égal de baiser une morte ou une vivante.

417

– Le fait qu'elle ait été enterrée à cet endroit, poursuivait Resnick, rend l'examen du corps difficile. On a trouvé, cependant, quelques fragments de peau sous ses ongles, et çà et là des particules de terre enrichie à l'engrais qui ne semblent pas correspondre au genre de terrain dans lequel on l'a découverte. Les analyses se poursuivent sur tous ces éléments.

– Le moment du décès, Charlie, intervint Skelton.

– Difficile à dire, une fois de plus, en raison de la température anormalement basse. Mais l'hypothèse la plus probable, dans l'état actuel des examens, c'est qu'elle est morte il y a quatre ou cinq jours, le corps n'ayant été transporté sur les lieux où il fut découvert qu'à peine six heures auparavant. (Resnick regarda autour de lui.) Je n'ai pas besoin de vous préciser ce que cela signifie : il est pratiquement certain que Nancy Phelan était déjà morte lorsque nous avons tenté d'exécuter les instructions concernant la remise de la rançon.

Quelques bravos discrets saluèrent cette nouvelle qui exauçait plus d'une prière. C'était une responsabilité, au moins, qu'ils n'avaient plus à assumer.

– Je n'ai pas grand-chose de plus à vous apprendre, dit Resnick en tournant une nouvelle page de son calepin. Comme vous le savez, nous avons une empreinte partielle de semelle, en caoutchouc composite, une botte probablement, pointure 41 ou 42. Les traces de pneus sont un peu plus intéressantes ; le poids et l'empattement font penser à une berline moyenne ou grande, mais il me semble que c'est se montrer légèrement optimiste que d'aller aussi loin.

418

– Optimiste, ce n'est foutrement pas le mot qui convient, dit une voix anonyme avec accablement.

– Ce qui nous manque toujours, c'est un lien irréfutable entre l'assassin de Nancy Phelan et la personne qui a rapporté ses vêtements dans l'appartement. L'analyse des fragments de peau trouvés sous ses ongles nous le fournira peut-être, si nous découvrons dans nos archives des résultats comparables.

– Et si les poules avaient des dents, commenta Cossall avec aigreur.

– Quelque chose à ajouter, Reg ? demanda Resnick.

Cossall eut un sourire suffisant et haussa les épaules. Sans se laisser démonter, Resnick poursuivit :

– Il est possible, par contre, que nous ayons un bien meilleur suspect que nous n'aurions pu le croire. Un homme que quelques-uns d'entre nous ont réellement vu.

Dans le brouhaha qui s'ensuivit, Resnick regagna son siège et ce fut au tour d'Helen Siddons d'intervenir. Le niveau sonore des conversations s'éleva de nouveau lorsqu'elle s'avança, et elle prit soin d'attendre, balayant la salle du regard, que le bruit cesse et que tout le monde lui accorde son attention.

– La plupart d'entre vous ont entendu parler de l'affaire Susan Rogel, et ils auront remarqué certaines similitudes essentielles avec celle-ci. Une femme disparaît sans laisser de traces ; au bout de quelques jours une demande de rançon parvient à la famille, et quand celle-ci tente de payer la somme, personne ne s'y intéresse. Jusque-là, tout concorde. Ici, cependant, nous avons un corps ;

dans le cas de Susan Rogel, nous n'avons rien trouvé, et il n'est pas impossible qu'elle ait orchestré sa propre disparition. Sauf que... écoutez la suite.

» Trente minutes après l'heure fixée pour le dépôt de la rançon, une voiture s'est garée devant le pub où l'on avait laissé l'argent, près des toilettes situées à l'extérieur de l'établissement. Le conducteur est entré, il a commandé une demi-pinte de bière et un sandwich au jambon. Dix minutes plus tard, le reste de son sandwich encore à la main, il est sorti du bar et s'est rendu aux toilettes.

– Il a dû pisser de la main gauche, fit Divine.

– Quand il est reparti au volant de sa voiture, nous l'avons suivi et interpellé. Au début, il s'est montré plutôt désagréable, pensant qu'on l'avait choisi au hasard pour un alcootest. Mais dès qu'il a compris qu'il s'agissait de toute autre chose, il s'est montré aussi coopératif que possible. Il a même fini par poser autant de questions que nous. Il a prétendu avoir commencé des études de droit quelques années plus tôt, avant d'y renoncer pour une raison quelconque. Il n'avait pas abandonné l'idée de retourner à l'université, pour étudier la criminologie.

» Il a déclaré qu'il travaillait comme représentant de commerce pour une société de Gloucester, Oliver & Chard. Spécialisée dans les vêtements de travail, pour la ferme et l'usine, vous voyez le genre d'articles, combinaisons, tenues de protection, chaussures renforcées. Il se rendait dans une laiterie de Cheddar, puis il avait une visite prévue à Shepton Mallet. La voiture qu'il conduisait avait été louée chez Hertz le matin même ; en temps normal, il utilisait la sienne, mais il n'avait pas réussi à la faire démarrer.

Helen Siddons regarda la salle de droite à gauche ; peu de gens regardaient leurs chaussures.

– Il s'appelait Barrie McCain. Évidemment, nous avons vérifié ses dires auprès de ses employeurs, son carnet de rendez-vous, la location de sa voiture, les moindres détails. Tout concordait. Il n'y eut jamais d'enquête complémentaire ; rien ne semblait le justifier. Pas avant que Patrick Reverdy apparaisse au restaurant Little Chef et déniche le sac de billets dans les toilettes.

– Ce McCain, intervint Reg Cossall, je présume qu'on ne nous détaillerait pas son pedigree s'il travaillait toujours pour la même boîte.

– Il a démissionné, répondit Helen Siddons, la semaine après la tentative infructeuse de remise de rançon. Il a raconté que sa mère était tombée malade, sa vieille mère qui habitait du côté de Manchester, à Wilmslow, croit se rappeler la directrice du personnel. C'était un bon vendeur, sympathique, ils l'avaient vu partir à regret.

– Une photo, dit Cossall, ce serait peut-être trop demander ?

– La compagnie a pour principe d'en garder une dans ses archives. McCain oubliait constamment de l'apporter. Au bout d'un moment, ils se sont lassés de la lui demander. Les chiffres de vente étaient si élevés, dans son secteur, ils ne voulaient pas se le mettre à dos. Cependant..., poursuivit Helen Siddons tandis que certains grommelaient et bougonnaient, l'inspecteur adjoint Divine a décrit l'homme qu'il a vu de près dans le restaurant, celui qui prétendait s'appeler Reverdy. Selon la directrice du personnel, la description générale lui correspondait tout à fait. Taille similaire, un mètre soixante-douze à soixante-quinze, de constitution moyenne à frêle ; parfois, a-t-elle ajouté, il se laissait pousser la moustache, mais normalement il la rasait avant qu'elle soit véritablement fournie. McCain a été vu de près par deux autres officiers. Il me semble que de toute urgence, une réunion s'impose pour établir un portrait robot, dès que nous en aurons terminé avec ceci.

– Merci, Helen, dit Skelton. Merci, Charlie. Bon. Écoutez-moi tous. Sans renoncer à d'autres pistes éventuelles, nous avons du pain sur la planche avec ces deux-là. Je veux que chaque élément de la déclaration de ce Reverdy soit vérifié vers l'aval, vers l'amont, puis revérifié. Même chose pour McCain. Si nous arrivons à mettre en évidence un lien entre les deux, n'importe quel détail qui ne soit pas purement fortuit, alors, pour la première fois depuis le début de cette enquête, nous pourrions avoir une longueur d'avance sur notre gibier.

48

Lynn, détendue, se prélassait dans son bain en écoutant Gem-AM. Elle y était depuis un bon moment, car la condensation qui avait recouvert le miroir de l'armoire à pharmacie se dissipait peu à peu, les bulles à l'essence de pin avaient pratiquement disparu, et l'eau commençait à lui sembler froide. Lynn songea à faire de nouveau couler de l'eau chaude, puis se ravisa ; même si elle barbotait depuis une éternité, l'eau froide qui avait rempli le ballon n'avait pas eu le temps de monter en température. Dans quelques minutes, elle allait devoir sortir de la baignoire. À la radio, une publicité pour les remplacements express de pots d'échappement se terminait, et la musique revint. Depuis le début de la soirée, ils semblaient diffuser à intervalles réguliers toutes les vieilles chansons des Everly Brothers. Encore une, à présent : *Till I Kissed You.* Sa mère adorait tous leurs succès, elle les chantait dans la cuisine quand Lynn était petite. C'était une époque où elle avait encore le cœur à chanter. Elle était même allée les voir, une fois. Les Everly. À Yarmouth, ce devait être. Phil et Don. Est-ce que l'un des deux n'était pas tombé malade ? Incapable de monter sur scène ? Une histoire de drogue, ou d'alcool. Don, ou Phil.

Lynn se redressa sur son séant et l'eau, à présent froide, fit des remous autour de sa taille. C'était sans doute une sorte de soirée anniversaire en l'honneur des Everly. Peut-être l'un des deux était-il mort, et la station lui rendait un hommage. Lynn espérait se tromper ; sa mère n'avait pas besoin d'une raison supplémentaire d'être triste. Gardant les yeux fermés assez longtemps pour que l'image se forme, Lynn vit le visage de Robin Hidden.

Ce matin, quand elle lui avait appris la découverte du corps de Nancy, il avait viré au gris sous ses yeux. Tout en lui parlant, elle avait vu son visage se décomposer comme une baudruche percée, drainé de toute trace de vie.

— Pourquoi ne vous asseyez-vous pas ?

Ses propres paroles lui parurent insipides dès qu'elle eurent franchi ses lèvres. Insipides et inadéquates.

— Voulez-vous que je fasse du thé ?

Il avait accepté, et Lynn s'était frayé un chemin dans la cuisine entre la vaisselle sale et les emballages vides pour trouver le thé en sachets.

— Vous n'avez pas de lait.

— Je sais. Je suis désolé, je...

Robin, désarmé, avait levé les yeux vers Lynn. Il n'avait pas encore cédé aux larmes.

— Attendez-moi, dit Lynn. Je fais un saut chez l'épicier et j'en rapporte.

Quand elle était revenue, les larmes étaient bien là, clairement visibles dans les yeux de Robin. Assis dans la pièce à l'atmosphère confinée, ils burent leur thé tandis que Robin racontait à Lynn sa première rencontre avec Nancy, le jour où il avait eu une crampe pendant la course ; puis la dernière, aussi.

– J'aurais dû c... courir après elle, dit-il. Au lieu de la laisser partir comme elle l'a fait. (La panique, la culpabilité se bousculèrent dans sa voix.) Si je l'avais rat... rattrapée, il ne lui serait rien arrivé.

– Vous ne pouviez pas le savoir.

– Mais si je l'avais fait...

– Écoutez, c'était son choix. Elle ne voulait pas être avec vous. Elle ne voulait plus. Si vous l'aviez poursuivie, elle ne vous en aurait pas remercié.

Les larmes dévalèrent les joues de Robin Hidden.

– Aujour... aujourd'hui, elle me remercierait.

Quand il se mit à sangloter, Lynn s'approcha de lui et lui tapota l'épaule, lui disant qu'il n'y avait pas de honte à pleurer. Elle était sincèrement désolée pour lui, et en même temps elle jetait des coups d'œil discrets à sa montre.

– Vous ne croyez pas, lui demanda-t-elle plus tard alors que plusieurs mouchoirs en papier trempés de larmes et roulés en boule jonchaient le sol, que ce serait une bonne idée de sortir d'ici ? D'aller passer quelques jours ailleurs ? Vous avez de la famille.

Robin courba la tête.

– Je ne veux pas aller là-bas.

– Des amis, alors. Comment s'appelle ce garçon... ?

– Mark.

– Oui, Mark. Vous ne pourriez pas aller passer quelques jours chez lui ? Appelez-le.

– Je crois... Oui, je crois que c'est ce que j... je devrais faire.

– Je n'hésiterais pas. Si j'étais à votre place. Ce n'est pas de l'escalade, que vous faites avec lui ?

– Si.

Derrière le volant de la voiture qu'on lui avait prêtée, Lynn avait levé les yeux une dernière fois vers son appartement, s'attendant presque à voir Robin regarder la rue, mais entre les rideaux à demi tirés, la fenêtre était vide. « Comment pourrais-je m'y habituer un jour ? » avait dit Robin. « À l'idée que plus jamais je... je ne la reverrai. Plus jamais. »

Lynn prit conscience, alors qu'elle ouvrait la bonde et sortait de la baignoire, qu'elle n'avait pas cessé de penser à son père pendant tout ce temps, chez Robin Hidden comme maintenant. Quand le moment serait venu, comment pourrait-elle, à son tour, s'habituer à l'idée de ne plus jamais le revoir ? Du moins, à ne pas le revoir en vie. « Rêver, rêver, rêver, je ne fais que rêver », chantaient les Everly Brothers. Lynn tendit le bras pour éteindre la radio. Un pied en appui sur le bord de la baignoire, elle était encore en train de s'essuyer quand la sonnette retentit.

Michael était à la porte, tenant en équilibre sur la paume de sa main une bouteille de vin enveloppée dans du papier de soie vert.

– Je me suis dit que vous aviez dû avoir une rude journée. Que le moment était venu, peut-être, de se détendre un peu, de souffler un moment.

Lynn avait enfilé son peignoir de bain en tissu éponge, bien serré à la ceinture. Elle remarqua le regard de Michael, prompt à se diriger vers l'endroit où le tissu bâillait un peu, sur sa poitrine. Ce genre de regard.

– Si cela vous dérange, je vais vous laisser ma bouteille, tout simplement, et m'en aller. Pourquoi pas ? Même s'il est encore tôt, vous pourriez très bien avoir envie de vous coucher.

Lynn recula pour le laisser entrer.

– Attendez un moment. Je vais m'habiller.

Michael sourit.

– Il y a un tire-bouchon dans la cuisine, dit-elle par-dessus son épaule en se dirigeant vers la chambre. Dans le tiroir, à gauche de l'évier.

Lynn enfila un jean, un pull crème par-dessus un col roulé fin en coton, des chaussures de sport. Michael était assis sur le canapé à deux places ; il feuilletait le *Post* du soir même. Devant lui, deux verres de vin rouge étaient posés sur la table basse.

– Je suis stupéfait, dit-il, quand je vois à quel point les gens sont prêts à se livrer à la presse. (La une montrait Clarise Phelan en larmes emmenée par son mari vers une voiture qui les attendait, sous une manchette annonçant : MON MARTYRE, *par la mère de la victime*.) Enfin, est-ce que ce n'est pas le genre de sentiments qu'on aurait envie de garder pour soi ?

Lynn prit son verre et alla s'installer dans le fauteuil tourné vers le petit téléviseur de location.

– Je suppose, cependant, que l'enquête a progressé, avec la découverte du corps de cette pauvre fille, et tout ça.

– Oh, oui, confirma Lynn. Effectivement, nous avançons. Aujourd'hui même, nous avons découvert de nouvelles pistes.

– Et vous, demanda Michael en goûtant son vin, vous êtes davantage impliquée dans cette affaire ?

– En un sens, oui, il me semble.

Michael reposa son verre et traversa la pièce, sans hâte, sans cesser de lui sourire avec les yeux.

Lorsqu'il se pencha vers elle, Lynn, instinctivement, se raidit. Un reste de peur, sans doute. La bouche de Michael était d'une douceur surprenante, et quand elles glissèrent sur celles de Lynn, ses lèvres, agréablement tièdes, avaient un goût de fruit rouge que le vin leur avait donné. Délicatement, il exerça une poussée avec sa langue, et Lynn ne s'y opposa pas.

— Il y a si longtemps que je pensais à ce moment, dit-il. (Assis sur le bras du fauteuil, courbé sur elle, il enfouit son visage dans le cou de Lynn.) Depuis si longtemps, vraiment.

— Quelques jours, ce n'est pas si long.

— Oh, non. Beaucoup plus longtemps que ça.

Lynn recula la tête pour mieux voir son visage.

— Vous ne m'aviez pas reconnu, n'est-ce pas ? dit Michael.

Sans le quitter des yeux, Lynn secoua la tête.

— Et vous ne me reconnaissez pas plus maintenant ?

— Non.

Michael caressait le bras de Lynn, ses doigts glissés dans la manche de son pull.

— C'est à cause du costume de pingouin.

— Du quoi ?

— Le smoking, la tenue de soirée, la cravate noire. J'ai déjà remarqué à quel point ça change un homme. (Michael sourit de nouveau, et pour la première fois Lynn remarqua une paillette verte dans le gris-bleu de l'un de ses yeux.) Louer un costume, ça coûte moins cher que la chirurgie esthétique. (Son sourire s'accentua.) « Permettez-moi de régler vos consommations. » Vous vous souvenez ? (Il sortit un billet de vingt livres de sa poche de poitrine et le lui passa sous le nez.) Vous portiez une robe bleue qui découvrait vos épaules. De si jolies épaules. Et vos cheveux, vos cheveux relevés sur la nuque comme ça...

Lynn lui attrapa le poignet et le tint fermement serré ; elle sentit battre le pouls de Michael contre son oreille.

– Vous vous rappelez, à présent ? À moins que je ne vous aie fait qu'une bien piètre impression...

Ce que se rappelait Lynn, c'était le costume noir, élégant, un visage parmi tant d'autres alignés le long d'un bar noir de monde. La voix, qui la poursuivait, lui proposant de lui offrir un verre plus tard. Mais ce n'était pas la même voix, pourtant ?

– Ce policier qui était avec vous ce soir-là, ce n'est pas lui que j'ai vu interviewé ce soir à la télé ? Celui qui parlait du corps ?

Lynn acquiesça d'un signe de tête.

– Mon inspecteur principal. Resnick.

– Il est bon, non ? Dans son travail. À votre avis, c'est un bon flic ?

– Oui, c'est ce que je dirais de lui.

Michael voulut ôter sa main des cheveux de Lynn, et elle lui lâcha le poignet. Il approcha de nouveau son visage pour l'embrasser, et juste avant qu'il ne le fasse, Lynn lui demanda :

– Cette rencontre sur la route, l'autre soir, quand j'ai failli détruire ma voiture. C'était une coïncidence, ou pas ?

La bouche de Michael effleura celle de Lynn.

– Oh, je ne pense pas que les pures coïncidences existent. Et vous ? Je préfère croire à la prédestination, à un grand dessein qui nous dépasse. *Que sera, sera...*, chantonna Michael avant de l'embrasser à nouveau.

Lynn lui rendit son baiser avec davantage de fougue.

– Ces vieilles chansons, dit Michael avec un soupir, elles n'ont pas leurs pareilles.

– Il vaudrait mieux que je parte, il me semble.

Ils s'étaient laissés glisser sur le tapis, entre le fauteuil et le canapé. Le pull de Lynn était retroussé jusque sous ses aisselles, la ceinture de son jean défaite. Michael avait passé une jambe entre l'une des siennes ; sans la regarder, il la caressait, le bout de ses doigts décrivant de petits cercles sur sa peau.

– Tu es sûr ? demanda Lynn.

– Je crois que oui. (Il évitait encore de la regarder, ce qui était étrange de la part d'un homme qui habituellement ne la quittait pas des yeux.) Il faut que je me lève tôt, demain. J'ai une journée chargée.

Soulevant la jambe de Michael, Lynn roula sur elle-même pour se dégager. Elle se redressa sur son séant et tira sur son pull, le lissant du plat de la main.

– Moi aussi, dit-elle.

– Vous allez mettre la main sur votre type ?

– Cela se pourrait. (Debout, elle boucla sa ceinture.) On peut toujours espérer.

– Oui, reprit Michael. Pourquoi pas ?

Lynn se pencha vers lui pour l'embrasser, mais il se déroba. Elle ramassa les verres à vin, le premier sur la table, le second sur le plancher.

– Tiens, fit Michael, laisse-moi les rapporter à la cuisine. J'ai besoin de boire un verre d'eau. Le problème, avec le vin rouge, c'est que ça donne une telle soif...

Pendant qu'il était dans la cuisine, Lynn fit un saut dans la salle de bains, se regarda dans le miroir, se passa un peigne dans les cheveux. Ses joues étaient plus rouges qu'à l'ordinaire.

– À bientôt, alors, dit Michael qui se tenait déjà près de la porte.

Lynn tourna la poignée pour lui permettre de sortir.

– La prochaine fois, appelle-moi. Je n'aime pas toujours les surprises. Téléphone d'abord.

Michael lui déposa prestement un baiser sur la joue et franchit le seuil.

– Referme vite la porte, il ne faut pas laisser entrer le froid.

Lynn entendit ses pas résonner dans l'escalier tandis qu'elle fermait et verrouillait sa porte. À la septième sonnerie, Resnick décrocha son téléphone ; faiblement, en fond sonore, Lynn entendit de la musique.

– Allô ? dit-elle. C'est moi, Lynn.

– Il ne s'agit pas de votre père, au moins ? demanda Resnick. Il ne lui est rien arrivé ?

– Non. C'est au sujet de l'enquête.

– Nancy Phelan ?

– Mmm.

– Eh bien ?

– Je pourrais vous expliquer ça plus facilement si on se retrouvait quelque part. Il n'est pas trop tard pour prendre un verre ?

– À La Perdrix ?

Lynn regarda sa montre.

– Dans vingt minutes.

– D'accord.

Elle reposa le téléphone et ce fut une sorte de sixième sens, une fraction de seconde avant que le bruit ne lui parvienne, qui la fit se retourner.

431

Quand Michael était allé boire un verre d'eau dans la cuisine, il avait décoincé le loqueteau de la fenêtre, qui donnait sur le couloir.

– Je me demande bien, dit-il, de quoi vous auriez parlé, ton collègue et toi? Devant une bonne bière?

Dans sa main, il tenait un démonte-pneu d'un modèle ancien, entouré de tissu et de caoutchouc. S'il pouvait l'éviter, il préférait ne pas lui abîmer le visage. Pas avant d'y être obligé; pas tout de suite.

– Michael..., commença Lynn.

– Non, dit-il, secouant lentement la tête sans cesser de sourire. Ne gaspille pas ta salive.

Elle fit un bond pour lui échapper, mais le bras de Michael partit aussitôt. Il la frappa à deux reprises: la première fois, sur l'omoplate, avec assez de force pour lui arracher un cri; le second coup la toucha à l'arrière du crâne et Lynn s'effondra sans connaissance, à plat ventre, sur le plancher.

– Eh bien, monsieur Resnick, dit Michael en regardant le téléphone. Voyons un peu si vous êtes un si bon flic que ça.

49

Quand Lynn avait appelé, Resnick n'était pas rentré depuis longtemps. Il venait de passer deux heures chez Marian Witczak à Mapperley, à écouter son compte rendu du réveillon du nouvel an au Club polonais. Dans la journée, Marian avait glissé un mot sous sa porte pour l'inviter à venir la voir. Comme Resnick se sentait coupable de lui avoir fait faux bond ce soir-là, et qu'il voulait éviter la frustration d'une soirée supplémentaire à baver d'envie devant son coffret Billie Holiday sans pouvoir en profiter, il avait accepté. Dans le salon de Marian, installé dans le confort d'un fauteuil protégé par un appuie-tête brodé, le fantôme de Chopin rôdant autour du piano à queue, Resnick avait dégusté une eau-de-vie de prune en écoutant le récit de tout ce qu'il avait manqué : la politique, les polkas, le parcours du buveur de vodka de l'un des membres qui en avait goûté quinze sortes différentes avant de grimper sur une table pour rejouer, jusqu'au désespoir de la chute finale, la défense de la cavalerie polonaise à Cracovie.

Resnick était rentré chez lui d'un pas de plus en plus vif, les vapeurs de l'alcool se dissipant rapidement dans l'air froid. Il avait eu le temps de préparer un petit dîner pour Dizzy qui se faisait pressant, de moudre et de faire du café, avant de décrocher le téléphone pour entendre la voix de Lynn. Ressortir une fois de plus, surtout pour prendre encore un verre, était pratiquement la dernière chose qu'il eût envie de faire, mais il savait que Lynn ne lui proposerait pas de le rencontrer si ce n'était pas important. De mémoire, Resnick appela la compagnie de taxis et prit son pardessus au portemanteau du vestibule.

À La Perdrix, les deux bars étaient presque pleins. Resnick les scruta soigneusement, dans tous les sens, avant de s'installer sur un tabouret devant une demi-pinte de Guinness, entre un vieux monsieur qu'il connaissait de vue, en train de finir sa dernière pinte de blonde de la soirée, et un groupe de quatre hommes qui n'en finissaient pas de confronter leurs points de vue sur le match du samedi précédent, but par but. Quand son propre verre fut plus ou moins vide, Lynn ne s'était toujours pas manifestée. Resnick se rendit au téléphone et appela chez elle. Pas de réponse. Il composa ensuite le numéro du commissariat, au cas où Lynn s'y serait rendue pour une raison quelconque. Personne ne l'y avait vue depuis le début de la soirée. Resnick finit son verre, traversa la rue, et trouva un autre taxi près de l'horloge de l'ancienne gare Victoria.

Aucune lumière ne brillait aux fenêtres de l'appartement de Lynn, et Resnick n'obtint pas de réponse quand il sonna et quand il frappa à la porte. Quand il tenta de voir l'intérieur de l'appartement à travers la partie vitrée de la porte, il surprit son propre reflet ; son visage exprimait une crainte qu'il ne pouvait, pour l'instant, que ressentir, sans parvenir à la justifier. La porte n'avait pas été verrouillée ; il envisagea un instant de s'introduire grâce à la carte de crédit qu'il utilisait si peu par ailleurs, lorsqu'il remarqua, grâce à un second examen, que le loqueteau de la fenêtre de la cuisine n'était pas coincé. Il n'eut aucune difficulté à se hisser par l'ouverture, puis il alluma la lumière.

– Lynn ?

Sur l'évier en inox, deux verres fraîchement rincés. Un tire-bouchon, un bouchon encore planté sur la tige, était posé près d'une serviette en papier chiffonnée. Resnick découvrit la bouteille, couchée, pas complètement vide, sur le plancher du salon ; un peu de vin s'en était échappé, laissant sur le tapis une tache encore humide. La table basse avait été écartée, le fauteuil repoussé contre le mur selon un angle bizarre. Il y avait une seconde série de taches, plus sombres et moins ragoûtantes ; pressant le bout de son index dans les fibres du tapis, Resnick porta à ses narines une substance dont l'odeur, facilement reconnaissable, était celle du sang.

En haut de l'escalier, Graham Millington parlait avec deux agents en uniforme qu'on avait soustraits à leur service habituel. C'était l'une de ces soirées où les bagarres dans les boîtes de nuit se calmaient d'elles-mêmes ou bien se terminaient par autre chose que des larmes. Millington dormait devant son téléviseur quand le commissariat l'avait appelé ; sa femme était déjà au lit avec une tasse de cacao et une biographie d'Henry Moore.

– Comment tu appelles ça ? lui avait-il demandé en regardant par-dessus son épaule la photo d'une des sculptures de Moore. L'homme au trou dans le cœur ?

– Est-ce qu'il n'y a pas du football ce soir ? avait-elle suggéré, se montrant d'une patience à toute épreuve.

Elle ne s'était pas trompée : les Wanderers de Wolverhampton rencontraient Southend United. Millington avait senti ses paupières se fermer avant le premier carton jaune.

– Ils n'aiment pas beaucoup qu'on les sorte de leur lit, expliquait à Millington le premier agent en tenue.

– Je me fous complètement de ce qu'ils aiment ou pas, dit Millington. On les réveillera un par un jusqu'à ce qu'on trouve quelque chose de valable.

Ce fut Divine, pas spécialement ravi lui-même que le commissariat l'eût appelé alors qu'il faisait tomber les dernières défenses d'une ancienne reine de beauté, qui trouva le premier témoin. Quand il frappa chez un certain Corin Thomas, le locataire lui ouvrit la porte, en pardessus, une poêle à frire à la main ; il sentait nettement la bière.

– Cette saloperie de chauffage central est encore en panne, dit Thomas. Ça serait trop espérer de croire que vous êtes venu le réparer ?

Divine mit fin à ses illusions.

– Vous faites couler de l'huile partout sur le lino, lui fit-il remarquer.

– Vous feriez mieux d'entrer, alors.

Dès que ses frites eurent été plongées dans l'huile bouillante, Thomas raconta à Divine ce qu'il avait vu : un homme et une femme, plus ou moins agrippés l'un à l'autre, qu'il avait croisés dans l'escalier en montant chez lui, et qui s'étaient dirigés en titubant vers une voiture.

436

— Ça ne vous serait pas venu à l'idée de nous les signaler ? demanda Divine.

— Je suis sûr que vous seriez contents, pas vrai, si je sautais sur le téléphone à chaque fois que quelqu'un se bourre la gueule dans l'immeuble.

— C'est ce que vous avez cru ? Qu'ils étaient soûls ?

— Elle, en tout cas, j'en suis sûr. Si le type ne l'avait pas à moitié portée, elle n'aurait pas tenu sur ses jambes. Ils ont bien failli s'étaler, d'ailleurs, tous les deux ensemble, et pas qu'une fois.

— La femme, demanda Divine. Vous l'avez reconnue ?

— Oh, oui. C'est celle qui habite un peu plus bas. Quelqu'un de chez vous, non ? C'est pour ça que vous vous donnez tant de mal, je suppose.

— Et l'homme ? fit Divine. Vous l'aviez déjà vu ?

Corin Thomas secoua la tête.

— Vous êtes sûr ?

— Oui. Il faisait nuit, mais c'est pas mal éclairé, en bas. Assez bien pour reconnaître quelqu'un, vous savez.

— Vous pourriez le décrire, malgré tout ?

Thomas haussa les épaules.

— Je n'en sais rien. Je veux dire, je ne suis pas allé le regarder sous le nez, vous comprenez. Je ne me mêle pas des affaires des autres, moi. Mais, bon, ce type, il avait plutôt ma taille que la vôtre. Dans les un mètre soixante-dix, soixante-douze. Pour autant que je me rappelle, il avait des cheveux bruns. Une quarantaine d'années, peut-être. Je ne l'ai pas si bien vu que ça.

— Vous pourriez le reconnaître si vous le voyiez de nouveau ?

Thomas réfléchit à la question pendant que l'huile de ses frites bouillonnait.

— Possible. Je ne peux pas vous l'assurer.

— C'est dommage pour vous, fit Divine, mais vous allez devoir attendre une autre fois pour manger vos frites. (Tendant le bras, il éteignit le gaz.) Je suis sûr que vous ne demandez qu'à nous aider, que vous allez faire tout votre possible.

Resnick et Skelton étaient accoudés au balcon de l'appartement de Lynn, pendant que l'équipe de l'Identité, selon l'expression consacrée, passait les pièces au peigne fin. Tout autour de la cour, la plupart des fenêtres étaient allumées. Des hommes et des femmes, en civil ou en tenue, passaient d'un air décidé d'un étage à l'autre, d'une porte à la suivante. L'haleine des deux hommes se condensait dans l'atmosphère en un nuage blanc.

— Ça ne veut rien dire, Charlie, affirmait Skelton. Nous n'avons pas le moindre début de certitude. Elle vous téléphone, elle vous dit qu'elle veut vous parler de Nancy Phelan. À un moment quelconque pendant les... quoi ?... quarante-cinq minutes qui suivent, elle disparaît.

— Et vous ne pensez pas qu'il puisse y avoir un rapport ?

Resnick éprouvait quelques difficultés à maîtriser sa voix.

— Nous n'avons pas la *certitude* qu'il y a un rapport. Quoi qu'il lui soit arrivé, il pourrait s'agir d'une simple coïncidence...

— Nous n'avons pas besoin d'être sûrs qu'il y a un rapport, nous pouvons l'établir par nous-mêmes. Faire ce genre de rapprochement, c'est notre boulot, justement. Ou alors, vous avez oublié que nous sommes censés être des enquêteurs, bon sang !

Skelton tripotait son alliance ; il la faisait tourner autour de son doigt.

– Charlie, le danger qui vous menace, dans cette affaire, n'est-il pas de vous laisser aveugler par vos sentiments ?

Abasourdi, Resnick se retourna et balaya la pièce du regard. Sa respiration était heurtée, bruyante.

– Nous ne sommes pas censés penser, et maintenant nous ne sommes pas censés éprouver de sentiments. Alors, qu'est-ce qu'on attend de nous, bon Dieu ? À part nous maintenir en forme et porter une putain de cravate propre ?

– Charlie... (Skelton posa la main sur le bras de Resnick, baissa la voix.) Charlie, je sais ce que vous ressentez. Vous avez beaucoup d'estime pour elle, je le comprends. Ce que nous ne devons pas faire, et je ne dis rien d'autre, c'est partir au quart de tour dans une mauvaise direction. Si on perd du temps, si on gaspille nos efforts, elle ne nous en sera pas reconnaissante.

Resnick baissa la tête.

– Oui, je sais. Excusez-moi. Oubliez ce que j'ai dit.

– Le plus probable, reprit Skelton, c'est qu'elle a invité un homme pour la soirée, ils ont bu quelques verres, il s'est fait pressant, cela a dégénéré. Ou alors, quelqu'un s'est introduit chez elle, elle s'est débattue...

– Je n'y crois pas. Pourquoi l'intrus ne se serait-il pas tout simplement enfui à la première occasion ? (Resnick regarda Skelton droit dans les yeux.) La première hypothèse, oui, peut-être, c'est possible.

– Mais vous persistez à croire que ce n'est pas si simple ?

– Oui.

– Vous pensez que c'est lui. L'assassin de la petite Phelan.

– Oui.

– Mais comment serait-ce possible, Charlie ? Comment, bon sang ? Par quel hasard, quel coup de chance incroyable, aurait-elle fait sa connaissance ? Comment aurait-elle découvert qui il était ? Vous me demandez un sacré effort d'imagination.

– Supposez, dit Resnick, que cela se soit passé dans l'autre sens. Et si c'était lui qui s'était arrangé pour la rencontrer ?

Faire parler Corin Thomas était moins difficile que de le faire taire ; tout le long du chemin, jusqu'au commissariat de Canning Circus, il soûla Divine et le chauffeur, insensibles à ses talents de conteur, leur narrant son début de soirée (une tournée sans conviction des bars du centre-ville à la recherche d'une âme sœur), sa vie de chauffeur de bus pour la compagnie Barton, et ses dernières vacances (quinze jours à reluquer les nanas sur la plage, le soleil donnant à son torse une belle teinte écarlate digne du maillot de Nottingham Forest, avant de faire sans conviction la tournée des boîtes de nuit à la recherche de l'âme sœur). Le pauvre type, pensa Divine ; pas étonnant qu'il râle d'être privé de son plat de frites, point culminant de sa semaine de minable.

Une fois au commissariat, ils réussirent à museler Thomas assez longtemps pour le faire asseoir dans un coin du local de la PJ et lui expliquer ce qu'il devait faire. Divine et Naylor avaient passé deux bonnes heures avec un spécialiste du portrait-robot pour obtenir quelque chose de ressemblant. Le problème (en partie, du moins) : une fois qu'on avait déterminé la couleur des cheveux et la forme de la bouche – petite, s'étaient-ils accordés à dire, un peu tombante sur les bords – il n'y avait pas grand-chose de remarquable chez l'individu qui se faisait appeler Patrick Reverdy. À part les yeux. Et le seul détail sur lequel les avis de Divine et Naylor divergeaient, c'était la couleur des yeux.

Encore que la couleur des yeux ne semblait pas trop perturber Corin Thomas.

– Vous comprenez bien que je n'ai pas eu le temps de vraiment le regarder ? Je veux dire, c'est bien clair pour vous ?

Ils comprenaient.

– Et puis, la lumière, là-bas...

Ils imaginaient très bien, pour la lumière.

– Alors, en ce cas... – et il n'est pas question que je m'engage formellement là-dessus, je ne le répéterais pas devant un tribunal, ce n'est pas quelque chose que je jurerais sur la Bible –... mais, oui, je dirais, ce que je dirais, c'est que le type que j'ai vu traverser la cour avec votre collègue, je dirais, oui, ça pourrait être lui.

– Patron ! (Radieux, Divine venait d'apparaître à la porte de Resnick.) Le type du restaurant Little Chef, lui, et puis celui qui a enlevé Lynn, on dirait que ça pourrait bien être le même.

– Parfait. (Resnick s'était levé, prêt à passer à l'action.) Je viens de recevoir une confirmation de la PJ de Manchester. La voiture qu'il conduisait appartenait effectivement à un certain Reverdy. Elle avait été volée au cours des dix jours précédents. Le propriétaire était absent. En vacances. Les papiers du véhicule se trouvaient dans la boîte à gants.

– Vous pensez qu'il a fait le même coup encore une fois ? demanda Divine. Qu'il en a volé une autre spécialement pour l'occasion ?

– C'est probable. Vérifions les listes. Voyez si vous pouvez chatouiller la mémoire du témoin au sujet de la voiture. Nous en avons peut-être un ou deux de plus, à l'heure qu'il est. Ils pourront corroborer.

– D'accord, patron.

– Kevin ! appela Resnick.

– Patron ?

– Des copies de ce portrait-robot, en priorité. À distribuer le plus largement possible.

– Tout de suite.

Naylor partit, et Resnick ouvrit une copie de la déclaration de Reverdy. L'adresse à Cheadle n'était pas une invention. Comme beaucoup de menteurs expérimentés, leur homme savait qu'il était payant de rester aussi près que possible de la vérité. Resnick parcourut le document en regagnant son bureau, se demandant quels éléments pourraient les mener à bon port avant qu'il ne soit trop tard.

50

Lynn s'était réveillée avec une douleur sourde quelque part dans la tête, et un goût de détachant dans la bouche. Du moins, elle imaginait que le détachant avait ce goût-là. À cause de l'odeur, probablement. Dès que cette idée lui traversa la tête, un spasme lui secoua la tête et les épaules, et elle vomit. Bon sang ! Cette moiteur, sur la face interne de sa cuisse. Baissant les yeux, Lynn vit que sa jambe était nue. La douleur dans sa tête était plus vive, à présent, et plus localisée, en haut, à l'arrière du crâne. Ses yeux larmoyaient et la brûlaient, un fil de salive pendait de sa bouche. Elle esquissa le mouvement qui lui aurait permis de s'essuyer les lèvres, mais, évidemment, ses mains étaient attachées. Serrées l'une contre l'autre. Quand elle secoua ses bras, qui étaient tendus derrière son dos, elle reconnut le cliquetis et la forme familière des menottes réglementaires.

Oh, mon Dieu !

Lynn plissa les yeux pour accommoder. Elle se trouvait à l'intérieur d'une caravane, attachée dans un angle. Un objet quelconque passé entre les menottes – une chaîne, sans doute, même en

tordant le cou elle ne pouvait pas voir – l'empêchait de se déplacer de plus d'une dizaine de centimètres vers la droite ou vers la gauche. On lui
avait ôté ses vêtements, en ne lui laissant que son
haut en coton et sa culotte bleue. Les picots de la
chair de poule couvraient ses jambes en totalité.
La trace pâle de son propre vomi, pareille à celle
qu'auraient laissée des escargots, lui traversait les
cuisses. Au moins, se dit-elle, j'ai suivi les conseils
de ma mère concernant les sous-vêtements
propres et les accidents toujours possibles. On ne
sait jamais... Mais en ce cas précis, Lynn le savait,
ce n'était pas un accident. *Oh, je ne pense pas que
les pures coïncidences existent. Et vous* ? Soudain,
surprise par ses propres larmes, elle se mit à trembler.

– Eh bien, tu es réveillée, à ce que je vois ?
(Michael se tenait dans l'encadrement de la porte,
un plateau en équilibre sur le bout de ses doigts.)
Si l'on considère que nous sommes en plein hiver,
c'est une belle journée.

Derrière la manche du pull marron de Michael,
Lynn aperçut le bleu pâle d'un ciel sans nuage,
une masse vert sombre. Tendant le bras derrière
lui, Michael referma la porte.

L'intérieur de la caravane était très banal : une
petite table en formica, des chaises instables, un
bat-flanc étroit le long d'une des parois, une cuisinière à gaz butane, quelques placards, un évier.
Au centre, un chauffage à gaz fonctionnait au
ralenti. En face de Lynn, un calendrier vieux de
deux ans, couvert de chiures de mouches, affichait
le mois de janvier sous une photo en couleurs
d'un champ de tulipes.

– Tiens, j'ai pensé que tu serais prête pour avaler ceci. (Sur le plateau qu'il posa près de Lynn, il y avait une tasse de ce qui semblait être du thé et d'où montait encore un peu de vapeur, une tranche de pain qui portait çà et là quelques traces de beurre, et des céréales baignant dans du lait.) Tu dois avoir faim. Tu as dormi longtemps.

Le regard de Michael était perpétuellement en mouvement. Lynn tendit l'oreille, guettant un bruit de circulation automobile, la présence d'autres personnes ; elle n'entendit rien d'autre que le bourdonnement lent d'un moteur quelconque – en plus de leurs respirations à tous les deux.

– Tu veux bien manger ?

Lynn ne répondit pas ; elle regarda Michael. Elle voulait qu'il lui accorde son attention, elle en avait besoin.

– Ce serait épouvantable, quand ils te trouveront, si tu étais tout simplement morte d'inanition. (Il racla le dos de la cuillère sur le bord de l'assiette creuse avant de la porter à la bouche de Lynn.) S'il y a une chose que je n'aimerais pas que l'on dise, c'est que je t'ai laissée dépérir. Que je ne me suis pas occupé de toi. Je ne voudrais pas que les gens pensent une chose pareille.

Le bout de la cuillère passa entre les lèvres de Lynn et tapa contre ses dents, et cela lui rappela le baiser de Michael. Elle desserra les dents, juste assez pour laisser passer la cuillère. Les céréales étaient tièdes ; elles avaient à la fois un goût de sucre et de son.

– C'est bon ? s'enquit aimablement Michael. Tu trouves ça bon ? Tu en veux encore, ou tu préfères une gorgée de thé ?

Le thé était plus difficile à avaler. Lynn dut pencher la tête en arrière, et cependant quelques gouttes s'échappèrent de sa bouche et coulèrent le long de son cou.

– Attends..., dit-il, ouvrant un mouchoir en papier sorti de sa poche avant de le plier pour former un tampon, laisse-moi arranger ça.

Instinctivement, Lynn se rétracta pour éviter le contact de sa main.

Michael se contenta de sourire et fit une seconde tentative. C'est alors qu'il remarqua le résidu humide qui séchait sur sa cuisse.

– Un petit accident, dit-il. C'est ça ? (Soigneusement, il replia le mouchoir avant de l'humecter de salive, un geste que Lynn avait vu sa mère faire cent fois.) Voilà, dit Michael en lui tamponnant la cuisse, ça va mieux, maintenant.

Espèce de salaud, pensa Lynn, je ne vais pas me remettre à pleurer devant toi.

Le sourire aux lèvres, Michael porta une nouvelle cuillerée de céréales à la bouche de Lynn, et elle l'avala avec reconnaissance.

Robin et Mark étaient partis de bonne heure ; à basse altitude, la brume stagnait encore, et quand elle finit par se lever, ils surent qu'ils trouveraient de la neige au sommet. Mais la météo locale était favorable, et de plus, ils étaient bien équipés : boussoles, vêtements et aliments supplémentaires, kit de survie réglementaire au fond des sacs à dos. Depuis son arrivée, Robin avait à peine parlé de Nancy, et pour sa part, Mark s'était bien gardé d'aborder le sujet, car cela lui semblait la meilleure solution. Ce dont Robin avait le plus besoin, lui semblait-il, c'était une activité qui lui permette de se sortir de son drame, et non pas de longues conversations à huis clos tournant autour de la nostalgie et des regrets. Encore que, s'il fallait en passer par là, Mark soit tout prêt à lui prêter une oreille compatissante.

Ils marchaient depuis un peu plus d'une heure, à présent, et ils prenaient régulièrement de l'altitude. Mark avait pris la tête au départ, et au bout d'un moment ils avaient échangé leurs places, Robin imprimant un rythme plus soutenu. Bien qu'ils soient encore loin du sommet, l'effort était assez intense pour mettre leur souffle à l'épreuve, et par nécessité, la conversation se réduisait à un minimum.

– Regarde. Là.

Mark s'arrêta et suivit la direction qu'indiquait le bras de Robin, vers l'est où le soleil avait fini par apparaître au-dessus des pics.

– Je ne te l'avais pas dit ? fit Mark. Je ne t'avais pas dit qu'on allait avoir une journée superbe ?

Robin sourit avant de se retourner pour reprendre l'ascension.

Lynn, se plaignant du froid, avait demandé à Michael qu'il lui rende le reste de ses vêtements. Pour toute réponse, il avait monté le chauffage d'un cran et il avait ri. D'un rire musical mais sinistre. Elle pensait, à présent, qu'elle l'avait déjà entendu, un peu plus tôt ; qui tournait en rond autour de la caravane ; qui chantait. Impossible de savoir si c'était vrai. S'agissait-il de quelqu'un d'autre ? D'un rêve ?

– Je croyais que tu étais censé t'occuper de moi, avait-elle dit.

Il était sorti aussitôt pour revenir avec un vieux morceau de sac de jute, le jetant en travers de ses jambes.

– Tiens.

Quand il avait ouvert la porte pour sortir, Lynn avait entendu, de nouveau, le même bourdonnement perpétuel. Un générateur, peut-être, avait avancé le rapport concernant le bruit de fond enregistré sur la cassette. En tordant un peu le cou, elle arrivait à déchiffrer l'inscription du sac en toile de jute, dont l'encre avait pâli dans la trame du tissu : *Engrais à base d'os – Saddlesworth & Fils.*

Michael revint une demi-heure plus tard, en sifflotant entre ses dents. Lynn l'observa tandis qu'il approchait l'une des chaises pliantes et qu'il s'y installait, une jambe croisée par-dessus l'autre, détendu.

– Je regrette, dit-il, de m'être emporté. (Il sourit.) C'est inhabituel, chez moi. Je n'aime pas ça. Je n'ai jamais aimé ça. La façon dont votre comportement est affecté lorsque cela se produit. Cette perte de maîtrise de soi. Ce n'est pas ce que je souhaite pour nous. J'aimerais mieux que nous continuions à être amis.

– Nous aurions pu l'être, Michael. Tu le sais. C'est pourquoi cette situation est un vrai gâchis.

– Qu'est-ce que tu veux dire ? Nous ne sommes pas amis, en ce moment ?

– Pas exactement, Michael. Nous ne le sommes plus.

La déception se lut dans son regard.

– Mais pourquoi donc ?

– Après ceci ? Après ce que tu as fait ?
– À toi ? Mais qu'est-ce que... ?
– Pas seulement à moi.
– J'ai été gentil avec toi. Je t'aime bien.
– Vraiment ?

Il se leva de sa chaise et vint s'asseoir tout près d'elle, sur le plancher.

– Tu as une façon étrange de le montrer, c'est tout ce que je peux dire.
– Mais c'est vrai, tu sais que c'est vrai.

Lynn sentit le souffle de Michael contre sa cuisse.

– Jusqu'à quel point, Michael ?

Il la regarda d'un air interrogateur.

– Assez pour me laisser partir ?
– Peut-être. (Michael avait posé la main sur sa cuisse, juste au-dessus du genou ; du pouce, il traçait de petits cercles sur sa peau.) Il va falloir que j'y réfléchisse. Je ne sais pas.
– Quel sera le prix à payer, Michael ? Que devrai-je faire ?
– Quoi ?
– Pour que tu acceptes ? De me laisser partir ?

Il regarda sa propre main comme si elle appartenait à quelqu'un d'autre, avant de l'ôter.

– Ce n'est pas comme ça.
– Vraiment ?
– Les menaces. Les promesses. Nous ne sommes pas obligés d'en passer par là.
– Ah bon ?
– Je pourrais te posséder...
– Tu pourrais ?
– J'aurais pu te posséder...
– Michael, c'est vrai.
– Quoi ?

— Ce soir-là, chez moi. Tu aurais pu me prendre. Tu aurais pu obtenir tout ce que tu voulais.

Il détournait les yeux, la tête baissée, engoncée dans les épaules.

— Tu crois que je ne le savais pas ? À la façon dont tu te vautrais par terre...

— Alors, pourquoi n'as-tu rien fait ? Qu'est-ce qui t'a arrêté ?

— Rien ne m'a arrêté. Je me suis arrêté moi-même. Je...

— De cette façon-là, ça ne vaut rien, c'est ça ? C'est trop simple. Trop normal. Une relation sexuelle normale. Entre deux personnes. Toi et moi, Michael. Toi et moi.

— Tais-toi.

— C'est ça qui ne va pas, Michael ? C'est ça, le problème ?

— Arrête.

— Une partie du problème ?

— Tais-toi !

D'un coup de pied, il expédia la chaise contre le mur. Il avait plaqué ses mains sur ses oreilles. Il tremblait.

— Michael, dit Lynn. Je pourrais t'aider. Vraiment. Mais tu dois me faire confiance. Il le faut.

Lynn ne pouvait pas savoir s'il l'avait entendue ou pas. Sans un regard de plus, il sortit de la caravane et verrouilla la porte derrière lui. Oh, mon Dieu, pensa Lynn, soudain vidée de toute son énergie. Pourvu que je ne l'aie pas poussé trop loin.

Il ne revint pas avant une bonne heure, et quand il réapparut, il chantonnait doucement. Il tenait un petit magnétophone dans sa main.

– J'ai pensé que tu voudrais envoyer un message à tes amis. Cet inspecteur, à propos... C'est bien Resnick, qu'il s'appelle ?

Robin et Mark avaient poursuivi leur ascension, les conditions les obligeant une ou deux fois à s'écarter de l'itinéraire fléché, mais à présent ils étaient de nouveau sur la piste et ils s'approchaient de Striding Edge. Où que se portent leurs regards, à droite comme à gauche, les pics moins élevés étaient couverts de neige. Gris et blanc, le mont se dressait devant eux.

Ils s'étaient arrêtés une fois, pour boire l'eau de leurs gourdes, manger du chocolat, Mark brisant un morceau de son gâteau à la menthe.

Sans raison, Robin déclara :

– En un sens, elle est peut-être mieux là où elle est, Nancy.

Ne sachant comment réagir, Mark n'avait rien dit, mais hoché la tête, attendant que Robin poursuive. Mais il n'avait rien à ajouter. Dix minutes plus tard, tout était remballé et ils se remirent en route.

Striding Edge était une arête étroite, qui ne permettait aux randonneurs qu'un passage en file indienne. De chaque côté, l'à-pic était sévère, proche de la verticale, et vertigineux. Robin et Mark l'avaient franchie de nombreuses fois.

– Tu veux que je passe en premier ? demanda Mark.

– N... non, ça va. Je me sens en forme.

Lorsque Robin s'avança, prudemment, le soleil projeta son ombre sur la crête rocheuse et l'aplatit démesurément. Assurant bien ses pas sur la surface couverte de glace, prenant son temps, Robin parcourut la moitié de la distance et son visage, quand il se retourna, fut noyé dans un embrasement de lumière. Il resta au même endroit, parfaitement immobile, pendant cinq secondes peut-être, regardant Mark depuis le centre d'un halo doré et puis, sans un mot, il fit un pas de côté et tomba dans le vide.

51

Michelle fut réveillée par le bruit de la pluie qui giflait les vitres, et le plic-plic-plic continuel de la fuite du toit qui tombait dans un seau en plastique. Près d'elle, Gary respirait de façon régulière, et quand elle se tourna vers lui, pour dégager sa jambe coincée sous l'une des siennes, elle sentit une odeur de fumée de cigarette dans ses cheveux. Il était encore sorti boire un verre la veille au soir. Et elle aussi. Michelle ne se rappelait pas avoir jamais passé autant de temps au pub avec Gary. Elle n'aimait pas trop laisser les enfants tout seuls, même pour une demi-heure, mais au moment où Gary et elle étaient sortis, ils dormaient à poings fermés, et une fois qu'ils étaient endormis ils ne se réveillaient pratiquement jamais. Et puis, si elle avait refusé, Gary aurait encore fait la tête. Juste un verre, avait dit Michelle en arrivant. Mais Brian, toujours grande gueule, roulait de nouveau sur l'or, et il l'avait charriée, se moquant d'elle, insistant pour que les deux filles prennent un rhum-Coca. Il lui avait peloté la cuisse, aussi, à la minute même où Michelle s'était assise. Gary, Dieu merci, était déjà trop beurré pour s'en apercevoir.

Plus que jamais, Michelle avait la conviction que Brian fricotait quelque chose de louche. Et Gary avec lui, à leur façon d'échanger des regards entendus et de se pousser du coude, de s'isoler dans les coins pour parler à voix basse, tête baissée. En tout cas, quelle que soit la magouille en question, Gary ne semblait pas en tirer beaucoup de profit. Certaines choses, pensa Michelle avec tristesse, ne changent jamais.

Elle regarda Gary, dont le demi-jour adoucissait les traits ; c'était un de ces hommes qui, quel que soit leur âge, gardent une physionomie qui n'est jamais vraiment différente de celle qu'ils avaient quand ils étaient gamins. Ceux qui regardent toujours du mauvais côté, qui se retrouvent toujours coincés au bout de la file d'attente qui n'avance pas. Il s'ébroua et, prise d'un accès de tendresse, Michelle baissa la tête et l'embrassa, et elle sourit quand il se donna une claque comme pour chasser une mouche. Au rez-de-chaussée, le bébé se réveillait ; c'était son premier pleur de la journée.

Roulant sur elle-même, Michelle s'éloigna de Gary pour gagner le bord du lit.

Resnick n'avait pas trouvé le moyen de dormir une seule minute. À deux reprises, à une heure du matin et à trois heures et demie, il avait tenté de trouver le sommeil, se forçant à s'étendre. À chaque fois, il s'était relevé après s'être retourné en tous sens pendant trente minutes, incapable de chasser de son esprit les inquiétudes que lui inspirait le sort de Lynn. Éveillé, il avait fait les cent pas dans la maison, machinalement, passant d'une pièce à l'autre. Il avait appelé le commissariat, à intervalles réguliers, pour savoir s'il y avait du nouveau. Dans la cuisine, il avait fait griller du pain, l'avait mangé avec du fromage, un gorgonzola bien fait qui lui avait semblé n'avoir aucun goût. Il avait été tellement certain d'obtenir des résultats grâce à l'examen des listes de l'Université pour tous. McCain et Reverdy, ce n'étaient pas des noms si courants. Mais cela n'avait rien donné, sinon des fausses pistes, des impasses. Du temps perdu.

Resnick se rappela le visage d'Harry Phelan, déformé par la colère : *Quarante-huit heures, c'est ce qu'on dit, pas vrai ? Quarante-huit heures. Si on ne retrouve pas dans les quarante-huit heures une personne disparue, on peut la considérer comme morte, nom de Dieu !* Harry Phelan, debout dans un champ nu, tandis que derrière lui, dans une ambulance prête à partir, le corps de sa fille gisait sous une bâche en plastique. Resnick se fit violence pour ne pas regarder la pendule.

Maureen Madden, Kevin Naylor, tous les gens à qui Lynn aurait pu parler, Resnick les avait questionnés. Leur avait-elle confié qu'elle voyait quelqu'un, un nouvel ami, un homme ? Elle avait expliqué à Naylor qu'en revenant de chez ses parents, elle avait eu une panne de voiture, qu'un automobiliste s'était arrêté pour l'aider, lui proposant de la ramener chez elle. Rien de plus.

Dans la chambre du dernier étage, debout devant la fenêtre, Resnick regardait tomber la pluie, tenant l'un de ses chats dans ses bras.

Michelle était arrivée juste à temps pour vider le seau ; l'eau de pluie n'était qu'à un centimètre du bord. Le vidant en hâte dans la baignoire, elle l'avait remis en place avant de descendre aussitôt au rez-de-chaussée pour éponger le sol à l'arrière de la maison, où la pluie s'était infiltrée dans les interstices, autour de la porte que Gary n'avait toujours pas réparée. La tasse de thé qu'elle s'était préparée était tout juste tiède.

Allongée sur le dos dans son petit lit, Natalie gazouillait, tout heureuse à présent que sa mère l'avait changée et nourrie.

– Oh, Karl, regarde ce que tu as fait !

Laissé seul dans la cuisine à se débrouiller par ses propres moyens, Karl avait réussi à répandre davantage de céréales sur le carrelage qu'il n'en avait mises dans son bol. Les dernières gouttes du carton de lait frais s'écoulaient dans l'évier.

– Enfin, Karl, bon sang ! (Le gamin recula, en clignant les yeux ; il portait le vieux maillot de foot de Gary, qui lui tombait bien au-dessous des genoux.) Allez, débarrasse-moi le plancher, que je nettoie tout ça avant que ton père descende.

Karl déguerpit, et en passant la porte il se cogna à Gary qui se frottait encore les yeux alourdis de sommeil.

– Nom de Dieu, Karl ! Regarde où tu vas, au moins.

– Attends une minute, dit Michelle. Tu vas m'écraser tout ça par terre.

– Et qu'est-ce que ça fout par terre, pour commencer ?

– Karl a eu un accident.

– Karl, un accident ? C'est sa naissance qui a été un accident, oui !

– Gary, c'est pas bien de dire ça !

– C'est pas bien, mais c'est foutrement vrai, non ?

– Gary, je t'en prie. Il nous entend, tu sais.

– Et alors, qu'est-ce que ça peut foutre ? Tu sais pas de quoi on parle, t'y comprends rien, hein, mon pote ?

– Achident, dit Karl juste à l'intérieur de la porte. Achident.

Michelle secoua la tête et écarta Gary pour ramasser le reste des céréales avec une pelle et une balayette.

– Oblige-le à revenir à table et à les manger. Voilà ce que tu devrais faire. Ça lui donnerait une bonne leçon, il comprendrait vite.

Michelle lui lança un regard noir et vida la pelle dans la poubelle.

– Il reste du thé dans la théière. Il est sûrement froid. Si tu en veux d'autre, tu peux le faire toi-même.

Poussant Karl devant elle, Michelle le fit passer dans la pièce voisine et referma la porte derrière eux. Gary pouvait passer sa mauvaise humeur en tête à tête avec lui-même.

Les chats avaient décidé que l'heure était venue pour Resnick de veiller à leur bien-être. Dizzy avait attiré son attention, se faufilant entre ses jambes, poussant de la tête les chevilles de Resnick.

En bas, dans la cuisine, la radio réglée sur BBC World Service, Resnick avait rempli leurs bols de Whiskas, moulu les premiers grains de café de la journée, et cherché ce qu'il y avait pour le petit déjeuner à part du pain grillé.

Au fond du frigo, il trouva un morceau de saucisse fumée. Quand il l'approcha de ses narines, il ne perçut aucune odeur suspecte ; avec un couteau bien aiguisé, il la coupa donc en rondelles, qu'il mit de côté au bout du plan de travail. Dans une poêle, il versa un peu d'huile d'olive et régla le gaz à petit feu. Ses gousses d'ail, il les éplucha avec les mains, se servant beaucoup de ses ongles. Un oignon pour compléter le tout, et ce serait parfait.

Bud émit comme d'habitude son gémissement à fendre le cœur, et sans regarder, Resnick se servit de son pied pour écarter Dizzy du plat du plus petit des chats.

L'oignon, il le trancha en deux, puis encore en deux, utilisant son couteau comme un hachoir, coupant des morceaux de plus en plus petits. Lorsqu'il eut fini, il ne voyait pratiquement plus ce qu'il faisait, tellement ses yeux larmoyaient. Resnick renifla, chercha un mouchoir à tâtons ; n'en trouvant pas, il rafla le torchon à vaisselle. Quand il vit clair, il vit enfin quelque chose qu'il aurait dû reconnaître plus tôt.

En courant vers la porte, il renversa deux des bols des chats, et Pepper bondit pour se réfugier derrière une casserole. Ce ne fut qu'une fois son pardessus enfilé, clés de voiture en main, que Resnick pensa à éteindre le gaz, et il repartit en trombe vers la cuisine. En l'entendant revenir, Miles et Bud se recroquevillèrent dans un coin, tandis que Dizzy campait sur ses positions en faisant le gros dos.

— Où est passé Karl, maintenant ?
— Je pensais qu'il était avec toi.

Gary était perché sur un escabeau emprunté au voisin d'en face ; il essayait tant bien que mal de réparer la fuite du toit. Déjà, il avait lâché un chapelet de jurons et de hurlements, et par expérience, Michelle savait qu'il était sur le point d'exploser. Mais quand Michelle était rentrée avec le bébé, Karl, qu'elle croyait allongé par terre devant la télévision, avait disparu.

– Gary, où... ?

– Je te l'ai dit, je l'ai pas vu, bordel !

Depuis leur chambre, la réponse leur parvint sous la forme d'un cri. Quand Michelle y parvint, Karl était contre l'armoire, criant toujours ; il regardait sa main. Le couteau, couvert de sang, gisait sur le plancher devant lui.

– Oh, mon Dieu !

Lorsqu'elle courut vers lui, Karl se détourna et se plaqua contre le mur.

– Karl, Karl, c'est rien. Fais-moi voir. Fais voir à maman, mon chéri, montre-moi ça.

Gary était entré dans la chambre ; il vit le couteau.

– Mais qu'est-ce que tu foutais, encore, petit con ? Qu'est-ce que tu branles, bordel, à fourrer ton nez dans les affaires des autres ? Hein ? Hein ?

– Gary. Tais-toi et laisse-le tranquille.

– Tu vas voir comme je vais le laisser tranquille.

– Gary !

Agrippant Michelle par le bras, il l'attira à lui, puis la repoussa pour l'écarter de son chemin. Karl vit venir le coup et leva les mains, mais il arriva avec une telle force qu'elles furent balayées, et le poing de Gary frappa le petit en plein sur la tempe.

Karl poussa un cri et s'effondra dans le coin de la pièce, en pleurs.

– Gary, espèce de salaud ! Pauvre minable ! Lavette ! (Michelle avait raflé le couteau sur le plancher ; elle s'interposa entre le père et le fils, tenant le manche à deux mains, la lame pointée vers la poitrine de Gary.) Essaie un peu de lever encore la main sur lui ! Essaie seulement !

Gary, les yeux ronds, la fixa sans comprendre, le souffle saccadé, ses mains retombant lentement le long de ses flancs. Pour qui elle se prenait, cette pétasse, à retourner ce putain de couteau vers lui ? Mais quand il tenta d'avancer d'un demi-pas, il comprit clairement qu'elle n'allait pas céder. La lèvre retroussée, Gary fit demi-tour. Il fallut que Michelle l'entende descendre l'escalier d'un pas pesant et claquer la porte d'entrée avant qu'elle se décide à bouger. À ce moment-là seulement, elle laissa le couteau tomber sur le lit et prit dans ses bras l'enfant terrifié.

Resnick n'était pas le seul pour qui trouver le sommeil s'était révélé pratiquement impossible. Vers trois heures du matin, Kevin Naylor avait fini par renoncer. Emportant la couette de rechange dans le salon pour ne pas déranger Debbie, il s'était installé dans le fauteuil pour regarder un débat. Un universitaire américain, qui semblait avoir écrit un livre sur les pratiques sado-maso, et une actrice comique absolument sinistre opposaient leurs points de vue sur le thème : l'augmentation du taux d'œstrogènes dans l'eau potable avait-elle une influence sur la diminution du nombre de spermatozoïdes chez l'homme ? Au bout d'un quart d'heure de ce régime, Kevin prit une douche rapide, s'habilla, laissa un mot pour Debbie et partit au commissariat.

Il devait y avoir quelque chose, un détail qu'ils avaient négligé. Dans le local de la PJ, il commença à fouiller le bureau de Lynn, tiroir par tiroir, dossier par dossier, document par document. Près d'une heure plus tard, de plus en plus énervé et frustré, il faillit manquer ce qu'il cherchait. Les pages jaunes, couvertes d'empreintes circulaires laissées par de nombreuses tasses à café, il les avait compulsées de façon assez systématique, mais les seules adresses cochées concernaient des livraisons à domicile de pizzas ou de plats indiens, ou des compagnies de taxis. Kevin prit l'annuaire téléphonique qui se trouvait en dessous et le feuilleta rapidement. La première fois, il ne remarqua rien ; mais au second examen, alors qu'il traversait le local pour poser le volume sur une pile d'autres annuaires, il repéra un astérisque tracé au stylo-bille, et un nom inscrit en biais dans la colonne voisine.

PAPETERIES SCHOTNESS. FOURNITURES EN GROS.

L'adresse était située dans une zone industrielle près de l'échangeur de Clifton.

Le nom écrit à côté était *Michael Best*.

Maladroitement, Naylor tenta deux fois de composer le numéro, sans succès ; quand il y parvint, le téléphone sonna, sonna...

– Merde !

– Il y a un problème, Kevin ?

Quand il vit Resnick à la porte, Naylor l'aurait volontiers serré dans ses bras. Enfin, presque.

– Regardez, dit-il en prenant l'annuaire sur le bureau de Lynn. Regardez ça.

Lui prenant le livre des mains, Resnick le reposa pour le déchiffrer.

– Bravo ! fit-il. C'est du bon travail.

Naylor était trop excité pour rougir du compliment.

Resnick regarda sa montre.

– Il est trop tôt pour qu'il y ait là-bas quelqu'un capable de nous éclairer. En attendant, voici ce que vous pouvez faire. Les noms qu'on a notés de toutes les personnes présentes le soir du réveillon à cet hôtel où Nancy Phelan a disparu, ils sont tous dans nos archives ?

– Dans l'ordinateur, oui.

– Bien. Affichez-les sur l'écran. Je parierais presque que Michael Best était l'un des invités.

À l'autre bout du local, Resnick prit l'une des affichettes prêtes à être distribuées qui reproduisaient le portrait-robot. La ressemblance n'était pas parfaite, c'était peut-être pour cela qu'il n'avait pas fait le rapprochement tout de suite, mais à présent il pensait qu'il n'y avait pas d'erreur possible. *« Plus tard, alors. Laissez-moi vous offrir un verre plus tard. »* Un homme brun en smoking, dont le regard suivait Lynn depuis le bar.

– Patron, venez voir ça.

Les Papeteries Schotness étaient l'une des deux petites entreprises qui s'étaient partagé le troisième étage de l'hôtel pour leur dîner de réveillon, et M. Best figurait sur la liste de leurs invités.

Resnick tendait la main vers le téléphone le plus proche quand celui-ci sonna. C'était Sharon Garnett, qui l'appelait de King's Lynn.

– On vient de nous apporter une enveloppe à faire suivre, qui vous est adressée personnellement. Elle contient une cassette.

52

Lynn fut réveillée par le bruit que faisait Michael en se masturbant tout près de l'endroit où elle était allongée. Sans bouger la tête, elle voyait les contours de son corps qui se balançait d'avant en arrière dans la quasi-obscurité. Fermant de nouveau les yeux, elle ne put s'empêcher de l'entendre haleter dans sa course à l'orgasme, puis frémir et soupirer au moment de l'éjaculation.

Lynn attendit, retenant son souffle. En se plaignant du froid excessif, elle avait réussi à le convaincre de lui redonner son jean. À la tombée de la nuit, il avait détendu un peu la chaîne attachée à ses menottes, suffisamment pour qu'elle puisse ramener ses bras derrière son dos. Malgré tout, ses muscles étaient raidis, douloureux ; le flanc sur lequel elle avait reposé presque tout le temps était ankylosé.

Elle entendit Michael bouger, et elle se rendit compte qu'il la regardait pour voir si elle était réveillée. Bien que tendue, quand elle sentit le doigt de Michael lui toucher la joue, elle parvint à ne pas réagir. Pendant plusieurs minutes, il resta penché sur elle, à lui caresser le visage. Alors qu'elle pensait ne plus pouvoir le supporter plus longtemps, il s'éloigna.

La porte de la caravane se referma avec un déclic, et Lynn entendit la clé tourner dans la serrure. À présent, elle ne pouvait rien faire, sinon attendre. Continuer à attendre. La veille au soir, toutes ses tentatives pour engager la conversation avec Michael avaient échoué. Sa seule réaction, de temps à autre, avait été d'afficher ce sourire facile à interpréter : tu crois que je vais donner dans ce panneau ? Tu crois que je n'ai pas compris ce que tu essaies de faire ?

Quelque part, Lynn le savait, on devait être à sa recherche. Resnick et d'autres – des officiers qu'elle n'avait jamais rencontrés et qu'elle ne connaîtrait jamais – utilisaient tous les moyens dont ils disposaient, cherchaient des pistes, suivaient le moindre indice. Mais quelles pistes ? Quels indices ? Ce dernier soir, elle avait été à deux doigts de communiquer à Resnick le nom de Michael. Au lieu de le faire, elle avait reposé son téléphone. Remis cette démarche à plus tard. Pourquoi ? Tant qu'elle vivrait, elle se poserait encore la question. Mais cela ne durerait peut-être plus longtemps, à présent.

Resnick arriva à King's Lynn en moins d'une heure, accompagné par une escorte motocycliste tout le long du chemin, roulant pleins phares et sirènes hurlantes. L'inspecteur qui l'accueillit d'une solide poignée de main, le supérieur de Sharon Garnett, ajouta d'une voix posée : « On fera le maximum pour vous aider à coincer ce salaud », alors que Resnick passait devant lui. Ils s'installèrent dans une petite pièce au plafond bas dont la fenêtre donnait sur les rues pavées mouillées de pluie. Tout près, une cloche d'église sonnait avec insistance. « J'aimerais qu'ils arrêtent de faire marcher cette saloperie », commenta l'inspecteur. Sharon regardait Resnick, attendant son signal pour démarrer le magnétophone.

Bien qu'il s'attendît à l'entendre, la voix de Lynn le fit sursauter, et il manqua les premiers mots.

... il faut que je vous dise que je vais bien. Je veux dire, on m'a donné quelque chose à manger et à boire et jusqu'à maintenant il ne m'est rien arrivé de grave. On s'occupe bien de moi, je crois. Je ne souffre absolument de rien. La raison... Elle hésita. *... la raison pour laquelle je suis ici, c'est que...* Nouvelle hésitation, plus longue. Le microphone est déplacé. On entend des grésillements. *... la raison...* Sans transition, la voix de l'homme, proche de la colère, qui l'interrompt. *Elle est ici parce qu'elle pensait pouvoir jouer au plus fin avec moi, voilà la vérité. Elle s'est crue plus intelligente que moi. Elle a essayé de se servir de moi, aussi. De pénétrer mes défenses. Et il faut qu'elle apprenne, il faut que vous appreniez tous, comme je vous l'ai dit, que c'est une chose que personne ne pourra jamais accomplir.* Un nouveau silence, bref, puis : *Et c'est valable pour vous aussi, Monsieur Resnick, c'est valable pour vous aussi.*

– C'est tout ? demanda Resnick. Ça s'arrête là ?
Sharon hocha la tête.
– Nous avons écouté la bande du début jusqu'à la fin, sur les deux faces.

– Il n'y a rien au sujet d'une rançon, alors, dit l'inspecteur. Ce n'est pas comme l'autre fois.

– L'autre fois, c'était un jeu, expliqua Resnick.

– Un jeu sacrément macabre, commenta l'inspecteur.

– C'est son style. Mais on a dépassé ce stade, cette fois. Il le sait.

Sharon Garnett regarda Resnick.

– Vous savez qui c'est, alors ?

– Nous avons une idée assez précise.

– Comment se fait-il ?

– Il était sous notre nez, dit Resnick. Plus ou moins.

Un jeune agent en tenue frappa à la porte et attendit pour entrer qu'on le prie de le faire.

– Inspecteur Resnick ? Un appel pour vous. Je vous le passe ici ?

Le trajet était court entre l'entrepôt de la papeterie et l'endroit où vivait Michael Best, une maison qu'il louait à la périphérie de Ruddington, au sud de la ville. Une rue, courte, de constructions anonymes aux façades lisses, qui se terminait brutalement à l'entrée d'un champ. Des rideaux s'agitèrent quand les deux voitures ralentirent pour s'arrêter devant le numéro cinq ; de l'autre côté de la rue, une maison s'ouvrit et un couple en sortit pour rester planté, bouche bée, devant sa porte. Deux ou trois mots de Kevin Naylor, et ils rentrèrent chez eux, à contrecœur.

Millington n'était pas d'humeur à faire dans la dentelle. Il donna le feu vert à Divine qui, ravi, balança un coup de masse dans la porte d'entrée. Le bois, le verre volèrent en éclats. Au second coup, la porte céda, et les deux hommes entrèrent.

L'étage semblait avoir été très peu utilisé ; ils y trouvèrent quelques cartons, presque tous vides, une chaise cassée à dossier haut qu'on avait tenté sans conviction de réparer. Le plancher était couvert de moutons que leurs pieds faisaient voleter à chaque pas. La salle de bains se trouvait au rez-de-chaussée, à l'arrière de la maison. C'était une ancienne souillarde qu'on avait transformée ; des taches noires d'humidité étaient visibles en haut des murs. Ils n'y trouvèrent ni dentifrice, ni brosse à dents, ni nécessaire de rasage. Dans la cuisine, les placards contenaient surtout des conserves : de la soupe de pois cassés au lard, des haricots blancs à la sauce tomate, sept boîtes de sardines. Au fond d'une boîte à pain en émail écaillé, un vieux croûton couvert de moisissures vertes.

Dans le petit salon de devant, au-dessus de la cheminée carrelée, était suspendue une photographie encadrée de Michael Best et d'une femme plus âgée, qui lui ressemblait assez pour être sa mère. Elle, la tête à demi tournée vers Michael, une évidente fierté se lisant dans son regard ; lui, l'air plutôt timide, mal à l'aise.

Dans une niche au-dessus de l'unique fauteuil, quelques étagères rassemblaient la bibliothèque personnelle de Michael Best : des livres sur l'horticulture, la gestion d'une petite exploitation agricole, des conseils pour l'homme d'affaires indépendant, la commercialisation des fleurs. Il y avait un guide au format de poche sur l'art byzantin, un recueil de poèmes choisis d'Andrew Marvel, deux romans de Thomas Clancy. À côté d'un guide sur les glaïeuls et les jacinthes, un exemplaire de *Tuer pour vaincre la solitude*, l'histoire du tueur en série Dennis Nilsen.

– Et alors ? fit Millington quand Divine brandit le livre avec un air quasiment triomphant. Moi aussi, j'ai ce bouquin à la maison.

Divine se racheta en découvrant les lettres, manuscrites. Soit elles n'avaient jamais été postées, soit il s'agissait de copies.

Cher Patrick,
Je suis très heureux d'avoir de tes nouvelles et d'apprendre que tu vas bien. Ici, les choses évoluent lentement, et il semblerait que mon projet de m'établir à mon compte puisse se réaliser cet été, ou au plus tard à l'automne. J'ai fait des recherches dans la région de King's Lynn, qui est comme tu le sais la ville dont ma mère est originaire, et je crois avoir trouvé quelque chose...

Chère maman,
Je suis ravi que les fleurs te soient bien parvenues, ainsi que la carte, et que tu les trouves si belles. J'aurais tant aimé être à tes côtés, mais comme tu le sais, j'exerce pratiquement deux métiers en même temps, et avec tous mes déplacements et le travail que je dois fournir pour conserver une chance de...

Cher M. Charteris,
C'est avec le plus profond regret que j'ai pris connaissance de votre décision de ne pas m'accorder la totalité du prêt dont nous avons récemment discuté. J'espérais qu'au cours de notre entretien j'étais parvenu à vous convaincre...

468

Chère Lynn,
J'espère que cette lettre de quelqu'un qui vous est
pour l'instant parfaitement inconnu...

Dans le tiroir du bas, sous les lettres, il y avait une demande d'inscription aux cours par correspondance de la Fondation scientifique de l'Université pour tous, dûment remplie, mais jamais envoyée. Il y avait des cartes de l'institut géographique représentant le Norfolk et le Lincolnshire, sur lesquelles certains lieux étaient soulignés au stylo-bille bleu-noir, d'autres entourés en rouge. Une carte routière de 1993, usagée et pliée en tous sens, qui recensait tous les restaurants Little Chef. Dans une enveloppe, Divine découvrit des photos en couleurs, prises en intérieur, qui représentaient une femme ; l'éclair du flash se reflétait en deux points lumineux dans ses yeux au regard perplexe.

– Qui ça peut être ? demanda-t-il en les montrant à son collègue.

– Je parierais bien pour Susan Rogel, répondit Millington. On va faire venir Siddons ici pour confirmation. En attendant, appelle le patron, et arrange-toi pour lui faxer ces deux cartes. Je prie le Ciel pour qu'on découvre cet endroit à temps.

Lynn entendait aboyer un chien, à une distance assez lointaine ; toujours la même note, sans interruption. Un peu plus tôt, elle avait entendu Michael chanter, tout près ; des coups de marteau avaient résonné pendant dix minutes, puis avaient cessé. Sa vessie commençait à la brûler. Ce qu'elle espérait de toutes ses forces, c'était entendre s'approcher un bruit de voitures. Une clé tourna dans la serrure et Michael entra.

Il portait une chemise blanche, un vieux pantalon de velours, des bottes de caoutchouc.

– Laisse-moi le temps d'enlever ça, dit-il. Pas la peine de mettre de la boue partout.

Il posa le seau qu'il portait, puis il ôta ses bottes et les plaça à l'extérieur de la porte.

– La pluie s'est arrêtée, ajouta Michael. Il va faire une belle journée. (Reprenant son seau, il s'approcha de Lynn et sortit de sa poche une petite clé.) Si je te laisse te servir de ça toute seule, tu ne vas pas faire de bêtises ?

Lynn lui rendit son regard mais ne répondit pas.

Michael vint se placer derrière elle et posa un genou à terre.

– Tu ne voudrais quand même pas que je fasse tout à ta place, comme avec un enfant ? (Il ouvrit l'une des menottes qui vint heurter l'arrière de sa cuisse.) Retire donc ce jean, tu veux bien, et je vais mettre ce seau sous toi.

– Je suis obligée de faire ça pendant que tu regardes ?

– Pourquoi pas ? Ça n'a rien que de très naturel.

Cédant à une brusque colère, Lynn agita celle de ses mains qui était encore captive, secouant la chaîne.

– Naturel ? Dans ces conditions-là ? Qu'est-ce que ça a de naturel ?

– Du calme ! dit Michael. (Debout à côté d'elle, le sourire aux lèvres, il la dominait de sa hauteur.) Du calme ! Tu sais ce que je pense des gens qui sont incapables de garder leur calme.

– D'accord, fit Lynn, baissant la tête. D'accord.

De sa main libre, elle fit glisser son pantalon jusqu'aux genoux. Comme elle s'y attendait, à la seconde où elle s'assit, l'urine jaillit dans le seau, rebondit contre les parois, et lui éclaboussa le dessous des cuisses.

– Voyons un peu, dit-il quelques instants plus tard en retirant le seau. Qu'est-ce que nous avons là ? (Dans sa poche, pliées en deux, se trouvaient plusieurs feuilles de papier toilette.) Je m'en occupe ou je te laisse faire ?

Sans quitter Michael des yeux, elle se sécha et laissa tomber le papier humide dans le seau quand il le lui tendit.

– À présent, dit-il en refermant la menotte autour du poignet de Lynn, je suppose que tu vas vouloir quelque chose à boire ?

Avant qu'il ne lâche le bracelet d'acier qu'il venait de verrouiller, Lynn lui agrippa le poignet, mais Michael se dégagea. Elle attendit qu'il s'approche de la porte.

– Ce matin, dit-elle, je t'ai surpris dans ton intimité. Tout comme tu viens de me voir dans la mienne.

Michael se figea sur place. Lynn crut qu'il allait faire volte-face, furieux, qu'il allait peut-être la frapper, mais il repartit aussitôt et franchit la porte. Bientôt, elle l'entendit de nouveau circuler autour de la caravane, tour à tour sifflotant un petit air et chantant une bribe de chanson qu'elle n'avait jamais entendue sortir de la bouche de quelqu'un d'autre.

53

Quand Michelle était ressortie du service des urgences, Natalie pleurnichant entre ses bras, la matinée était bien avancée. La blessure de Karl avait nécessité sept points de suture, et à présent sa main était bien protégée par un pansement. Un coup de chance, avait dit le médecin, aucun tendon n'était touché. L'infirmière, comparant le nom de Karl à ceux de son fichier, avait remarqué que c'était sa seconde visite en peu de temps.

– J'ai expliqué tout ça quand le travailleur social m'a obligée à vous l'amener, lui dit Michelle. Il a eu un accident, il s'est cogné dans une porte.

Et cette fois-ci, se dit l'infirmière, il a tout simplement ramassé un couteau que quelqu'un avait laissé traîner. Martin Wrigglesworth ; le nom du travailleur social était inscrit sur la fiche. L'infirmière se promit d'appeler son bureau dès qu'elle aurait une minute. La police serait bien entendu avertie.

UN ALPINISTE DE LA RÉGION FAIT UNE CHUTE MORTELLE, annonçait l'affichette devant la boutique de l'épicier-marchand de journaux.

– Tu veux du poisson pané, Karl ? C'est ça que tu voudrais manger ?

– Passon pané ! répéta Karl, aux anges, en sautillant sur place, sa blessure oubliée. Passon pané !

Lorsque Michelle ouvrit la porte d'entrée et appela Gary, elle fut soulagée de ne pas entendre de réponse.

– Qu'est-ce que tu en penses ? demanda Lynn.

Michael lui avait apporté de la soupe de tomates en boîte, qu'il avait réchauffée pour le déjeuner ; une tranche de pain de mie, beurrée puis pliée en deux. Il lui avait libéré une main pour qu'elle puisse manger. Michael, assis sur l'une de ses chaises ultralégères, parlait avec entrain ; lui-même ne mangeait pas, à part un reste de barre chocolatée. Il ne quittait pas Lynn des yeux. Il s'inquiétait de ses réactions.

– Est-ce que c'est bon ? La soupe, je veux dire. Il n'y a pas beaucoup de choix, dans le village, et puis je ne sais jamais quelle est la meilleure marque. Heinz, je crois, c'est ce que les gens disent. Moi, j'aime bien acheter l'autre, celle qui est faite en Écosse, mais ici ils n'en ont jamais. Le pain, c'était le seul qu'il leur restait. Demain, il faudra que j'aille faire les courses plus tôt.

– Michael, pourquoi tu ne veux pas me répondre ?

– Quoi ? fit-il. Excuse-moi. Tu disais ?

– Je t'ai demandé : à ton avis, que va-t-il se passer ?

Michael parut réfléchir à la question.

– Oh, je pense que nous allons rester ici un moment. C'est assez confortable, maintenant que j'ai apporté cet appareil, tu ne trouves pas ? Ça chauffe plutôt bien.

– Michael...

– Ce qu'il faut que je fasse cet après-midi, en revanche – enfin, je suppose qu'il sera toujours temps demain – c'est essayer de voir si je peux louer un genre de motoculteur. Le sol qu'on a par ici, je n'arrive pas à le remuer suffisamment à la main.

– Michael, tu ne m'écoutes pas.

Il cligna les yeux.

– Vraiment ? Je croyais...

– Je parlais de moi.

– Comment ça, de toi ?

– À ton avis, que va-t-il m'arriver, à moi ? Étant donné la... situation ?

Il la regarda un long moment avant de répondre.

– Oh, on ne s'entend pas trop mal, tous les deux, non ?

Cinq ans plus tôt, en remplissant un formulaire d'ouverture de compte dans un établissement de crédit immobilier, Michael Stuart Best avait indiqué qu'il était né à Dublin ; comme garant, il avait désigné son père, Matthew John Best, résidant en Allemagne, officier de l'armée britannique basé à l'étranger. Deux ans plus tard, demandant un prêt pour monter une petite entreprise, il avait déclaré qu'il était né dans la banlieue de Manchester et que son père était décédé.

– Il n'en a parlé qu'une seule fois, avait expliqué le responsable des ventes des papeteries Schotness ce matin même à Graham Millington. De l'accident qui lui a enlevé ses parents. Les deux en même temps. Oui. Lui, il a eu de la chance de s'en tirer ; il était assis à l'arrière et il avait mis sa ceinture, vous voyez. Ils allaient rendre visite à des gens de leur famille, dans le Norfolk. Une vraie tragédie. Ça vous marque pour toute la vie, une chose pareille. Un bon représentant, cela dit. Quand il était en forme, il aurait vendu des mirlitons à la porte d'un cimetière.

Un type sans histoires, tel était le verdict général recueilli par Divine et Naylor auprès des voisins, en faisant du porte-à-porte dans Ruddington. Il restait tranquillement dans son coin ; mais sympathique, cela dit, pas bêcheur. C'était gentil, cette habitude qu'il avait d'acheter des fleurs tous les samedis pour aller les apporter à sa mère dans sa maison de retraite.

Le commissariat local avait réservé une pièce aux gens de la PJ ; Skelton s'y trouvait en ce moment même, et son regard avait retrouvé comme une sorte d'étincelle.

– Elle avait raison ! (C'était pratiquement la première chose qu'il avait dite à Resnick en arrivant.) Au sujet de l'affaire Rogel. Helen. Le lien entre les deux.

Resnick se foutait complètement d'Helen Siddons. La personne pour laquelle il avait de l'affection était séquestrée, son ravisseur avait déjà tué une femme, probablement deux.

La localisation des endroits marqués sur la carte s'affinait constamment, et Resnick ne cessait d'arpenter la pièce, du bureau jusqu'au mur et du mur au bureau, souhaitant de toutes ses forces que le téléphone se mette à sonner.

– L'unité tactique est prête à intervenir, Charlie. On a un hélicoptère prêt à décoller en cas de besoin. Deux véhicules radio sont en route, l'un qui vient de Nottingham, l'autre de Leeds.

Les pensées de Resnick avaient fait un bond en arrière de plusieurs années, le ramenant dans le salon quelconque d'une maison qui n'avait rien d'extraordinaire sinon que, dans le petit jardin, Lynn venait de voir son premier cadavre, une femme aux cheveux incrustés de traînées de sang noirâtre. « Lynn ? Ça va ? » avait demandé Resnick, et Lynn s'était effondrée contre sa poitrine où elle avait enfoui son visage, lui enfonçant dans la bouche les doigts de sa main droite.

– Charlie ?

Avant qu'il pût répondre, le téléphone se réveilla en sursaut et Resnick le décrocha maladroitement. Tandis qu'il écoutait les explications de sa correspondante, son index traçait des lignes sur la carte placée devant eux.

– Vous êtes sûre ? demanda-t-il. Aucun doute possible ?

– Non, répondit Sharon Garnett. Pas le moindre.

Avant de se tourner vers Skelton, Resnick ôta de la carte deux des trois épingles de couleur, laissant la dernière en place.

– On le tient, dit-il d'une voix à présent étrangement calme.

– Allez-y, fit Skelton. Je bats le rappel des troupes.

Michelle préparait la bouillie de Natalie quand Josie frappa à la porte, essoufflée d'avoir remonté toute la rue en courant avec ses talons aiguilles.

– Les flics, ils ont serré Brian. Gary s'est tiré.

Michelle la fixa, bouche bée.

– Qu'est-ce que Gary... Brian... Je ne comprends pas.

– Bon sang, ma vieille, d'où tu sors ? Brian deale depuis avant Noël, je croyais que tu le savais.

– Mais Gary, jamais il...

– Oh, Gary. Tu sais comment il est, ton Gary. Il a toujours voulu jouer les gros bras, faire partie du club. En tout cas, ce qui se passe, c'est qu'il faut que j'aille voir l'avocat de Brian. Je peux t'amener les mômes, te les laisser un moment ?

Michelle hocha la tête, les bras serrés contre sa poitrine.

– Josie, qu'est-ce que je vais faire ?

– Un conseil. Prie le Ciel qu'ils coincent Gary avant qu'il revienne ici. Une fois qu'il sera en cabane, change les serrures, ou déménage. Comme tu voudras. Gary, il est nul. Ça sera toujours un nul. Quoi qu'il arrive, tu t'en sortiras beaucoup mieux sans lui.

Michael était assis à l'autre bout de la caravane. Il feuilletait un catalogue, inscrivait des notes dans la marge, recopiant parfois des prix sur une feuille de papier. De temps à autre, il pinçait les lèvres, émettait un sifflement. « Cet article-là, il me paraît tout à fait remarquable, tu verras. » Dans un recoin de son cerveau, se disait Lynn, ils vivaient heureux, Michael et elle, sur ce bout de terrain, travaillant joyeusement côte à côte. Le couple parfait. « Ton père », avait dit Michael à un certain moment, relevant brusquement la tête. « On pourrait peut-être trouver un moyen pour que tu lui téléphones, que tu prennes de ses nouvelles. Pour que tu sois rassurée. » Mais il y avait presque une demi-heure de cela, et il n'en avait pas reparlé. Lynn se demanda si Resnick avait exigé le silence total sur sa disparition, ou si sa mère, en bricolant dans sa cuisine, n'avait pas bondi en entendant son nom à la radio. Des larmes lui brûlèrent les paupières à cette idée, et pour la première fois, elle fut à deux doigts de s'effondrer.

– Nancy..., dit-elle en reniflant, poussée par le besoin de dire quelque chose, de parler. Tu la connaissais aussi ? Avant ?

Michael parut surpris, l'esprit encombré par les calculs, les semis, les rendements à l'hectare.

– Ça ne compte pas, finit-il par dire. C'était le hasard. Rien à voir avec ce qui nous arrive.

Les bâtiments principaux se trouvaient à plusieurs centaines de mètres de la caravane et de la remise délabrée, aux murs ventrus et au toit en tôle ondulée rouillée, près de laquelle elle était garée.

– J'ai bien plus de terrain que je ne pourrais en cultiver moi-même, dit le fermier, depuis que j'ai eu ces ennuis avec ma jambe. Alors, quand il est venu me trouver l'année dernière pour me louer cette parcelle, ça m'a semblé être une bonne aubaine.

Resnick acquiesça et se rendit à l'arrière de la maison. Sharon Garnett lui passa les jumelles, tendant le bras en direction de la caravane couleur crème montée sur cales dans l'angle du champ le plus éloigné.

Des tireurs d'élite étaient en place sur trois côtés, le plus près d'eux à plat ventre à seulement soixante-dix mètres de distance, les coudes calés dans un sillon. À peine quelques instants plus tôt, il avait aperçu partiellement la cible à travers la vitre de la caravane, alors qu'elle se déplaçait de gauche à droite dans son champ de vision. Il jura entre ses dents quand on lui refusa la permission de faire feu.

– Je vais essayer, annonça Resnick, d'atteindre la remise.

– Michael, avait dit Lynn, pourquoi ne laisses-tu pas tout ça pour le moment ? Viens me parler.

En guise de réponse, il avait ricané.

– Je ne suis pas stupide, tu sais. Tu ne me verras jamais tomber dans un piège archiconnu.

Lynn avait fait cliqueter ses menottes au bout de la chaîne.

– Que crains-tu que je fasse ?

Alors, il était venu s'asseoir près d'elle, méfiant, comme s'il redoutait, pour la première fois peut-être, un retour de manivelle. Ce qui avait attiré Lynn dans le regard de Michael avait disparu, à présent, pour laisser place aux incertitudes de l'enfance.

– Tu allais me parler de Nancy, dit Lynn.

Michael se rapprocha encore, sa jambe touchant presque celle de Lynn.

– Elle n'était pas comme toi. Elle hurlait, elle jurait, elle me lançait des coups de pied à la première occasion. Le reste du temps, elle faisait semblant d'être gentille, aussi gentille que possible. Elle me faisait plein de promesses, des choses qu'elle ferait pour moi si seulement je voulais bien la laisser partir.

Il rit.

– Ce qui lui est arrivé, c'était entièrement sa faute. Je ne pouvais rien faire d'autre.

– Tu l'as enlevée. Tu l'as tuée. Comment cela pourrait-il être sa faute ?

– Tais-toi ! (La chaise partit en vrille vers la paroi, chassée d'un coup de pied.) Ne me parle pas comme ça. Comme si tu en avais le droit. Pour qui tu te prends ? C'est moi qui commande, ici. Et tu ferais bien de t'en souvenir. Tu m'entends ?

– Je suis désolée.

– Oh, c'est ce que tu dis. Je t'ai flanqué la frousse, cette fois, non ? Eh bien, il était peut-être grand temps.

– Je le pense vraiment, je suis désolée.

– Oui ? Tu espères me faire croire ça ? C'est ce que vous dites à chaque fois, toutes autant que vous êtes, quand il est trop tard.

– Qui ça, « toutes », Michael ? De qui parles-tu ?

Mais à ce moment-là, il était effectivement trop tard ; Michael avait entendu le bruit, lointain, de l'hélicoptère, qui se rapprochait de plus en plus.

Pas tout à fait à l'abri derrière la remise, encore distante de vingt mètres, Resnick l'entendit aussi et lâcha un chapelet de jurons en se mettant à courir, le pas lourd, maudissant l'imbécile qui avait donné l'ordre trop tôt.

La porte de la caravane s'ouvrit à la volée et Lynn en sortit la première, propulsée vers l'extérieur. Michael, plaqué contre elle, lui enserrait le cou dans l'un de ses bras ; d'une main tremblante, il brandissait un couteau devant la poitrine de la jeune femme.

– Police ! cria Resnick, trébuchant, courant, trébuchant de nouveau tandis que l'hélicoptère tournait au-dessus de leurs têtes.

– Police ! Nous sommes armés ! avertit un haut-parleur nasillard. Ne bougez plus. Restez où vous êtes.

Ils se mirent à courir. La cheville de Lynn se tordit sous elle et elle tomba brutalement sur le côté, Michael lui agrippant le bras et lâchant son couteau du même coup. Il tenta de la rattraper par les cheveux et ses doigts se refermèrent dans le vide, Lynn roulant sur elle-même dès qu'elle toucha le sol.

L'espace d'un instant, Michael jeta un regard alentour. Il vit Resnick courir vers lui, brassant l'air de ses bras ; il sentit le souffle de l'hélicoptère tirailler ses cheveux et ses vêtements. Il fit volte-face et se remit à courir, retournant vers la caravane. Dans le champ, le tireur était en appui sur un genou, à présent, l'arrière du crâne de Michael juste dans le prolongement de sa mire.

– Michael !

Lynn cria son nom, de toutes ses forces. Michael se désunit, et il tourna la tête en direction de sa voix. Le plongeon de Resnick le cueillit à mi-hauteur, la tête du policier le frappant en plein ventre, son coude lui percutant sèchement le thorax. Asphyxié, Michael tomba à la renverse, lançant des coups de pied dans tous les sens tandis que Resnick, le souffle rauque, s'accrochait à lui avec une telle hargne qu'il fallut trois officiers pour les séparer. Ils passèrent les menottes à Michael Best et l'informèrent de ses droits avant de l'embarquer.

Ce fut à ce moment-là seulement que Resnick se tourna vers l'endroit où Lynn s'était laissée retomber, à genoux dans la terre, et qu'il se dirigea vers elle, à pas lents d'abord, puis en courant. Plus question de retenir ses larmes, à présent, ni de chercher à les arrêter avant le moment où, finalement, il aida Lynn à se relever et serra dans ses bras, saine, sauve et secouée de sanglots, la fille qu'il n'avait jamais eue, la maîtresse qu'elle ne serait jamais.

Rivages/noir

Joan Aiken
Mort un dimanche de pluie (n° 11)

André Allemand
Au cœur de l'île rouge (n° 329)

Robert Edmond Alter
Attractions : Meurtres (n° 72)

Claude Amoz
L'Ancien crime (n° 321)

Jean-Baptiste Baronian
Le Tueur fou (n° 202)

Alicia Gimenez Bartlett
Rites de mort (n° 352)

Cesare Battisti
Dernières cartouches (n° 354)

William Bayer
Labyrinthe de miroirs (n° 281)

Marc Behm
La Reine de la nuit (n° 135)
Trouille (n° 163)
À côté de la plaque (n° 188)
Et ne cherche pas à savoir (n° 235)
Crabe (n° 275)
Tout un roman ! (n° 327)

Tonino Benacquista
Les Morsures de l'aube (n° 143)
La Machine à broyer les petites filles (n° 169)

Bruce Benderson
Toxico (n° 306)

Stéphanie Benson
Un meurtre de corbeaux (n° 326)

Pieke Biermann
Potsdamer Platz (n° 131)
Violetta (n° 160)
Battements de cœur (n° 248)

Michael Blodgett
  Captain Blood (n° 185)

Michel Boujut
  Souffler n'est pas jouer (n° 349)

Daniel Brajkovic
  Chiens féroces (n° 307)

Wolfgang Brenner
  Welcome Ossi ! (n° 308)

Paul Buck
  Les Tueurs de la lune de miel (n° 175)

Yves Buin
  Kapitza (n° 320)

Edward Bunker
  Aucune bête aussi féroce (n° 127)
  La Bête contre les murs (n° 174)
  La Bête au ventre (n° 225)
  Les Hommes de proie (n° 344)

James Lee Burke
  Prisonniers du ciel (n° 132)
  Black Cherry Blues (n° 159)
  Une saison pour la peur (n° 238)
  Le Bagnard (n° 272)
  Une tache sur l'éternité (n° 293)
  Dans la brume électrique avec les morts confédérés (n° 314)
  La Pluie de néon (n° 339)

W.R. Burnett
  Romelle (n° 36)
  King Cole (n° 56)
  Fin de parcours (n° 60)

Jean-Jacques Busino
  Un café, une cigarette (n° 172)
  Dieu a tort (n° 236)
  Le Bal des capons (n° 278)
  La Dette du diable (n° 311)

Daniel Chavarría
  Adiós muchachos (n° 269)
  Un thé en Amazonie (n° 302)

Daniel Chavarría/Justo Vasco
  Boomerang (n° 322)

George Chesbro
Une affaire de sorciers (n° 95)
L'Ombre d'un homme brisé (n° 147)
Bone (n° 164)
La Cité où les pierres murmurent (n° 184)
Les Cantiques de l'Archange (n° 251)
Les Bêtes du Walhalla (n° 252)
L'Odeur froide de la pierre sacrée (n° 291)
Le Second Cavalier de l'Apocalypse (n° 336)

Andrew Coburn
Toutes peines confondues (n° 129)

Michael Collins
L'Égorgeur (n° 148)
Rosa la Rouge (n° 267)

Robin Cook
Cauchemar dans la rue (n° 64)
J'étais Dora Suarez (n° 116)
Vices privés, vertus publiques (n° 166)
La Rue obscène (n° 200)
Quand se lève le brouillard rouge (n° 231)
Le Mort à vif (n° 241)
Bombe surprise (n° 260)

Peter Corris
La Plage vide (n° 46)
Des morts dans l'âme (n° 57)
Chair blanche (n° 65)
Le Garçon merveilleux (n° 80)
Héroïne Annie (n° 102)
Escorte pour une mort douce (n° 111)
Le Fils perdu (n° 128)
Le Camp des vainqueurs (n° 176)

Hélène Couturier
Fils de femme (n° 233)
Sarah (n° 341)

James Crumley
Putes (n° 92)

Mildred Davis
Dark Place (n° 10)

Jean-Paul Demure
Milac (n° 240)
Fin de chasse (n° 289)
Les jours défaits (n° 351)

Jean-Claude Derey
  Black Cendrillon (n° 323)

Pascal Dessaint
  La vie n'est pas une punition (n° 224)
  Bouche d'ombre (n° 255)
  À trop courber l'échine (n° 280)
  Du bruit sous le silence (n° 312)

Thomas Disch / John Sladek
  Black Alice (n° 154)

Wessel Ebersohn
  La Nuit divisée (n° 153)
  Coin perdu pour mourir (n° 193)
  Le Cercle fermé (n° 249)

Stanley Ellin
  La Corrida des pendus (n° 14)

James Ellroy
  Lune sanglante (n° 27)
  À cause de la nuit (n° 31)
  La Colline aux suicidés (n° 40)
  Brown's Requiem (n° 54)
  Clandestin (n° 97)
  Le Dahlia noir (n° 100)
  Un tueur sur la route (n° 109)
  Le Grand Nulle Part (n° 112)
  L.A. Confidential (n° 120)
  White Jazz (n° 141)
  Dick Contino's Blues (n° 212)
  American Tabloid (n° 282)
  Ma part d'ombre (n° 319)

Howard Fast
  Sylvia (n° 85)
  L'Ange déchu (n° 106)

Kinky Friedman
  Meurtre à Greenwich Village (n° 62)
  Quand le chat n'est pas là (n° 108)
  Meurtres au Lone Star Café (n° 151)
  Le Vieux Coup de la sauterelle (n° 197)
  Elvis, Jésus et Coca-Cola (n° 264)
  Dieu bénisse John Wayne (n° 348)

Samuel Fuller
L'Inexorable Enquête (n° 190)
La Grande Mêlée (n° 230)
Barry Gifford
Port Tropique (n° 68)
Sailor et Lula (n° 107)
Perdita Durango (n° 140)
Jour de chance pour Sailor (n° 210)
Rude journée pour l'Homme Léopard (n° 253)
David Goodis
La Blonde au coin de la rue (n° 9)
Beauté bleue (n° 37)
Rue Barbare (n° 66)
Retour à la vie (n° 67)
Obsession (n° 75)
James Grady
Le Fleuve des ténèbres (n° 180)
Tonnerre (n° 254)
Russell H. Greenan
Sombres crapules (n° 138)
La Vie secrète d'Algernon Pendleton (n° 156)
C'est arrivé à Boston ? (n° 205)
La Nuit du jugement dernier (n° 237)
Un cœur en or massif (n° 262)
Joseph Hansen
Par qui la mort arrive (n° 4)
Le petit chien riait (n° 44)
Un pied dans la tombe (n° 49)
Obédience (n° 70)
Le Noyé d'Arena Blanca (n° 76)
Pente douce (n° 79)
Le Garçon enterré ce matin (n° 104)
Un pays de vieux (n° 155)
Le Livre de Bohannon (n° 214)
En haut des marches (n° 342)
John Harvey
Cœurs solitaires (n° 144)
Les Étrangers dans la maison (n° 201)
Scalpel (n° 228)

Off Minor (n° 261)
Les Années perdues (n° 299)
Lumière froide (n° 337)

Vicki Hendricks
Miami Purity (n° 304)

George V. Higgins
Les Copains d'Eddie Coyle (n° 114)
Le Contrat Mandeville (n° 191)
Le Rat en flammes (n° 243)
Paris risqués (n° 287)

Tony Hillerman
Là où dansent les morts (n° 6)
Le Vent sombre (n° 16)
La Voie du fantôme (n° 35)
Femme-qui-écoute (n° 61)
Porteurs-de-peau (n° 96)
La Voie de l'Ennemi (n° 98)
Le Voleur de Temps (n° 110)
La Mouche sur le mur (n° 113)
Dieu-qui-parle (n° 122)
Coyote attend (n° 134)
Le Grand Vol de la banque de Taos (n° 145)
Les Clowns sacrés (n° 244)
Moon (n° 292)
Un homme est tombé (n° 350)

Chester Himes
Qu'on lui jette la première pierre (n° 88)

Dolores Hitchens
La Victime expiatoire (n° 89)

Geoffrey Homes
Pendez-moi haut et court (n° 93)
La Rue de la femme qui pleure (n° 94)

Dorothy B. Hughes
Et tournent les chevaux de bois (n° 189)
Chute libre (n° 211)

William Irish
Manhattan Love Song (n° 15)
Valse dans les ténèbres (n° 50)

Bill James
Retour après la nuit (n° 310)

William Kotzwinkle
  Midnight Examiner (n° 118)
  Le Jeu des Trente (n° 301)
  Book of Love (n° 332)
Jonathan Latimer
  Gardénia rouge (n° 3)
  Noir comme un souvenir (n° 20)
Michel Lebrun
  Autoroute (n° 165)
  Le Géant (n° 245)
Christian Lehmann
  Un monde sans crime (n° 316)
Elmore Leonard
  Zig Zag Movie (n° 220)
  Maximum Bob (n° 234)
  Punch Créole (n° 294)
Bob Leuci
  Captain Butterfly (n° 149)
  Odessa Beach (n° 290)
Ted Lewis
  Le Retour de Jack (n° 119)
  Sévices (n° 152)
  Jack Carter et la loi (n° 232)
  Plender (n° 258)
Richard Lortz
  Les Enfants de Dracula (n° 146)
  Deuil après deuil (n° 182)
  L'Amour mort ou vif (n° 206)
John D. MacDonald
  Réponse mortelle (n° 21)
  Un temps pour mourir (n° 29)
  Un cadavre dans ses rêves (n° 45)
  Le Combat pour l'île (n° 51)
  L'Héritage de la haine (n° 74)
Jean-Patrick Manchette
  La Princesse du sang (n° 324)
Dominique Manotti
  À nos chevaux ! (n° 330)

John P. Marquand
Merci Mr Moto (n° 7)
Bien joué, Mr Moto (n° 8)
Mr Moto est désolé (n° 18)
Rira bien, Mr Moto (n° 87)

Richard Matheson
Échos (n° 217)

Helen McCloy
La Somnambule (n° 105)

William McIlvanney
Les Papiers de Tony Veitch (n° 23)
Laidlaw (n° 24)
Big Man (n° 90)
Étranges Loyautés (n° 139)

Marc Menonville
Jeux de paumes (n° 222)
Walkyrie vendredi (n° 250)
Dies Irae en rouge (n° 279)

Ronald Munson
Courrier de fan (n° 226)

Tobie Nathan
Saraka bô (n° 186)
Dieu-Dope (n° 271)

Jim Nisbet
Les damnés ne meurent jamais (n° 84)
Injection mortelle (n° 103)
Le Démon dans ma tête (n° 137)
Le Chien d'Ulysse (n° 161)
Sous le signe du rasoir (n° 273)

Kyotaro Nishimura
Petits crimes japonais (n° 218)

Jack O'Connell
B.P. 9 (n° 209)

Liam O'Flaherty
L'Assassin (n° 247)

Jean-Hugues Oppel
Brocéliande-sur-Marne (n° 183)
Ambernave (n° 204)

Six-Pack (n° 246)
Ténèbre (n° 285)
Cartago (n° 346)
Abigail Padgett
L'Enfant du silence (n° 207)
Le Visage de paille (n° 265)
Oiseau de Lune (n° 334)
Hugues Pagan
Les Eaux mortes (n° 17)
La Mort dans une voiture solitaire (n° 133)
L'Étage des morts (n° 179)
Boulevard des allongés (n° 216)
Last Affair (n° 270)
L'Eau du bocal (n° 295)
Vaines Recherches (n° 338)
Pierre Pelot
Natural Killer (n° 343)
Andrea G. Pinketts
Le Sens de la formule (n° 288)
Bill Pronzini
Hidden Valley (n° 48)
Bill Pronzini / Barry N. Malzberg
La nuit hurle (n° 78)
Michel Quint
Billard à l'étage (n° 162)
La Belle Ombre (n° 215)
Le Bélier noir (n° 263)
Diana Ramsay
Approche des ténèbres (n° 25)
Est-ce un meurtre ? (n° 38)
Louis Sanders
Février (n° 315)
Budd Schulberg
Sur les quais (n° 335)
Philippe Setbon
Fou-de-coudre (n° 187)
Desolata (n° 219)
Roger Simon
Le Clown blanc (n° 71)
Génération Armageddon (n° 199)
La Côte perdue (n° 305)

Pierre Siniac
Les mal lunés (n° 208)
Sous l'aile noire des rapaces (n° 223)
Démago Story (n° 242)
Le Tourbillon (n° 256)
Femmes blafardes (n° 274)
L'Orchestre d'acier (n° 303)
Luj Inferman' et La Cloduque (n° 325)

Les Standiford
Pandémonium (n° 136)
Johnny Deal (n° 259)
Johnny Deal dans la tourmente (n° 328)
Une rose pour Johnny Deal

Richard Stark
La Demoiselle (n° 41)
La Dame (n° 170)

Richard Stratton
L'Idole des camés (n° 257)

Vidar Svensson
Retour à L.A. (n° 181)

Paco Ignacio Taibo II
Ombre de l'ombre (n° 124)
La Vie même (n° 142)
Cosa fácil (n° 173)
Quelques nuages (n° 198)
À quatre mains (n° 227)
Pas de fin heureuse (n° 268)
Même ville sous la pluie (n° 297)
La Bicyclette de Léonard (n° 298)

Ross Thomas
Les Faisans des îles (n° 125)
La Quatrième Durango (n° 171)
Crépuscule chez Mac (n° 276)
Traîtrise ! (n° 317)
Voodoo, Ltd (n° 318)

Jim Thompson
Liberté sous condition (n° 1)
Un nid de crotales (n° 12)
Sang mêlé (n° 22)
Nuit de fureur (n° 32)

À deux pas du ciel (n° 39)
Rage noire (n° 47)
La mort viendra, petite (n° 52)
Les Alcooliques (n° 55)
Les Arnaqueurs (n° 58)
Vaurien (n° 63)
Une combine en or (n° 77)
Le Texas par la queue (n° 83)
Écrits perdus (1929-1967) (n° 158)
Le Criminel (n° 167)
Après nous, le grabuge (Écrits perdus - 1968-1977) (n° 177)
Hallali (n° 195)
L'Homme de fer (n° 196)
Ici et maintenant (n° 129)
Avant l'orage (n° 300)

Masako Togawa
  Le Baiser de feu (n° 91)

Armitage Trail
  Scarface (n° 126)

Marc Villard
  Démons ordinaires (n° 130)
  La Vie d'artiste (n° 150)
  Dans les rayons de la *mort* (n° 178)
  Rouge est ma couleur (n° 239)
  Cœur sombre (n° 281)
  Du béton dans la tête (n° 284)
  Made in Taïwan (n° 333)

Donald Westlake
  Drôles de frères (n° 19)
  Levine (n° 26)
  Un jumeau singulier (n° 168)
  Ordo (n° 221)
  Aztèques dansants (n° 266)
  Kahawa (n° 277)
  Faites-moi confiance (n° 309)
  Trop humains (n° 340)
  Histoires d'os (n° 347)

Janwillem Van de Wetering
  Comme un rat mort (n° 5)
  Sale Temps (n° 30)

L'Autre Fils de Dieu (n° 33)
Le Babouin blond (n° 34)
Inspecteur Saito (n° 42)
Le Massacre du Maine (n° 43)
Un vautour dans la ville (n° 53)
Mort d'un colporteur (n° 59)
Le Chat du sergent (n° 69)
Cash-cash millions (n° 81)
Le Chasseur de papillons (n° 101)
Retour au Maine (n° 286)
Le Papou d'Amsterdam (n° 313)
Maria de Curaçao (n° 331)

Harry Whittington
Des feux qui détruisent (n° 13)
Le diable a des ailes (n° 28)

Charles Willeford
Une fille facile (n° 86)
Hérésie (n° 99)
Miami Blues (n° 115)
Une seconde chance pour les morts (n° 123)
Dérapages (n° 192)
Ainsi va la mort (n° 213)

Charles Williams
La Fille des collines (n° 2)
Go Home, Stranger (n° 73)
Et la mer profonde et bleue (n° 82)

Timothy Williams
Le Montreur d'ombres (n° 157)
Persona non grata (n° 203)

Daniel Woodrell
Sous la lumière cruelle (n° 117)
Battement d'aile (n° 121)
Les Ombres du passé (n° 194)
Faites-nous la bise (n° 296)

Rivages/Mystère

Charlotte Armstrong
  Le Jour des Parques (n° 13)
  L'Inconnu aux yeux noirs (n° 15)
  Une dose de poison (n° 21)

Francis Beeding
  La Maison du Dr Edwardes (n° 9)
  La mort qui rôde (n° 12)
  Un dîner d'anniversaire (n° 18)

Algernon Blackwood
  John Silence (n° 8)

Fortuné du Boisgobey
  Le Coup d'œil de M. Piédouche (n°32)

Jypé Carraud
  Tim-Tim Bois-Sec (n° 22)
  Le Squelette cuit (n° 25)
  Les Poulets du Cristobal (n° 31)

Collectif
  La Griffe du chat (n° 28)

E. W. Crofts
  Le Tonneau (n° 24)

Amanda Cross
  En dernière analyse (n° 23)
  Insidieusement vôtre (n° 26)
  Justice poétique (n° 27)
  Une mort si douce (n° 30)
  Sur les pas de Smiley (n° 35)

Mildred Davis
  Crime et chuchotements (n° 14)
  Passé décomposé (n° 16)
  Un homme est mort (n° 20)

Michael Dibdin
  L'Ultime Défi de Sherlock Holmes (n° 17)

John Dickson Carr
  En dépit du tonnerre (n° 5)

Jacques Futrelle
  Treize enquêtes de la machine à penser (n° 29)

Edward D. Hoch
  Les Chambres closes du Dr. Hawthorne (n° 34)
William Kotzwinkle
  Fata Morgana (n° 2)
Alexis Lecaye
  Einstein et Sherlock Holmes (n° 19)
John P. Marquand
  À votre tour, Mister Moto (n° 4)
Kai Meyer
  La Conjuration des visionnaires (n° 33)
Thomas Owen
  L'Initiation à la peur (n° 36)
Anthony Shaffer
  Absolution (n° 10)
J. Storer-Clouston
  *La Mémorable et Tragique Aventure
    de Mr Irwin Molyneux* (n° 11)
Rex Stout
  Le Secret de la bande élastique (n° 1)
  La Cassette rouge (n° 3)
  Meurtre au vestiaire (n° 6)
Josephine Tey
  Le plus beau des anges (n° 7)

Achevé d'imprimer en Mars 2000
par Maury-Eurolivres
45300 Manchecourt

Imprimé en France
Dépôt légal : Septembre 1999